T0279314

Quizá por eso sigo aquí

ELSA GARCÍA

Quizá por eso sigo aquí

TITANIA

Argentina • Chile • Colombia • España
Estados Unidos • México • Perú • Uruguay

1.ª edición Abril 2024

Copyright © 2024 *by* Elsa García
All Rights Reserved
© 2024 *by* Urano World Spain, S.A.U.
Plaza de los Reyes Magos, 8, piso 1.º C y D – 28007 Madrid
www.titania.org
atencion@titania.org

ISBN: 978-84-19131-60-7
E-ISBN: 978-84-10-15908-2
Depósito legal: M-2.697-2024

Fotocomposición: Urano World Spain, S.A.U.
Impreso por Romanyà Valls, S.A. – Verdaguer, 1 – 08786 Capellades (Barcelona)

Impreso en España – *Printed in Spain*

A mis abuelos Teófilo y Gabriel
y a mi abuela Canchi.
Debisteis ser eternos.

Y a mi abuela Lucila.
Sé que en realidad no nos olvidaste.
O puede que sí. Pero no importa,
porque me dejaste recuerdos
que yo guardaré siempre por las dos.

«Lo triste no es morir.
Lo triste es no saber vivir».

PABLO RÁEZ

Prólogo

Esto es muy raro, más de lo que había imaginado. Supongo que porque, por mucho que llegase a gastar horas y horas pensando en ello, no creí poder ser testigo.

La playa está preciosa, he de reconocerlo. Danielle ha hecho un buen trabajo eligiendo las flores. Lo llenan todo, igual que si un arcoíris hubiese estallado en mitad de este pequeño paraíso que ella me enseñó a hacer *nuestro*.

Toda la gente que me importa ha venido hasta aquí, ataviada con sus mejores galas, dispuesta a acompañarme una vez más. Eso me hace sonreír, igual que cuando todos ellos me muestran sin reservas que soy importante en sus vidas; que, quizá, cambié algo.

Danielle se acerca a mi hermano e intenta tomarle la mano, pero él la aparta, como si su tacto quemase, como si su presencia no fuese lo único que le permite respirar ahora mismo.

Lo sé porque lo siento con una lucidez desconcertante.

«Te odio. Y te quiero. Y no sé qué hacer con todo esto que me oprime el pecho, más que enjaularlo entre mis costillas para que no alcance ningún órgano vital y me desangre entre dudas y deseos que no sé si me puedo permitir».

Lo escucho de forma tan clara que me fijo de nuevo en los labios de Kai para asegurarme de que no los ha abierto en ningún momento.

No lo ha hecho.

Danielle tampoco ha tenido que decirme que el rechazo de mi hermano le ha partido un poquito más ese corazón del que ella regala pedazos sin medir las consecuencias; a lo loco, como todo lo que hace en la vida.

Ninguno ha expresado nada en voz alta, pero puedo oírlos. Puedo sentirlos.

Puedo contarte su historia porque ahora yo también la conozco. La veo nítida en sus mentes, la escucho salir de sus cabezas, gritada, necesitada.

Quizá por eso sigo aquí.

Puede que ese sea el motivo por el que no me he ido todavía, para poder explicarte a ti cómo Kai no pudo evitar enamorarse de Danielle y cómo Danielle salvó a mi hermano salvándome a mí.

Para darles voz y que los puedas oír tan claramente como ahora lo hago yo.

Empezaré por presentarme. Soy Akela, tengo dieciocho años y tendré esta edad para siempre.

Acabo de descubrir tres cosas que me parece importante compartir contigo antes de que sigamos con esto:

Es bonito ver cuánto te quiere la gente que se acerca a despedirte en tu funeral.

Es muy triste sentir cuánto le dueles a la gente que se acerca a despedirte en tu funeral.

Estar muerto no duele.

1

Una playa, un ukelele y una chica un tanto rara

A veces aún me pregunto cómo habrían sido los últimos meses de mi vida si aquella mañana, esa de hace ocho meses, en vez de escaparme a la playa, hubiese hecho caso a mi hermano y me hubiese quedado estudiando en casa cuando él se marchó a trabajar más temprano de lo habitual.

Es probable que parecidos a todos.

Quizá me habría quedado callado en la cena de Acción de Gracias cuando Kai hubiese preguntado cuáles eran mis motivos ese año para agradecer algo a unos dioses en los que había dejado de confiar hacía mucho.

Puede que me hubiese quejado de más las Navidades pasadas por no poder ir a esquiar con unos amigos que ya no existían, que habían dejado de ser.

Seguro que habría discutido mucho con Kai por tonterías, por cosas de las que luego me arrepentiría. Aunque es probable que media hora después de cada pelea, con la que habríamos tratado de esconder un poco de rabia y mucho miedo, hubiésemos acabado abrazándonos como si el mundo terminase al día siguiente. O por si el mundo terminaba al día siguiente.

Supongo que hubiese dejado pasar los días y me habría olvidado de vivirlos.

Pero aquella madrugada, mi hermano había tenido que irse a la oficina dos horas antes de lo normal y a mí el anhelo de agua y sal me había llevado hasta allí.

Y la conocí a ella.

Sé que estoy echando mucho la vista atrás. Perdona. Es que, para que lo entiendas todo, tengo que ir hasta el principio.

Verás, ese día de principios de septiembre había dedicado casi media hora a decidir qué cala quería visitar antes de acabar en Ke'e Beach viendo amanecer. La playa estaba casi desierta, aunque ya había algunos locos haciendo surf a esas horas. No era algo que me sorprendiese; en todas las islas de Hawái ese deporte era como una religión y mi amada Kauai no era una excepción. Hace unos años, hasta mi hermano, que ahora vive enterrado en su trabajo, fue uno de los asiduos a cabalgar las olas de madrugada antes de encerrarse entre las cuatro paredes de una oficina durante toda la jornada. Hacía demasiado tiempo que no se regalaba un momento de libertad sobre el mar. No quería pensar que era por mi culpa, aunque no necesitaba pararme a reflexionar demasiado sobre ello para saber que sí lo era.

La mañana en la que abandoné los libros por la playa, disfrutaba en silencio de la forma en la que el cielo comenzaba a despertar, vistiéndose de naranjas que se fundían con unos azules aún a medio levantar. Me gustaba sentirme pequeño hundido en aquellas arenas blancas, pensar que lo que a mí me pasase solo era una nimiedad olvidada en la inmensidad de ese mundo perfecto, perdido, disfrutado por unos pocos y soñado por tantos.

Esa sensación de calma cuando miraba aquel horizonte desperezándose me daba fuerzas, me daba paz. Y en mi corta vida la paz había sido algo que no había abundado, sobre todo en los últimos tiempos.

Mi ukelele esperaba paciente a mi lado, aguardando el momento en el que decidiese prestarle atención. Pero fue ella quien se la llevó toda.

—Sabes que tienes que arañar esas cuerdas para que suene algo, ¿no?

Dejé de centrarme en el vaivén de las olas mordiendo la orilla, con desgana, dispuesto a replicar que no buscaba compañía ni quería que me molestasen, cuando su sonrisa me borró el mal humor. Le ocupaba toda la cara, le bailaba en los ojos, tan azules como ese cielo infinito que yo adoraba.

Su acento, algo difuminado, silbaba por el aire, rasgando las erres y suavizando cada palabra. «Francesa», pensé. «Una turista más».

Tenía la piel lisa y bronceada, sin una pizca de maquillaje, aunque manchada de blanco por algunas partes, esas en las que la sal del agua se había pegado con más fuerza. Cubría su torso con un neopreno a pesar del calor que ya hacía a esas horas de la mañana, y podría haberme fijado en sus piernas, porque eran infinitas y yo era un adolescente de diecisiete años, solo que me fue imposible apartar la mirada de su pelo, de un rosa apagado que formaba ondas más perfectas que las que mecían a los bañistas que braceaban a unos metros de nosotros.

No dejó de sonreír cuando soltó a un lado la tabla que llevaba entre las manos, llena de color y de dibujos de flores de hibisco, algo caótica e increíblemente llamativa. La representaba. Yo aún no lo sabía, pero ella era esa tabla de surf. Era caos, color y locura de la buena, de la que yo nunca me había permitido. Menos aún Kai.

Se sentó frente a mí, tapándome la visión que yo había perseguido hasta allí, y no me importó, porque ella seguía mirándome con una curiosidad infantil que me arrancó una minúscula sonrisa.

—¿Sabes tocarlo o no?

El que yo no hablase la estaba poniendo nerviosa y empecé a disfrutar de su impaciencia; aunque, cuando estiró los dedos para alcanzar una de mis posesiones más preciadas, mis manos volaron solas hacia el instrumento para sacarlo de su alcance.

—No te lo voy a romper. Soy buena con el ukelele.

Silencio. Un poco más.

—¿Eres mudo? ¿Sabes leerme los labios? Yo soy Danielle. ¿Tú cómo te llamas?

Se me escapó un bufido divertido. Me llevó poco tiempo darme cuenta de que aquella chica de pelo extraño tenía pocos filtros.

—No soy mudo, aunque no sé si es muy educado por tu parte preguntarme algo así. ¿Qué hubiese pasado si sí que lo hubiese sido?

Pareció pensárselo medio segundo antes de que la respuesta saliese disparada de su boca.

—Supongo que te hubiese pedido que me enseñases la lengua de signos. Me parecería la leche conocer la lengua de signos. Puede que la aprenda por mi cuenta, seguro que en YouTube hay tutoriales.

—Pero ¿cómo me ibas a pedir algo así si no me conoces? Y, encima, ¿cómo íbamos a entendernos si yo no hablase y tú no supieses manejar mi idioma no hablado?

—Bueno, yo ya te he dicho mi nombre, así que tú a mí ya me conoces. Y sobre lo de cómo hablar entre nosotros… Supongo que podríamos escribirnos las cosas en un cuadernito. Por ti, empezaré a llevar uno siempre encima.

—Que no soy mudo, que no tienes que llevar cuadernos para mí. Esto no es muy normal, ¿eh? ¿Abordas así a la gente habitualmente?

—Sí.

Se quedó en silencio y continuó con el escrutinio que había dejado de lado al presentarse. Admito que me puse nervioso. Nunca me había encontrado con alguien como ella, tan desinhibida, tan libre, con tan poca vergüenza por si yo podía tildarla de loca o de extravagante.

Te lo reconozco: me descolocó. Y me gustó.

—O sea que ¿vas parando a chavales al azar para interrogarlos sobre lo primero que se te cruza por la cabeza?

—No. Solo me acerco a hablar con personas que me parecen interesantes al mirarlas, las que creo que podrían tener una buena historia que compartir o algo que enseñarme.

—¿Y no te mandan a la mierda a menudo?

—A veces.

—¿Y te da igual?

—Claro. Es gente que no conozco y que no me quiere conocer. ¿Por qué debería importarme lo que me diga?

—Pues, porque… porque sí. Porque es gente. Porque… igual piensan que eres una pirada.

—¿Y?

—No sé. Supongo que a nadie le gusta que lo juzguen.

—¿Tú me estás juzgando?

Reflexioné sobre ello un momento.

—No. Lo cierto es que no. Creo que eres un tanto rara, pero eso no me parece necesariamente malo.

La sonrisa se le ensanchó y esos ojos azules como el cielo infinito brillaron con diversión.

—Puedes llamarme Dany, por cierto.

Estiró la mano, dándome una nueva oportunidad para presentarme, para decidir si quería dejar de ser un desconocido para ella. Se la estreché sin reservas y sin saber que ese gesto cambiaría mi vida.

—Akela. Y sí que sé tocar el ukelele.

—Estaba segura de ello, Akela.

Hablamos durante casi una hora antes de levantarnos con intención de seguir nuestros rumbos. ¿De qué? Ni me acuerdo. De la vida, supongo.

Lo que sí recuerdo es que no me preguntó nada demasiado personal. Dany siempre decía que la gente miente cuando habla, pero no cuando vive. No creía en lo que otros querían hacerle ver, sino en lo que observaba al estar con alguien. «No es lo que dices, es lo que haces», solía repetirme.

Me relajé a su lado, me reí como si mi cuerpo de pronto se diese cuenta, estando con esa chica de pelo rosa y lengua afilada, de que era un chaval de diecisiete años que no siempre tenía por qué estar enfadado con el mundo.

Anduvimos juntos hasta el aparcamiento asfaltado. Ella se detuvo junto a un cuatro por cuatro sin techo, destartalado y enano, con pinta de haber recorrido muchos kilómetros, de haber visto todo lo que se tiene que ver, y colocó dentro, con mucho cuidado, su tabla de surf. Yo señalé hacia mi pequeña moto, estacionada tres vehículos más allá.

—Esa es la mía —expliqué de forma estúpida. Estaba nervioso. No sabía cómo despedirme de aquella chica que hasta hacía un rato había sido una extraña y que ya entonces sentía como una amiga a la que quizás no volviese a ver.

Dany solo sonrió y me tendió la mano, otra vez, la segunda de tantas a lo largo de los siguientes meses.

Su agarre fue salvavidas. No entonces. No aún.

Pero, espera, no quiero adelantarme.

Cuando se la estreché, se rio y tiró de mí hasta que nuestros cuerpos chocaron en un abrazo cerrado y torpe, como ese bebé que todavía intenta aprender cómo encajar en el pecho de su madre.

—Nos vemos por aquí, chico del ukelele.

Me lo susurró divertida, cerca del oído, y yo comprendí que aquello no tenía que ser un adiós, a pesar de que no hubiese intercambio de teléfonos ni promesas de mensajes para tomar algún café. Dany creía en las casualidades, en encontrarse con las personas que necesitas conocer en cada momento. Ella pensaba que todavía nos quedaban historias por compartir y yo lo creí con ella. Aunque anoté mentalmente volver a esa cala más a menudo, por si ese destino caprichoso en el que mi nueva amiga confiaba a pies juntillas no era tan sabio como para volvernos a juntar.

Guardé el instrumento que llevaba conmigo en el hueco que quedaba libre al levantar el asiento de la motocicleta y miré una última vez hacia Dany, que me observaba divertida.

Arrancamos casi a la vez y casi a la vez tomamos el mismo desvío, dejando atrás uno de los extremos más altos de la costa norte de Kauai, rumbo al lado este de esa parte de la isla.

Esos metros que conduje detrás de mí fueron los primeros de un camino enorme que acabamos recorriendo juntos.

Y por si te lo estás preguntando: sí, me colé un poco por ella aquella mañana.

Joder, claro que me colé por ella. Era nueve años mayor que yo, estaba loca en el mejor de los sentidos y reía tanto que acababa siendo inevitable hacerlo con ella.

Ojalá pudieras verla como la vi yo en ese momento: con la melena luchando contra la gravedad por culpa del aire que la despeinaba, la música tan alta que hasta yo podía oírla desde mi Scooter y esa pegajosa felicidad que gritaba su cuerpo a cada momento.

Así que sí, me pillé por Dany, pero me duró tan poco como el tiempo que necesité para darme cuenta de que ella estaba destinada a ser algo más grande que la primera que podría haber pasado por mi cama. Ella iba a ser mi amiga. La única que tendría. La que necesité entonces. La que me trató como a un igual incluso cuando, algún tiempo después, le conté que había vencido al monstruo; hasta cuando le hablé de los tiempos malos. Y cuando los vivió conmigo.

Bueno, tampoco te voy a engañar. No es necesario. Yo estoy muerto y de los muertos no se habla mal, así que también te confesaré que me obligué a verla como a una amiga al percatarme de la forma en la que Kai y ella se miraban poco después de empezar a pasar tiempo juntos. Y eso que su primer encuentro fue de lo más desastroso.

Vamos, te lo enseño.

2

Un accidente, una bronca y un hermano cascarrabias

Reconozco que no estaba prestando toda la atención que hubiese debido a la carretera. Miraba por el retrovisor derecho demasiado a menudo, comprobando que el coche de Dany todavía me siguiese, esperando descubrir cuál sería el punto en el que nos separaríamos, haciendo conjeturas sobre si viviría muy lejos de la pequeña comunidad que era mi hogar.

Tan pendiente iba de lo que estaba a mi espalda que me di cuenta tarde de lo que había pasado frente a mí.

La rueda de mi moto provocó un sonido extraño cuando estalló. Mientras daba un giro brusco al manillar tratando de estabilizarme, vi por primera vez los restos de metal que salpicaban el asfalto. Mi cuerpo se inclinó por inercia hacia un lado y los más de cien kilos de la Scooter que yo trataba de controlar cayeron sobre mi pierna izquierda. Rodé, una y otra vez, viendo pasar un remolino de coches desperdigados y abollados que perdían la forma y el color a medida que mi cabeza giraba siguiendo a mi cuerpo atrapado.

Cuando me detuve, el caos empezaba a ser más que evidente. Los ojos me volaban frenéticos de un lado a otro del accidente en el que me había visto envuelto y en el que, como mínimo, podía distinguir hasta otros siete vehículos involucrados.

Tres de ellos no eran más que un amasijo de piezas irreconocibles.

Los gritos me zumbaban en los oídos como una alarma continua, mezclándose en un concierto de agudos que lo inundaban todo.

Humo. Recuerdo mucho humo.

Una mujer chillaba desesperada, rogando que alguien llamase a una ambulancia. Un reguero de sangre teñía su frente y, a pesar de ello, no parecía querer auxilio para ella. Solo señalaba un monovolumen volcado que te hacía pensar que el acompañante de aquella pobre desgraciada no había podido salir muy bien parado.

Varios coches empezaban a parar en el arcén, detrás del bullicio. Gente que había esquivado la tragedia se acercaba a socorrer a quienes habían corrido peor suerte.

—¡Akela! ¡¡Akela!!

Dany llegó a mi lado con la cara desencajada y la adrenalina palpitándole rápida por la sangre. Tardó menos de dos segundos en evaluar mi situación y en correr a pedir ayuda a un hombre que estaba a apenas unos pasos de nosotros. Levantaron la moto entre los dos como si fuese un peso pluma, a pesar de que a mí me había costado un mundo moverla apenas unos centímetros cuando había tratado de salir de su prisión un momento antes.

—¿Estás bien? ¿Te duele la cabeza? ¿El cuello?

—No, el casco ha absorbido el impacto de la caída, pero el tobillo me está matando.

Mientras Dany había ido a pedir auxilio, yo me había quitado el casco en un gesto estúpido y nada meditado. Me di cuenta de la forma reprobatoria en la que ella me miró, aunque decidió que no era el momento de meterme más miedo en el cuerpo ni de hablarme de posibles lesiones que podría haberme empeorado yo mismo al deshacerme de esa protección sin supervisión médica.

Me levanté con mucha dificultad, usando los hombros de Dany como muleta improvisada. No era capaz de apoyar bien el pie izquierdo; eso era todo, no me parecía sentir ninguna otra secuela de la caída.

Me giré para dar las gracias al desconocido que había acudido en mi rescate antes de darme cuenta de que él ya se había alejado de nosotros con la intención de seguir ayudando a quien lo necesitase.

Había mucho caos, mucha gente y mucho miedo.

Dany miró hacia atrás con la congoja demacrándole el gesto, con el deseo de socorrer a otros bailando por sus ojos para, a continuación, fijar la vista de nuevo en mí y menear la cabeza en una negativa que únicamente iba dirigida hacia ella y hacia sus intenciones iniciales de dejarme solo en una ambulancia y poder así auxiliar a otros heridos.

Fue el instinto que la llamó. Su vocación, que la tentó. Pero, de forma inexplicable, me eligió a mí y dejó fuera ese rugido que le exigía darse la vuelta y asistir a tantos como pudiese.

Caminé despacio, a la pata coja, hasta el quitamiedos más cercano para apoyarme y quitarle a Dany mis setenta y cinco kilos de peso extra. Ella se colocó enseguida frente a mí y empezó a inspeccionarme las pupilas, a hacerme preguntas sencillas que exigía que le contestase, a pedirme que girara el cuello en círculos, con cuidado. No me dejó ni a sol ni a sombra hasta que un sanitario me indicó que lo acompañase a una ambulancia para poder examinarme mejor.

—Mierda —se me escapó.

—¿Qué pasa? —Dany seguía lo suficientemente cerca como para haberme escuchado.

—Nada. Es solo que voy a tener que llamar a mi hermano para contárselo y… bueno, tiende a preocuparse de más.

Ya estaba sacando el móvil a medida que se lo explicaba, así que no me fijé en la cara que puso cuando hice aquella primera mención a Kai, aunque ahora sé que frunció el ceño y se preguntó si ese hermano al que yo nombraba sería demasiado estricto, si era miedo lo que había detectado en mí al nombrarlo. Dany me protegió desde el primer momento, igual que Kai, solo que cada uno lo hizo a su manera.

—Hey, Pili Mua.

—¿Qué hay, Keiki?

Sonreí con nuestra broma privada. No es que siempre nos dirigiésemos al otro así, pero a veces me gustaba picarlo recordándole que su actitud ante la vida se me antojaba como la de un *anciano*; él siempre me respondía a la provocación haciendo alusión a que yo no era más que un *niño*.

—Oye, no te vuelvas loco, ¿vale?

—¿Qué ha pasado?

Su tono cambió al instante. Mi suspiro llamó la atención de Dany, que se acercó un poco más a mí, hasta que sentí su calor en mi costado, reconfortante, tranquilizador.

—No me quedé en casa estudiando. Yo… Me fui a la playa a respirar un poco. —Esperé durante un par de segundos, pero no hubo respuesta—. Iba con la moto de vuelta a casa y me he metido de lleno en un accidente múltiple que ha habido en la 56. —Silencio—. Lo siento.

Un suspiro y dos preguntas que me demostraron una vez más que mi hermano se preocupaba por mí y que, sobre todo, me entendía; entendía mi necesidad de escapar a veces, incluso si eso le asustaba.

—¿Estás bien? ¿Te ha pasado algo?

—No, no. Tranquilo, ¿vale? Está todo bien. Solo me he hecho un poco de daño en el tobillo. Me van a llevar al North Shore para examinarme bien.

—Voy para allá.

—No hace falta, no estoy sol…

El pitido intermitente y repetitivo al otro lado de la línea me indicó que Kai ya había colgado.

Otra pequeña exhalación se escapó sin permiso entre mis labios y mi nueva amiga me apretó el brazo en señal de solidaridad.

—Venga, métete en la ambulancia de una vez. Yo voy a ver si alguien me ayuda a subir tu moto a la parte de atrás de mi coche y tiro hacia el centro médico detrás de vosotros.

Fue un recorrido corto y una espera algo más larga.

Las Urgencias empezaban a saturarse con las personas involucradas en el accidente. Aquella noche la televisión local dio cifras de víctimas mortales y yo alcé un agradecimiento silencioso al cielo por seguir allí, por regalarme una oportunidad. Una más.

Dany había llegado apenas cinco minutos después que yo a aquel pequeño centro de salud y no se apartó de mi lado ni un segundo. De hecho, agarraba mi mano cuando Kai apareció por la sala donde yo esperaba a ser atendido junto a otras veinte personas que miraron sorprendidas como mi hermano se abría paso, sin ningún cuidado, entre médicos y pacientes para llegar hasta mí.

—¿Cómo estás? ¿Qué te han dicho? ¿Te han hecho alguna radiografía?

Me abrazó con esa mezcla tan suya de cariño desmedido y delicadeza forzada, como si pudiese hacerme daño por apretar demasiado.

—Todavía no han pasado a mirarme, hay gente que está mucho peor y que necesita que la atiendan antes.

—Claro. O sea que ¿tú estás bien?

—Sí, de verdad. Tienes que rebajar esa preocupación constante o acabará saliéndote una úlcera.

Kai se permitió una sonrisa pequeña y un puñetazo sin fuerza contra mi brazo, ese cuya mano aún sostenía la de Dany. Ese fue el momento en el que mi hermano se percató de la manera en la que se unían nuestras palmas y miró por primera vez a la chica de pelo rosa y ojos inmensos que lo observaba con curiosidad a mi lado.

«¿Y esta sirena?».

Te voy a confesar algo a ti, que sigues aquí, compartiendo conmigo esta historia que yo creí haber vivido y que ahora me doy cuenta de que solo entreví: saber lo que cruza la mente de la gente que quieres a cada momento a veces apesta, pero otras es genial. Descubrir que ese fue el primer pensamiento que Kai le dedicó a Dany consigue hacerme sonreír, sobre todo cuando recuerdo lo poco amable que fue con ella en los días siguientes.

—¿Y tú quién eres? —casi le escupió.

—Una amiga.

Me gustó que se presentase así.

«Una amiga».

Cuántas cosas puede contener a veces una simple palabra. Cuántas ilusiones. Cuántas esperanzas.

—Conozco a los amigos de mi hermano y a ti no te había visto en mi vida.

—Bueno, a esos a los que te refieres como mis amigos hace mucho que tampoco los ves, ni tú ni yo, así que pensé que ampliar mi círculo de amistades no estaría mal. Ella es Danielle, Dany para los colegas —intercedí yo.

—Tú de momento puedes llamarme Danielle —le soltó ella con un tono monocorde y una mirada desafiante, esperando a que le replicase.

Kai, directamente, pasó de ella. Sacó a relucir su cara más condescendiente, puso los ojos en blanco y se giró para buscar a un médico al que poder pedirle que me atendiese. Insistió hasta que a mí me dio un poco de vergüenza y les facilitó los datos de nuestro seguro para que me examinasen al fin.

Media hora después salíamos de allí con unas muletas, varios analgésicos y un diagnóstico que decía que tenía un esguince de tobillo que Kai debió concebir como una rotura de ligamentos.

—Por favor, en serio, bájame de una vez. Puedo andar.

Hasta esa mañana, pensaba que sabía lo que era la vergüenza. Me había equivocado. No lo descubrí de verdad hasta que mi hermano mayor se empeñó en llevarme en brazos hasta su coche frente a mi nueva amiga, esa a la que estaba loco por impresionar.

Me dejó con todo el cuidado del mundo frente a la puerta del copiloto antes de girarse hacia Dany para arrancarle las muletas de las manos.

Ella inclinó el cuerpo a un lado para hacerse visible para mí, esquivando la muralla humana que era en esos momentos el pecho de Kai.

—¿Siempre es tan cascarrabias?

Se me escapó una carcajada de esas que suenan a verdad antes de dejar caer una mano sobre el hombro de Kai y apretarlo con cariño, y Dany supo la respuesta antes de que yo la compartiese. Yo quería a mi hermano y él me quería a mí. Ella todavía no entendía de dónde venía ese afán sobreprotector que él irradiaba, pero supo que, además de estirado y excesivamente recto, ese hombre de rasgos asiáticos y rictus demasiado serio tenía un corazón.

—Solo al principio. Dale tiempo y te sorprenderá.

Y vaya si lo hizo.

3

Una familia peculiar, un lei y una promesa

—No soy un huevo Kinder, no voy dando sorpresas a nadie, así que dejaos de bobadas y venga, que tienes que llegar a casa y descansar, enano. —Sí, ese era Kai siendo Kai.

—Os sigo. —Dany se dio la vuelta antes de que ninguno de los dos pudiera responderle, pero mi hermano la alcanzó en apenas tres pasos.

—¿Cómo que nos sigues? ¿A dónde?

—A vuestra casa, claro.

—No. Akela necesita reposo. Siento cortaros el rollo, ya tendrá tiempo para ligues cuando esté mejor.

La mirada que le dedicó Dany consiguió que Kai retrocediese casi un metro de golpe, y puedo asegurarte que eso es algo que no sucede muy a menudo.

—Mira, iluminado, tengo la moto de Akela en mi cuatro por cuatro y su ukelele dentro de esa misma moto. Os sigo hasta vuestra casa para poder dejarla allí porque dudo mucho que quepa en el maletero de tu utilitario. Pero, y escucha esto bien, si no existiese ninguna otra razón más que querer ir a casa de mi nuevo amigo, que no rollo, que no ligue, que no polvo, iría igual, porque estoy segura de que a él le apetece que vaya, ¿entendido?

Dos pestañeos rápidos y un pensamiento.

«En serio, sirena, ¿de dónde has salido?».

Se retaron en silencio durante unos segundos, como en una peli del Oeste, y fue Dany quien ganó aquel duelo.

—Debería haber empezado sus clases hace dos horas, así que procurad no liaros mucho.

Kai condujo en silencio hasta Hanalei, nuestro oasis en mitad del paraíso, un pueblecito con apenas seiscientos habitantes, donde el espíritu *aloha* se respiraba a cada paso que te aventurabas a dar por sus calles.

Apenas había apoyado una muleta en el suelo cuando Piper y Agnes salieron por la puerta de su casa con las manos en la cabeza y el grito en el cielo.

—¿Qué te ha pasado, mi niño?

Esa era Agnes. Dulce, melosa y una abuelita en potencia a la que la vida no quiso regalarle hijos. A cambio, hace ya muchos años, el destino nos llevó a Kai y a mí hasta la cabaña colindante a la suya.

Te explico: el padre de Agnes fue un hombre rico, muy rico. Emigró desde Australia cuando era joven y se enamoró de todo Kauai y, más concretamente, de una de sus habitantes. Soñó con formar una familia enorme junto a esa mujer que le había robado el corazón, así que, vendiendo la leche antes de tener la vaca, compró un terreno inmenso donde hizo levantar una casita algo más grande para ellos y los futuros bebés y cuatro chozas gemelas que rodeaban ese vasto trozo de tierra verde, como proyecto de un futuro que él concebía lleno de hijos ya adultos y nietos correteando por el enorme jardín privado.

Pero de todo aquel deseo, solo Agnes se cumplió. No llegaron hermanos, hermanas, voces, juegos ni decenas de personitas que llenasen el vacío que sus padres se negaban a arrendar, como si permitir que unos extraños habitasen su sueño lo convirtiese de pronto todo en pesadilla.

Durante treinta años, solo fueron ellos tres y la pena.

Cuando sus padres fallecieron mucho antes de lo que les hubiese tocado, Agnes conoció a Piper y esa pena empezó a pesar menos. Se enamoraron deprisa, se quisieron despacio y se casaron doce años después. Harta de seguir con una costumbre que sentía ajena, Agnes decidió alquilar las cuatro cabañas que llevaban deshabitadas más tiempo del que una casa debe permanecer en silencio; aunque, sin ahogos económicos apretando su garganta, juró que solo metería en esa pequeña comunidad a gente que le transmitiese algo especial, ese sentimiento de que un desconocido se puede convertir en hermano.

Al cabo de pocos meses Frank ocupaba la primera de las chozas. Era un hombre elegante, tierno y un poco callado que en aquel momento tenía cuarenta años, un par más joven que Agnes y Piper. Era un informático que trabajaba desde casa, vivía solo y estaba harto de ello. Nunca se había casado, nunca había tenido ganas de hacerlo y nunca pensó que alguna vez eso fuese a ocurrir. Yo creo que Frank llegó a ese trocito de isla para descubrir que estaba equivocado.

Dana y Magnus aparecieron dos años después: una pareja que estrenaba la treintena y que vivía como una de sesenta, por lo que, a pesar de ser los más jóvenes de los cinco vecinos que entonces pasaron a formar parte de ese rincón perdido de Hanalei, se ganaron pronto el apodo de «los abuelitos». Eran los que siempre instaban a todos a sentarse alrededor de una enorme mesa, que habían colocado en una parte del terreno conjunto, para jugar a las cartas, a las damas o para escuchar el mar mientras contaban historias antiguas con un té en la mano.

Gia tardó tres años más en aparecer. Era una profesora que había empezado a ejercer muy joven y que decidió cambiar de aires en cuanto tuvo ocasión. Lo suyo con Agnes fue amistad a primera vista. Y lo suyo con Frank aún no sabemos exactamente qué fue, aunque era obvio para todos que aquella mujer, que pasaba por poco la cuarentena, traía de cabeza a Frank en casi todos los sentidos. Protectora, extravagante y descarada serían tres adjetivos que describían muy bien a mi adorada Gia.

Y un año después, en medio de esa peculiar familia, aterrizamos Kai y yo. Bueno, más bien apareció Kai con un bebé de dos años y desató la locura. Un chaval de dieciocho, que había tenido que hacerse cargo de su hermano cuando este nació, y que se mudaba a un complejo de casitas llenas de personas adorables que le sacaban más de veinticinco años. Sé lo que me vas a decir, que Dana y Magnus no eran tan mayores. Pero, de verdad, vas a tener que creerme: era como si ellos le llevasen más bien cuarenta años a Kai. ¿El resultado? Nos convertimos en sus niños bonitos.

Yo no recuerdo nada de aquel entonces. No podría, era un crío. Pero ahora puedo decirte que Kai lloró de puro alivio y agradecimiento la primera noche que durmió en su cama, esa que había vestido Dana, después de cenar rodeado de seis personas que sacaron bolígrafo y una hoja de papel con la intención de establecer turnos para poder cuidarme durante toda la semana cuando Kai comentó, sin ninguna intención, que estaba algo agobiado porque no sabía cómo hacerlo para compaginar el inicio de su carrera universitaria con mi crianza.

Hoy por hoy, los dos seguimos pensando que habernos topado con esas personas es lo más bonito que pudo ofrecernos el universo. Ninguno hubiésemos llegado a ser quienes fuimos sin ellos.

Mientras Agnes me ayudaba a bajar del coche, Piper ya había tocado las puertas de Gia y de Frank para que saliesen a recibirnos como si de una comitiva se tratase. Dana y Magnus eran los únicos que tenían que acudir a trabajar todos los días a una pequeña cafetería que habían montado al mudarse a Hanalei, por lo que no estaban allí cuando el circo que resultábamos a ojos ajenos estalló.

—¡Ay, Dios mío! ¿Por qué va el niño con muletas? —Gia.

—¡Se la ha pegado con la moto, seguro! ¡Te tengo dicho que no puedes ir por ahí como un loco en ese cacharro! —Frank.

—¡Pero decidnos qué ha pasado! —Gia otra vez.

—¿Te duele mucho, cariño? ¿Necesitas algo? ¿Vas bien con esos chismes? Si lo prefieres, puedo mirar si te consigo una silla de ruedas. —Piper.

—¿Te preparo algo calentito para templarte el cuerpo y que te eches a dormir un rato? —Agnes.

—¡¿Que qué ha pasado?! ¡¡Que me estoy poniendo nerviosa!! —Sí, has adivinado. Esa era Gia de nuevo.

Por el rabillo del ojo distinguí a Dany, que se había parado a unos pasos de nosotros, mirando la escena sin disimular ni un ápice que todo aquello la divertía. Su sonrisa era tan grande que sus ojos parecían más rasgados que los míos.

—Eh, ya vale. Tenemos visita.

La curiosidad de mi familia cambió de objetivo en un instante. Todos giraron en derredor en busca de «la nueva». Las miradas de cada uno variaban entre el rosa del pelo, las piernas aún desnudas y la risa desvergonzada.

—Sí que ha sido con la moto, pero le prometo que no ha sido culpa suya —soltó a modo de presentación mi nueva amiga dirigiéndose a Frank.

Una frase, solo una, y el circo cobró más fuerza que nunca.

—Uy, qué acento tan raro. ¿De dónde eres? —En cuanto Gia me dio la espalda para acercarse a ella, el resto de la manada se le unió hasta casi arrinconar a una Danielle que no reculó ni medio centímetro ante la intromisión. Reconozco que eso hizo que me gustase un poquito más.

—De París, Francia.

Recuerdo pensar en aquel momento que no sabía eso de ella.

—¿Y qué haces aquí? —Piper decidió que unirse al interrogatorio no era mala idea.

—Pues llegué hace un par de años después de viajar casi todo lo que tenía que viajar. Mi padre era de aquí, quería conocer un poco mis raíces. —Eso tampoco lo sabía aún. Bueno, es que en realidad sabía poco de ella entonces.

—Tienes un pelo muy curioso. —Frank y sus comentarios siempre acertados.

—Me lo teñí hace unos días con uno de esos tintes que se van con los lavados. También lo he llevado azul, que destaca mis ojos. —Nunca me lo dijo, pero no eligió el rosa por casualidad. Hacía poco que había pasado una fecha importante para ella, una relacionada con la pérdida, el amor y una canción que me cantó decenas de veces en los meses siguientes.

—¿Y cuál es tu color natural? —Frank parecía verdaderamente interesado en los asuntos capilares de Dany.

—Rubio oscurito.

—¿Y de qué conoces a nuestros niños?

—Agnes, por Dios, deja de llamarme así, que tengo treinta y tres años. —La queja de Kai ni siquiera consiguió que aquellos cuatro apartasen la vista un segundo de Dany.

—A Akela lo he conocido hoy en la playa. Estábamos marchándonos de allí cuando nos hemos dado de bruces con un accidente múltiple bastante feo. Yo he podido esquivar los coches, aunque Akela no ha tenido tanta suerte. Pero, vamos, que solo se ha hecho un esguince.

Esta vez sí que volví a acaparar todas las palabras de preocupación.

—¡Qué horror! Te podías haber abierto la cabeza.

—Hala, Gia, lo que te gusta exagerar —le repliqué.

—De eso nada, lleva razón. Te voy a prohibir subirte a ese trasto.

—¿Y cómo me muevo por la isla, Frank? —Mierda. Todos contra mí.

—Déjalo, si con el tobillo así no va a poder montar en una temporada larg…

El grito de Piper interrumpió a su mujer. Con cara de no entender nada, observamos que desaparecía corriendo dentro de su casa. Todos los presentes, menos una, comprendimos qué pasaba en cuanto volvió a salir.

—Perdona, niña. Qué maleducados, ni siquiera te hemos recibido como se debe.

Piper levantó los brazos para poder pasar por la cabeza de Dany un *lei* azul, amarillo y rosa que ella miró con verdadera admiración.

—Es una manía de por aquí. Ya sabes... Si en Hawái queda mal no dar la bienvenida a alguien con uno de estos, en Hanalei, el pueblo de los «hacedores de *leis*», ya es casi pecado —le explicó con las mejillas un poco encendidas por la evidente admiración que reflejaban los ojos de Dany al mirar el collar.

—Es precioso...

—Gracias —respondió Piper con orgullo—, los hago yo. Por cierto, ¿cómo te llamas?

—Danielle. Dany.

«A ellos sí que les deja usar el diminutivo, mira tú».

El pensamiento de Kai me hace poner los ojos en blanco. La mayoría de las veces me acusaba a mí de comportarme como un crío y luego él era el más niño de los dos.

Había sido borde con Danielle. Él lo sabía, yo lo sabía y Dany lo sabía. De lo que ni Dany ni yo nos percatamos fue de que a Kai le jodió no haber reculado tras darse cuenta de que había sido un imbécil con ella en esa primera ocasión, no haber sabido acercarse a esa chica de pelo rosa que regalaba sonrisas a toda su familia y disculparse sin más.

No supo por qué. Le avergonzó pensar que había sido un idiota sin motivo con ella.

Tuvo suerte, Dany era de fiarse de las primeras impresiones, pero no le negaba a nadie la oportunidad de una segunda mejor. Y menos mal que esa no tardó en llegar...

—Bienvenida, Dany. Y perdónanos, somos una panda de exagerados, pero es que estos dos son como nuestros hijos. ¿Quieres quedarte a comer y así podemos seguir haciéndote preguntas sin prisas?

Su risa sonó tan sincera que ni siquiera Kai pudo evitar sonreír un poco.

—Hoy no puedo, aunque te aseguro que estoy lamentándolo de veras.

—¿Y otro día?

—Claro.

—¿Lo prometes? —No me importó que mi voz sonase un poco desesperada. Quería volver a verla.

—Lo prometo.

4

Un pícnic, un plural y unas cuantas preguntas

El sábado a la hora de comer fue el momento que Dany eligió para demostrarme que era una mujer de palabra.

Solo habían pasado veinticuatro horas. Un día. Era absurdo que me alegrase tanto de ver a una persona que, hasta hacía apenas nada, no sabía ni que existía. Y, sin embargo, así fue.

Y es que entonces no me daba cuenta, pero esa ilusión por tener cerca a Dany hablaba más de mi soledad que de lo que ella significaba realmente en mi vida. Al menos en ese momento.

Yo estaba en nuestro *lanai*, el porche exterior de la cabaña, colocando un par de platos y algunos cubiertos encima de una mesita que Kai y yo usábamos cuando queríamos comer con la brisa acariciándonos la cara. Mi hermano salía en ese momento por la puerta de casa con unos cuantos sándwiches poco elaborados en una pequeña bandeja. Fue el primero en verla, y el amago de su sonrisa me hizo girarme en busca de lo que había despertado ese gesto en él.

—¡Dany!

En ese momento pensé que debía de haber sonado ilusionado hasta extremos estúpidos. Ahora sé que a ella le pareció que mi grito era como el de un niño pequeño que no sabe medir aún su alegría y que eso le gustó.

Hacía mucho que a Danielle había dejado de parecerle bonita la gente que escondía lo que le pasaba por la cabeza o que mentía sin motivo. Esa que respondía con un «nada» o con un «bien» ante preguntas sencillas que, más veces de las que creemos, guardan un verdadero interés; las que pronunciamos mil veces a lo largo del día casi sin ser conscientes, esas como «¿qué te pasa?» o «¿estás bien?».

—Hola, chico del ukelele. —Su sonrisa nos hizo sonreír a Kai y a mí, aunque mi hermano fue menos efusivo que yo en el gesto, a pesar de que su cabeza ya había decidido antes que él mismo que podía intentar limar asperezas con aquella chica que yo parecía querer tener cerca—. ¿Cómo va tu tobillo?

—Hinchado y oprimido, pero mejor que ayer. Los analgésicos son mis nuevos mejores amigos. —Se rio con los ojos y a mí se me calentó el pecho—. ¿Te quedas a comer?

—Pues había traído una especie de pícnic de mi tierra para que probaseis algo diferente.

Habló en plural y a mí, lejos de molestarme que incluyese a otra persona en nuestros planes, me agradó que lanzase esa bandera blanca hacia Kai, como si ya supiese que era importante para mí que se entendiesen.

—Creí que sería buena idea acercarnos a la costa y comer tranquilos mirando romper las olas.

Dirigió la vista a su izquierda, donde la orilla de la playa de Hanalei ya era visible.

No sé si se me olvidó mencionártelo: los padres de Agnes compraron este maravilloso rincón del mundo a, exactamente, cuarenta y siete pasos del mar.

—Desde aquí ya vemos romper las olas y tenemos sillas. —Kai y su habilidad para romper momentos… No se lo tuve en cuenta. Él era así: práctico, un poco cuadriculado, metódico. He de confesarte que, durante los siguientes meses, disfruté mucho viendo cómo Dany derretía cada uno de esos aspectos de su carácter a base de abrazos que a él siempre le tomaban por sorpresa, a pesar de que, en silencio, llegó a esperarlos cada día.

—Cierto, igual que también lo es que desde aquí no podemos sentir la arena colándose entre nuestros dedos al hundir los pies en ella —le respondió Danielle en un tono dulce pero un tanto condescendiente, queriendo darle a entender que era algo obvio.

Seguro que ya lo has adivinado. Sí, esa batalla también la ganó Dany. Lo cierto es que ganó casi todas las que la tuvieron a Kai y a ella como protagonistas. Aunque también es cierto que mi hermano se dejaba ganar a menudo, porque desde el principio Danielle despertó sus ganas de rendirse a lo nuevo, a lo inesperado. A todos esos momentos que lo desubicaban y lo desconcertaban.

Dany fue un destello en sus días grises. Y unas alas en mi cuerpo anclado a la tierra.

Kai me cargó a caballito para llegar hasta la arena cuando comprobamos que las muletas se hundían demasiado. No tuvimos ni que cambiarnos. Mi hermano y yo ya llevábamos un bañador como única vestimenta antes de que Dany apareciese, y ella había venido preparada; podía ver las tiras de su bikini anudadas a su cuello. Si vives en Hawái, te acostumbras a llevar trajes de baño en lugar de ropa interior la mayoría de los días.

Cuando nos sentamos tan cerca del agua que la humedad de la arenilla nos mojó un poco las piernas, me paré a mirarla de perfil mientras sacaba la comida de una bolsa de tela que colgaba de su hombro.

El rosa de su pelo estaba más difuminado y empezaba a mezclarse con mechones rubios que asomaban reclamando su lugar.

Incliné un poco más la cabeza, apoyándola en mis rodillas, que había doblado hasta pegarlas al pecho, y me di cuenta de que Kai estaba haciendo un escrutinio parecido al mío, solo que sus ojos también reparaban a veces en mí, curiosos, confundidos. Mi hermano no paraba de preguntarse si aquella chica extraña y yo teníamos algo. También se cuestionaba mucho por qué saber la verdad sobre ello le interesaba tanto.

—He preparado *grattons*, *rillettes* y crepes salados fríos.

Esa simple frase desembocó en un cuarto de hora de intentos patéticos por mi parte por tratar de pronunciar algunas palabras en su idioma con el acento correcto mientras mi amiga se reía hasta faltarle el aire. Incluso Kai dejó ver un par de sonrisas que a Dany no le pasaron desapercibidas, porque la hicieron tener la esperanza de que ese hombre tan serio y regio pudiese tener un sentido del humor que acabase por gustarle.

Nos saltamos las dos horas de digestión que cualquier madre de bien nos hubiese impuesto y nos lanzamos al agua con ganas. Bueno, yo más bien chapoteé un ratito ignorando la incomodidad de que se me empapase la venda de compresión.

Mi hermano fue el primero en llegar a rozar la orilla y se zambulló en el mar como si ese fuese su elemento. Volví a pensar en él con una tabla entre las manos y un aguijonazo de culpa me atravesó deprisa, aunque procuré dejarlo atrás para poder concentrarme en aquel momento. Quise retenerlo, guardar la imagen de Dany y de Kai un poco separados pero juntos, saltando alto, disfrutando de un día cualquiera, uno que no pensé que fuese a ser especial. Aunque lo fue. Fue bonito e irrepetible.

Supongo que la mayoría de los días importantes de la vida de una persona no vienen anunciados, solo llegan, y en nosotros está aprender a pararnos para distinguirlos y no dejar que se evaporen entre cientos de recuerdos más sin importancia.

Yo casi no podía soltarme por culpa del vendaje así que me cansé de la sal y la espuma mucho antes que ellos y me senté en la orilla, donde la resaca de las olas aún llegaba a mojar mis pies. Cerré los ojos y me concentré en los sonidos que nos envolvían, igual que una canción perfecta: el agua y su vaivén rítmico y envolvente; Dany gritando como una loca a la que no le importaba ser el centro de algunos cuchicheos; las hojas de las palmeras golpeando entre sí, aplaudiendo el instante; mi hermano siendo feliz, relajándose por momentos como solo lo hacía con ocho personas en el mundo, y mi corazón latiendo acompasado a su risa.

Ellos dos salieron a mi encuentro un rato después, más desinhibidos, más empezando a ser ellos mismos el uno frente a la otra. Nos secamos al sol, con las caras alzadas al cielo y los ojos cerrados. Y fue tan perfecto que quise alargarlo un poco cuando llegó la hora de volver a la realidad.

—Akela, deberíamos ir volviendo a casa. Gia estará esperando que aparezcas por allí en cualquier momento para empezar con las lecciones de matemáticas.

—Media hora más, Kai. Vamos… A Gia no le va a importar y se está tan bien aquí…

—Keiki…

—Por favor —le rogué.

—¿Por qué estudias en casa? —La pregunta de Dany cortó el debate que yo ya sabía ganado, porque yo deseaba quedarme allí mucho más tiempo, y, en realidad, Kai tampoco tenía ganas de moverse—. Quiero decir, sé que es una opción como cualquier otra en algunos países como este, pero siempre me ha parecido raro que alguien prefiera dar clases fuera de un colegio, donde hay más chicos de su edad y dramas adolescentes que hacen interesantes los días.

Vi la mirada de Kai, esa que decía «tú sabrás si quieres hablar de ello». Solo que no, no quería. Al menos, aún no.

—Es más cómodo. Simplemente.

Dany supo que mentía, que había algo más, aunque lo dejó estar. Las palabras salen cuando es su momento. Las personas confían cuando se sienten preparadas. Yo no había llegado a ese punto con ella, porque alcanzarlo suponía abrirme de una manera demasiado cruda y a mí me gustaba la forma en la que ella me miraba, como si fuese solo su chico del ukelele.

—¿Tú estudiaste algo?

No me extrañó que las preguntas de Kai tomasen ese cauce. Siempre tan práctico, pensando que un trabajo define a una persona… Siempre tan equivocado.

—Empecé Medicina, pero no terminé la carrera.

—Entonces, ¿cómo te ganas la vida?

—Sobre todo hago tocados y broches para bodas con flores preservadas y cosas así, ya sabéis, decorando sombreros, cinturones y esas tonterías estilo *handmade*; de forma mucho más esporádica, toco en un *pub* de la zona de Poipu algunas noches de la semana y doy clases de guitarra a un par de niños ricos cuyos padres pagan muy bien. No sé, me apaño. Tampoco es que necesite demasiado. Mi padre tenía un terreno en propiedad que pasó a ser mío cuando faltó mi madre. Lo arreglé al llegar, planté mi casita allí y me trabajé un huerto que me evita muchas visitas al supermercado.

—Y, si eres francesa, ¿cómo acabaste aquí?

Esa no era la pregunta que de verdad deseaba hacerle. O sí, no sé.

Lo cierto era que quería saber tanto de ella como fuese posible. Todo. Todo lo que quisiera contarnos.

Y, por la pausa que hizo antes de responder y la duda que cruzó su mirada, supe que también ella prefería callar algunas cosas por el momento.

—Creo que se lo mencioné ayer a alguna de vuestras... ¿vecinas?

Me reí por la pregunta en su voz, la que indicaba lo extraño que le había parecido el abordaje que esa pequeña panda de cotillas le había hecho el día anterior. Hasta Kai sonrió, aunque solo de medio lado y procurando que Dany no lo viese.

—Si quieres luego te lo explico mejor. Es algo extraño. Son más *ohana* que unos simples vecinos.

—Son familia —repitió ella.

—Ellos y Eric. A él no lo conoces aún. Son nuestra gente —intervino Kai—. Y ahora no te escaquees, te tocaba responder a ti.

Me agradó que estuviese pendiente de lo que ella pudiese contarnos, aunque fingiese que no era así. Me costó un poco darme cuenta, pero me gustó desde el principio que «lo mío con Dany» pasase tan deprisa a ser «lo nuestro con Dany».

Sí, puede que Kai se relacionase con ella de una forma distinta a la que lo hacía yo, más como adultos y menos como niños con ganas de hacer nuevos amigos, pero casi desde el principio procuró mantenerse cerca de ella, igual que esa polilla que no puede evitar acercarse a la luz.

—Cierto. A ver, por lo que sé, mi padre era hawaiano, un nativo cuyos antepasados vivían en estas tierras desde antes de que se las bautizase con el nombre de islas Sandwich hace tres siglos. Nació el mismo año en el que Hawái se convirtió en un estado de Estados Unidos.

—¿Esto va a parecerse en algo a una lección de historia? Habíamos quedado en que podía librarme un poquito más de las clases.

Mi comentario me valió una colleja por parte de mi hermano y una risilla de Dany que compensó el pescozón.

—Ya dejo los datos académicos. Odiaría que por mi culpa te saliera humo de la cabeza —se burló ella—. El caso es que conoció a mi madre, una turista francesa que había venido a pasar un par de semanas a este paraíso, cuando ella tenía veintisiete años y él treinta y tres. Mamá decidió quedarse aquí para siempre. Cayó enamorada de mi padre, de este sitio y de mí. Yo llegué a sus vidas un par de años después y, de nuevo, un par de años después murió papá.

—Lo siento.

El susurro de Kai fue tan bajo que dudé que Dany llegase a oírlo.

—No lo hagas. Yo no lo recuerdo, la verdad.

Era cierto. No debes tenerle lástima; Dany detestaría que lo hicieses.

—¿Qué pasó después? —la animé yo a continuar para salir de esa especie de halo triste que se crea cuando la muerte sale a pasear.

—Que mamá empezó a odiar todo lo que hasta entonces había amado de esta isla. Porque, cuando cada rincón de un lugar te habla de ausencia, es casi imposible sentirte entera, así que volvimos al que había sido su hogar un lustro atrás, solo que el tiempo da perspectiva y te hace olvidar el dolor. Yo crecí en París, la ciudad mágica de las luces, y, a pesar de ello, todos los cuentos que me contaban cada noche tenían a Kauai como escenario. Aprendí a amar esta isla antes de conocerla gracias a los recuerdos y a las palabras que mi madre nunca se cansaba de evocar para mí. Me enseñó su lengua, su cultura y su espíritu. Cuando ella murió, quise descubrir si todo lo que me había contado eran solo invenciones de una mente anhelante o si podía existir de verdad un lugar como el que me describía día tras día.

Los tres nos quedamos en silencio durante un momento. Dany, recordando la forma exacta de la sonrisa de su madre al mirarla a ella; Kai, perdido en un pensamiento muy parecido al mío.

—¿Cuántos años tienes, Danielle? —se atrevió a preguntar.

—Veintiséis —respondió ella con la cabeza perdida aún en unos labios curvados.

Demasiado joven para ser huérfana. Igual que Kai. Igual que yo.

Ella no mencionó cómo había llegado a serlo. Nosotros no insistimos. Hay recuerdos que pesan demasiado y Dany no estaba preparada para quitarse esa mochila de encima, así que respetamos que no quisiera compartir con nosotros cómo había perdido a una madre que debería seguir a su lado.

—Pasé un par de años viajando por algunas partes del mundo antes de atreverme a venir aquí y, de alguna manera, asentarme por un periodo más largo.

—¿Viajando en plan vacaciones? —aventuré.

—No, más bien viajando para vivir, para respirar. Solo llevaba una mochila al hombro y poca reticencia a trabajar en lo que fuese para ganarme un sitio donde dormir y algo que llevarme a la boca. —La mirada se le llenó de infinidad de momentos que la hicieron suspirar con algo muy similar a la felicidad tirando hacia arriba de sus labios.

—¿Y no dejaste a nadie en tu casa? ¿Hermanos? ¿Tíos?... ¿Algún novio?

Esa sí que era la duda que necesitaba que me resolviese. Ni siquiera estoy seguro de por qué.

Sí, la noche anterior me había quedado dormido pensando en ella, pero creo que ya en ese momento era un poco consciente de que, a pesar de parecerme guapísima y divertida, no. Simplemente no. Porque al soñar con Dany no me había visualizado besándola, no nos había visto en la cama, no me había excitado imaginando cómo sería nadar desnudo a su lado. No. Solo había soñado con sentarme junto a ella en alguna otra playa, o en cientos, y contarle quién era yo, esperando ser una de esas personas que a ella le resultaban interesantes; lo suficiente, al menos, como para no querer marcharse de mi lado.

Sin embargo, cuando había conseguido callar a Kai por primera vez frente a las puertas de aquel centro de salud donde se habían conocido, una idea rápida y loca se había filtrado sin permiso en mi cabeza y había empezado a hacer cumbre: Dany había llegado para mejorar mi mundo, pero podía poner el de mi hermano del revés, y, dioses, solo yo sabía cuánto necesitaba Kai que su universo volviese a girar.

Así que no estoy seguro de si le pregunté aquello pensando solo en mí o colando a Kai de alguna manera en esa ecuación; solo sé que recé para que nos dijese a ambos que solo estaba ella y su locura en esa historia que empezábamos.

—Esta es mi casa, al menos por ahora. —Abrí la boca para protestar por no haber recibido una respuesta real, solo que ella se me adelantó—. Pero no, no tengo más familia ni nadie que me espere en ningún sitio.

Una vez más, no lo dijo como algo triste, solo como una realidad que le parecía la correcta, la cómoda, la que no le daba problemas porque alguien pudiese depender de ella o esperar demasiado de una chica que solo quería conocer el mundo entero.

—¿Ya es mi turno para las preguntas? De verdad que tengo curiosidad por esos vecinos vuestros que os miman igual que si fueseis sus pequeñines.

Puse los ojos en blanco, fingiendo que me molestaba esa actitud sobreprotectora que siempre desprendía hacia nosotros nuestra peculiar familia, aunque en realidad era algo que me encantaba.

Kai y yo nos quitamos la palabra el uno al otro para explicarle la locura de Gia, la dulzura de Piper, la generosidad de Agnes, la ternura de Dana y Magnus y la timidez de Frank.

Kai se paró un par de veces para carraspear y disimular así la emoción que le secuestró la voz cuando le contó a Dany la forma en la que todos nos habían acogido. Yo no disimulé lo brillantes que se me pusieron los ojos. Pensar en lo perdido que debió de encontrarse Kai por aquel entonces siempre conseguía que la bola de gratitud que convivía conmigo me calentase el pecho hasta convertirlo en un fuego de hogar.

—Así que ¿tú criaste a Akela? —dedujo ella.

—Todos lo criamos. Sin esa panda de dementes y sin Eric no lo habría conseguido —reconoce mi hermano.

—Antes habéis mencionado ya a ese hombre. ¿Quién es?

—El mejor amigo de nuestra madre. Vivimos con él los dos primeros años en los que ella faltó. Yo solo tenía dieciséis, así que no podía responsabilizarme legalmente de Akela. Eric se ocupó de todo y, después, él y sus abogados me ayudaron en todo lo que pudieron para tramitar los papeles necesarios para hacerme con la custodia del enano cuando cumplí la mayoría de edad.

—Eric es socio de una farmacéutica bastante importante de Hawái —le expliqué yo.

—¿No querías seguir viviendo con él? —aventuró Dany.

—No es eso. Es que… Sentía que Akela era mi responsabilidad. Siempre nos han ayudado muchísimo para salir adelante, así que pensaba que tener nuestra propia casa lo haría todo más real, dejaría de parecerme que aquello solo era una pesadilla de la que antes o después despertaría para poder sentarme a desayunar con mi madre mirando al mar como cada mañana.

Un rato antes, cuando Dany nos había asegurado que no deberíamos sentir lástima por ella por la pérdida de su padre, la había entendido. Jamás me dolió la ausencia de mi madre. Para mí, solo era un recuerdo que vivía en la mente de Kai. Pero a él sí le dolía. Él sí que la echaba de menos.

Kai había conocido a una mujer que lo abrazaba y lo consolaba si se raspaba las rodillas de niño. Extrañaba a una madre que se tumbaba a su lado en la cama y le leía cuentos hasta que caía rendido. A él le faltaban las canciones que ella le tarareaba mientras cocinaban juntos los domingos por la tarde.

Yo, sin conocerla, había tenido todo aquello y lo seguía disfrutando entonces, porque no es madre ni padre quien te gesta, sino quien te cría. Y yo tenía un tío que nunca nos había dejado solos, un montón de abuelos que me cubrían de besos a diario y un padre que me hacía llamarlo hermano.

—¿Qué le pasó a ella?

Dany sí se atrevió a preguntar, y lo hizo mirándome a mí. Quizá porque se dio cuenta de que yo podría decírselo sin que las lágrimas formasen ríos en mi garganta y me impidiesen hablar, como estaba seguro de que en ese momento ocurría dentro de Kai.

—Murió al darme a luz. Complicaciones en el parto. —Repetí la explicación que había escuchado en contadas ocasiones en casa. No era algo que Eric o Kai mencionasen a menudo.

—¿Y vuestro padre?

—El tipo que dejó embarazada a mi madre se largó cuando supo que yo existía —soltó Kai con amargura.

—Y yo soy el resultado de una noche loca con un turista japonés que se marchó de la isla antes incluso de que mi madre supiese que estaba embarazada de nuevo. Ella era de aquí, aunque también tenía ascendencia nipona, por eso mis rasgos son aún más asiáticos que los de Kai. Si no fuese porque los bañadores y las camisas abiertas son lo único que llena mi armario, es probable que la mayoría del mundo pensase que soy un turista.

—A mí me gusta tu ropa.

Le guiñé un ojo en un gesto muy poco mío y Kai volvió a tensarse.

«¿Te gusta, Keiki? ¿Te gusta de verdad?... ¿Me gusta a mí de verdad?».

—La cosa es que nuestra madre ya tenía cuarenta y cuatro años cuando se acostó con mi donante de esperma y se quedó embarazada de mí. Decidió que quería seguir adelante, a pesar de que le advirtieron que podían existir riesgos y complicaciones que acabaron por aparecer. Supongo que tenerme no fue la idea más inteligente de todas las que tuvo.

—No digas eso.

Kai siempre me reñía cuando hacía esa broma, aunque era verdad. Que yo naciese había supuesto que mi madre muriese. Y todo para que yo solo disfrutase de dieciocho años en este mundo.

No era justo.

La vida no era justa.

Cada uno nos perdimos durante un par de minutos en nuestros pensamientos. El mar seguía entonando un arrullo calmo y el sol pegaba con fuerza sobre nuestras pieles. Dany tenía apoyadas las palmas de las manos en la arena, muy cerca de mis dedos. Su hombro derecho casi rozaba el de mi hermano. Recuerdo pensar que el contraste del color de la piel de los tres era bonito. Ella, con ese tono tostado que adquieren los cuerpos muy blancos cuando vives cerca de la playa. Nosotros, con ese toque dorado que identificaba tan rápido a los nativos de Kauai.

Diferentes. Complementarios.

La voz de Gia rompió la calma que habíamos construido los tres aquella tarde de septiembre en la que jugamos a conocernos un poco mejor.

—¡Akela! Ya te he dado margen más que de sobra. Si la niña nueva quiere quedarse, prepararé café, pero tienes que entrar ya en casa. Vamos retrasadísimos con las lecciones de hoy.

Suspiré y le tendí la mano a Kai, que ya se había puesto en pie, para que me ayudase a levantarme. Me apoyé en su hombro para avanzar despacio fuera de la arena y llegué cojeando hasta Gia rogándole que me dejase cinco minutos más para poder cambiarme las vendas mojadas.

Es verdad que iba muy atrasado con el horario de esa tarde, así que me di prisa en seguirla al interior de su casa; tanta que me perdí la forma en la que Dany posó la mano sobre el brazo de Kai y le apretó lo bastante fuerte como para que él se girase a mirarla.

—Lo hiciste muy bien.

Solo una frase y un movimiento pequeño de barbilla para señalarme en la distancia.

Dany únicamente necesitó eso para que la amargura que se había hecho fuerte en la cabeza de Kai al hablar de nuestra madre se disipase como la niebla al salir el sol.

PRIMERA TARJETA:

¿Qué pensasteis del otro al conoceros?

DANY

—Que eras un estirado.

Kai pone una mueca de fastidio en la cara y frunce el ceño de esa forma que siempre lo hace parecer mucho mayor. Reprimo las ganas de estirar la mano y suavizarle el gesto. Casi me permito olvidar por un momento que ahora se arruga ante mis caricias.

—Joder, gracias, Lani.

—Y que me gustabas —añado porque es verdad, sí, pero también porque quiero dejarlo igual de noqueado que él a mí al oírle utilizar el mote con el que me bautizó y que no oía desde hacía demasiados días.

Estoy harta de que no hablemos, de que me evite como si fuese la responsable de que Akela ya no esté.

Yo ya cargo un poco con esa culpa, no necesito la suya.

—Oye, si de verdad vamos a hacer esto, nada de mentiras. Yo pasaba de esta mierda. Akela ya no se va a enterar de si cumplimos o no, pero tú insististe, así que al menos tómatelo en serio.

—Sí, por cosillas como esta me dio la sensación de que eras un estirado. —Intenta esconder deprisa una sonrisa chiquitita, aunque la atisbo, así que me obligo a seguir—. Que me gustabas lo supe la segunda vez que te vi, cuando estábamos en la playa y hablaste de tu madre. Se te suavizaron los rasgos y pensé que con ese hombre sí que podría pasar horas hablando. No —me corrijo—, pensé que con ese hombre *quería* pasar horas hablando.

Se queda un momento en silencio antes de permitirse susurrar una simple frase que suena a vulnerabilidad.

—Nunca me lo habías dicho.

—Nunca me lo habías preguntado.

Se encoge de hombros, dándome a entender que tengo razón. Kai suele dar muchas cosas por sentadas. Kai suele creer que todo pasará como él quiere que pase; que, con desear mucho las cosas, los deseos se cumplen. Por eso está tan perdido en estos momentos.

—Tú no me gustaste tan rápido —miente.

—Sí que lo hice.

—Claro que no.

—Tardaste un poco más en enamorarte de mí, pero eso es diferente. Que alguien te guste o no es casi instantáneo. Basta un rato hablando de tonterías. Si cuando te marchas piensas «quiero volver a ver a esta persona»... Ya está. Ya la habéis sentido.

—¿El qué?

—La conexión —le suelto meneando la cabeza, dándole a entender que es obvio—. Después el tiempo dirá si ese nuevo vínculo está destinado a que os convirtáis en amigos, en amantes, en conocidos que compartisteis un par de semanas o en familia. Eso nunca puedes saberlo seguro tan pronto. Pero ese primer tirón... Ese sí lo sientes, en las tripas y en la sonrisa, que se te dibuja sola. Tú me gustaste aquella tarde en la que accediste a comer hundiendo los pies en la arena en lugar de en la comodidad de tu *lanai*. Si quieres saber cuándo me enamoré de ti, tendrás que preguntármelo, porque eso tampoco lo has hecho nunca.

—Dany...

Es un nombre convertido en ruego.

«Por favor, no me hagas recordar a lo que estoy renunciando, por si hacerlo no me permite seguir alejado de ti. Por si las ganas que tengo de besarte acaban ganando al rencor que nació cuando murió mi hermano».

—Te toca —lo azuzo.

—No quiero. No puedo.

—Lo prometiste, Kai.

—Él también rompió varias promesas. Y tú firmaste algunas que nunca debiste hacer.

—Puede, pero que nosotros faltemos a nuestra palabra no significa que tú te hayas convertido en un hombre que no cumple la suya. Te toca —insisto.

Suspira con resignación y se pasa la mano por el pelo un par de veces. Ya ha empezado a crecernos a los dos y yo solo puedo pensar en si volver a raparmelo una vez más me dejará dentro de un bucle infinito de dolor y recuerdos que quiero retener conmigo para siempre.

—¿La verdad? Pensé que eras una sirena con muy mala leche y que mi hermano era un tío con suerte.

Se me escapa una risa parecida a un bufido. Y con ella una lágrima que no sé de dónde llega. Supongo que de darme cuenta de que recordar cómo conocí a Kai es recordar cómo conocí a Akela. Puede parecer una simpleza, pero no lo había pensado al aceptar hacer esto.

A las dos semanas de enterrar a Akela, Gia apareció en mi puerta con una carta firmada con la letra de Akela. Me la tendió con las manos tan trémulas que no pude evitar sostenérselas y acariciarle la palma despacio, hasta que fue capaz de hablar.

—A él me ha costado mucho convencerlo. No me hagas pasar por eso tú también, por favor, niña.

A él.

Kai y yo no habíamos hablado en catorce días. Más bien, él no me había hablado a mí. Ni me había atendido las llamadas, respondido a los mensajes o abierto la puerta.

Y ahí estaba Akela, lanzándonos un salvavidas que nos mantuviese a flote en ese océano de lágrimas propias en el que los dos habíamos decidido ahogarnos.

Su petición era simple: Kai y yo teníamos que juntarnos una tarde en la playa, solos y sin prisas, y contestar con sinceridad a unas cuantas tarjetas que Akela había adjuntado en las cartas que nos había dirigido a ambos y que nos prohibía mirar antes de la cita.

Nada complicado.

Nada del otro mundo.

Sentarnos y hablar. Hablar de nosotros. Hablar de él.

Llorarlo y dejarlo ir.

Inhalo aire de nuevo y me limpio el río que esa primera lágrima ha abierto en mi mejilla.

—No llores, Lani. Por favor. Me mata verte llorar.

Le tiembla la voz y a mí el cuerpo entero cuando se desplaza por la arena para pegar su costado al mío y pasarme un brazo sobre los hombros. Apoyo la cabeza contra su cuello y respiro despacio, recobrando el control, dejando que él pierda un poco el suyo si es lo que necesita.

—Lo echo de menos, Kai.

Una gota pesada y solitaria cae desde sus ojos hasta el brazo con el que ahora me rodea la cintura.

—Yo también, Lani. Yo también.

5

Unas cuantas comidas, una vida en rosa y un clic

Acostumbrarse a Dany fue sencillo, para mí y para Kai, por mucho que él intentase disimularlo.

Después de aquella primera tarde en la que los tres estiramos los minutos hasta que no dieron más de sí, Kai y yo pasamos un domingo que a los dos nos pareció más anodino de repente, aunque ambos disimulamos bien gastando las horas muertas delante de la televisión.

Al día siguiente, Dany apareció sin avisar a la hora de comer. La primera vez que compartió nuestra mesa, esa que Agnes y Piper solían llenar para todos, Kai llegó con aspecto cansado y la chaqueta del traje hecha un gurruño colgando de su hombro.

Miró primero a Dany y después a mí, levantando una ceja. Yo entendí su pregunta no formulada, pero solo le respondí con una sonrisa enorme que le indicaba que me alegraba de tener a mi nueva amiga de nuevo allí en tan poco tiempo.

—¿No tienes casa propia a la que ir a comer? —Podría haber sido un momento incómodo, si no fuese porque Dany captó muy rápido que las borderías de Kai casi siempre caían en saco roto si sabías manejarlo. Eso y el medio centímetro que se elevó el labio de Kai al verla sentada entre su *ohana*.

—¿Y tú no tienes alguna camisa hawaiana? Por Dios, estás en el único lugar del mundo en el que combinar algo así con pantalones de pinza se considera adecuado para ir a una oficina y te calzas una americana oscura y aburrida.

Pusieron los ojos en blanco a la vez y Kai tomó asiento al lado de Frank para empezar a debatir acerca del apoyo público que Obama había mostrado a Hillary Clinton para las siguientes elecciones.

El martes, Dany posó en el sitio de Kai una camisa llena de flores que él retiro de la silla y dejó medio tirada en los escalones de acceso a nuestra casa. Solo yo lo vi guardarla esa noche en el armario con cuidado.

El miércoles, Kai le tendió a Dany un folleto de comida italiana a domicilio antes de tomar asiento en su espacio habitual. Ella lo rompió en sus narices y le pidió a Piper que le sirviese un poco más de su increíble cerdo *kalua*.

El jueves, mi hermano llegó más tarde de lo normal de la oficina para encontrarse con que el sofá estaba invadido por una Dany que esperaba medio dormida a que yo terminase un trabajo de Lengua especialmente difícil que me había puesto Gia. En vez de quejarse, solo le bajó con brusquedad las piernas y se dejó caer a su lado con una cerveza en la mano. Dany le sacó la lengua y le robó la lata. Y después los dos refunfuñaron por lo bajo un rato acerca de lo floja que era la nueva temporada de *Chicago Fire* hasta que al fin pude unirme a ellos.

El viernes, Kai se marchó de casa gritándonos a Dany y a mí que no era ni medio normal que ella se quedase a dormir en el sofá después de invadir nuestro hogar durante casi una semana entera. Lo que se calló fue que el mal humor que mostró se debía a que había soñado con Danielle y se había despertado excitado y confundido. Cuando volvió a mediodía y no la vio sentada a la mesa, consiguió esperar hasta el postre para preguntarme por ella. Frank y yo no nos burlamos de él hasta después de terminar el café de la sobremesa.

El sábado no tuvimos noticias de Dany, y yo odié no haber tenido el valor de decirle que quería su número, que ya no me fiaba del destino que pone en tu camino a las personas que necesitas en cada momento, porque yo a ella empezaba a necesitarla cada día.

No sé cómo explicarte esa dependencia acuciante que creció en mí durante las primeras semanas que compartí con Danielle. Supongo que solo puedo decir que mi vida había girado durante todo el año anterior en torno a mi familia, la ausencia de gente que creí que no me fallaría y el dolor. No era una buena combinación.

Pero, en mitad de todo ese negro, apareció Danielle haciéndome reír y consiguiendo que Kai pareciese de nuevo el hermano que me veía como algo más que un cristal que fuera a romperse en cualquier momento; llenando de rosa mi mundo.

Lo hizo todo más sencillo. Y más real.

Y es que Dany pareció encajar en nuestra *hale* de una forma tan natural que, cuando faltó por segundo día consecutivo, me enfadé de verdad con Kai, pensando que la había espantado.

—Enano, tienes que calmarte. Casi no la conoces.

—Es la única persona de mi edad que quiere seguir pasando tiempo conmigo, Kai. ¿Es que no lo entiendes?

—No es de tu edad.

—Al menos no ronda los sesenta.

—Como te oigan Gia y Agnes se van a ofender un montón.

—Joder, Kai, ya sabes lo que quiero decir.

—Oye… Seguro que vuelve otra vez esta semana. Le damos de comer gratis y vive de colocar flores secas encima de sombreros. Venga, no va a renunciar a los platos de Piper solo porque yo sea un imbécil con ella.

—¡Si lo que no entiendo es por qué te comportas así si es obvio que te gusta!

—¡¿Qué?!

—Vamos, Kai, si estuvieseis en el colegio, le tirarías de las coletas en el recreo.

—No digas bobadas, anda.

—No digo que le vayas a pedir matrimonio mañana, solo que te gusta, Kai. Hasta Dana y Magnus se han dado cuenta, y eso que entre semana casi no están por aquí.

—Cállate.

Me hizo gracia que se pusiese nervioso. Kai no solía alterarse con nada, pero es que con Dany volvió a ser un poco ese chico inseguro que daba muchos pasos en falso y dudaba de todo.

Mi hermano nunca pudo ser un adolescente normal. Fue un crío de dieciséis años que tuvo que ocuparse de un recién nacido. Se volvió adulto de golpe. Se perdió muchas cosas por ganarme a mí, y no dejó de hacerlo durante tres lustros.

El monstruo no nos permitió a ninguno disfrutar de lo que se suponía que nos correspondía a nuestra edad.

Kai dejó de lado las citas y cualquier cosa que no le reportase un seguro médico de calidad y una nómina abultada con la que pagar facturas sanitarias; y yo abandoné los pasillos del instituto y dejé de recibir las llamadas de unos amigos demasiado ocupados en salir, divertirse y ser chavales normales.

El lunes todos mis miedos salieron volando por las ventanillas del coche de Kai cuando aparcamos frente a nuestra entrada y vimos a Dany sentada en el porche de Gia, compartiendo con ella una limonada.

Acababan de quitarme las vendas del tobillo y debía tomármelo con calma, pero no pude evitar abrir la puerta con el motor aún en marcha y lanzarme en su dirección con su nombre saliendo ya de mi boca como el grito de victoria que lanza el soldado que regresa al hogar.

La sentí tensarse bajo mi abrazo, aunque no me paré a recapacitar sobre lo que eso podía significar, en cómo podía interpretar ella esa respuesta desmedida a su presencia.

—Vaya, sí que te alegras de verme.

—No sabes cuánto.

Su pelo había perdido los últimos rastros sonrosados y ya lucía una melena rubia uniforme que le bailaba a la altura del pecho.

—No sabía que tenías hoy consulta para revisarte el esguince, te hubiese acompañado.

—Tranquila, está todo bien. ¿Dónde has estado el fin de semana?

Lo sé. Era como un niño demandando atención, cariño, algo nuevo, a alguien que me hiciese olvidar que la mayoría de los días me sentía demasiado solo.

—Fui a Honolulu, a tocar en un bar con unos amigos que tienen una banda. Su guitarrista les falló en el último momento y me pidieron el favor.

—Suena divertido.

—Lo fue. Me dijeron que en unos meses tienen una gira por algunos estados de la Costa Este. Quizá los acompañe.

Lo dijo con sencillez. Ahora sé que fue porque en ella moverse era natural. Dany no solía quedarse quieta en el mismo sitio demasiado tiempo. Llevaba dos años en Kauai, pero salía a menudo de la isla. Y su visión a largo plazo no incluía hipotecas ni ataduras.

Kai y yo fuimos los primeros nudos en su vida después de su madre que no le apretaron.

—¿Te vas a ir?

Soné tan perdido que Dany se preocupó. Se preocupó de verdad.

Intercambió una mirada rápida con Kai, una que yo intercepté e ignoré.

Gia me observaba con ternura, sin intervenir.

—No por ahora, aunque… bueno, no soy una persona que eche raíces, Akela. Seguro que lo entiendes, con diecisiete años tendrás muchos sueños y ganas de comerte el mundo.

Yo tenía ganas de que el mundo no me comiese a mí, pero eso no podía explicárselo a ella, no aún; así que me limité a sonreír y a fingir que sabía de qué me hablaba a la vez que Kai anotaba mentalmente que Dany podía parecerse más a una sirena de lo que había pensado en un principio y recordaba que los cantos de las de su especie eran peligrosos.

Mi profesora particular cortó la tensión extraña que se había creado sin que ninguno tuviésemos claro por qué. Nos mandó a los tres a casa, liberándome de mis tareas vespertinas.

Yo quise destensar un poco más la soga que sentía al cuello, así que le pedí a Dany que me hablase de sus viajes, de todo lo que había vivido antes de aterrizar en Hawái, y me dio el gusto, porque quería verme sonreír de verdad otra vez y tenía la sensación de que hacía rato que no lo conseguía por algo que ella había dicho, a pesar de que no acertaba a averiguar qué era.

Así descubrí que había pisado los cinco continentes y catorce países; que había dormido en coches y en casas de extraños y también en hoteles de lujo o perdida en las estrellas; que las auroras boreales de Islandia se quedarían para siempre grabadas en su retina; que había llorado en la India al ver cadáveres apiñados en la orilla del Ganges; que quería volver al menos una vez en la vida a Japón; y que nunca había probado un ron mejor que el de Cuba.

Intenté sonreír, aunque sé que estuve más callado de lo que a esas alturas ya era habitual en mí estando Dany a mi lado, pero es que me sentí inexperto a su lado, un poco pequeño. A Kai también le pasó, solo que a mi hermano ese sentimiento le hizo sentir culpable.

La envidia cayó sobre él como una losa pesada y se odió por ello. Había renunciado a ese tipo de cosas por una familia, y eso era lo importante. Se repitió esas palabras una y otra vez mientras se levantaba murmurando excusas inconexas y se refugiaba en la cocina para preparar algo de cenar.

Yo aproveché para ir al servicio. Al volver por el pasillo me di cuenta de que Dany había abandonado el salón para meterse en mi habitación. Estaba de pie al lado de mi escritorio, mirando una foto en la que unas versiones más jóvenes de Kai y de mí sonreían al objetivo.

—Hey, ¿qué haces aquí?

Se giró deprisa, como si la hubiese pillado en falta.

—Akela, ¿he hecho algo malo?

—¿Qué? No. ¿Por qué preguntas eso?

—No lo sé. Tengo la sensación de que tú no estás del todo contento y de que Kai está... enfadado conmigo. Y no lo entiendo.

—No es... Joder, Dany, no es eso.

—Entonces, ¿qué es?

¿Qué era? ¿Qué nos pasaba esa tarde? ¿Qué había de diferente?

Que había estado ausente dos días enteros y la habíamos echado de menos. Tan simple como eso.

Habíamos puesto en nuestro camino a una desconocida a la que podíamos extrañar demasiado deprisa. Y no sabes lo que acojona algo así.

—Creo que oírte hablar de tu viajes nos recuerda a nosotros que no hemos hecho grandes cosas. —No era del todo verdad, pero necesitaba responder algo, no permanecer más tiempo callado y darle la respuesta que me quemaba en los labios, esa que hablaba de lazos creados más rápido de lo que había previsto y que a ella podrían agobiarla.

—¡Qué idiotez!

—¿Lo es?

—Claro que sí. Yo lo único que he hecho es moverme mucho. Vosotros... vosotros habéis construido un hogar. Habéis creado una familia de la nada, Akela. Y eso es enorme.

—Puede, aunque escalar el Machu Picchu tampoco está mal.

Los dos nos reímos más ligeros. Los dos volvimos a sentir que conectábamos sin esforzarnos. Pero a mí una pregunta se me atascaba en la garganta desde hacía horas, las mismas que llevaba soñando despierto con los días increíbles que Dany había rescatado de sus recuerdos para mí, y necesitaba dejarla salir.

—¿Por qué te acercaste a mí esa mañana, Dany? ¿Qué tenía yo de interesante? Soy un chaval sin amigos que prefiere la compañía de sus vecinos maduritos que la de gente de su edad. No creo que pueda aportar demasiado a tu libro de aventuras increíbles.

—No te sienta bien la condescendencia.

—Lo digo en serio. No soy nadie.

—Todos somos todo para alguien.

Nos quedamos un momento en silencio, sin saber muy bien cómo continuar esa conversación. Yo estaba demasiado perdido dándoles vueltas a sus palabras. Dany estaba demasiado triste pensando que me había mentido por primera vez, porque sentía que ella no había sido ese «todo» ni siquiera para la persona más importante de su vida.

—Me fijé en ti porque estabas solo en una playa cuando el sol aún no había terminado de salir; porque escuchabas el mar como si entendieras su lenguaje; porque sostenías un ukelele que parecías no querer tocar; y porque mirabas el cielo igual que si quisieras echar a volar y desaparecer en él. Y yo no pude evitar preguntarme qué sería aquello que te oscurecía el rostro.

Pensé en contárselo entonces. No hubiese sido complicado hablarlo con ella, solo que no quería teñir ese rato juntos con conversaciones llenas de pena, lástima y compasión no deseada. Así que esquivé la bala como pude.

—Lo de que no estuviese tocando aún te vuelve loca, ¿eh?

—¡Es que sigo sin haberte oído arrancar una nota a esas cuerdas!

Captó el cambio de conversación al instante, pero me siguió el juego.

Dany siempre ha sido una experta en eso, en darte tus tiempos, en dejar que cuentes las cosas cuando tú quieras, no cuando nadie te fuerce a hacerlo. Imagino que lo hace porque ella misma decide con quién y cuándo compartir su vida, sin presiones o imposiciones.

—¿Tú sabes?

Se lo pregunté señalando con la cabeza el instrumento que descansaba apoyado contra la pared de enfrente. Suponía que, si sabía sacarle sonido a una guitarra, podría hacer cantar a un ukelele.

Como toda respuesta, ella se levantó para alcanzarlo y colocarlo en su regazo a la vez que se sentaba a lo indio en mi cama. Yo tomé asiento contra el cabecero y esperé.

Con la mirada perdida en el trozo de mar que se vislumbraba a través de mi ventana, Dany rasgó el aire despacio.

Des yeux qui font baisser les miens, un rire qui se perd
sur sa bouche.
Voilà le portrait sans retouches de l'homme
auquel j'appartiens.
Quand il me prend dans ses bras, il me parle tout bas,
je vois la vie en rose.

La cadencia gala de Dany se perdía mucho al hablar, como si el deje de todos los países que había visitado la hubiese difuminado. Pero al cantar… Joder.

Su acento se coló directo a mi sistema nervioso, despertó sentidos y erizó todo a su paso. No tenía una gran voz, no hubiese podido llegar a notas altas, y aun así era… era de verdad. Cantaba sonriendo, haciendo ver que aquella mezcla de notas, frases en francés y sentimientos convertidos en acordes la llevaban a algún sitio feliz. A su sitio feliz.

¿Recuerdas que te dije que mi cuelgue por Dany duró poco? Pues ese fue el momento en el que se evaporó por completo. Ahí, justo ahí.

Clic.

El sonido de la cámara del móvil de Kai me hizo abrir los ojos para encontrarme con que los suyos no podían apartarse de Dany.

Estaba grabándola.

No sé a qué altura de nuestra conversación se había escondido tras mi umbral, pero entonces se mantenía medio oculto por el marco de la puerta; ella no lo vio, amparada en la penumbra de la primera hora de la noche, de medio lado, con la cabeza inclinada hacia mí y los sentidos puestos en mi ukelele. Dany nunca se enteró de que en ese instante Kai inhaló aire con un poco más de fuerza de lo normal y el corazón le latió a un ritmo desigual, uno nuevo.

Terminó la canción sin percatarse de que él pausaba el vídeo y se permitía tres segundos más para observarla antes de que la vergüenza, cuando se sintió expuesto por mi escrutinio, le hiciese darse la vuelta y salir de allí, preguntándose qué había sido aquello, por qué lo había descolocado tanto oírla cantar con esa dulzura, cavilando cuántas cosas más le quedarían por descubrir de esa chica que siempre tenía sonrisas para todo el mundo y parecía ver la vida en rosa.

6

Una visita al hospital, un encuentro casual y una nueva profesora

Esa semana pasó deprisa. También la siguiente. Quizá demasiado para mí. Recuerdo desear ralentizar el tiempo a menudo en aquel entonces, alargar los días, disfrutar de momentos tranquilos… Evitar enfrentarme a esa revisión que me producía tanta aprensión.

En realidad, casi no podía considerarse ni una revisión. Solo tenía que ir al hospital a hacerme un análisis de sangre, el cuarto en cuatro meses, pero sabía lo que podía decir una sencilla prueba sobre mí, así que tanto Kai como yo estábamos tensos, ansiosos y asustados.

A mi hermano se le daba mejor que a mí disimularlo. No es que me engañase, aunque intentaba aparentar tranquilidad para que yo pudiese ser el que estaba nervioso de verdad. Él procuró siempre dejarme ser lo poco niño que la vida me permitió ser, incluso si eso lo había llevado a transformarse en un adulto de dieciocho años.

Eric llamó al timbre de nuestra casa a las ocho en punto de la mañana. No le habíamos recordado esa visita al médico, pero había ido a la anterior, lo que implicaba que había estado allí cuando me habían citado para la siguiente y tenía la fecha apuntada a fuego en su calendario desde hacía un mes.

Eric nunca nos fallaba.

Sé que él nos ha visto siempre como a dos hijos y no me parece extraño que así sea, pues nos vio a ambos salir de dentro de mi madre. Ellos se conocieron en el instituto y nunca más se separaron. Fue Eric quien estuvo a su lado cuando el padre de Kai salió despavorido ante la palabra «bebé», y fue él quien se quedó cuando mamá se marchó. Siempre creí que en parte lo había hecho porque estaba enamorado de ella. Él nunca lo confesó, yo siempre lo sospeché y ahora, al fin, lo sé.

En cuanto Kai le abrió la puerta ese día, su mirada voló hasta los ojos de mi hermano. «Es tan parecido a ella...». Ahora siento con claridad el anhelo, el amor y la tristeza residual que mana eterna de un corazón roto. Eric quiso a nuestra madre. Y eso me hace quererlo incluso más de lo que ya lo hice en vida, porque me regala la seguridad de que mamá fue amada como se merecía, como a Kai le hubiese gustado que la quisieran.

—Vamos, chicos, que no podemos llegar tarde al médico. Imagino que vas en ayunas, ¿no, Akela?

—Sí, claro. Ya me sé cómo va esto, Eric.

—Perdón, perdón. Se me olvida que eres un hombre hecho y derecho.

A Eric le encantaba vacilarme con el tema de la edad. Y no es que yo quisiera crecer más deprisa de lo que me correspondía, es que quería llegar a tener tiempo para crecer a secas.

—Si terminamos pronto, luego os llevo a desayunar cerca de la playa.

Esa promesa me puso de mejor humor de inmediato. Las vieiras chamuscadas del Bar Acuda eran el mejor almuerzo del mundo.

Nos subimos en su viejo Camaro y bajamos las ventanillas para que el aire sofocase un poco el calor habitual de Kauai.

—¿Cómo te encuentras?

Había hablado con Eric tres noches esa semana, las mismas tres noches que él habría venido a cenar con nosotros de no ser porque había estado fuera de la isla los últimos diez días por cuestiones de trabajo.

Ya me has oído explicarle a Dany que nuestro tío es socio de una gran empresa farmacéutica bastante próspera que presenta medicamentos y estudios en muchas partes del mundo. El dinero nunca ha sido un problema para él, por eso pudo acogernos a los dos en su hogar sin mayores dificultades que el empezar a criarnos solo en vez de al lado de mamá.

Cuando Kai tuvo que decidir qué estudiar, Eric lo animó a especializarse en Microbiología o alguna ciencia parecida con la idea de asegurarle un puesto en la empresa al terminar la carrera, pero mi hermano siempre prefirió las letras a las ciencias, así que acabó decantándose por Traducción e Interpretación. Creyó que sería un trabajo con muchas más salidas en nuestra isla, donde miles de turistas caminaban por las playas todo el año vestidos con faldas hechas de hojas y *leis* enormes y coloridos a modo de collares.

Aun así, nuestro tío le ofreció un puesto fijo en la farmacéutica como traductor. Su trabajo era bastante aburrido y muy técnico, pero siempre tenían guías, manuales y proyectos que modelar en otros idiomas, y lo que se pagaba con ello era muy muy rentable. Y es que, con solo veintitrés años y un crío de siete a su cargo, Kai miraba los números de su cuenta bancaria más a menudo de lo que tendría que haberlo hecho cualquier chaval de su edad.

«Quiero que puedas elegir a qué universidad te apetece ir».

«Quiero que no te falte de nada».

«Quiero que tengas opciones».

Yo. Siempre era yo para él. Su vida, su ocio, su juventud... Todo podía esperar si le parecía que así podría darme cualquier cosa con la que yo me atreviese a soñar.

Lo malo fue que Kai se enamoró de los idiomas, de la cadencia del francés, de la sonoridad del alemán, de la música del es-

pañol, de la dulzura del italiano, de la complejidad del japonés…
Y empezó a fantasear con hablar todos ellos en sus países de origen, algo que veía imposible en aquel entonces.

Dejó pasar los años. Se convenció de que solo estaba aplazando esos planes, hasta que yo creciese. Habría tiempo. Claro que sí.

Pero el monstruo llegó y sus preocupaciones, lejos de menguar, se expandieron hasta el infinito. Se acabaron los pocos ratos de relax que Kai se permitía, los fines de semana disfrutándonos mientras practicábamos algún deporte y las horas en las que nada era lo mejor que podíamos hacer. Solo quedaron jornadas interminables de trabajo y mucho pánico a perderme.

Mientras el Camaro de Eric rodaba por la carretera esa mañana, mi hermano era muy consciente de que, al menos durante un año y medio más, habría incertidumbres que sobrellevar en cada visita al hospital y facturas sanitarias que podrían llegar y que habría que saldar. Ganar dinero y tener un seguro médico que le dejase inscribirme a mí como su beneficiario eran sus prioridades.

La sanidad en nuestro país nunca ha sido barata. Pagar o morir. Esa es la triste realidad para tantos y tantos estadounidenses.

—Está bien —contestó Kai por mí—. No parece que se canse más de lo habitual y ha estado comiendo en condiciones.

—Eso es bueno. De todas formas, quizá podríamos preguntarle al doctor Brown si hay alguna actividad física que le convenga.

—Sí, estaría bien, para que vaya recuperando un poco de masa.

Odiaba aquello. Era algo que Kai y Eric hacían a menudo: hablar de mí como si yo no estuviese o como si fuese un crío por quien tuviesen que decidir. Estaba a unos meses de cumplir los dieciocho. A mi edad, Kai ya empezaba a trabajar con Eric para conseguir mi tutela legal. Ya ves, según nuestra Constitución, no podía tomarse una copa en un bar sin que le multasen, aunque sí estaba capacitado para ocuparse por completo de mí y de mi manutención.

Y, mientras, yo no podía contestar directamente a las preguntas que me hacían.

Estuve a punto de recordarles que casi era mayor de edad y que sí, había perdido tanto peso que parecía un espantapájaros, pero no había encogido, así que seguía sacándoles media cabeza a cada uno.

—Al menos parece que no se le forman moratones con tanta facilidad cuando se da algún golpe, y las diarreas casi han desaparecido por completo.

Dios, fantástico. Que mi hermano se pusiera a hablar de las veces que iba al baño al día era la señal que necesitaba para desconectar por completo. Saqué un par de cascos de los bolsillos de mis vaqueros y dejé que Queen me acompañase el resto del viaje. Mis dos acompañantes ni notaron que no abrí la boca hasta que frenaron en el aparcamiento del hospital.

Salimos de allí una hora después con la promesa de que nos llamarían en un par de días con los resultados y la certificación de que no había ningún problema en que yo hiciese el deporte que quisiera mientras no me agotase en exceso y estuviera atento a posibles signos que, por desgracia, ya conocía demasiado bien.

Los dos ocupantes de los asientos delanteros del coche seguían monopolizando la conversación, debatiendo acerca de los beneficios de cambiar mi dieta alimenticia, y yo me dediqué a compartir el deseo de ser libre que Freddie Mercury gritaba en mis oídos a través de mis auriculares hasta que aparcamos al lado de mi bar favorito de todo Hanalei.

Me senté en una de las mesas exteriores y me dediqué a observar el increíble cuadro agreste que se levantaba ante mí mientras Eric y Kai estudiaban una carta que yo ya me sabía de memoria.

Puede que no hubiese recorrido demasiado mundo, pero, perdiéndome en la distancia de las montañas de Kauai y empapándome de la vegetación que nos rodeaba, me convencí de que tampoco era necesario ir en busca de oasis cuando has tenido la suerte de nacer en el Edén.

Y entonces escuché su voz antes de verla. Sonreí antes de localizarla.

En cuanto giré la cabeza casi ciento ochenta grados, el verde de los árboles que cercaban el bar perdió su brillo, porque el amarillo de su neopreno chillón lo eclipsó por completo.

Estaba hablando con uno de los dueños del local, vestida solo con la chaquetilla neón y las braguitas del bikini. Echando la vista atrás, no recuerdo a Dany ataviada jamás de forma muy distinta: bañadores, *shorts* sueltos, camisetas algo raídas... No usaba maquillaje y se cortaba ella misma el pelo. Supongo que aprendió a gastar el poco dinero que tenía en cosas que la llenaban más que vestidos bonitos o adornos que no necesitaba. Era una nómada acostumbrada a viajar con poco equipaje y muchos recuerdos a cuestas.

—¡Dany!

Cuatro pares de ojos se posaron sobre mí a la vez: los del restaurador, más sorprendido por el grito que por que conociese a la chica con la que hablaba; los de Eric, que volaron de mi cara hasta Danielle para tornarse curiosos; los de Kai, que se iluminaron tan poquito que solo ahora puedo verlo, y los de Dany, que se achicaron en cuanto elevó los labios hacia arriba al reconocernos.

Se despidió deprisa del hombre con el que conversaba y se acercó a nuestra mesa casi saltando. Me abrazó con la misma naturalidad con la que lo hacían Piper o Agnes, con esa que hablaba de confianza y cariño aún no ganado pero entregado sin reservas.

Acto seguido, le revolvió el pelo a Kai hasta que cada mechón perfectamente peinado apuntó hacia un lado. Mi hermano le devolvió el saludo con un bufido y ella le guiñó un ojo.

Y Kai se sonrojó.

Me costó mucho no romper a reír allí mismo. De hecho, lo único que frenó mi carcajada fue la que dejó ir Eric.

—Perdona, pero es que no estoy acostumbrado a que sea Kai quien es tratado como un niño —se explicó en el momento en el que toda la atención de Dany se centró en él.

—Lo entiendo. Me parece normal, teniendo en cuenta que tiene ciento veinte años —aseguró ella con un gesto tan serio que resultaba cómico.

—¡No tengo ciento veinte años!

La queja de mi hermano fue tan infantil que, ahí sí, no pude contenerme más y se me escapó una risita que logró que su ceño se frunciese hasta el infinito.

—¿Ciento dieciséis? —probó de nuevo Danielle.

Kai estaba a punto de contestar cuando Eric los interrumpió para evitar que su pupilo acabase pataleando como un adolescente enrabietado.

—Soy Eric, el…

—Sé quién eres. Me han hablado mucho de ti —le reconoció Dany.

—Por la sonrisa con la que me miras, deduzco que bien.

—Si te digo que esperaba que llevases capa y los calzoncillos por fuera, ¿te extrañaría?

Se sentó sin que ninguno la invitásemos realmente a hacerlo.

De todos modos, ella nunca se ha preocupado por esos formalismos. Si se siente bienvenida en un lugar, hace nido en él. Si en algún momento le da la sensación de que sobra, alza el vuelo sin reproches ni lamentos.

—¿Qué haces por aquí? —le pregunté.

—Estaba trabajando. Le doy clases de guitarra a la hermana del dueño de este sitio, así que suelen comprarme verdura de temporada cuando recolecto una cantidad decente.

—¿Vendes verdura? —No sabía si Kai sonaba más incrédulo que sorprendido.

—Sí. Como mi furgoneta no ocupa demasiado espacio y el terreno de mi padre es más bien grande, planté un huerto, creo que ya os lo había comentado. Cubro buena parte de mi dieta con él y, además, me da un dinerillo.

—Pero ¿tú no tenías un Jeep? Trajiste a Akela a casa con él.

—Ese coche era de un amigo que me había pedido que se lo recogiese del taller. Yo tengo y vivo en una cámper antigua que restauré cuando llegué a la isla.

—Dioses...

El susurro de Kai fue menos bisbiseo que sentencia. Para él, Dany era solo una chica que huía de responsabilidades y de una vida adulta y estable. Una ilusa que creía que se podía vivir del aire y esquivar las preocupaciones. Una irresponsable. Una loca. Una soñadora. Y todo lo que él no podía permitirse ser.

—¿La has traído? ¿Puedo verla?

Mi reacción pareció gustarle bastante más que la de mi hermano.

—¿No estabais esperando para tomar algo?

—Podemos esperar un poco más. A mí también me apetece ver tu casa.

Las comisuras de su boca subieron hasta redondear sus mejillas y supe que Eric se la había ganado con ese simple comentario.

—Claro. Que el ancianito se quede guardando la mesa.

—¿Qué? ¿Por qué? —se quejó Kai.

—Bueno, supongo que no tendrás ningún interés en venir a conocer a Bob.

—¿Le has puesto nombre a tu furgoneta?

—Claro.

—Dioses...

—A esos ya los has llamado antes. Déjalos un poco en paz y levanta el culo.

—Que sí, que ya voy, pesada. Pero solo porque paso de quedarme aquí plantado igual que un abeto.

—Lo que tú digas.

—Es por eso.

—No te va a matar reconocer que sientes curiosidad por ver cómo vivo, ¿sabes? Seguro que hasta un arisco como tú tiene una pizca de apetito de aventuras en el cuerpo.

Eric y yo seguimos en silencio a esos dos, que habían echado a andar sin mirar si alguien los seguía o no. Me divertía ver la forma que tenían de relacionarse, de mantenerse cerca sin que se notase demasiado que lo deseaban. Les costó mucho reconocer ante el otro y reconocerse a sí mismos que aquellas discusiones absurdas llenaban muchos de sus pensamientos cuando se metían en la cama cada noche.

—Ya vas sobrada tú de aventuritas por los dos, Lani.

Fue la primera vez que escuché el mote de boca de mi hermano.

Cielo.

Así bautizó él a Danielle. Eso fue lo que ella evocaba en él. Por sus iris azules, por las ganas que parecía tener de querer echar a volar, por la forma que tenía de estar en todos los sitios.

Dany fue el cielo en el que Kai aprendió a ser libre.

Esa mañana sonó casi como un insulto cuando lo pronunció, como si quisiera que la inmensidad que ansiaba Danielle pareciese algo malo, aunque eso no impidió que mi nueva amiga se detuviese en seco con el rictus serio, pero los ojos más brillantes.

—Repítela.

—¿El qué? —preguntó Kai dándose la vuelta. Se había adelantado un par de pasos, sin darse cuenta de que el resto de la comitiva habíamos parado nuestra caminata hacia el aparcamiento.

—La palabra hawaiana que has usado para referirte a mí.

—¿*Lani*? —Noté la vergüenza en la voz de mi hermano, y también un miedo muy tierno por si a Dany de verdad le había sentado mal el tono que había usado.

Ella se quedó sopesando el apelativo durante un par de segundos, flanqueada por Eric y por mí, hasta que rompió el silencio con un gruñidito de aceptación y un encogimiento de hombros.

—Me gusta.

No añadió nada más antes de ponerse de nuevo en marcha. Kai tampoco necesitó nada más para respirar tranquilo otra vez, ni para que por su cerebro cruzase rápida la idea de que no pensaba llamarla de ninguna otra manera desde ese momento.

No nos llevó más de treinta pasos llegar a nuestro destino. La cámper de Dany era increíble: blanca con toques de un azul que recordaba el mar. En un lateral había colocado una especie de contraventana abatible que entonces estaba plegada, pero que estaba claro que servía como toldo para una posible terraza que se montase junto a aquel hogar rodante. Las líneas eran sencillas, nada ostentoso, nada que no necesitase, como la propia Danielle.

Por dentro era más espaciosa de lo que había pensado, o quizá es que ella había organizado muy bien las pocas pertenencias que tenía. Había una cama no muy grande al lado de la luna trasera, desde donde imaginé a mi amiga mirando las estrellas por las noches. El único espacio cerrado que había allí dentro daba a un pequeño baño con un retrete, un lavabo, un desagüe y una alcachofa que hacía las veces de ducha. Un ukelele, una guitarra eléctrica y otra española ocupaban buena parte de la pared de mi derecha, mientras que la que estaba enfrentada a la puerta acogía una diminuta cocina que solo contaba con una pequeña encimera y un par de fuegos antiguos.

Lo que podría haber sido un sitio frío y poco personal se convertía en un hogar gracias a unas cuantas mantas turquesa, unos cojines mullidos de seis tonos diferentes, algunos maceteros fijados a la chapa de la furgoneta y unas pocas fotos de medio mundo distribuidas aquí y allá.

Abrí un par de paneles de madera que quedaban justo por encima de mi cabeza y vi varias cajas llenas de plumas, flores medio secas, perlas, tijeras, alambres, alicantes, telas, un par de pistolas de silicona y un montón de cosas pequeñas, brillantes y suaves.

—Son los materiales para hacer los tocados y esas cosas. Procuro estar siempre bien abastecida porque suele ser lo que me da unos ingresos más fijos al mes. Se venden bastante bien por internet —explicó ella.

—¿Es que Bob tiene wifi? —se burló Kai.

—No, pero yo tengo un contrato telefónico estupendo con gigas ilimitados y la opción de compartirlos con mi portátil, además de una página preciosa en Instagram con todos los productos que hago —respondió con apatía Danielle. Aprendió pronto que contestar con calma a las provocaciones de mi hermano era lo que más le sacaba a él de quicio, así que practicó a menudo el arte de la indiferencia con él, solo por darse el gusto de ver cómo Kai seguía intentando picarla inútilmente.

Por todos los rincones parecía haber huecos ocultos, tapas que se levantaban y cajones que salían de la nada para ganar algo de espacio. Era un Tetris 2.0. Y Dany parecía encajar de una forma tan natural allí como en casi cualquier otro lugar.

Cuando salimos para rodear aquella casa móvil, descubrí un compartimento abatible que se convertía en una mesa de jardín y en el que descansaban, colgadas de dos ganchos, unas sillas plegables de diferentes colores.

—Sí que te gusta darle colorido a esto —comentó de pasada Eric.

—No es una decisión premeditada. La mayoría de las cosas que tengo son regalos de colegas, trastos viejos que la gente iba a tirar o cosillas que encuentro por la calle y a las que doy una segunda vida.

—¿Cómo no? —El nuevo cuchicheo de Kai volvió a sonar reprobatorio.

—Llámame rara, pero hay meses que prefiero comer a contemplar mi preciosa y carísima estantería de Swarovski.

—No hay estanterías de Swarovski.

—¿Y hay tarjetas de Swarovski que digan «me metieron un palo por el culo de pequeño y aún lo tengo ahí»? Necesitaría cinco para dártelas en tus próximos cumpleaños.

—No creo que vayas a estar cinco años por aquí como para poder dármelas, Lani.

Aquello dolió.

Fue una tontería, una frase soltada al aire casi sin pensar, igual que casi todo lo que salía por la boca de Kai cuando Dany andaba cerca, pero dolió.

A mi hermano, porque deseó equivocarse aun estando seguro de que no lo haría.

A mí, porque la soledad volvió a pesar un poquito más al imaginar a Danielle colocándose tras el volante de su casa y pisando el acelerador sin mirar atrás.

Y a la propia Dany, porque era cierto que no tenía pensado estar allí un lustro después y, por primera vez, eso no la hacía sentir del todo a gusto.

El único que no pareció notar lo incómodo del silencio que se creó en ese instante fue Eric.

—¡Vaya! Esta tabla es una maravilla.

No nos habíamos dado cuenta de que había seguido moviéndose para fisgar sin tapujos el espacio que conformaba el hogar de Danielle. Al colocarme a su lado pude ver colgada en la parte trasera la *longboard* que ella cargaba la primera mañana que compartimos juntos.

—Gracias —contestó Dany con educación, separándose a regañadientes de Kai.

Le gustaba. La rapidez con la que Kai le contestaba, ese punto de estirado que se difuminaba cuando bajaba la guardia en su presencia, sus ojos rasgados y el reto que suponía. Le gustaba todo él, incluso si aún no estaba preparada para admitirlo.

—¿Eres buena? —siguió investigando mi tío.

—No se me da mal. Comencé a practicar al llegar aquí. Me enamoré un poco de la felicidad que parecía emanar de cualquier persona que veía encima de una de estas —comentó señalando la plancha llena de colores e hibiscos que teníamos enfrente—, así que decidí que quería eso, ese torbellino que te envuelve cuando te metes dentro de una ola y que acaba trasladándose a vivir a tu estómago si logras cabalgarla. Soy bastante cabezota, así que le dediqué muchas horas al surf, todas las que necesité para defenderme sobre una tabla.

Kai sintió aquel remolino, el que Dany parecía haber descrito para él, para recordarle la sensación de convertirte en el rey del mar, o en un chico cuyas preocupaciones desaparecen cuando la marea le mece.

Lo extrañaba tanto…

—Lo haces parecer fácil. «Lo decidí y lo hice». A veces no es cuestión de cabezonería o desear mucho algo, ¿sabes? Deberías ser un poco más realista o te vas a dar muchos golpes en la vida.

—No soy idiota, Kai. Sé que hay cosas que no dependen de voluntades ni creencias y no he insinuado lo contrario. Solo he dicho que lo intento. Cada día lo intento y a veces lo consigo. Con eso me basta.

Su madre.

No lo supe entonces, solo puedo ser consciente de ello ahora. En ese momento no comprendí por qué los ojos de Dany se humedecieron. Imaginé que se había cansado del tono siempre duro de Kai, de ese aire imperecedero de padre censurador.

Qué va.

Eso a Dany le daba igual. Sabía manejarlo. Sabía ver la máscara y el miedo.

No fue eso lo que le llenó el corazón de anhelo y de una culpa que no merecía. Fue el recuerdo de una madre a la que consideraba que no había sabido ayudar, incluso siendo consciente de que no tenía manera de hacerlo.

«Perdona. Joder, lo siento, Lani. No sé qué he dicho, pero lo siento».

Mi hermano no llegó a decirlo en voz alta. Se tragó sus deseos de estirar la mano y acariciar la de ella, de consolarla sin saber por qué tenía que hacerlo, solo sintiendo que necesitaba abrazarla y devolverle al azul de sus iris un tono menos vidrioso.

No lo hizo porque pensó que no se lo podía permitir. No podía tener otra persona de la que preocuparse, de la que encargarse, por la que velar. Porque si seguía echándose responsabilidades a la espalda, el peso terminaría por hundirlo.

—Podrías enseñar a Akela.

Una vez más, Eric pareció ser el único ajeno a todo. Gracias a los dioses por ello.

—¿Es en serio?

—¿Estás de broma?

Las dos preguntas salieron a la vez de la boca de mi hermano y de la mía. Seguro que puedes adivinar quién soltó cada una de ellas.

—A Akela no le gusta el surf —se adelantó Kai.

—No me gustaba a los seis años, que fue la única vez que lo he intentado.

—Keiki, lloraste durante todo el camino de vuelta a casa y te negaste a probar de nuevo, y eso que insistí durante un mes.

—¡Me tragué medio mar!

El gesto de Kai se relajó por primera vez desde la llegada de Dany y se rio de esa forma tan suya, levantando un poco de más el lado derecho de la boca. Esa era la risa que siempre me dedicaba a mí, aunque solía acompañarla de… Ah, sí, mira, ahí estaba: su exasperante forma de revolverme el pelo como si fuese un niño pequeño.

—Qué dramático has sido siempre, enano.

—Soy casi diez centímetros más alto que tú.

—*Mimimimimi.*

—Te voy a…

No terminé la frase de ninguna forma coherente, solo me lancé contra él como solíamos hacer cuando discutíamos de mentira, simulando que peleábamos mientras nos reíamos. Demostrándonos ese cariño que a veces nos desbordaba y que no sabíamos expresar demasiado bien.

Cuando terminamos de empujarnos y ponernos caras absurdas el uno al otro, volvimos a ser conscientes de que había más gente con nosotros. Eric meneaba la cabeza con ese gesto de diversión que se le ponía al vernos regresar a los doce años, y Dany sonreía con la cara ladeada, sin perderse un detalle.

«Son niños. Son niños con hambre por serlo, aunque sin tener ni idea de cómo lograrlo».

—Si quieres probar de nuevo, yo tengo tiempo para hacer de profesora —se ofreció, retomando la conversación que habíamos dejado a medias un par de minutos antes.

—Oye, no hace falta. Si de verdad quieres surfear, puedo desempolvar mi tabla.

Estuve tentado de aceptar la oferta de Kai solo por volver a verlo subido sobre ese trasto, pero Eric nos devolvió a ambos a una realidad de mierda. La nuestra.

—Kai, tú trabajas más horas de las que tiene el día. Acaban de decirnos que estaría bien que Akela hiciese más deporte y, si a Dany no le importa ayudarle, sería bueno para él que practique dentro del mar a menudo.

—¿Por qué necesitas hacer más deporte, Akela?

La pregunta de Dany me tomó desprevenido. Estaba concentrado pensando si podría entrenar entre semana con ella y reservar los domingos para cabalgar algunas olas con Kai una vez que supiese mantenerme de pie sobre una tabla. La idea de compartir aquello con él me entusiasmaba de una forma infantil y emocionante.

No supe contestarle enseguida, mi cerebro no inventó una mentira lo bastante rápido, así que Eric se me adelantó.

—Ahora que está mejor, el médico dice que no pasa nada si se va tanteando, para comprobar si hay secuelas respiratorias, sobre todo. Ya sabes, por el esfuerzo y eso.

Fue igual que ver al Titanic impactar contra el iceberg. Algo lento y catastrófico.

Kai se quedó mudo y un poco pálido. Él sabía que nunca había hablado con Dany de lo que había pasado y, peor aún, que no quería que ella lo supiese todavía.

Esa vez, hasta Eric sintió lo cargado del ambiente, lo incómodo de lo que, dedujo, yo había callado ante esa chica a la que había tratado como a alguien cercano a pesar de que, en realidad, solo hacía unas semanas que la conocía.

Y ella… Bueno, ella se comportó como la amiga que en breve llegaría a ser.

—Pues yo puedo empezar cuando quieras con las lecciones. No sé si puedes pedirle a Gia que retrase un poco el inicio de las suyas. Sería lo ideal, para aprovechar que por las mañanas el sol no pega aún tan fuerte.

Respetó mi silencio, no me echó en cara las mentiras que se convirtieron en tales solo como consecuencia de la ausencia de verdad.

No exigió saber, solo quiso estar.

—Por mí genial. Aunque me gustaría que mi hermano también se apuntase a las clases de los fines de semana.

Lo miré con mi mejor carita suplicante, esperando que él entendiese lo que le pedía en realidad: tiempo juntos, ratos fuera de casa, lejos de sus obligaciones y mis temores, momentos que compartir los dos y recuerdos que crear los tres.

Le pedía nuevas experiencias y que ambos aligerásemos nuestra soledad apoyados en el otro.

Kai solo asintió en mi dirección. Un sí silencioso a todo lo que yo le proponía. Un sí también a incluir un poquito más a Dany en nuestras vidas.

Me giré hacia ella con la ilusión brillando en mis ojos y me la encontré con el mismo gesto de hacía unos momentos: sonrisa amplia y rostro ladeado, estudiándome.

«¿Qué es lo que ves, sirena? ¿Qué distingues en él que yo no soy capaz de vislumbrar?».

Los pensamientos de mi hermano empiezan a acompañarme más a menudo cada vez. No tengo que esforzarme por oírlos; su voz destaca por encima de la de los demás, tan nítida como unos meses atrás. Esperó a que Dany contestase sin saberlo, solo con el pensamiento, para sí misma y ahora también para mí, la pregunta que se hacía Kai y que, en esa ocasión, yo también me cuestioné, porque Danielle parecía contemplarme como si observase algo invisible para el resto.

¿Quieres saber qué veía Dany siempre al mirarme?

Ganas.

Las mismas que ella había tenido una vez y que no se había permitido por culpa del cansancio y las responsabilidades que casi la habían devorado por completo.

Dany me veía, imperfecto, quebradizo, y fuerte a pesar de todo. Por eso nunca intentó cambiarme, porque no creía que hubiese nada que cambiar, solo mucho que dejar salir.

Y es que yo me despertaba cada día, desayunaba, estudiaba, comía, veía alguna serie, leía, hasta reía de vez en cuando. Pero no vivía, solo dejaba pasar una sucesión de días en los que las sonrisas de verdad, esas que se escapan sin permiso y te elevan las mejillas hasta que parecen dos melocotones maduros, brillaban por su ausencia.

Eso fue lo que me regaló Danielle. Me enseñó que el miedo a morir no tiene sentido si no sabes vivir; que al final la vida es solo un cúmulo de sonrisas sinceras, de lágrimas de alegría y de instantes que querrías llevarte contigo. Y yo tenía el contador de todas esas cosas muy vacío.

7

Una escapada, una foto y una confesión

—Baja los pies del salpicadero, que como tengamos un accidente se te van a incrustar las rodillas en el pecho del impacto y vamos a tener que empezar a llamarte Akela Corazón de Rodilla, y tú tendrás que arrastrarte por el suelo con el culo porque los pies te estarán colgando del abdomen.

Bajé los pies del maldito salpicadero y me giré en mi asiento para mirar alucinado a Gia.

—Pero ¿cómo narices iba a estar vivo con las rodillas dentro del pecho?

—Cirugía —se limitó a contestar ella mientras miraba por la ventanilla, como si la medicina fuera magia; igual que si quien me tuviese que operar ante una situación tan inverosímil como la que ella planteaba fuese Albus Dumbledore y no un hombre vestido de azul.

—¿Y cómo iba a moverse arrastrándose con el pompis? No avanzaría.

—Mujer, usaría las manos a modo de remos. Gia no ha dicho que a los brazos les haya pasado nada.

Desplacé mi atención de Piper a Frank. De Frank a Piper. Y luego me fijé en Agnes, que fruncía los labios en un gesto de aceptación. Por lo visto, la teoría de su vecino le parecía completamente válida.

—Todos locos —me limité a susurrar a la vez que me recostaba contra el respaldo, esta vez con las chanclas bien apoyadas en la alfombrilla de la autocaravana.

Dany se rio con disimulo, aunque la sonrisa no se le borró de la cara. Estaba ahí desde que había salido de mi casa seguido de cerca por los cuatro adolescentes sexagenarios que en ese momento debatían, casi a gritos, si yo podría o no usar pantalones en caso de tener las piernas hundidas en mitad del esternón.

De verdad que aún no entendía cómo se habían acoplado a nuestra escapada.

El día anterior Dany se había unido a nosotros a la hora de comer y se le había ocurrido mencionar, ya en el postre, que al día siguiente tenía pensado acercarse a Lumahai Beach a recoger un poco de roca volcánica para un tocado especial que le había encargado una novia que se casaba la siguiente primavera.

—No es la mejor playa para surfear como tal, porque la marea suele ser un tanto agresiva, pero conozco una explanada donde el oleaje es más suave. Podemos practicar en la arena la forma correcta de incorporarte sobre la tabla y entrar al agua solo para intentarlo un par de veces.

—¿De qué habláis? —se metió Agnes en ese punto.

—De surf. Voy a enseñar a Akela a cabalgar olas.

Dos segundos de silencio absoluto y... ¡bum! Bienvenidos todos al circo de mi vida.

—¿Estás loco, muchacho? —Frank y su dramatismo.

—Ay, Dios mío. Ay, Dios mío. Ay, Dios mío. —Hoy sigo sin saber si Piper estaba emocionada o asustada.

—Y... ¿Puedes? —Agnes fue más cauta que Eric y no soltó sus dudas sin más sobre por qué, quizá, yo no debía esforzarme a nivel físico.

—Sí, ya lo hemos preguntado, tranquila —la serenó un Kai que estaba disfrutando de lo lindo con aquel caos.

—¿Qué vas a poder? Deja de decir chorradas, chiquillo. A ver para qué necesitas tú ir a ahogarte a ningún sitio. —Madre mía, Frank...

—Si Kai me deja su tabla, ¿me enseñas a mí también? —Gia no podía preocuparse porque yo me perdiese sus clases, no. Ella tenía que saltar por el puente justo detrás de sus amigos.

—Gia, no te voy a dejar mi *longboard*.

—¡No te he criado para que seas un hombre egoísta, Kai Nonoa!

—Que no es egoísmo, es que no pienso permitir que te rompas la mitad de los huesos de tu pequeño y frágil cuerpo.

—Acaba de llamarte vieja —la picó Agnes.

—¿Acabas de llamarme vieja?

—Gia… Veinte años no tienes.

—Ay… ¡Ay, mi corazón! —He de reconocer que empezó a hiperventilar de una manera muy trágica, mano en el pecho y todo incluida.

—¡Mira lo que has hecho! ¡Déjale el cacharro ese a Gia!

—Pero, Frank, no quieres ni que surfee Akela ¿y te enfadas porque no dejo que Gia se lance sola al suicidio?

—Si traga agua ya la ayudo yo.

—Sí, estoy segura de que ninguno ibais a quejaros si te toca hacerle el boca a boca. —Frank se puso rojo como un tomate y Gia tenía la boca ya abierta para contestar a la nueva provocación de Agnes, solo que yo fui más rápido.

—A ver, Frank, que no vas a tener que socorrerla porque no viene. ¡Ni Gia ni tú! —Ya estaba gritando yo también. No sé cómo conseguíamos que la mitad de nuestras reuniones terminasen en voces, aunque no eran discusiones en las que pareciésemos enfadados, sino, más bien, debates en los que tenías que hacerte oír por encima de otras cinco personas que también querían tener la última palabra.

Lo adoraba. Puede sonar a demente, pero era divertido: pelear con Gia para que no siempre se saliese con la suya, aun siendo casi imposible; convencer a Frank de que no todo lo que nos rodeaba a Kai y a mí eran peligros; dejar que Piper nos cuidase a todos sin que dejase de cuidarse a sí misma, o ver cómo Agnes metía un poco de cizaña solo por hacer las reuniones más entretenidas y por azuzar a Gia, que era uno de sus deportes favoritos.

Entre esos cuatro tarados que se robaban el turno de palabra los unos a los otros, me sentía en casa.

—Les podemos pedir a Dana y a Magnus que nos traigan las sobras del bar esta noche y así no tenemos que cocinar. Pasaremos allí el día, ¿no, niña? —inquirió Gia mirando directamente a Danielle e ignorándome por completo.

—Eh… Claro.

—¡Dany!

Ella solo se encogió de hombros en mi dirección. Aquello le gustaba; le gustaba tanto como a Kai y a mí.

Así que allí estábamos, camino a Lumahai, con solo dos tablas, pero con *tuppers* como para alimentar a un ejército, crema solar de factor cincuenta, una sombrilla que podría erradicar la luz de toda la Tierra, una baraja de cartas y unas cuantas sillas plegables.

Vernos cargar el coche a primera hora fue un espectáculo. Piper tuvo que ir a cambiarse de bañador porque se hizo un poco de pis encima cuando Gia se empeñó en embadurnar la nariz de Frank con crema para que no se quemase si asomaba la cara por la ventanilla durante el viaje. Le dejó un pegote blanco en mitad de la cara que nadie entendió y por el que Frank no se quejó ni una vez. Es más, juraría que se puso un poco colorado cuando Gia remató la faena dejando algo muy parecido a una caricia en su mejilla.

Se notaba que todos estábamos emocionados con aquel viaje, tanto que hasta Magnus y Dana se plantearon cerrar el negocio por un día y acompañarnos. Se rajaron en el último momento y, negaré haber dicho esto, pero casi que lo agradecí. Si llegamos a ser tres más en la furgo, alguno hubiese tenido que ir sentado en el suelo.

Y sí, he dicho tres, porque hasta Kai llamó a la oficina sin decírselo a nadie para ver si podía tomarse la mañana libre. El «no» fue rotundo. Las ganas que corrieron por el cuerpo de mi hermano de poder mandarlo todo a la mierda, por primera vez en mucho tiempo, también.

Era una excursión de apenas diez minutos, aunque la tartana bien arreglada de Dany tardó veinte en dejarnos allí. Clavamos nuestra sombrilla en mitad de la cala igual que si colonizásemos ese espacio, declarándolo nuestro. Tampoco es que hubiese mucha gente con la que luchar aquella propiedad, pues apenas éramos unos veinte pares de pies pisando la arena más suave de todo Kauai.

Extendimos toallas, tumbonas, mesas y neveras portátiles. Disfrutamos de ser turistas en nuestra propia tierra, maravillándonos con la forma en la que las nubes se confundían con la espuma que rompía contra las rocas imposibles que crecían escarpadas entre el mar.

Antigua lava sofocada por el océano. La naturaleza salvaje abriéndose paso. Eso era Hawái. Ahí había tenido la suerte de crecer, a pesar de que la mayoría del tiempo no me paraba a disfrutar de esa fortuna.

Llevábamos ya dos horas allí cuando Dany me recordó lo necesario que es a veces detenerse y mirar. Solo mirar.

Habíamos estado ensayando sin descanso la forma exacta en la que tendría que saltar sobre la tabla al sentir el primer impulso de la ola arrastrándome. Cómo colocar los pies, cómo doblar las rodillas, cómo estirar los brazos… En tierra me había parecido fácil. Sumergido en líquido, no tanto.

Cuando conseguí, después de catorce intentos, sujetarme sobre la madera durante un segundo y medio, Dany calificó el día de éxito y todos me aplaudieron como si acabase de rescatar a un perrito de morir ahogado.

Después de eso, cada uno se dedicó a pasar el rato por su cuenta antes de comer.

Agnes y Piper se habían marchado a pasear con los pies descalzos y las manos entrelazadas. Gia y Frank estaban hundidos hasta las rodillas en el mar, salpicándose el uno al otro. Y Dany picaba *poke* y piña de una de las fiambreras que Dana nos había preparado, como una niña que se hincha a galletas media hora antes de sentarse a la mesa. Tenía la vista fija en el horizonte y sonreía al escuchar los gritos de mis dos vecinos a unos pasos de nosotros.

Me senté a su lado y le robé un poco de pescado crudo sin pedirle permiso.

—¿Cuánto crees que tardarán en dar el paso?

No entendí bien su pregunta.

—¿A qué te refieres?

—Gia y Frank. ¿Cuánto crees que esperará uno de los dos para reconocer que está loco por el otro?

—No lo sé, la verdad. Llevan así desde que los conozco, pero nunca terminan de decidirse.

—Qué pena. La vida no da tantas oportunidades como todos damos por sentado.

Otra vez esa pena flotando en el fondo de su voz. Otra vez mi curiosidad disparándose por saber qué la mantenía ahí.

Sin añadir nada más, sacó el móvil del bolsillo delantero de la camisa hawaiana que llevaba ese día, demasiado grande para ser de mujer y demasiado descolorida para no ser de segunda mano, y les disparó una foto.

Me recosté contra ella para ver cómo había quedado. Solo se distinguían un par de cuerpos en la distancia, medio comidos por un azul que soltaba destellos plateados en todas direcciones por los reflejos del sol. Gia y Frank estaban muy lejos como para que sus caras se distinguieran en la panorámica, aunque, de alguna manera, era inevitable saber que los protagonistas de aquella instantánea estaban felices.

—Si vas a subirla a Insta, etiquétame, anda.

—Ah, sí, claro. No iba a colgarla, pero puedo hacerlo, sí. ¿Te apellidas Nonoa también?

—Sí; los dos llevamos el apellido de mamá.

—La mía se quedó Leclaire para ella.

—¿No adoptó el de tu padre?

—No llegaron a casarse, por eso el terreno de mi padre pasó a ser mío cuando él murió. Bueno, todo lo suyo, en realidad. Tampoco es que fuese mucho, lo justo para permitirme tener un pequeño colchón los años que estuve viajando por el mundo.

—¿Y no te gusta llevar su apellido? —Se lo pregunté porque me pareció percibir un deje de pena al explicarme que no lo compartía con su madre—. ¿Es que en realidad no se portó bien con su mujer o contigo antes de morir?

—No, no es eso. No lo echo de menos, ya lo sabes: no podría extrañar ni tampoco odiar lo que no conozco. —La entendía bien. Era lo mismo que me pasaba a mí con mamá, a pesar de que procuraba no decirlo en voz alta porque a Kai, de alguna manera, le dolía que nuestra madre me fuese indiferente—. Pero sé que me quiso, que me cuidó. Me gusta poder honrar su memoria, incluso si solo puedo hacerlo con un apellido que siempre tengo que deletrear tres veces.

Entendí lo que quería decirme cuando Instagram me avisó de una nueva notificación en mi cuenta de parte de Danielle Ho'okano.

Eché un vistazo rápido a su perfil. No tenía demasiadas publicaciones. De hecho, su *feed* se componía, básicamente, de unas cuantas fotos muy naturales sin pie ni explicaciones.

—No actualizas mucho tus redes, ¿no?

—Las de mi negocio las tengo impolutas. Las personales no mucho, no. En realidad, las uso más como una copia de seguridad para imágenes que me gustan mucho. Soy un poco desastre con los móviles, el año pasado perdí dos y, con ellos, la mayoría de las fotografías de la galería, así que empecé a almacenarlas así.

—Eh… ¿No conoces Google Fotos?

Me miró como si le hablase en japonés.

—No soy demasiado tecnológica.

—En eso te pareces a mi hermano. Ni siquiera tiene cuenta en TikTok.

—¿En dónde?

—Dioses, estoy rodeado de ancianos.

—¡Oye!

—Venga ya, lo de Kai tiene un pase, porque tiene treinta y tres y eso de bailar haciendo el idiota le pilla ya mayor, pero tú no tienes excusa. ¡Solo tienes veintiséis, Dany!

—No sé. Supongo que a mí me gusta guardar los instantes de otra manera.

—¿Cómo? ¿En carpetas bien ordenadas dentro de una memoria externa?

Se rio de mí, aunque me siguió mirando con esa ternura extraña que Danielle emanaba sin querer.

—Ven, déjame que te lo enseñe.

Aprovechó que seguía pegado a ella para estirar la mano y cerrarme los párpados. Entendí la orden, así que no los abrí, esperando una nueva indicación.

—Respira hondo, siente cómo te sube y te baja el pecho al hacerlo. Bien. Céntrate en el aire, en la forma en la que te golpea la cara y te zumba en los oídos. Presta atención a los ruidos de tu alrededor: las voces, las risas, las olas y los albatros. ¿Lo tienes todo dentro? ¿Eres consciente de todo ello? —Asentí despacio, casi con miedo de que, si me movía, esa paz tan extraña que me había inundado sin avisar se desvaneciese—. Pues ahora abre los ojos y mira a Gia y a Frank tocándose casi sin querer. A tu derecha verás a Agnes y a Piper caminando hacia aquí, tomadas por la cintura, sonriendo como unas quinceañeras enamoradas. A tu izquierda hay dos niños construyendo un castillo de arena, discutiendo por quién es capaz de hacer la torre más alta. Allí al fondo, sobre aquel peñasco enorme, distingo a cuatro chavales saltando al vacío, gritando al viento al hacerlo.

Y si giraba la cabeza apenas unos centímetros, estaba ella explicándome todas las naderías que me perdía a diario, todos esos poquitos que, sumados, acababan de regalarme algo que hacía mucho que había dejado de sentir: que era un premio estar allí, viviendo eso, disfrutando del «nada en particular» que hacía de esa una mañana perfecta.

—Hoy a lo mejor no nos tiramos en paracaídas o no escalamos la cima de un ochomil, pero esto también merece ser vivido. Y merece ser recordado. Merece que nos paremos y lo retengamos con nosotros.

Esa era la manera en la que Dany hacía fotos: concediéndose un minuto para grabar en su cabeza lo que la hacía sonreír, convirtiendo las cosas en recuerdos bonitos antes incluso de que acabasen formando parte de un pasado que evocar.

Danielle me enseñó muchas cosas, la mayoría sin ser siquiera consciente de que yo me pegaba a ella esperando una nueva lección que jamás daba de forma premeditada porque tampoco lo intentaba. Dany solo había aprendido a disfrutar, y su libertad era contagiosa.

Aquella mañana llegué a una conclusión que me hizo sentir algo incómodo en el pecho, un malestar pequeño y persistente al que quise poner remedio, que quise erradicar. Y es que me di cuenta de que los seres humanos llamamos vivir a lo que en realidad es solo correr.

Nos pasamos la vida corriendo: a la oficina, al sofá, a la compra, hacia el fin de semana, a limpiar la casa, a capturar fotos que premien con *likes*… Saltamos de una obligación a otra, o de una *story* a la siguiente. Mostramos públicamente cada cosa que hacemos, pero nos olvidamos de disfrutarlas, de respirarlas, de guardarlas en la memoria además de en el *feed* de Instagram. Nos olvidamos de compartir con quien nos importa lo que de verdad importa.

Y yo no quería seguir haciendo eso.

—Cuando me diagnosticaron tenía dieciséis.

Dany no se giró a mirarme. No me preguntó por qué elegía ese momento para hablarle de aquello. Solo permaneció allí, sentada, sosteniendo mi cabeza con su hombro, que noté que se tensaba un poquito.

—No tienes por qué contármelo si no quieres, Akela.

—Lo sé. Es que quiero.

Nos quedamos en silencio unos segundos, concentrándonos de nuevo en el ruido que hacían las olas al lamer la arena de la orilla, inundándonos de una calma artificial que pegaba poco con el ritmo al que a mí me latía el corazón.

—Llevaba varios meses muy cansado. La fiebre me subía a menudo, como si tuviese infecciones que ni Kai ni yo éramos capaces de localizar o explicar. Mi hermano me llevó al médico unas cuantas veces, aunque solo me recomendaban reposo y paracetamol para bajar la temperatura. Nunca parecía nada grave.

—Pero lo fue —aventuró Danielle.

—Lo fue.

Volví a perderme unos momentos en esos recuerdos oscuros y pegajosos que parecían no querer dejarme jamás: los sangrados nasales que no cesaban, las tres veces que me desmayé caminando por la calle y que justifiqué con bajadas de tensión, los mareos que callaba por no preocupar más a Kai. Todo daba vueltas en mi cabeza, agobiándome, secándome la boca.

—Supongo que fue normal tardar en descubrir que no todo estaba como debía. Los doctores no buscaban demonios; imagino que porque deseaban presuponer que la gente no tiene cáncer con quince o dieciséis años. O no debería tenerlo.

Mi amiga cerró los ojos con pesar antes de que un único pensamiento le invadiese toda la mente. «Joder... No es justo. No es justo que le haya tocado pasar por algo así siendo tan joven».

Ay, Dany... Hay muchas cosas en este mundo que no son justas, que no deberían pasar, que no tienen explicación por mucho que se la busques. Yo aprendí esa lección demasiado pronto.

—Estuve seis meses hospitalizado, aunque solo tardaron unos días en ponerle nombre completo a la hija de perra que atacaba mi cuerpo: leucemia linfoblástica aguda. No me preguntes qué diferencia hay entre esa y otras leucemias, jamás me he enterado bien. Los médicos lo consultaban todo con Kai. Él sí podría darte una clase magistral al respecto; el pobre leyó sobre el tema todos los artículos que se han escrito hasta la fecha.

—Bueno, tú eras menor, imagino que al final las decisiones debía tomarlas él. —La voz de Dany sonaba un poco lejana, como si estuviese allí sin querer estar, igual que si su cuerpo se hubiese quedado, pero su cabeza se hubiese ido lejos para protegerse de lo que no quería escuchar.

—Tampoco voy a negar que puse de mi parte para no ser muy consciente de lo que me ocurría. Supongo que me bloqueé, que decidí que era más feliz, o menos desgraciado, ignorando muchas cosas sobre la enfermedad a la que me tocaba hacer frente. Dejé que Kai tomase las riendas, como había hecho desde que yo era un niño. Yo solo le prometí luchar. Luchar siempre. —La visión se me nubló cuando las lágrimas acudieron. Era rápido haciéndolas retroceder, ya estaba acostumbrado a contenerlas—. A mi favor diré que no es que hubiese mucho que decidir. Me dieron seis ciclos de quimioterapia que me dejaron para el arrastre: adelgacé hasta que los huesos de las clavículas se me marcaban aun yendo vestido, vomité cualquier cosa sólida que intenté tragar durante medio año, me pasé tanto tiempo tumbado que pensé que se me olvidaría andar y se me cayó el pelo a puñados.

—Te ha crecido bien. —Me agradó cómo normalizó algo tan banal, sin darle pompa a lo que le contaba, sin convertirme en algo quebradizo.

—Sí, ahora lo llevo más largo que nunca —reconocí, echándome hacia atrás un mechón rebelde que había caído sobre mi frente.

—Pensé que la quimio te curaba, no que te ponía peor.

—Y lo hace, solo que la gente tiende a olvidar que la quimioterapia es, básicamente, un veneno diseñado para matar células tumorales, pero también suele llevarse por delante muchas sanas. Los días siguientes a una sesión no eran bonitos.

Me incorporé con la intención de alejarme un poquito de ella, para ganar espacio y sentir que respiraba de nuevo sin que algo me presionase el pecho. Ella me lo permitió, aunque deslizó la mano por la arena para alcanzar la mía y sostener mi meñique con el suyo.

Un roce nimio, una tontería.

Un ancla a la que agarrarme.

—Durante los tres primeros meses me quedé ingresado de forma permanente y los tres últimos pude ir a casa una semana de cada cuatro. Dejé el colegio. Y Kai estiró cuanto pudo sus jornadas para poder seguir acudiendo a la oficina y visitándome en el hospital, hasta que unas horas diarias conmigo no le bastaron y solicitó teletrabajar de una forma más autónoma.

—¿Le dejaban pasar el día entero contigo?

—Sí. No sé cómo será para los adultos, pero, al ser un paciente pediátrico, podía estar acompañado permanentemente. Aunque, debido al estado de mis defensas y al alto riesgo de infección, siempre debía ser el mismo. De todos modos, desde el hospital levantaron un poco la mano y permitieron que Kai y Eric se turnasen para cuidarme. Gia empezó a darme clases entonces a través de videollamadas, decía que no iba a dejar «que me volviese un vago tontorrón». El resto de la *ohana* se conformaba con hacer FaceTime de vez en cuando y mandarme unos doscientos audios cada tarde. Fue una época difícil, pero la superamos juntos.

Dudó. Dany dudó si preguntar o no, si quería saber la respuesta. Estaba asustada por lo que le pudiese contestar, porque si yo no estaba bien, si no estaba libre de cargas que ella no se veía capaz de asumir, estaba segura de que sería cobarde.

—Y ahora… —se atrevió con la voz trémula y el corazón encogido.

—Estoy limpio.

Limpio. Nunca creí que esa sería la palabra más bonita que se podría construir juntando media docena de letras. Ni con la que más me aterraría dejar de identificarme.

Había acudido acojonado a la consulta de hacía unos días. El tratamiento de mantenimiento no me gustaba demasiado, aunque no era lo que me asustaba, no. Era la espera. Siempre parecía estar esperando a que algo no saliese como debía. A fin de cuentas, ya había ocurrido una vez.

Así que, cuando me revisaron en el primer mes y me dieron buenas noticias, desconfié. Volví a hacerlo en la consulta de julio, aunque me dijeron que la injusticia divina que había vivido seguía redimida. En agosto, no vieron ningún signo de que el cáncer hubiese vuelto. Nada en septiembre. Y, aun así, no me fiaba. Seguía sin hacerlo.

Supongo que es un método de supervivencia. Temes que, si te confías demasiado, si bajas la guardia, la enfermedad encuentre la forma de colarse de nuevo, así que mantienes altas las murallas y dejas que el miedo conviva contigo.

Así lo entendía yo. Y así lo entendía Kai. Él intentaba no parecer asustado nunca, pero su exceso de preocupación, esa manía de meterme en una burbuja en la que nada pudiese tocarme, solo era un gigantesco elefante rosa que siempre caminaba entre nosotros.

Cuando Dany se dio cuenta de que ya no tenía más que contarle, fue ella la que acabó recostándose contra mi hombro y guardando silencio. No fue incómodo, ninguno sintió la necesidad de llenar con palabras vacías espacios que no lo estaban.

Observamos callados y muy cerca como Agnes y Piper avanzaban hacia Gia y Frank para hacerlos salir del agua y poder así comer al fin todos juntos. Los cuatro llegaron a nuestra altura un minuto después y empezaron a sacar platos de cartón y termos llenos de limonada helada.

Danielle y yo nos escaqueamos de colocar la comida sobre la mesita plegable que ya habían abierto a nuestras espaldas. Mi familia nos dejó disfrutar de aquel momento un poquito más.

Al ir a ponerme de pie, mi amiga me sujetó de la muñeca con delicadeza, solo el tiempo necesario para decirme algo que se le había quedado atascado en la garganta, solo dos palabras que dejó ir en un susurro sentido.

—Lo siento.

Fue una de las mayores verdades que alguna vez Dany compartió conmigo. Lo sentía. Por mí. Por ella. Por nosotros. Porque Dany ya había empezado a quererme. Para ella era sencillo hacerlo, no tenía reservas ni reparos a la hora de dejar entrar a la gente en su corazón, aunque sí en su auténtica vida. Y lo lamentaba, le dolía que yo hubiese estado enfermo; pero, sobre todo, sentía pensar que podría fallarme si volvía a estarlo.

Sabes cómo acaba esta historia. Sabes por qué yo hoy puedo contártela.

Volví a enfermar.

Y ella... Ella, por el momento, siguió enseñándome cosas que yo había estado demasiado ciego para apreciar hasta entonces.

8

Una fiesta, un baile y un beso que no lo fue

Estábamos recogiéndolo todo, casi listos para irnos después de un final de día un tanto aparatoso.

Gia se había empeñado en que no pensaba marcharse de allí sin intentar al menos surfear una ola. Dany trató de convencerla de que no lo hiciese, pero Agnes y Piper se pusieron en modo animadoras, gritándole que el cielo era el límite, que podía hacer todo lo que soñase y no sé cuántos eslóganes más de anuncios cutres. Total, que Gia se animó y se fue mar adentro, arrastrando la cola de la tabla por la arena, porque no podía cargar con su peso fuera del agua.

Te juro que la ola que la arrastró no era ni grande, una cresta más digna de un pollito que de un gallo. Pero, oye, se la tragó entera. No habíamos corrido ninguno tan rápido en nuestra vida.

La pobre Gia surgió de entre la espuma del mar a los cuatro segundos, solo que parecía una foca medio ahogada en vez de una sirena curiosa. Ya hacía veinte minutos que habíamos conseguido sacarla de la resaca del océano entre todos y ella aún seguía tosiendo y lagrimando.

—Akela, ¿agarras tú la sombrilla? Creo que es lo único que queda por meter en la autocaravana.

—Voy.

Danielle y yo nos habíamos ofrecido a recoger los bártulos mientras los otros tres ayudaban a Gia a secarse y la tranquilizaban del todo. Dany estaba abriendo la puerta de su casa con ruedas cuando un grito que encerraba su nombre la detuvo.

—¿Dany-Boop? —Un tipo grande y bronceado se acercó a nosotros al trote. Bueno, más bien a ella—. ¡Sí que eres tú!

Al llegar a su altura, la alzó en brazos y dio un par de vueltas sobre sí mismo con una Dany feliz sujetándose a su cuello.

—Kalev, ¿qué haces tú aquí? Te creía en Nueva Zelanda.

Dany también parecía contenta de ver a aquel chico con aspecto de surfero un tanto fumado. De hecho, los amigos que ya se acercaban por detrás de él también tenían ese tono rojizo en los ojos y el aire de estar muriéndose de sueño un tanto característico de la marihuana.

Una rubia bajita y bastante bonita se asomó por el costado del tal Kalev y abrazó a Dany con menos impetuosidad, pero el mismo cariño.

—Qué alegría verte, Asia.

Mi amiga estiró los dedos pulgar y meñique y los meneó en el aire en dirección al resto del grupo que se había acercado hasta su cámper. Todos devolvieron el gesto, saludando con una sonrisa bobalicona en la cara.

—Volvimos el mes pasado. Echábamos de menos esto —respondió Kalev a la última pregunta que Dany le había hecho.

—Y ¿os vais a quedar una temporada?

—Todavía no estamos seguros. Creemos que sí, al menos hasta finales de invierno —explicó esta vez Asia.

—Pues entonces seguro que nos vemos tomando unas olas o viviendo la isla.

—Claro, pero para no esperar mucho a que eso pase, vente a la fiesta que damos este fin de semana en Pavilion. Un colega abre un chiringuito con buena música y mejores tragos. —Su amigo le tendió unas cuantas invitaciones que Dany agarró sin dudar—. Trae a los amigos que quieras, sabes que la gente con ganas de divertirse siempre es bienvenida.

—Gracias, Kalev. Nos pasaremos.

Hubo otra ronda de abrazos rápidos y algunas señales de *shaka* más antes de que volviesen por donde habían venido y Dany se girase hacia mí con una ceja alzada y una sonrisa traviesa elevándole los labios.

—¿Qué me dices? ¿Te apetece salir de marcha este fin de semana?

—No. Ni de broma.

—Venga ya, Kai. ¿Quién te ha nombrado guardián del aburrimiento?

—Dany, no te metas.

—Joder, que el chico quiere ir a una fiesta, no sacrificar vírgenes vestido con una toga que le llegue a los pies y la frente manchada de sangre de un macho cabrío.

—¿Qué? Pero ¿qué…? ¿Qué tiene eso que ver?

—No sé. He pensado en algo reprobable y es lo que se me ha ocurrido.

—Madre mía…

Kai se pinzó la nariz con el pulgar y el dedo corazón, cerrando los ojos y resoplando despacio, como si tratase de buscar algo de calma o de cordura en mitad de la discusión que había comenzado con Dany hacía casi un cuarto de hora, que era, más o menos, el mismo tiempo que hacía que habíamos cruzado la puerta de casa y Danielle había anunciado a voz en grito que el sábado me secuestraba para corromperme entre alcohol y bailes de cortejo.

Lo dijo con esas palabras exactas.

Siempre lo negaba, aunque ahora sé que le encantaba sacar de quicio a Kai.

—He dicho que no, ya está. Fin de la discusión.

Estaba a punto de abrir la boca para protestar o para recordarles que estaba presente y que podía tener voz y voto en aquello, pero Dany achicó los ojos, lanzando fuego contra Kai a través de ellos y decidí que era mejor seguir calladito.

Me reafirmé en mi decisión cuando Danielle ladeó una sonrisa que daba muy mal rollo, se dirigió a la salida, abrió la puerta y gritó una única palabra a todo pulmón.

—¡Pipeeer!

—No te atrevas… —amenazó Kai.

—¡Dime, cariño! —La mujer de Agnes ya estaba asomada a la ventana de su choza, secándose las manos en un paño de cocina.

—Kai no deja que Akela y yo salgamos a bailar y a distraernos un poco este sábado.

—Maldita chivata —masculló mi hermano mientras se apresuraba a llegar al lado de Dany—. No es eso, Piper, es que quieren ir a una fiesta de unos amigos de Dany que se drogan.

Me dio la risa. No pude evitarlo.

Nunca había visto a Kai tan desbordado por una chica, tan torpe, tan… tierno. Porque sí, de alguna manera extraña y un poco vergonzosa, era tierno ver lo mucho que luchaba por disimular que ella le gustaba y que lo descolocaba.

—¡No se drogan! —se ofendió Danielle—. Piper, no se drogan.

—Te creo, cariño.

—Fuman porros —volvió a acusar Kai. Puede que eso se me hubiese escapado a mí al hablarle de ellos. Error mío.

—Muy de vez en cuando. —Dany jugó la carta de los pucheros. Logró parecer una chiquilla indefensa y todo, con el labio temblando y los ojos superabiertos.

Los dos se callaron a la espera de un veredicto. Y adivina… Sí, una vez más, Dany ganó a Kai.

—Id y pasáoslo bien. Pero no fuméis nada. ¿De acuerdo?

—Claro. Gracias, Piper.

—De nada, cariño. Pasadlo bien *los tres* —remarcó.

—¿Qué? ¡No! Yo no voy. —La cara de Kai reflejaba auténtico horror, como si acabasen de mandarlo a la horca o algo así.

—Sí que vas. Hace como cien años que no sales un rato a algo que no sea correr hacia la oficina. Tú vas. Así controlas que esos dos no hagan cosas raras. No es que no me fíe, cariño, pero me quedo más tranquila si os acompaña un adulto —le gritó a Danielle.

«¿Por qué hace que esa palabra suene a insulto?».

Ay, Kai…

—Ha querido decir que prefiere que nos acompañe un aguafiestas —lo picó Dany.

«Por eso. Sí, definitivamente, por eso ha sonado a insulto».

Nunca había estado en una fiesta en la playa.

No es que hubiese sido un preadolescente sin amigos ni nada más que hacer los fines de semana que estar tirado en casa viendo las horas pasar, pero es cierto que los dolores, los mareos y las fiebres habían llegado antes de que a mí me diese tiempo a emborracharme más que un par de veces en juergas en casa de mis colegas. Y lo de un par no es un decir: una fiesta en casa de Malia Kainoa y otra en la de George Flirt. En la primera me tomé cinco birras y me dormí en el hombro de la chica que me dio mi primer beso. En la segunda, probé el vodka y acabé bailando sin camisa encima de la mesa del salón.

Ese era mi currículum en lo que a desfases se refería: dos sábados con un grupo de unos quince chavales poniendo caras raras con cada trago de alcohol que daban.

Y lo que tenía delante aquella noche no se le parecía en nada.

El bar estilo *tiki* estaba hasta la bandera. La gente que no entraba en la cabaña decorada con paja, tótems y *leis* había buscado su lugar en la arena, plagada de grupos que encendían hogueras cada pocos metros y que saltaban al son de la música que se escuchaba, un tanto lejana, a través de los altavoces de la terraza del chiringuito.

Todos se mezclaban y nadie parecía permanecer en el mismo sitio demasiado rato. Las risas se oían incluso por encima del pop pegadizo que inundaba el ambiente, el cristal de los vasos sonaba cada poco en brindis que convertían el tintineo de los hielos en un ritmo más y el buen humor parecía una enfermedad infecciosa.

No tardamos demasiado en localizar a Kalev y a Asia, que bailaban y reían alrededor de un pequeño fuego, con botellines en las manos, acompañados por una pandilla bastante variopinta. Dany abrazó a una mujer que aparentaba edad como para ser su madre y saludó al estilo *aloha* a un par de hombres que parecían rondar la treintena y a dos chicas más que debían de sacarme un par de años a lo sumo.

A pesar de que Kai y yo no conocíamos a ninguno de los presentes, todos movieron las barbillas hacia nosotros, dándonos la bienvenida con las copas alzadas en el aire. Mi hermano devolvió el gesto a nadie en particular y se cruzó de brazos, estudiando lo que lo rodeaba; no estaba especialmente cómodo, aunque tampoco parecía que se negase a intentar pasárselo bien. Yo me quedé de pie a su lado, sin saber muy bien cómo actuar para no parecer un novato nervioso ante la primera ocasión que tenía de socializar en meses. La vista no tardó demasiado en írseme sola hacia una guitarra que descansaba junto a dos ukeleles y una especie de caja de madera, justo detrás de Asia.

Debí de quedarme mirando los instrumentos más tiempo del normal, porque, antes de preguntarme siquiera cómo me llamaba, una de las integrantes más jóvenes de aquel extraño grupo me preguntó si yo tocaba.

—Lo hace, aunque yo no he conseguido que rasgue una maldita cuerda en un mes. Si lo convences para que interprete algo, te pago la siguiente ronda...

—Gigi —se presentó ella con una sonrisa ante el desafío que le lanzó Dany.

—Encantada. Yo soy Danielle.

—He oído hablar de ti. —Respiré tranquilo cuando la conversación se desvió hacia alguien que no fuese yo. También me agradó que Gigi diese un par de pasos para colocarse a mi lado.

—Vaya…

—Sí. Malcom vive enamorado de tu voz. Kalev, sin embargo, dice que hablas entonando más que cantas y que eso no cuenta.

Deduje por lo rojo que se puso uno de los chavales que estaba a la izquierda de Kalev que él era Malcom.

Dany se rio con ganas ante la acusación y el tipo se sonrojó aún más.

La cara de Kai no era tan divertida como la de Danielle.

—Vamos, Dany-Boop, canta algo y ciérrame la boca —le propuso Kalev mientras le lanzaba una cerveza y nos alcazaba otra a Kai y a mí, que no habíamos tenido ocasión de decir ni nuestros nombres, aunque aquello no parecía importar en absoluto entre esa gente.

Sonaba algo de Dua Lipa de fondo, lo bastante cerca como para que Dany tuviese que taparse los oídos un par de segundos para no distraerse con la melodía equivocada.

Y es que no se hizo de rogar. Dany no era así.

Le apetecía, así que cantó.

Se puso el puño en la boca y empezó a imitar de una manera más que convincente el sonido de una trompeta. Un ritmo rápido, alegre. Asia pareció reconocerlo deprisa y no dudó en pasarse la cinta de su guitarra por la cabeza para colocarla bien sobre su regazo; el otro chico, que no había abierto la boca para nada más que para dar sorbos a su copa, dejó el cubata sobre la arena y se sentó sobre la caja, que resultó ser un cajón de percusión, sonrió ante el arranque de Danielle y tanteó la armonía sobre su madera, tratando de adaptar el sonido de su nuevo asiento a lo que pedía la canción, inventando, dejándose llevar. Ambos siguieron las notas que salían agudas de la garganta de Danielle, aún transformada en instrumento improvisado.

No entendí una palabra de lo que ella gritó al cielo, de lo que dejó que la llenase mientras cerraba los ojos y estiraba los brazos, como un pájaro a punto de echar a volar.

Cantaba sonriendo, en su idioma, con esa cadencia en la que las erres nunca se pronunciaban del todo y las conversaciones siempre parecen un poco susurradas. Su acento volvió a cobrar fuerza y ella brilló, sumergida en una música optimista y rápida que pronto consiguió que todos los presentes chasqueáramos los dedos, haciendo coro.

Descubrí esa noche que aquella canción se llamaba *Je Veux*, y que la cantaba una tal Zaz a la que me volví un poco adicto.

—Siempre se me olvida que las fiestas contigo son más divertidas. No sé cómo no se me ocurrió llamarte en cuanto volvimos a pisar la isla —reconoció Kalev en el instante en el que los aplausos terminaron tras la actuación de Dany y las birras empezaron a desaparecer.

Ella nos presentó de forma más oficial y el resto de los presentes soltaron unos cuantos nombres que yo había olvidado casi antes de que se hubiesen pronunciado.

Estar con esa gente era sencillo. Eran igual que Dany; buscaban divertirse y el con quién no era tan importante como el conseguirlo. Cualquiera que tuviese baile en el cuerpo y sonrisas para repartir era bienvenido.

Podía parecer algo bueno, algo que perseguir, un tipo de amistad fácil, rápida, con la que siempre había alguien con quien pasar el rato y ahogar la soledad. Pero no era así.

«Yo conozco mucha gente, Akela, pero conozco a muy pocas personas».

No entendí lo que quiso decirme Dany la primera vez que soltó aquel galimatías. Me costó muchas noches a su lado y muchos secretos compartidos darme cuenta de que era su manera de confesarme que ella pasaba el tiempo con un montón de conocidos diferentes, aunque casi nunca compartía cosas con ellos que importasen de verdad: vivencias, sentimientos, miedos... Futuro.

Durante un tiempo pensé que Dany era la persona menos solitaria del mundo.

Me equivoqué. Confundí estar rodeada de extraños con sentirse acompañada.

A pesar de todo, aquella noche, a mí, estar simplemente rodeado ya me parecía algo por lo que saltar, por lo que sentirme vivo.

Las cervezas seguían saliendo de una nevera azul que parecía no tener fondo, Pitbull y Avicii se tomaban el relevo entre sí en los bafles y hasta Kai empezaba a dejar que su cadera se moviese con algo de soltura.

—¡Vaya, Pili Mua, si sabes moverte!

Que Dany utilizase el apodo con el que yo a veces llamaba a Kai me hizo mucha más gracia de la que tenía. Mis carcajadas medio ebrias llamaron la atención de mi hermano y de mi amiga, solo que uno de ellos me miró de forma reprobatoria mientras que la otra se unió a mis risas.

Sí, puede que estuviese algo perjudicado. Hacía calor, nosotros nos habíamos acercado a la terraza del bar para poder tener acceso a la barra y pedir así algo más fuerte que cerveza y yo no estaba acostumbrado al alcohol. Pero no quería parar. No quería irme de allí nunca.

—¡Eh, Akela, vente, que hemos pedido unos chupitos!

Gigi me miraba desde el centro de lo que se había convertido en la pista de baile de la parte trasera del chiringuito, levantando en mi dirección dos vasos pequeñitos llenos de un líquido ambarino.

Ni siquiera miré en dirección a Dany y Kai cuando me encaminé hacia allí.

—¡Enano! ¡Enano, relaja un poco!

—Venga ya, Kai, deja que se divierta.

—Se está pasando.

—De eso nada, está teniendo diecisiete años.

—No quiero que se descontrole y…

—Venga, vamos, necesito alejarme un poco de tanta gente, que me suda hasta el ombligo.

Todas las quejas que pretendía soltar Kai se ahogaron en una nebulosa estúpida que se agarró a su pecho cuando Dany lo tomó de la mano para tirar de él hacia la arena con la intención de alejarlo de mí y que yo pudiese seguir excediéndome —porque sí, claro que lo estaba haciendo—.

Mi hermano arrugó la nariz al sentirlo, ese salto en el estómago, parecido a cuando sueñas que caes y te despiertas de repente. Algo que asusta y te sacude a la vez. Algo nuevo. Algo que Kai no acertaba a adivinar de dónde había salido.

«Solo es una mano, imbécil».

Sí, solo era una mano, pero una que no lo soltó al salir a un trozo de playa despejada, cuando ya no había nadie a quien esquivar ni huecos donde perderlo de vista.

Él tampoco hizo nada por liberar el amarre.

Caminaron hasta encontrarse lo suficientemente lejos como para que las canciones no se distinguiesen bien y el aire se descongestionase por completo. Hasta que solo fueron ellos dos por primera vez.

Al alcanzar la orilla, la palma de Kai volvió a quedarse tibia al perder el contacto del calor de la de Dany, que comenzó a dar vueltas sobre sí misma, alborotándose el pelo y sonriendo a la nada.

Mi hermano optó por sentarse a mirarla, aunque lo hizo demasiado cerca de la zona donde rompían las olas. La primera que llegó hasta él le empapó buena parte de sus vaqueros negros. Le importó tan poco que ni se movió.

Dany se colocó a su lado cuando se cansó de girar sobre sí misma, ignorando el agua que le mojó el vestido floreado que Piper le había regalado la semana anterior, el que ella había llevado en su segunda cita con Agnes.

Se miraron con los ojos un poco rojos y las risas fáciles. Ninguno iba tan sobrio como pensaba, pero el que se sonriesen así poco tenía que ver con el alcohol, por mucho que lo usasen después a modo de excusa.

—Le consientes demasiado, ¿sabes? —Podría haber sonado a una regañina, solo que la forma en la que los labios de Kai tiraban hacia arriba le quitó seriedad a la acusación.

—No es verdad.

—Tiene que cuidarse, Lani.

—¿Por qué? Está limpio.

Las cejas de Kai se elevaron con sorpresa.

—¿Te lo ha contado?

—La mañana que salimos a surfear.

—Vaya… Sí que debes de gustarle. No es algo de lo que suela hablar.

—¿Por qué lo sobreproteges tanto si ya está bien?

—No lo sobreprotejo.

—Claro que sí.

—Claro que no. —A Dany le dio la risa. Se rio mucho esa noche. De hecho, casi siempre se rio mucho con Kai.

—Venga, estás encima de él siem…

—¿Y si vuelve? —la interrumpió mi hermano—. ¿Y si no estoy atento y cae enfermo de nuevo?

—¿Y si no?

—¿Y si sí? —insistió él.

—Pues, Kai… Ese sería un motivo enorme para que Akela viviese unas cuantas locuras más de las que se ha permitido hasta ahora.

—No es tan sencillo, Lani.

—A lo mejor no, pero creo que tampoco es tan complicado como tú lo quieres pintar. Es un crío, Kai. Le toca hacer el idiota, experimentar cosas de las que pueda arrepentirse más adelante. Y tú deberías permitírselo. Vamos, ¿te acuerdas de lo que era tener su edad y cargar con todo el peso del mundo a tus espaldas? —A pesar de lo serio de la conversación, Dany usaba un tono que parecía siempre aligerarlo todo. Solo era alguien exponiendo una verdad, no sacando a la palestra algo triste.

—Claro que me acuerdo. Era aterrador.

—¿Y quieres eso para Akela? ¿Esa eterna sensación de responsabilidad absoluta?, ¿de convivir con un miedo que parece esperarte agazapado?, ¿de pensar constantemente que te estás perdiendo cosas cuando tus amigos te proponen planes que tú tienes que rechazar?

Una nueva ola les lamió la parte trasera de los muslos en el mismo momento en el que la mirada de Kai se llenó de reconocimiento.

Lo que detallaba era demasiado vívido como para ser recuerdos de un posible desconocido; no había nada de ajeno en lo que ella describía.

«Dany es demasiado joven para ser huérfana». La reminiscencia de ese pensamiento que Kai y yo tuvimos aquella primera tarde en la que los tres compartimos fragmentos de nuestra vida pasó veloz por la mente de mi hermano.

«¿Qué le pasó a tu madre, sirena?».

Se tragó la pregunta. La saboreó en su lengua y la hizo bajar por su garganta, junto a todas las cosas que deseaba saber sobre Dany, pero que no sabía si quería dejar salir. Cuando el silencio empezó a volverse pesado, él extendió la palma abierta hacia Danielle y planteó la única cuestión que en ese momento creía poder afrontar.

—¿Quieres bailar?

Dany ladeó la cabeza y lo observó como tantas veces lo hizo conmigo: estudiándolo, viendo un poquito más allá de lo que Kai dejaba ver. Se mordió una sonrisa antes de contestar.

—No hay música.

Kai se puso de pie y volvió a tenderle la mano. Esta vez, ella no dudó al aceptarla.

—Pues canta tú algo.

La risa de Dany se extendió por el pecho de Kai cuando este la acercó hacia sí y le rodeó la cintura con un brazo. Ella apoyó la cabeza en su pecho y levantó los dedos que tenían entrelazados hasta colocarlos a la altura de su hombro.

Quand il me prend dans ses bras, il me parle tout bas,
je vois la vie en rose.
Il me dit des mots d'amour, des mots de tous les jours,
et ça me fait quelque chose.
Il est entré dans mon coeur une part de bonheur dont
je connais la cause.
C'est lui pour moi, moi pour lui, dans la vie,
il me l'a dit, l'a juré pour la vie.

Trastabilló una vez. Lo tomó desprevenido. No esperaba que ella eligiese esa canción, aun cuando no tardó mucho en dejarse llevar y tararearla con los ojos cerrados. No se sabía aún toda la letra, aunque sí algunas partes. La había buscado después de escucharla en los labios de Danielle, más ansioso de lo que jamás reconocería por leer al completo esa historia de color de rosa.

Bailaron despacio, se separaron sin prisa cuando a Dany no le quedó estribillo que repetir y se miraron con una timidez que no pegaba con ellos.

Ay, si pudieses ver cómo la observaba él, igual que si fuese una aguja en mitad de un pajar. Eso era Dany para Kai. Parecida pero distinta a la mayoría: más fuerte, más brillante; difícil de encontrar y, aunque él todavía no lo sabía, difícil de retener.

Kai bajó un poco la cabeza.

Dany se pinzó sin darse cuenta el labio con los dientes.

Kai descendió un poco más.

Dany inhaló aire con fuerza y lo retuvo en los pulmones, como si al guardarlo allí pudiese parar el mundo igual que detuvo su pecho.

Kai se imaginó besándola. Y sintió miedo. Por las ganas que tuvo de hacerlo, por la necesidad que esa imagen despertó en él. Había cosas que Kai había dejado de anhelar, y no estaba preparado para desearlas de nuevo. Así que se irguió otra vez... Y su momento pasó.

El móvil de Dany le vibró dentro del vestido y ella se rio al sentir que las cosquillas del estómago le subían hasta el escote.

Se apartó de Kai fingiendo que no había estado a punto de lanzarse ella misma a su boca, sin importarle lo que pudiese pasar después, y fijó la atención en la pantalla que se iluminaba con mi nombre escrito en mayúsculas.

—¿Qué pasa, peque?

Hubo tres segundos de silencio en los que mi respuesta viajó a través del auricular y, entonces, las carcajadas que siguieron a mi voz fueron como un alfiler que pinchó la burbuja en la que ellos se habían metido. Se fueron la incomodidad, los «casi» y los «y si». Se quedaron la complicidad que crecía poco a poco, las pulsaciones que se calmaban despacio y un beso que no lo fue, aunque les supo parecido a uno.

—Espéranos allí, estamos contigo en dos minutos.

Kai preguntó antes incluso de que a Dany le hubiese dado tiempo a colgar.

—¿Qué pasa?

—Akela se ha enrollado con Gigi y le ha vomitado en los zapatos toda la cerveza que ha bebido cuando ella le ha metido la mano en los pantalones en mitad de la pista.

—Ay, no.

—Ay, sí.

Lo intentaron. Consiguieron tragarse la risa durante unos dos segundos, y luego fracasaron en su conato de contención. Cuando llegaron a mi lado todavía les lloraban los ojos y les dolía la tripa por culpa de las carcajadas que dejaron en la arena, justo al lado de sus ganas.

SEGUNDA TARJETA:

¿Hay algo que cambiarías de lo que habéis vivido juntos?

KAI

La respuesta me viene deprisa a la cabeza, aunque me da un poco de vergüenza compartirla con ella.

«Es por Akela», me recuerdo. «Prometiste que lo harías por él. No lo decepciones».

Como si no estuviese convencido de que mi hermano ya no puede sentirse decepcionado… Como si pudiese seguir creyendo en espíritus, en dioses o en absolutamente nada cuando mi *keiki* ya no está conmigo.

«Da igual. Solo contesta a la maldita pregunta y termina con esto antes de que esta estúpida sensación de ahogo te asfixie de verdad».

—Te hubiese besado en aquella fiesta. En la de…

—Sé a cuál te refieres.

Claro que lo sabe. Casi se me había olvidado que con ella me sobran las explicaciones la mayor parte del tiempo.

Volvemos a estar en silencio. No sé si tengo que añadir algo más, si espera una respuesta más larga. No sé si yo puedo dársela.

—Esperé que lo hicieras, ¿sabes? De hecho, estuve a punto de besarte yo a ti, pero algo me dijo que debía esperar un poco, que no estabas listo.

—Para ti nunca estuve listo, Lani. Me tomaste por sorpresa.

—Lo dices como si fuese algo malo.

—No, no lo fue. No lo es —me corrijo, porque no pienso que nada de lo que he vivido con ella haya sido un error, solo que duele. Hay cosas que escuecen demasiado, que supuran igual que una herida abierta que no sé si llegará a ser alguna vez cicatriz.

—¿Por qué no me besaste tú esa noche?

—No lo sé. Me lo he preguntado muchas veces después. De hecho, casi siempre me lo cuestionaba mientras te besaba. Pensaba: «Idiota, deberías haber empezado a hacer esto mucho antes».

Su risa me llega como un disparo al corazón.

Siento que no debería bromear, que no debería reírme con ella, aunque no consigo evitarlo a tiempo. El ceño se me frunce más que nunca cuando la sonrisa se me congela a la mitad del gesto.

—Kai, no pasa nada porque no llores todo el rato.

—No lloro.

—Pues porque no estés triste.

—¿Y qué se supone que debo hacer, Danielle? ¿Irme de copas y a buscar alguna fiesta más mientras mi hermano se reúne con Kū o con Kāne?

—Si es lo que quisieses hacer, a nadie le iba a parecer mal. Y si así fuese, que le den por el culo a quien se crea con derecho a juzgarte.

—Era mi hermano, Danielle. —Pone mala cara cuando repito por segunda vez su nombre completo—. Lo menos que le debo es un luto decente.

—¿Por qué? ¿Estar triste, serio y aislado demuestra que lo querías más?

—No lo sé.

—¿Dejar de salir a comer al patio con Gia, Frank y el resto es una manera digna de honrar su memoria?

—Lani...

—¿Verte abatido y demacrado es lo que haría feliz a Akela?

—¡No lo sé! —repito esta vez chillando—. ¡No lo sé, joder, Lani! No tengo ni puta idea de cómo hacerlo, de cómo acertar, de qué hacer ahora que no tengo que ocuparme de...

Dejo la frase en el aire, no soy capaz de acabarla.

—De él. Ya no tienes que ocuparte de él. ¿Es eso? ¿Estás... perdido?

—Yo... Desde que me alcanza la memoria he vivido para que él estuviese bien. Dejé... Dejé de pensar en mí primero porque Akela me necesitaba. Y ahora... No... No sé.

Esa es la conclusión a la que llego una y otra vez.

No sé.

No sé nada.

No sé cómo sentirme.

No sé qué debería hacer.

No sé cómo seguir adelante.

Tengo la cabeza gacha y la mirada clavada en la arena. Se ha levantado un poco de aire y algunos granos bailan entre mis pies descalzos, haciéndome cosquillas. Siento más que veo a Dany arrastrarse hasta colocarse detrás de mí. Abre las piernas lo bastante como para que mi cintura quepa entre ellas.

Hace muchos días que no nos tocamos, que no percibo su calor llamando al mío, pero dejo que la costumbre mueva mis músculos, porque lo necesito desesperadamente. Inclino la espalda hacia atrás y su cuerpo me sostiene. Cierra los brazos en torno a mi pecho y me acuna, como si fuese el bebé que ahora mismo me siento.

—No —susurra en mi oído.

—No ¿qué?

—No cambiaría nada.

Y así, sin más, una calidez inesperada rasca parte del hielo que me ha crecido por dentro en las últimas dos semanas.

9

Una tormenta, un rescate y una única lágrima

—Vale, atento, ya viene. ¡Vamos, vamos, vamos!

Dany se puso a bracear en cuanto la primera onda líquida nos avisó de que su hermana mayor estaba en camino. Era una ola grande, quizá la más grande que había intentado domar hasta ese momento.

Me di impulso con los brazos y dejé que el cuerpo me indicase cuándo debía ponerme de pie, tal y como Danielle me había dicho que hiciese.

Me tambaleé un poco hasta que conseguí encontrar mi centro de gravedad y el equilibrio estabilizó mis pies aun estando en movimiento. Y entonces… volé. Volé sobre el mar durante diez minutos enteros. O quizá fueron segundos. No lo sé. Tampoco me importó, porque el tiempo se detuvo en ese instante para que yo probase la libertad real por primera vez en mi vida.

—¿Lo has visto?

Cuando conseguí sacar la cabeza de debajo de litros y litros de agua y sal, gritaba más que preguntaba. Estaba eufórico, de la misma manera que un niño que acaba de descubrir que es posible saltar tan alto como para alcanzar la luna.

—Ha sido la hostia, Keiki. Cada vez lo haces mejor.

Kai me tomó del codo y me ayudó a levantarme para salir a la arena un rato. Se lo agradecí por dentro cuando me di cuenta de que me costaba inhalar aire más de lo normal.

«Es solo porque te has desacostumbrado a hacer ejercicio. Se te pasará en cuanto te pongas en forma».

Era bueno convenciéndome de ello, incluso sabiendo ya que no era verdad. Si lo hubiese creído, no me habría esforzado tanto por esconder ante Dany y mi hermano que la cabeza me daba vueltas al cerrar los ojos o que el aire no parecía entrar nunca del todo en mis pulmones al inhalar profundo.

—Sí. En unas cuantas clases más superas al anciano de tu hermano.

Dany había llegado casi hasta la misma orilla encima de su *longboard*, justo a tiempo para escuchar el cumplido de Kai, que solo se permitió lanzar una media sonrisa en su dirección como constatación de que había escuchado su provocación, una que consiguió que ella apartase la mirada para que no se le notase que se había quedado mirando demasiado rato esa boca ladeada.

Llevaban así casi dos semanas, desde aquella promesa de beso.

Era más que obvio para todos que allí empezaba a haber algo, algo a lo que Kai se resistía, lo que no extrañó a nadie. Lo que sí que nos pareció raro fue darnos cuenta de que Dany también reculaba a menudo cuando mi hermano daba un paso hacia ella sin querer. No era una actitud que nos pegase en ella, aunque en verdad solo hacía un mes y medio que la conocíamos, tampoco es que pudiésemos asegurar nada sobre Danielle con rotundidad.

—Nunca ha mencionado a ningún novio —había señalado Frank la tarde anterior en nuestra merienda comunitaria después de que Dany y Kai se apartaran del grupo con disimulo, como si ocho pares de ojos no estuviesen pendientes de cada uno de sus movimientos.

—O novia —aportó Agnes.

—¿Crees que es eso, amor? —le siguió Piper.

—¿Y qué más dará? Parejas, no le conocemos parejas. Lo que quiere decir que lo del compromiso no le va mucho. —Gia chasqueó los dedos frente a sus amigas para reconducir el tema.

—A ver, yo la he visto cuatro veces contadas y ya me ha quedado claro que, si esa chica quiere algo va a por ello, aunque hasta ella puede darse cuenta de que Kai no tiene pinta de ser de los de una noche y si te he visto no me acuerdo. A lo mejor es eso lo que lo echa para atrás.

Ver a Eric marujeando con el resto del grupo era maravilloso. Desde la aparición de Danielle, había tomado la costumbre de pasarse los sábados por la tarde por nuestra pequeña comunidad para tomar los increíbles *twist* de piña, mango y plátano que preparaba Magnus.

—Chicos, da igual de lo que tenga pinta uno o lo que crea que no quiere la otra. Miradlos.

Todos giramos la cabeza con descaro hacia ellos ante las palabras de Dana.

Dany estaba moviendo los brazos en el aire, imitando uno de los pasos del *hula*, mientras se arrimaba a un Kai claramente incómodo que no quería seguirla. Ella lo azuzaba y él se mordía sonrisas para no darle alas. Solo que Dany nunca ha necesitado que nadie le diese permiso para volar ni para arrastrar a quien quisiera con ella.

Cuando pegó su cadera a la de él y Kai se puso rígido como un palo, todos nos reímos. Mi hermano achicó los ojos hacia nuestra ubicación y se supo descubierto, así que decidió vengarse de la fuente de nuestro cachondeo.

Dany no lo vio venir a tiempo, por lo que, cuando la cargó sobre su hombro y corrió hacia el mar, solo pudo patalear y reír incoherencias sobre todo lo malo que le haría a Kai si no la dejaba en el suelo en ese mismo instante.

Parecían jóvenes, mucho más que de costumbre. Y parecían felices.

—Hay cosas que son inevitables en esta vida. Ellos lo son.
—Las palabras de la sabia y anciana Dana se extendieron entre todos nosotros, dándonos esperanzas, haciéndonos creer que había alguien en el mundo que podía devolverle a Kai las ganas de comprobar que el mundo no terminaba al salir de la oficina.

—Venga, Dany, solo una o dos veces más. Ya le estoy pillando el tranquillo, no lo quiero dejar todavía.

—Tú lo que pretendes es presumir delante de tu hermano porque sabes que mañana no podrá acompañarnos como hoy y estás deseando lucirte.

Sí que era eso.

Cada uno de los días que Kai había venido con nosotros a la playa para enseñarme trucos con la tabla habían sido un regalo. No recordaba cuánto hacía que no pasábamos tanto tiempo juntos fuera de casa. O de la habitación de un hospital.

Quería eso, quería recuperar a mi hermano.

—Enano, no es buena idea. El mar se está poniendo muy feo.

Era cierto. En Hawái teníamos el buen tiempo asegurado todo el año, pero, de vez en cuando, la lluvia se desataba sin aviso, y no solían ser aguaceros quedos. Igual que todo en aquellas islas, las tormentas también eran salvajes e inesperadas.

Las primeras gotas llegaron en cuanto Kai emitió su advertencia. Tuvimos quince segundos exactos para recoger toallas, neoprenos, tablas, quillas, *leash* y escarpines antes de que nos cayese encima un diluvio que te hacía pensar que, quizá, aún seguías dentro del océano sin saberlo.

La furgoneta de Danielle estaba a apenas cincuenta metros, lo malo era que nos llevaba tres viajes dejarlo todo recogido y, a mitad del segundo, el viento ya se había convertido en un enemigo contra el que luchar, uno que nos atacaba a los ojos y nos hacía encorvarnos. La arena mojada nos ralentizó lo justo como para que fuésemos testigos de una escena que olía a desgracia cuando ya nos disponíamos a cargar con los últimos aparatajes.

—¡Samuel! ¡Romy! ¡Ayudadlos, por favor, ayudadlos! ¡Sacadlos de ahí, por favor, por favor!

Una mujer gritaba, histérica, desesperada, hundida hasta los gemelos en un mar embravecido. Las olas la golpeaban al alcanzarla y llegaron a derribarla hasta en dos ocasiones, aunque se levantaba para tratar de meterse en el agua de nuevo. Tres personas se acercaron hasta ella para obligarla a pisar tierra firme, pero la señora solo mantenía la vista fija en algún punto perdido de la cortina de agua que caía del cielo sin parar.

—¡Ayudadlos, ayudadlos!

Nos acercamos hasta donde seguía luchando contra seis brazos para volver a su puesto de vigía, y entonces lo vimos: un hombre con un bañador rojo y una boya torpedo, luchando contra la resaca, impulsándose de espaldas solo con los pies porque tenía los brazos ocupados remolcando dos pequeños cuerpos.

Miré a mi alrededor, buscando más socorristas, solo para darme cuenta de que no los había. Estaba solo, aquel hombre estaba solo intentando salir del monstruo azul en el que se había transformado el Pacífico, con dos niños que no parecían moverse sujetos contra su pecho.

Kai y otro de los hombres que se había acercado a la que supuse era la madre de las criaturas se lanzaron contra las olas que rompían con furia a nuestros pies. Debían de ser apenas siete metros lo que los separaba de esas tres figuras borrosas que avanzaban despacio hacia nosotros, pero parecieron kilómetros.

Cuando consiguieron dejar al niño y a la niña frente a su madre, todos contuvimos el aliento, ese mismo que aquellos pequeños parecían haber perdido.

El socorrista actuó deprisa. Tumbó a los chiquillos bocarriba y alineó sus brazos y sus piernas. Todos nos cernimos sobre él, queriendo ayudar y sin saber cómo hacerlo.

La madre no paraba de gritar, rogando que hiciese algo, los presentes le tapábamos la luz, lo ahogábamos, ninguno de los niños estaba consciente y él no podía atender a ambos a la vez... Su nerviosismo empezó a ser evidente y, con él, los chillidos de la mujer que no veía a sus hijos despertar aumentaban.

—Puedo ocuparme de la niña mientras tú lo haces del niño.

Una Dany más seria de lo que yo la había visto nunca se arrodilló junto a él y le colocó la mano en el hombro. Parecía calmada, aunque si te parabas a escuchar con atención, podías oír su corazón bombeando sangre a toda velocidad.

—¿Sabes hacer una RCP?

Asintió una sola vez y, sin añadir nada más, cada uno se giró hacia uno de los críos.

Dany solo levantó la vista una última vez para buscar los ojos oscuros de mi hermano.

—Necesitamos un poco de espacio, que cuentes el tiempo que va pasando y que alguien llame a una ambulancia.

—Ya está en camino —le respondió una desconocida que sujetaba contra su oreja un teléfono móvil.

Mi hermano empezó a pedir a la gente que se echase hacia atrás, que los dejasen trabajar. Todos obedecieron en cuanto Dany y el socorrista se encorvaron sobre la boca de aquellos niños para comprobar si alguno respiraba. No debieron de verlo claro, porque ambos elevaron enseguida sus barbillas para abrirles las vías respiratorias y soplaron cinco veces seguidas contra sus bocas. Se quedaron mirando sus pechos, observando cómo sus tórax volvían a bajar cuando el aire ajeno dejó de elevarlos.

Nada.

—Necesitamos que alguien sostenga algo de ropa encima de sus caras. No puede seguir entrándoles lluvia en la garganta —pidió el hombre que había rescatado a Samuel y a Romy.

Un chaval no mucho mayor que yo reaccionó deprisa y voló a por una sombrilla que sus amigas habían estado utilizando toda la mañana para conseguir eludir el sol abrasador que había cubierto el cielo de Kauai hasta hacía veinte minutos.

Y entonces comenzaron las compresiones.

Iban casi a la par, como en un baile macabro que nadie quería bailar.

Treinta. Conté treinta compresiones con ellos. Todos lo hicimos, en silencio, moviendo los labios sin dejar que otros sonidos interrumpiesen su concentración. Hasta la madre de los pequeños había dejado de aullar su dolor y solo esperaba, con el corazón encogido y todas las esperanzas puestas en dos desconocidos que ahora insuflaban oxígeno dos veces más a través de los labios de sus hijos.

Empezaron de nuevo.

Treinta, dos.

Treinta, dos.

La cuarta vez que Dany estaba a punto de empezar las repeticiones, una tos fuerte y líquida salió de la garganta de la niña. Danielle no tardó ni medio segundo en colocarla de lado y sujetarle la frente para que el agua que intentaba expulsar encontrase el camino de salida con facilidad.

Todos respiramos aliviados durante un momento. Solo un momento. El que tardamos en fijar la atención en el niño que no respondía a la reanimación cardiopulmonar.

El ruido de la sirena de una ambulancia cortó el aire. Llegó levantando arena y volviendo a sembrar un caos que parecía haberse quedado dormido unos instantes.

Varios facultativos salieron por las puertas traseras.

—¿Qué ha pasado? —preguntó el que se arrodilló junto a Dany en primer lugar.

—Dos menores de... ¿Qué edad tienen? —inquirió ella mirando a la madre.

—Siete años ella y nueve él —respondió con un hilo de voz.

—Estaban ya inconscientes cuando él los ha sacado del agua —siguió recitando Dany, señalando al socorrista que aún comprimía el pecho del niño de forma resuelta e ininterrumpida—. Ella ha reaccionado al masaje después de unos dos minutos. Él lleva sin aire... —Se giró hacia Kai para que le indicase el tiempo que había transcurrido, tal y como le había pedido antes de empezar a auxiliar a la pequeña.

—Tres minutos y med...

Mi hermano no pudo terminar la frase. El sonido de alguien que parecía vomitar lo interrumpió.

—¡Samuel!

Nadie pudo evitar que la mujer se lanzase sobre sus hijos con tanta fuerza que tiró al socorrista de culo sobre la arena.

Los técnicos de emergencias fueron rápidos: camillas, mascarillas de oxígeno, mantas térmicas, medición de constantes... Antes de que pudiésemos preguntar si los niños estaban completamente a salvo, ellos ya se alejaban hacia el hospital más cercano.

Dany se derrumbó junto al socorrista, que seguía sentado en la playa, en la misma postura en la que había caído cuando la aterrada mamá se había tirado a abrazar a sus hijos. Ambos parecieron respirar profundo por primera vez en mucho rato.

—Lo has hecho bien —murmuró él, pasándose la mano por la cara en un gesto que exudaba agotamiento por todos sitios.

—Gracias. Tú también.

—¿Eres médica o enfermera?

—No.

No pareció que él quisiese investigar mucho más o que lo necesitase. Solo podía pensar en secarse y en que los brazos le dejasen de temblar por el esfuerzo. Más o menos, lo mismo que deseaba Danielle.

Los ayudamos a levantarse y ellos se sonrieron una única vez de forma cómplice, igual que dos soldados que han compartido batalla y sienten un vínculo único por ello, aun si no se vuelven a ver jamás.

Todo el mundo comenzó a dispersarse poco a poco. La lluvia empezaba a amainar y los cuerpos nos pedían algo caliente con lo que templarlos.

Nos dirigimos hacia la autocaravana y Kai se sentó en el sitio del piloto sin consultarlo con nadie. Dany se colocó a su lado y cerró los ojos en cuanto su cabeza tocó la parte alta del asiento.

Permanecimos en silencio casi todo el camino, aunque yo no fui capaz de callarme la admiración que se me escapaba por los poros.

—Lo que has hecho en esa playa, Dany... Ha sido increíble.

—Solo han sido conocimientos básicos de primeros auxilios. Todo el mundo debería saber hacer una RCP.

—Venga ya, ha sido más que eso. Lo segura que has actuado, lo... profesional. No sé por qué dejaste Medicina, pero deberías plantearte retomarlo, está claro que te gusta ayudar a otros.

Me respondió sin separar los párpados, perdida en recuerdos y más asustada de lo que estaba dispuesta a dejar ver.

—Supongo que por eso mismo, porque no empecé esa carrera porque quisiera ayudar a otros; puede que a algunos médicos les baste con hacer lo que puedan, a mí no. Yo quería salvar a gente... y hay personas a las que no se las puede salvar. No soporté darme cuenta de eso.

Bajé la cabeza ante su respuesta. No sé por qué, quizá porque me avergonzó mi propio entusiasmo ante algo que ponía así de triste a Dany, aunque en aquel momento no entendiese por qué.

Su pesar era palpable, igual que lo eran las pocas ganas que tenía de seguir con aquella conversación, así que giré el mentón y me perdí en las montañas que pasaban veloces por mi ventanilla.

Le dejé su espacio, intenté no agobiarla, no insistir, ni siquiera seguir mirándola, así que solo Kai vio la única lágrima que Danielle se permitió derramar esa mañana.

10

Unos patines, una caída y una recaída

Dany estaba adorablemente ridícula, agitando los brazos en cruz, juntando las rodillas cada dos metros para frenar en cuña y riéndose tan alto que hasta Eric podía escucharla desde fuera de la pista.

Llevaba toda la semana esperando que llegase el sábado para poder enseñarle a patinar, pero es que quería que Kai y Eric viniesen con nosotros, que los tres recordásemos esos fines de semana de verano en los que mi hermano desconectaba el teléfono del trabajo y se dedicaba durante dos días enteros a demostrarme que yo era y sería siempre su prioridad.

Hasta que tuve que dejar de serlo, hasta que estar sano fue más importante que estar feliz.

Le ofrecí las manos una vez más a Dany para que tuviese un punto de apoyo mientras yo me deslizaba de espaldas al resto de la gente, aunque ella se negó.

—Dame una oportunidad más. Si vuelvo a caerme de culo, me agarro a ti y no te suelto en lo que queda de mañana —prometió.

Kai pasó por nuestro lado y frenó lo justo para sacarle la lengua a Danielle a la vez que giraba sobre sí mismo con la gracia que siempre había tenido sobre los patines. Él era un deportista nato, o lo había sido. Le gustaba la sensación de tensión que se creaba en sus músculos cuando los forzaba un poco más, cuando los llevaba al límite, cuando lograba que las endorfinas se abriesen paso entre el esfuerzo y el sudor.

Ella le devolvió el gesto, arrugando la nariz y frunciendo el ceño. Kai se rio bajito y nos sobrepasó en dos zancadas grandes, zigzagueando entre una madre y sus dos hijos pequeños y una parejita que avanzaba medio abrazada de forma insegura.

La pista de patinaje del Pavilion Beach Park no era demasiado grande, apenas cabíamos una veintena de personas dando vueltas en círculos alrededor de aquel suelo pavimentado, pero había sido uno de mis lugares favoritos desde que era un crío. Quizá porque era un trozo de cielo en el que podías comprar helados, patinar en línea y darte un baño en el mar al terminar el día. O puede que fuese por los recuerdos que guardaba de esas tardes, por la forma en la que me sonreía el corazón al evocar a Eric subiéndome sobre sus hombros al caminar por el paseo y a Kai enseñándome a lanzarme de cabeza contra las olas.

Seguramente tenía más que ver con lo segundo que con lo primero. A fin de cuentas, solemos añorar momentos, no lugares.

—Tu hermano parece más relajado —dejó caer Dany vigilándose los pies, aún insegura.

—Bueno, en realidad, Kai está como siempre está con su gente. Lo que ha cambiado es su forma de actuar *contigo*.

—Ah.

—Sí, ah.

—Pensé que su pose de estirado era la real.

—No, para nada. A Kai le gusta reírse, le gusta disfrutar, le gusta estar con las personas que son importantes para él. —Sentí una necesidad imperiosa de defender a mi hermano, aun sabiendo que Dany no pretendía atacarlo de verdad—. Es solo que, a veces, se le olvida que no tiene que defendernos de todo y de todos. Cuando tienes que dedicar veinte horas al día a estudiar, trabajar y criar a un bebé, sueles dejar lo que te hacía reír al final de la lista de prioridades.

—Akela, no… no pretendía meterme con él. Perdona.

—Sé que no, pero… me molesta un poco que la gente lo mire y solo vea a alguien serio y aburrido, ¿sabes? Kai es mucho más que eso.

—Empiezo a darme cuenta —susurró ella, aunque no lo bastante bajito como para que yo no lo escuchase.

La comisura del labio se me elevó canalla y la miré alzando una ceja. Ella se puso un poco roja y estiró las manos para que las enredase con las mías y patinásemos juntos, solo que justo en ese momento Kai volvió a pasar por nuestro lado y fue él quien entrelazó sus dedos con los de Danielle.

—Vamos, Lani, que hasta Agnes se mueve con más gracia que tú sobre cuatro ruedas.

No frenó su inercia. Subió los brazos de Dany por encima de su propia cabeza y consiguió que ella diese una vuelta completa a su alrededor, chillando con una mezcla de terror y diversión que solo Danielle podría conseguir que sonase natural. Cuando la colocó de nuevo al frente, pegó su pecho a la espalda de mi amiga y le agarró la cintura. Ella solo juntó las piernas y dejó de deslizar los pies, permitiendo que fuese Kai quien patinase por los dos.

Avanzaban deprisa, riéndose con nerviosismo y con ganas. Ella cerraba los ojos a ratos. Él le pedía que los abriese para no perderse nada. Y mientras los dos fingían que solo se divertían, ella le acariciaba el brazo que aún la rodeaba y él enterraba un poco más la nariz en el hueco de su cuello.

Me detuve al llegar a la altura de Eric, que observaba a aquellos dos apoyado en la barandilla de metal que delimitaba el espacio dedicado al patinaje. Estaba pensando en mamá, en una noche en la que ellos habían salido a bailar y se habían abrazado de una forma parecida, simulando no hacerlo, con miedo a dejarse llevar y romper lo que tenían por soñar con algo más. Perdiendo oportunidades que luego no pudieron recuperar.

—¿En serio no vas a animarte a entrar ni un ratito? —le pregunté.

—Estoy demasiado mayor para estas mierdas. Prefiero compraros helados a todos al acabar.

—Eric, que no tenemos diez años.

—Entonces, ¿no quieres helado?

Lo miré con resentimiento durante dos segundos mientras él me sonreía con suficiencia. No necesité más tiempo para claudicar.

—De fresa y menta.

—Eso creía.

Me giré para darle un capirotazo en la frente y demostrarle así que sí que tenía diez años, pero el mareo llegó demasiado deprisa como para que pudiese frenarlo.

Sacudió la pista, la playa y mi mundo.

Me nubló la vista y me descolocó el cuerpo, que cayó a plomo sobre el asfalto.

Los sonidos empezaban a amortiguarse y me daba la sensación de estar bajo una capa grande de agua, aunque escuché un único grito escapar aterrado de la garganta de Eric, pidiendo ayuda, antes de sumirme en la oscuridad.

—¡Kai!

¿Alguna vez te has parado a pensar en cuáles son las dos palabras que más te acojonan del mundo? ¿Esas que te cuentan una historia de terror en apenas unas letras?

Yo no. Nunca lo había hecho.

Tampoco tuve necesidad de buscarlas jamás, ellas vinieron a mí.

«Ha vuelto».

La última semana del mes de octubre había sido inesperadamente calurosa en Kauai. Cada vez que Dany me pillaba sin aliento mientras sacaba las tablas de la furgoneta, le echaba la culpa al calor; cuando rechazaba repetir los platos que Piper me preparaba, y que a mí me encantaban, aducía que esas temperaturas le quitaban el hambre a cualquiera; siempre que Kai o Eric miraban con desconfianza algún nuevo moratón que asomaba por mis brazos, les hablaba de lo patoso que era aún sobre la *longboard*.

Fue una estupidez, lo sé, no me mires así.

Pero es que tienes que entender algo: no les mentía a ellos, me mentía a mí.

Si no ves algo, si nadie menta al monstruo en voz alta, puedes seguir fingiendo que no existe. Y yo necesitaba que no existiese, que no hubiese regresado.

Solo que el monstruo no estaba dispuesto a permitir que lo ignorase.

En cuanto perdí la conciencia, Kai se arrancó los patines y corrió hacia mí. No dejó que Dany me examinase ni que Eric llamase a una ambulancia. Me metió en el coche de nuestro tío y él mismo condujo muy por encima del límite de velocidad permitido hasta el hospital donde había estado ingresado durante meses enteros un año atrás, ese en el que me conocían por mi nombre y donde sabían qué me había pasado.

¿Por qué? Porque Kai vivía con el mismo miedo que yo pretendía esconder día tras día.

—No lo comprendo.

El hematólogo se apresuró a contestar a mi hermano, aun cuando él, en realidad, no le había hecho ninguna pregunta.

—Bueno, la mayoría de los casos pediátricos de leucemia linfoblástica aguda suelen curarse con los planes de terapia de primera línea, aunque hay un porcentaje que regresa después de haber estado en remisión.

—No me refería…

—¿Qué hay que hacer ahora, doctor?

Eric interrumpió a Kai en cuanto detectó la rabia en su voz. Mi médico no tenía la culpa de mi recaída, no hubiese sido justo que lo hubiésemos pagado con él, aunque tampoco es que yo estuviese pensando en ese momento en gritarle a nadie. Solo estaba allí, mirando lo que pasaba a mi alrededor, como si hubiese sacado entradas para ir a ver una peli de terror en la que el protagonista se parecía a mí, hablaba igual que yo y se movía de forma parecida. Pero no podía ser yo. Claro que no. Yo ya había protagonizado ese *thriller*, así que quien vivía aquello debía de ser otra persona.

—La línea de actuación es muy parecida a la de la vez anterior. Vamos a empezar por realizar un examen físico, análisis de sangre, aspiración de médula ósea, punción lumbar y rayos X de tórax. Cuando tengamos todos los resultados, Akela tendrá que ingresar de nuevo para comenzar con la quimioterapia y, dependiendo de su respuesta a los nuevos ciclos, esta vez buscaremos un donante de médula.

Hacía un rato que había desconectado. Ya sabía lo que venía después; ya conocía el dolor, la espera, la esperanza, la rabia, la luz al final del túnel, los llantos... Todo. Había experimentado todo eso una vez. Y había salido de ello. Me habían dicho que estaba bien, que había ganado.

Ganado.

Nunca me ha parecido bien hablar así del cáncer, como si quien no sale de él hubiese perdido. Nadie que luche con uñas y dientes puede ser considerado un perdedor.

Eric había empezado a preguntar por los tipos de trasplantes que se podían barajar y Kai ya se había ofrecido para que comprobasen si él era un donante viable. Y Dany... Dany se había sumido en un silencio muy parecido al mío.

Tenía la mirada perdida, fija en un póster de anatomía que colgaba detrás de la cabeza del doctor Brown, y la mandíbula tensa, como si estuviese apretando fuerte los dientes, igual que hacía yo cuando intentaba no llorar. Había cruzado los brazos sobre su pecho y respiraba despacio. Me centré en la forma en la que inhalaba aire y lo expulsaba, obligándome a acompasar mis inhalaciones a las suyas. Eso me calmó.

—¿Estás de acuerdo, Akela?

—¿Qué?

Los tres hombres de la habitación me miraban esperando una respuesta. Y yo no tenía ninguna.

—Comentábamos que sería bueno hacer algunas pruebas lo antes posible para asegurarnos de que el sistema nervioso central no está alterado. Si te parece, puedes volver a casa ahora e ir recogiendo lo que necesites para ingresar mañana.

El tono del doctor Brown era suave, casi una nana destinada a calmar a niños asustados. Lo agradecí mucho.

—Sí, claro.

Me levanté por inercia cuando él lo hizo y el chirrido de las sillas arrastrándose por el suelo me hizo arrugar la nariz. Lo vi mover la boca mientras me pasaba un brazo por los hombros y me conducía hacia la puerta de su consulta; ahora sé que estaba dándome palabras de ánimo, aunque en ese momento no me enteré bien. Era como si mi mente se hubiese quedado en blanco, como si se hubiese hundido en una pecera rebosante en la que los sonidos llegaban abotargados.

«Sigue ignorándolo, así quizá vuelva a irse».

Eric hablaba con Kai y Kai con Eric. Enumeraban lo que debían hacer en las siguientes horas, discutían sobre coberturas médicas privadas, sobre planes de estudios adaptados una vez más a mis necesidades, turnos y horarios para que no me quedase solo nunca en el hospital… De todo lo que hiciese que sus cabezas no pudiesen detenerse a procesar las malas noticias de verdad.

Dany seguía igual de callada que yo.

Nos montamos en el coche de Eric y este condujo de vuelta a nuestra cabaña. Ni siquiera le preguntó a Danielle si prefería que la dejásemos en su cámper, aparcada esa mañana en su pequeño terreno. Que ella estuviese por allí se había convertido en rutina muy rápido. Comía con nosotros casi a diario y cenaba un par de veces a la semana con nuestra *ohana*, incluso se quedaba a dormir alguna noche suelta en nuestro sofá. Cuando eso pasaba, Kai y ella se colocaban de pie el uno al lado del otro frente al fregadero y uno frotaba y aclaraba los platos mientras la otra los secaba. Solían picarse tanto como reírse y yo los miraba pensando que aquello debía de ser parecido a cómo se sentía tener una familia completa.

—Venís pronto. Pensé que iríais a almorzar al Bar Acuda después de pasaros media mañana patinando.

Gia dejó en el aire el alfil que sostenía. Estaba a cuatro movimientos de hacer jaque mate a Agnes, pero se le olvidó cuando vio nuestras caras.

—¿Pasa algo?

—Hemos tenido que ir al médico por un pequeño accidente —explicó Eric con un tono de voz que parecía más propio de quien regresaba de un cementerio.

Y ellas lo supieron. Supieron que algo iba muy mal, porque, en el fondo, todos convivíamos con una angustia instalada en las tripas que asomaba su fea cara cuando cualquier tema relativo a mi salud se ponía sobre la palestra; todos sentíamos esa necesidad de ponernos en lo peor por si, un día, lo peor llegaba.

—¿Está todo bien? —se atrevió a preguntar Agnes muy bajito.

—No, nada está bien. —Fue lo único que dije antes de entrar en casa y cerrar de un portazo.

Sus miradas… Esas miradas llenas de lástima, de pena, de compasión. Joder, eran como bofetadas, recordatorios perpetuos de que mi vida volvía a convertirse en algo por lo que lamentarse, en días y días de tener que agradecer encontrarme medio bien y no para el arrastre.

La nada que me había acompañado desde que me había desplomado en la pista de patinaje hasta ese momento se transformó a una velocidad preocupante en una rabia pura y roja.

Lo tiñó todo.

Lo afeó todo.

No había sido capaz de pasar de la entrada. Me había parado en medio de nuestro salón, sin saber a dónde ir, sin poder pensar un buen sitio en el que esconderme.

Nadie me había seguido y yo no estaba seguro de si quería que lo hiciesen, si deseaba que Dany entrase para abrazarme en silencio, o si necesitaba que Kai me mintiese y me dijese que todo se iba a solucionar pronto.

Solo sabía que la rabia crecía. Más y más y más.

Enorme y abusiva.

Grité, tan fuerte como me lo permitieron mis cuerdas vocales y hasta un poco más, hasta que me dolió la garganta y se me olvidó apenas que el alma me escocía más aún.

Pateé con fuerza lo primero que tropezó contra mi pie. El sillón favorito de Kai aguantó mi embestida, aunque la mesita que había al lado no corrió la misma suerte. La derribé de una patada y una de sus patas se astilló por la parte de abajo.

Me sentí mejor, lo suficiente como para agarrar algunos libros de la estantería de mi derecha y arrojarlos contra una pared. No se rompieron y el efecto no fue igual de calmante que ver la madera agrietarse, así que me moví de forma frenética por el cuarto, buscando algo que pudiese destrozar, que pudiese dejar tan roto como me sentía yo.

Cuando Kai al fin abrió la puerta de nuestra casa, con los hombros caídos y los ojos demasiado rojos, tuvo que esquivar trozos de platos hechos añicos y cristales de vasos que ya nunca podrían pegarse de nuevo. Había empezado a calmarme después de terminar con toda nuestra vajilla y ya no sabía qué hacer más que esperar. Eso me decían siempre los médicos al hablar del cáncer. «Ya hemos hecho todo lo que se podía hacer. Ahora solo queda esperar». Así que allí estaba, esperando, aguardando a que todo empezase de nuevo y a que se acabase otra vez. Rezando a dioses en los que ya no creía por que pasase.

—No me tocaba a mí —solté sin pensar cuando sentí la mano de mi hermano posarse en mi hombro—. Yo ya... Ya... No me tocaba a mí —repetí inútilmente.

—Lo sé.

La voz de Kai me sonó estrangulada, igual que si le estuviesen apretando la tráquea con fuerza.

Ninguno dijo nada más.

Recogimos en silencio. Agnes, Piper, Eric, Frank y Gia entraron cuando estábamos a mitad de la tarea y fueron llenando bolsas de papel con los pedazos rotos que encontraron para tirarlos a la basura. Fue un trabajo arduo, había muchos pedazos rotos de todos nosotros en aquella habitación.

Dana y Magnus aparecieron quince minutos después. Debieron de cerrar su bar. Ellos no respetaron el silencio en el que habíamos sumido a la casa. Dana entró llorando, sin ocultar sus lágrimas ni su dolor, y me abrazó con fuerza. Magnus se colocó detrás de su mujer, a la que ambos sacábamos casi una cabeza, y me posó una mano sobre la mejilla.

—Vamos a salir de esta también, chico.

No sé si me gustó o me cabreó que usase el plural, como si ellos también fuesen a tener que enfrentarse al cáncer otra vez. Hasta que escuché un sollozo ahogado detrás de mí y sentí a Gia pegarse a mi espalda.

Fue el pistoletazo de salida para Agnes y Piper, que se lanzaron a envolver los pocos espacios de mi cuerpo que aún eran visibles. Eric y Frank las abrazaron a ellas, porque ya no quedaban brazos o cintura de mí a la que aferrarse.

Los dedos de Kai apretaron la parte izquierda de mi cuello y yo desvié la vista hacia él. Tenía los ojos vidriosos y una sonrisa infinitamente triste en los labios. Inclinó la cabeza por encima de todos hasta que su frente encontró la mía. Cerré los párpados a la vez que mi hermano y dejé que su voz me calase dentro, que me hiciese entender que el plural de Magnus me había gustado, porque en el fondo ellos sí que iban a enfrentarse al cáncer de nuevo.

Por mí.

Por su familia.

—Juntos, Keiki.

—Juntos —repetí.

La rabia empezó a difuminarse de verdad. Le cedió su sitio a la incertidumbre, a la duda y también a una pizca de esperanza.

Cuando todos me soltaron, una ausencia pesó en el ambiente, viciándolo y enrareciéndolo.

Nadie hizo referencia al hecho de que Dany no estaba allí. Y yo no me atreví a preguntar.

11

Un regreso, una disculpa y una chica asustada

Se convirtió en fantasma durante cuatro días enteros. Al quinto, apareció por mi habitación como un pajarillo asustado, mirando en todas direcciones sin ver nada en realidad, solo esquivando mis ojos.

Podría decirte que estaba enfadado con ella, que la decepción había sido demasiado grande y que la necesidad de tenerla cerca no ganaba ni de lejos al resentimiento por haberme fallado en uno de mis momentos más bajos. Podría decirte todo eso. Y te estaría mintiendo.

Me dolió. Joder si me dolió no verla aparecer por nuestro patio al día siguiente cuando llegó el momento de dirigirnos al hospital privado en el que sabía que viviría los siguientes meses... Pero lo entendí.

No puedes lanzar una bomba a un soldado herido y esperar que salte sin más sobre ella, olvidando las fracturas que sufrió la última vez que se atrevió a hacerlo. Y puede que yo no supiese entonces qué le había pasado a Danielle, pero cualquiera que se molestase en mirar sabía ver que tenía llagas que todavía sangraban, que no se habían convertido en cicatrices.

¿Esperaba una disculpa, una explicación, algo que me dejase ver que no me había equivocado con ella? Sí, desesperadamente; porque con eso me valdría, con eso podría hacer el esfuerzo de comprenderla. Había vuelto, así que, sí, perdonaría que hubiese sido cobarde porque no creía que ninguna persona fuese perfecta. Todos fallamos. Todos nos contradecimos. Todos decepcionamos. Y todos esperamos ser perdonados.

Mi hermano... Él no era probable que se lo pusiese tan fácil.

—¿Qué mierdas haces aquí? ¿Hoy no había buenas olas para surfear o conciertos que dar y has pensado que podías pasarte a regalarle a Akela media hora de tu tiempo?

—Kai...

Mi advertencia cayó en saco roto, aunque el desprecio en la voz de él activó las murallas de ella. Se convirtieron de nuevo en el Kai y la Dany de septiembre, los que se desafiaban en vez de entenderse, los que estiraban la mano para golpear primero en vez de para ayudar al otro a caminar mejor.

—He venido a disculparme con él, no a hacerte de saco de boxeo, así que métete las ganas de pelea por el culo y déjalas junto al palo que llevas siempre encajado ahí, Pili Mua. —El apodo sonó a reproche en sus labios.

—Chicos... —probé de nuevo.

—¿Y traes ya el discurso escrito de casa? Déjame adivinar, algo así como «siento ser una niñata egoísta con la que no se puede contar cuando de verdad es necesario».

—Kai, te lo advierto...

El tono de ella pretendía ser duro, lo bastante para no dejarse avasallar.

Toda la complicidad de las semanas anteriores parecía haberse cubierto de decepción. De Kai hacia Dany, de Dany hacia ella misma... Y ninguno sabía cómo enfrentarla, cómo hacer que no doliese tanto, así que se atacaron, porque eso sí sabían hacerlo, de ese juego sí que se sabían las normas.

—¿Qué me adviertes, Danielle? Que no te presione o ¿qué? ¿Vas a salir corriendo?

—Venga, chicos…

Volvieron a ignorarme. Y mira que era difícil, porque allí solo estábamos nosotros tres. Como la otra vez, Kai me había conseguido una habitación privada y, desde el primer momento, nos habían avisado de la imposibilidad de que dos personas me visitasen a la par una vez que empezase con los ciclos. Sabíamos que era una norma pensada para preservar mi salud y evitar posibles infecciones que me afectarían más que a otros en cuanto comenzasen con la quimio en unos días, pero no habíamos llegado a ese puente, así que podíamos olvidarnos por el momento de cómo deberíamos cruzar aquel río. Y, en cualquier caso, eran unas restricciones más leves que la primera vez porque todos podrían pasar por el hospital, no solo Kai y Eric. Quizá porque yo estaba algo más fuerte en esta ocasión…

—Yo no salí…

Dany se calló de golpe. Nunca le gustó mentir, y sí que había salido corriendo, así que no fue capaz de terminar de formar ese embuste.

—Eh, tranquila. Lo importante es que has vuelto. —Le guiñé un ojo al decírselo y ella al fin fue capaz de mirarme. El alivio cuando se dio cuenta de que estaba como siempre fue evidente. Quizás esperaba verme ya con ojeras, flacucho y calvo.

Lo cierto es que me habían hecho varias pruebas y sabía que lo duro empezaría pronto, pero entonces aún podía intentar mediar entre esos dos sin que me faltase el aire por el esfuerzo.

—Sí, la pregunta es hasta cuándo —masculló Kai con inquina contra el cuello de su camiseta. Se me hacía raro verlo sin sus camisas y sus chaquetas entre semana. Su ordenador ya formaba parte del decorado de mi habitación, siempre abierto en una esquina, esperando que Kai lo consultase cada pocos minutos. Sabía que había solicitado un permiso para teletrabajar durante una temporada, y también sabía que se lo iban a conceder sin poner ni una sola objeción. Ventajas de ser como un hijo para uno de los socios de la empresa, supongo; la verdad era que la mayoría del trabajo de Kai solo requería de un portátil y una fecha tope de entrega.

—Oye, lo siento, ¿vale?

Quería que Kai también le creyese cuando lo decía. Lo que más le preocupaba era que yo no quisiera volver a saber de ella nunca, aunque también era muy consciente de que no solo me había fallado a mí.

—No, no me vale. Por suerte para ti, al enano es probable que sí.

No intenté mediar de nuevo entre ellos, no me parecía justo hacerlo. Era verdad que yo siempre había tenido más facilidad para el perdón que Kai, pero porque, hasta ese momento, solo había tenido que perdonar afrentas propias. No sabía cómo reaccionaría si alguien hacía daño a mi hermano. No sabía cómo reaccionaría si Dany terminaba rompiéndolo.

—¿Qué te pasó?

Se lo pregunté sin acusaciones raspando mi garganta ni reproches oscureciendo mi voz. Era simple curiosidad, y quizás una pizca de necesidad de que no fuese la pena lo que había movido a Dany a alejarse de mí.

Hubiese odiado la lástima de Danielle.

No quería despertar ese sentimiento en nadie, pero aún menos en ella. No en alguien a quien casi nunca había visto triste, ni alicaída. No en alguien que solo regalaba alegría allí por donde iba.

Ahora sé que no fue compasión lo que vi en sus ojos cuando me miró aquella mañana, tumbado en esa cama aséptica y fría. Sin embargo, no supe leerla. ¿Cómo habría podido?

Los libros cerrados solo se imaginan. Las personas que callan lo importante solo se intuyen. Así que todavía estaba lejos de percatarme de que lo que Dany me regalaba aquel día, al volver a mi lado, era comprensión.

Me entendía.

Sabía lo que era levantarse cada día preguntándote si sería entonces, si ocurriría antes del ocaso, si lo que llevas tanto tiempo temiendo al fin vendrá a reclamarte.

Y también aprensión. Dany estaba igual de aterrada que yo, porque no hacía ni una semana que sabíamos que había una nueva guerra que luchar y a ella la habíamos pillado desarmada.

—Me asusté. —Lo reconoció con sencillez, levantando un hombro y sacando un poco el labio inferior. Parecía más niña que nunca, todavía apoyada en el marco de la puerta, sin atreverse a entrar por completo—. No sabía nada acerca de lo que te pasaba ni sobre lo que está por venir y… tuve miedo.

—¿De qué?

Avanzó un par de pasos, hasta llegar a mi altura, y se sentó en una esquina del colchón. Kai había retrocedido hasta un rincón de la habitación, pero no se había marchado. Estaba terriblemente enfadado con Dany y, aun así, necesitaba escucharla tanto como yo; necesitaba entender por qué nos había dejado, porque también necesitaba, por encima de todo lo demás, encontrar una excusa para perdonarla.

—¿De qué tienes miedo tú, Akela? Cuando el doctor Brown dijo que la leucemia había vuelto, ¿qué te hizo quedarte así de quieto, así de callado?

Volví a usar el silencio a modo de respuesta.

No me atrevía.

Hay cosas demasiado grandes como para mentarlas en voz alta.

—Puedes decirlo. No va a pasar por que lo verbalices.

Abrí la boca, aunque la cerré un segundo después.

—Lani, no lo fuerces. —A pesar de que estaba más lejos que ella, escuché a Kai tan nítido como si estuviese también junto a mí.

—No lo pretendo. Solo quiero que entienda que somos nosotros los que damos poder a las palabras, las convertimos en demonios, en algo a lo que temer. Solo es una idea expresada en alto. Que suceda o no, no dependerá de que nadie hable sobre ello.

—Tengo miedo a morir.

Lo solté de corrido, antes de que Kai respondiese algo más que iniciase una nueva pelea entre ellos.

A mi hermano se le tensaron los hombros. Esa simple frase fue una flecha a su corazón, un terror compartido, una pesadilla que cobraba forma.

Dany ladeó la cabeza y me observó una vez más. No añadió nada. Solo siguió allí parada, sentada a mi vera, estudiándome mientras yo me iba poniendo cada vez más nervioso, porque los silencios dicen cosas si sabes escucharlos.

No me gustaba la forma en que Dany sabía mirarme, como si viese más allá de lo que yo siempre estaba dispuesto a mostrar. No quería que la ausencia de palabras le hablase de lo enfadado que estaba con el mundo en ese mismo instante, de toda la rabia que parecía dispuesta a salir en un estallido descontrolado contra quien se atreviese a permanecer cerca de mí. Porque, sí, llevaba cinco días disfrazándome de calma, de comprensión y de resignación, pero si raspabas mi superficie era fácil encontrar cosas mucho más feas; cosas que tenía que guardar con cuidado, bajo llave, porque, si las dejaba escapar e impactaban contra las pocas personas que todavía permanecían a mi lado, podía perderlas, podía alejarlas de mí. Y quedarme solo era algo que me aterraba más que el regreso del cáncer.

—Yo tengo miedo a la enfermedad. —Fruncí el ceño, sin entenderla del todo—. Temo la incertidumbre, la espera, las pruebas que no acaban y el limbo en el que todo ello te deja, paralizando tu mundo, haciendo que parezca que solo puedes pasar los días sin hacer nada más que aguardar, sin siquiera saber a qué. Tengo miedo a que una persona con fonendoscopio y bata me sentencie a una muerte en vida, a días grises que se parezcan demasiado entre sí y en los que no haya nada reseñable que contar porque ni risas me sacaron.

Una bola pesada y molesta se asentó en mi estómago.

Repasé en apenas segundos los instantes de mi existencia que me parecían dignos de ser recordados, los logros de los que me enorgullecía o los días que sabía que no se borrarían jamás de mi memoria.

Bueno, creo que sería más acertado decir que intenté repasar todo aquello, porque, en verdad, casi nada acudió a mi mente. La película de mi vida era una sucesión de días iguales, de compañeros de colegio que habían empezado a difuminarse en mi memoria, de fines de semana tumbado en el sofá mirando la tele sin verla, de rutina, de costumbres... De monotonía.

«Te asusta morir y ni siquiera estás sabiendo vivir».

El pensamiento apareció rápido y consistente. Tomó forma a la velocidad de la luz, deshizo las maletas y se instaló en mi cabeza con intención de quedarse una buena temporada.

No tuve una infancia infeliz: mi hermano estuvo conmigo cuanto pudo, mi *ohana* me hizo sentir el niño más querido del mundo y tuve amigos, quizá no unos amigos increíbles, pero amigos a fin de cuentas.

Puedo decir que, hasta la llegada del monstruo, había vivido tranquilo.

Lo que pasa es que a veces es fácil confundir «tranquilo» con «aburrido», más aún cuando la vida parece ponerte fechas de caducidad continuamente y a ti te entran las prisas por experimentar lo que no sabes si estará a tu alcance dentro de cinco años.

Yo tenía muchos «cuando pueda» tirando de mi imaginación y mi futuro, solo que, al encontrarme con la leucemia por primera vez, me rendí antes de empezar. Sí, hice caso a todo lo que me dijeron, cumplí con todos los ciclos de quimio, aguanté los vómitos y la debilidad regalando sonrisas que no sentía... Pero solo me dejé llevar y entré en un bucle del que no salí al abandonar el hospital.

Me preparé tanto para lo peor que me olvidé de disfrutar de lo bueno que podía encontrarme mientras por el camino. Me centré en los dos años que los médicos dieron como plazo para dar por superada de verdad la enfermedad, en los tratamientos de quimioterapia oral que tenía que cumplir cada mes, en las revisiones, en los huesos de la cadera que se quedaron asomando por mi cintura por mucho que comiese después, en las ojeras que nunca terminaron de irse… En todo lo que no me hacía feliz.

«¿Tanto se te ha olvidado disfrutar de la victoria?».

Un claro y enorme «sí» apareció ante mí.

Sí, había arrinconado la felicidad en pos de la prevención. Hasta que llegó Dany.

¿Cómo iba a estar enfadado con ella por su momento de debilidad cuando me había regalado algo así?

—¡Buenos días!

Una de las enfermeras del turno de mañana entró por la puerta ajena al momento de confesiones y verdades crudas que habíamos creado entre Dany y yo. Colocó una bandeja con algo de comida insípida y con mal aspecto delante de mí, esquivando con eficiencia a Danielle.

—Hora de desayunar, encanto.

Miré con desagrado la fruta y el té que tenía delante. Al menos el pan tostado parecía no estar correoso. Unté un poco de mermelada por encima y agradecí poder comerme aquello sin miedo a echarlo por completo poco después. Sabía que el tratamiento de inducción no tardaría en llegar y que era probable que entonces mi cuerpo admitiese bastante mal cualquier cosa sólida que intentase hacerle digerir.

Esa era una de las bondades de estar allí por segunda vez: sabía qué podía esperar. Puede parecer una tontería, o que era un castigo ser consciente de que, en cuanto las pruebas que estaban haciéndome esa primera semana terminasen, la quimioterapia me haría empeorar, pero a mí no me lo parecía. La incertidumbre siempre era peor. La ignorancia producía ansiedad. Yo prefería partir con la ventaja de conocer el procedimiento, de haber padecido los efectos de este. Sabía a qué atenerme y qué podía estar por venir.

La enfermera revisó los papeles que descansaban a los pies de mi cama, agarrados a una tabla con una pinza. Me hizo algunas preguntas rutinarias y apuntó cosas que yo no alcanzaba a ver. Al terminar, me dedicó una sonrisa cariñosa y se encaminó a la habitación de al lado para repetir el proceso con el siguiente paciente.

—¿Quieres que yo me ocupe de eso? —Kai ya se acercaba a mí con la papelera de mi pequeño baño privado en la mano.

—Por favor —repliqué haciendo un gurruño con la servilleta, el plátano cortado y la piña oxidada.

—¿No vas a comer? —se extrañó Dany.

—Oh, sí, claro que voy a comer. Dentro de nada voy a potar casi cualquier cosa que me den, así que me dará igual que sea papilla de hospital. Pero hasta pasado mañana en esta boca solo va a entrar lo que mi hermano consiga colar dentro de su mochila; porque, aunque los gofres de Dana no están igual de buenos cuando se enfrían, siguen siendo lo mejor que he probado jamás.

Su risa estalló por toda la habitación.

«La he echado de menos». El pensamiento golpeó a Kai como una bofetada que te duele y te despierta.

—¿También trapicheáis con café o solo metéis contrabando comestible?

—Me temo que lo segundo.

—Pues entonces creo que voy a cruzar a una cafetería que he visto aquí enfrente antes de entrar y voy a intentar subir tres vasos de cafeína sin que me los intercepten.

—Eso sería genial, gracias.

Mi sonrisa le habló de perdón. La suya, de gratitud.

Era simple, como casi todo con Danielle.

—Dany. —No me resistí a hacerle una última pregunta antes de olvidar el tema por completo—. Si tenías tanto miedo, ¿por qué volviste?

Ni ella misma podía explicarlo bien.

Danielle se había acostumbrado demasiado a saltar de un lado a otro, a correr sin que nadie la persiguiese, a conocer gente allá donde fuese sin considerar a nadie un auténtico amigo. A ser egoísta.

Y, entiéndeme, no lo digo como algo malo. El egoísmo tiene una fama que no merece.

No creo que se pueda criticar el pensar en lo que te hace feliz a ti por encima de lo que necesitan otros que no son tu gente.

Sin embargo, conmigo... Conmigo fue distinto desde el principio, quizá porque yo me convertí en familia para Dany muy deprisa.

En cuanto me conoció, ella vio mi miedo, la forma en la que había paralizado mi vida, las ganas de ser alguien diferente que me cosquilleaban en el cuerpo, de tener otra mano de cartas para jugar la partida que me había presentado el mundo, y se vio demasiado reflejada como para alejarse sin más, algo que solía hacer cuando las cosas se ponían complicadas.

Su mirada se desvió solo un segundo hacia Kai. No estaba segura de querer que él escuchase su respuesta, una que consideraba que solo le correspondía darme a mí, porque me pertenecía.

—Porque pensé que tú debías de estar mucho más asustado que yo. Y lo odié.

TERCERA TARJETA:

¿Hay alguna cosa por la que os gustaría pediros perdón?

DANY

Lo miro con vergüenza, sin sentirme del todo cómoda. Este no es un sentimiento que controle por completo, hace mucho tiempo que decidí que el pudor no sirve de nada, pero no soy tan tonta como para no reconocer que cometo muchos errores, y a ellos les fallé en el peor momento.

—Por desaparecer cuando Akela menos necesitaba que lo hiciese —suelto de sopetón, sin darme tiempo a arrepentirme.

Hace ya un rato que nos hemos levantado para recorrer los cuarenta y siete pasos que separan nuestro trozo de cielo de la casa de mis chicos y ahora estamos en su cocina, preparando un poco de café. No es que ninguno lo necesite especialmente, aunque sí que nos hacía falta dejar de mirar al mar esperando algo que no iba a aparecer de entre las olas.

Un cambio de aires. Seguir con el espectáculo en un escenario diferente.

He intentado dejar respirar a Kai lo máximo posible, pero reconozco que he sonreído cuando él solo, sin que yo dijera nada, ha tomado la siguiente tarjeta para leerla en voz alta mientras el filtro de la máquina se empapaba de agua y dejaba caer el líquido negro gota a gota.

Él está apoyado en la encimera, junto al fregadero. Yo me mantengo más rígida de lo que pretendo contra la isla, manteniéndole la mirada lo mejor que puedo.

Hacía mucho que no me sentía tan pequeña, tan perdida.

—Me enfadé tantísimo contigo... —reconoce con una sonrisa extraña.

—Lo sé.

—Y, aun así, cuando volviste, cuando pasó la primera semana de tratamiento y vi que no desaparecías, quise creer que igual te arrepentías de verdad.

—Lo hacía, Kai. Sabes que esos días todavía me pesan. Solo pude compartir ocho meses con Akela, y me perdí cuatro días a su lado por cobarde.

No bajo la cabeza, me obligo a no permitir que la vergüenza marque mis gestos, aunque es difícil.

Ocho meses. Un poco más de doscientos días. ¿Cómo puede cambiarte tanto la vida una persona con la que has compartido un espacio de tiempo tan nimio en el total de tu existencia?

—No fuiste cobarde, fuiste humana. Nadie pude ser el héroe de la película veinticuatro horas al día. Además, después de que nos hablases de tu madre, ni siquiera pude seguir cabreado contigo, lo que me irritaba aún más, ¿sabes?

Su risa me relaja el cuerpo.

—¿Por qué?

—Porque quería tener una buena razón para desconfiar de ti, para que no me resultase tan fácil estar a tu lado, y me la quitaste de un plumazo cuando solo llevaba unos días metido de nuevo en mi papel de hermano mayor refunfuñón y cascarrabias.

Esta vez mi risa acompaña a la suya. Casi se me había olvidado lo bien que sonaban juntas; tan ronca la suya, tan musical la mía.

—Fue extraño —reconozco—. Creí que... Creí que sería como entonces, pero no lo fue. Fue...

—Casi normal —me ayuda él.

—Sí. —La sorpresa sigue inundando mi voz meses después—. Hiciste un gran trabajo regalándole un sitio en el que pudiese seguir sintiéndose en casa después de todo.

—Le debía eso al menos. Si no podía hacer nada más, le debía no condenarle a seis meses más en la habitación de un hospital.

El ambiente se carga otra vez, hay recuerdos nuevos que nos pesan en el corazón.

Sé que se vuelve más fácil. Hablar de quienes faltan, echarlos de menos sin que eso te arrastre a un lugar oscuro y frío dentro de tu cabeza... Vivir sin que su ausencia lo marque todo. Esos días llegarán, pero es pronto. Es demasiado pronto.

La cafetera suelta un bufido de vapor y el botón rojo de su lateral se apaga. Kai no se mueve de su sitio, así que termino acercándome a él y haciéndome cargo de las bebidas. Lleno dos vasos y les pongo un poco de leche. Dos cucharadas de azúcar para mí y un par de hielos sin nada de edulcorante para él.

Se lo tiendo mientras doy el primer sorbo a mi café y, al ver que él no hace amago de quitármelo de las manos, lo termino posando a su lado antes de recuperar mi posición contra la isla.

Me da tiempo a dar un par de traguitos más antes de que él retome la conversación.

—Yo siento no haberte devuelto las llamadas estas dos semanas. No... no sabía cómo hacerlo, cómo veros a todos y hablar sin que Akela llenase cada conversación.

—No tienes que disculparte por eso, Kai. Todos necesitamos nuestros tiempos, nadie marca cuál es el correcto.

—¿A ti te ha dolido no saber de mí durante estos días?

Me muerdo el labio inferior y dejo que la comisura de mi boca dibuje una sonrisa obvia.

—Pues claro.

—Entonces lo siento, porque siempre odiaré dolerte, sea o no por algo que yo necesite hacer.

Dejo mi vaso sobre la madera y avanzo un poco. Solo tengo que dar tres pasos más para colocarme a pocos centímetros de su costado, aunque necesito ponerme de puntillas para alcanzar su sien.

Dejo un beso apenas perfilado justo encima de su ceja y me doy la vuelta antes de permitirme disfrutar del efecto que ese gesto minúsculo tiene en él.

—Alcánzame del armario de arriba el ron y el jarabe de almendras, anda.

—¿Pa-para qué?

Sonrío escondida detrás de la nevera. Cuando posa los ojos en el zumo de piña y en el de limón que ahora sostengo, sé que ya sabe qué pretendo.

—Mai Tai. Si vamos a seguir con esto, necesito un poco de alcohol y algo de buena música. Yo me ocupo de los tragos, tú ve al salón y escoge una lista de reproducción, que voy enseguida.

Deja a mi lado lo que le he pedido y desaparece diligentemente por la puerta.

Solo tardo unos segundos en escuchar el zumbido característico del asistente virtual que tiene colocado junto a la televisión. Joyce Jonathan y su *Ça ira* llenan de un ritmo más alegre toda la cabaña, transportándome a una noche de unos meses atrás, a unas sábanas revueltas, a dos bocas muy juntas, a unas pieles despertando al deseo y a una melodía que se escapó de mis labios y que él no reconoció, pero que buscó después para descubrir que yo le estaba dando algo más que un cuerpo; le estaba hablando de un nosotros, de primeras veces... De un futuro que ahora él parece poner de nuevo al alcance de mis dedos.

12

Unas horas, unos días, unas semanas

No sé si te ha pasado alguna vez, pero hay etapas en las que los días se parecen demasiado; tanto que hasta se confunden unos con otros. Las horas pasan lentas, la sensación de rutina se asienta con prisa entre las pocas personas que comparten tu tiempo, los lunes se tornan jueves y los sábados dejan de ser fin de semana para convertirse en un martes cualquiera.

Todo tu mundo se reduce a cuatro paredes que a ratos se te caen encima, poniéndote el mismo pijama ducha tras ducha, sin novedades que compartir y un solo tema repitiéndose en bucle en cualquier conversación.

Así era como pasaba mi tiempo en aquel hospital y, sin embargo, cuando miro atrás me doy cuenta de que, a pesar de los dolores, el malestar, las pruebas, la quimio, el cansancio, los efectos secundarios… A pesar de todo lo malo, fui feliz.

—¡Au! ¡Akela, quita tu pie de mi cara!

—Quita tú la cabeza de ahí, que me ocupas media cama y no puedo moverme.

—¡Venga ya! Si solo uso un trozo enano del colchón como almohada, que esta silla es incomodísima.

Era verdad que la pobre parecía estar doblada en ese trozo de plástico con patas, de espaldas a mí, con solo la cabeza echada para atrás para mirarme; pero a mí me apetecía pincharla un poco, así que en vez de dejarla en paz...

—¿Me acabas de dar una patada en la cabeza?

—Hala, una patada, exagerada. Te he rozado un poco al intentar recolocarme y... ¡Oye, no me pegues, que me mueves los cables!

—Por favor, chicos...

—Gia, que no soy yo, que es él, que me está dando en la frente con ese pinrel gigante que tiene.

—No lloriquees, que pareces una niña de cinco años.

Gia soltó un suspiro al aire y se puso de pie con una agilidad pasmosa, dejando vacío el sofá en el que pasaba la noche quien se quedase a dormir conmigo; ese que Dany nunca usaba durante el día, a pesar de estar más incómoda en la pequeña silla en la que descansaba en ese momento, porque prefería estar más cerca de mí.

—Que... os... estéis... quietos... de... una... vez.

Acompañó cada palabra de un manotazo alterno en el hombro de Dany y en el mío. Ella estaba leyendo un libro de fantasía sobre algo llamado *faes*, unos bichos con alas o algo así, y yo intentaba terminar una redacción que me había encargado Gia para una de mis solicitudes para la universidad.

Un enfermero asomó la cabeza por la jamba de la puerta por el alboroto que estábamos creando y puso mala cara cuando vio que el número de personas permitidas por habitación volvía a excederse en aquel pequeño universo que mi familia había creado para mí.

—Ya sabéis que no se permite más de un acompañante por paciente —nos advirtió. En oncología pediátrica podíamos tener visita las veinticuatro horas del día, pero en casos como el mío solo dejaban que un acompañante estuviese conmigo en la habitación una vez que comenzaba el tratamiento. De hecho, solo podían intercambiarse una vez por jornada, que solía ser el momento que todos aprovechaban para hacer trampas. Dany debería haberse marchado tras la llegada de Gia diez minutos

antes, pero siempre intentaba alargar la despedida cuanto podía. Todos lo hacían, como si de verdad disfrutasen de la dudo-
sa suerte de estar conmigo entre las paredes más asépticas del
mundo.

—Venga, Mike... Tú no dices nada en la recepción y nosotros
prometemos bajar el volumen al mínimo —juré.

—Sí, Mike, por favor... Nos hemos desinfectado superbién
antes de entrar y no nos hemos quitado las mascarillas para nada, lo juro —rogó mi amiga abriendo los ojos hasta parecer un
dibujo animado.

Dany se aprendió el nombre de todos los sanitarios que me
trataban en la primera noche que pasó allí, y luego me los hizo
memorizar a mí; lo que no fue complicado porque ya me sabía
la mitad de ellos gracias a mi anterior estancia.

Se había puesto muy cabezota con eso de dormir algunos
días en el hospital y, aunque Kai no se lo permitió al principio
—ni a ella ni a nadie porque las noches eran suyas—, acabó cediendo cuando el cuarto día se levantó del incómodo sofa con
un latigazo horrible en la espalda que lo tuvo sin poder ponerse
erguido más de doce horas.

Desde entonces, se turnaban a menudo. Creo que para Danielle
era una manera más de disculparse conmigo y con Kai. A mí no me
hacía falta, pero no le dije que lo dejase porque ese tipo de gestos
ablandaban a mi hermano.

Mike bufó con cansancio y luego intuímos una sonrisa tras
su mascarilla.

—Vosotros dos hacéis conmigo lo que os da la gana —nos
acusó, señalándonos con el índice a Dany y a mí antes de evaporarse tras la jamba.

Tenía razón, había pocas cosas que ella y yo no consiguiése-
mos estando juntos.

Que mi estómago se asentase un mínimo era una de ellas. El
teléfono de Gia encubrió el asqueroso ruido de una arcada tre-
pándome por la garganta. Venga ya, era imposible que vomitase
de nuevo tan pronto, ¡no podía quedarme nada en el estómago!

Había creído que los ciclos de quimio serían iguales que la otra vez, pero me equivoqué.

Resultó que la forma de tratar una primera línea de la enfermedad y una recaída no tenían nada que ver. Después de una semana tranquila de punciones lumbares, estudios de mi líquido cefalorraquídeo y varios análisis para comprobar la calidad de mi sistema nervioso central, comenzó la ingesta de veneno.

Hasta aquí, más o menos igual que en la primera ocasión: fase de inducción, así la llamaban mis médicos. Yo la había bautizado como «el infierno».

Llevaba cinco días seguidos perdiendo la cuenta de las horas que tenía un gotero enchufado a mi brazo, y aún me quedaba alguno más antes de poder olvidarme durante unas cuantas semanas de la parte más intensiva del tratamiento.

No me quejaba demasiado. Era extraño, pero saber a lo que me enfrentaba me daba tranquilidad. Era como si yo le llevase ventaja en esa ocasión al cáncer. Sabía lo que la quimioterapia podía hacerle a mi cuerpo, así que estaba preparado. Asumía mejor la picazón, el estreñimiento, la sensación de tener una lavadora en el estómago y la falta de apetito. Sabía que todo eso terminaría.

Lo malo era que, tras la fase de inducción, tendría que esperar todo un mes para ver cómo evolucionaba. Un mes que pasaría en el hospital para vivir en un entorno acondicionado para mí. Higienizado. Seguro. Gris.

—Hola, cariño. —Estaba seguro de que era mi hermano. Gia había adoptado, al descolgar la llamada, el tono maternal que solo utilizaba con Kai y conmigo al hablar—. Ajá... Huhu... ¡Eso es estupendo! ¿Y la enfermera?... Ya... Ajá... Sí... Eso está fenomenal.

Me la quedé mirando como un bobo mientras empezaba a caminar en círculos por la habitación con el móvil pegado a la oreja y dos pares de ojos siguiendo cada uno de sus pasos.

—¿Te dice ella lo que vamos a necesitar y cómo dejarlo todo preparado?... Vale, perfecto, pues habla hoy con Frank y con

Agnes y mañana mismo compramos lo que haga falta… Bien, cariño… Sí, ahora se lo cuento todo. Un besito.

Colgó ya dándose la vuelta hacia mí, con una sonrisa en la cara y las manos apretando el teléfono. Me pareció más joven que nunca.

—¿Qué pasa? —se adelantó Dany. La paciencia nunca fue su mejor virtud.

—Kai ha estado preguntando en algunas *nursing homes* el protocolo para que un paciente de leucemia pueda pasar en su hogar las semanas en las que no se le tiene que estar administrando quimioterapia a diario, y ya sabemos qué hay que hacer para que puedas volver con nosotros en una semana, cuando termines con eso —nos explicó señalando a las venas de mis brazos, a pesar de que en ese momento no había ninguna vía conectada a ellas—. Puede que más adelante tengas que volver a ingresar unos días si necesitas terapia de consolidación o si acaban encontrando un donante, pero al menos no tendrás que pasar aquí otros tantos meses igual que la otr…

—¿Me voy a casa? —Soné infantil, diminuto… Ilusionado.

—Sí, mi niño. —Lejos de molestarse por que la hubiera interrumpido, Gia me dedicó una sonrisa igual de emocionada que la que se había extendido por mi rostro—. Habrá que tener cuidado y desinfectarnos bien, no entrar todos en tu habitación a la vez, llevar mascarilla si venimos al hospital, tener a una enfermera algunas horas al día para que te ayude… Esas cosas, ya sabes, pero podrás estar en tu cuarto, en tu casa, con nosotros.

Aquello sonaba extrañamente parecido al cielo.

13

Una vuelta a casa, un corte de pelo y una amiga que no sabe guiñar el ojo

Me iba esa misma mañana.

Tenía una sensación extraña. La última vez que había estado viviendo en un hospital, marcharme había significado una victoria. Ahora, solo era un paso más.

A un corto paseo en coche me esperaban mi cama, mi sofá, mis libros, mi familia… Mi hogar. Sin embargo, estaba a punto de convertirse en una especie de cárcel. Era raro sentirse tan contento y tan triste por ir a aterrizar en un mismo sitio.

—¿Estás listo, enano?

Kai recogió mi maleta y me sonrió con todo el cuerpo, aunque donde más se lo noté fue en los ojos. La mascarilla que llevaba puesta impedía que mi atención recayese en la curva de su boca.

Qué ganas tenía de llegar a casa y poder ver a mi gente sin ese trozo de tela cubriendo sus sonrisas. Estaba realmente contento por poder hacer eso por mí, por poder sacarme de aquel espacio donde el ser humano parecía haberse acostumbrado a lo mejor y a lo peor, donde el dolor o la alegría cobraban unas dimensiones que pocos llegábamos a conocer.

El universo quiso darme la razón y, mientras llegábamos a los ascensores, escuchamos salir un llanto desesperado y desgarrador de la habitación a nuestra derecha mientras que unos gritos de júbilo inconmensurable nos llegaban desde la de la izquierda.

Una mala noticia. Unas grandes esperanzas. En los hospitales las cosas casi siempre eran blancas o negras, el gris se dejaba para el resto del mundo.

Las puertas de cristal se abrieron para nosotros y mi hermano hizo el amago de ayudarme a subir a su coche. Me negué por puro orgullo, aunque me hubiese venido bien. Ya había perdido bastante peso y estaba más débil que de costumbre, pero quería jugar a esa nueva normalidad que Kai había comprado para mí con mucho esfuerzo y bastante ayuda.

Cuando le pregunté por el coste de aclimatar nuestra casa a las necesidades que entonces iba a tener yo, él solo agitó una mano en el aire y cambió de tema. Me protegió de la realidad, igual que había hecho siempre. Me dejó ser lo poco niño que alguien como yo podía ser en esos momentos; solo que soy cabezota, mucho, así que en los siguientes días conseguí averiguar que buena parte de nuestros ahorros se nos iban a ir en enfermeras, protocolos de higienización y medicinas, aunque era probable que nuestras arcas no se quedasen vacías gracias a que Agnes se había negado a cobrarnos alquiler hasta que yo estuviese de nuevo bien y a que todos los demás nos hacían la compra y nos cocinaban sin consultarlo antes siquiera con Kai. Además, Eric no dejaba de recordarnos que todo lo suyo era nuestro.

A mi hermano ya le habían aprobado la petición de teletrabajo por un periodo inicial de tres meses con opción a prorrogarlos y Dany… Bueno, Dany había aparcado su furgo en el patio común. Estaba casi seguro de que el trozo de finca por el que había circulado ese cacharro no iba a volver a ver hierba sana, pero a nadie parecía importarle pensar en replantarla más adelante y yo estaba realmente feliz de tener a mi amiga tan cerca.

Ese primer día de regreso a mi casa fue uno de los más raros de todos los que viví después. Esperaba sentir un alivio inmenso al volver a moverme en terreno conocido. Y así era en gran parte, aunque... también había una vulnerabilidad con la que no había contado.

Si me miraba en un espejo, me era imposible obviar que estaba enfermo. Lo decía el tono de mi piel y las ojeras bajo mis ojos. Lo gritaban los kilos que me faltaban para llenar mis pantalones y las mejillas hundidas enmarcando mi cara. Y, aun así, vivía fuera de las paredes de un hospital.

Mi corazón me saltaba en el pecho ante la perspectiva de estar en mi hogar, rodeado de mi familia; y, sin embargo, mi cabeza me gritaba que aquello era un error, que haber abandonado el centro era sentenciarme de alguna manera.

Era como si, al faltar el blanco, la impersonalidad y lo aséptico, también faltase en cierta medida todo lo que me hacía sentir que estaba a salvo.

Inhalé aire varias veces seguidas sin que Kai se diese cuenta mientras nos dirigíamos a mi habitación.

«Todo está bien. Él se ha encargado de que todo esté bien. No vas a enfermar más por estar aquí. Esto es seguro».

Me dio tiempo a repetírmelo tres veces antes de llegar a la puerta de mi cuarto, y sabía que era verdad. Kai era bueno en muchas cosas, pero es que en cuidarme era experto. Sin haber siquiera atravesado el recibidor, ya me estaba indicando que debía quitarme los zapatos y dejarlos en la entrada, me había dado gel hidroalcohólico para que me desinfectase las manos y me había pedido que dejase la ropa que llevaba puesta en el cesto que descansaba en la entrada y que me duchase antes de ponerme algo limpio para estar por casa.

Él había hecho exactamente lo mismo, y yo solo podía pensar en si iba a tener que ver desnudas a Piper y a Gia cuando estas quisiesen visitarme porque su ropa podía ser peligrosa para mí. Kai debió de notar que me estaba agobiando un poco, porque se lanzó a explicarme que solo eran medidas extras que él había decidido adoptar al principio, pero que no eran necesarias de verdad. De hecho, bastaría con que la gente se descalzase antes de entrar en mi habitación y se desinfectase bien con agua y jabón, y usase mascarilla si, excepcionalmente, estuviésemos más de tres personas en el cuarto.

—Solo quiero asegurarme de que estés bien, Keiki.

Ahí estaba: el padre preocupado que no sabía dejar de serlo ni un momento.

Solo llevábamos allí media hora cuando el timbre sonó por primera vez esa mañana.

Una mujer de mediana edad y cara amable sonreía a Kai desde el otro lado del umbral. Se llamaba María, era de Puerto Rico y me anunció con voz cantarina que me visitaría un par de veces al día para comprobar que no había ningún problema que requiriese de sus conocimientos sanitarios. Repasó con Kai las revisiones que tendríamos que hacer cada mañana, la medicación que me correspondía a las diferentes horas, las pautas de cuidado que yo necesitaría y un montón de datos más que a mí me sonaron complejos y fáciles de olvidar.

La sensación de que un hospital era el sitio correcto para tratar a personas enfermas me asaltó con algo más de fuerza esa vez, aunque conseguí tragarme de nuevo la ansiedad que iba creciendo en mi pecho.

Pasé el resto del tiempo hasta la hora de comer dormitando. Por entonces estaba cansado a menudo, así que me echaba siestas cada vez que mi cuerpo me lo pedía. Comí sentado en mi cama, con Kai acompañándome desde un butacón que había movido hasta allí y con la *tablet* apoyada en la botella de agua que tenía frente a mí para poder ver a Agnes, Piper, Gia, Frank, Dana y Magnus en tres cuadraditos diferentes a través de la videollamada que se habían empeñado en hacer para poder compartir ese ratito tan nuestro del almuerzo en mi primer día de vuelta a casa.

Hablé con Eric por el mismo método a mitad de la tarde y él me prometió que venir a verme sería lo primero que hiciese en cuanto regresase del nuevo viaje de trabajo en el que estaba inmerso.

Solo faltaba una persona por llamar. Empezaba a inquietarme. Me había prometido que no volvería a desaparecer y yo quería creerle. Confiaba en ella, sabía que le importaba, pero...

—¿Qué haces?

La voz de Dany me tomó desprevenido; tanto que casi dejé caer la maquinilla al suelo.

Hacía tres días que había empezado a ver algunos mechones pequeños manchando mi almohada al despertar. Todavía no era algo demasiado llamativo, ni me quedaba con matojos oscuros completos enredados en la mano a no ser que me la pasase de más por la cabeza, solo que yo sabía que iba a pasar, así que había decidido adelantarme desde el primer momento.

En cuanto colgué la llamada con mi tío y Kai me preguntó si podía quedarme solo un rato para que él pudiese atender una videoconferencia con un cliente, me encaminé al baño y rebusqué en las baldas de encima del lavabo.

Acababa de encender el aparato, dejando que el familiar ronroneo me hiciese temblar las manos, cuando Dany apareció de la nada en el quicio.

Se quedó de pie, con la vista fija en la máquina que vibraba de forma continua, llenando la estancia.

Evité su mirada, como siempre hacía con todo el mundo al contar una verdad a medias.

—Es más cómodo llevarlo así, no tiene importancia.

Levanté un solo hombro, tratando de fingir indiferencia, solo que esta me falló al atusarme el pelo y sentir varios mechones quedándose adheridos a mis dedos.

Tragué con dificultad las lágrimas que se iban agolpando en el fondo de mi garganta y acerqué las cuchillas a mi frente. Antes de que me diese tiempo a arrepentirme, hice dos movimientos rápidos que abrieron una carretera a ninguna parte en mitad de mi cráneo.

Danielle no se marchó. Se quedó detrás de mí, observando cómo me llevaba por delante el pelo que había dejado crecer durante cuatro meses, envolviendo mi cabeza, como una corona otorgada al vencedor. Solo que yo no creía haber ganado nada.

—¿Estás bien?

No entendí por qué lo preguntaba hasta que una gota de agua salada cayó desde mis ojos hasta el suelo, dejando allí un pequeño lago de tristeza en el que podría ahogarme sin esfuerzo.

Asentí sin palabras y bajé más aún la cabeza, ocultando mi mirada de la suya.

No me detuve demasiado en mi reflejo. Podía parecer una tontería, pero aquella era la última barrera visible para mí entre la leucemia y el resto del mundo. Cuando alguien ve a una persona con cara cenicienta asume que ha tenido una mala noche. Cuando a ese tono grisáceo en la tez le acompaña una cabeza sin pelo, la palabra «cáncer» siempre vuela incómoda sobre cualquier conversación, como algo que hay que evitar, como un demonio al que no hay que nombrar.

Y en ese momento, llega la pena.

Entonces no lo supe, pero Dany entendió que aquel día estaba haciendo algo más que raparme la cabeza, que estaba aceptando por completo que una vuelta a casa no significaba una llegada a la meta. Siempre ha sido la mejor a la hora de detectar los bulos que la gente le cuenta para tratar de ocultar que está asustada. Quizá porque ella misma vivió en un mundo de mentiras e historias medio inventadas durante demasiados años, puede que porque tuviese que aprender a leer a su madre más allá de las pocas líneas que el guion de su vida le dejó leer al acercarse el final.

No estoy seguro. Bueno, no lo estuve en ese momento. Ahora lo veo.

No me creyó esa tarde, igual que no me creyó tantas veces en las que yo me convencí de haberla engañado, de haber aparentado más tranquilidad que miedo. Y, aun así, me dejó ganar. Se tragó mi mentira con una sonrisa dulce y unas cuantas caricias a la parte de atrás de mi nuca desnuda.

—Trae la maquinilla y siéntate, anda, que te has dejado un trozo más largo aquí detrás.

El zumbido de la afeitadora llenó el cuarto de baño durante unos cuantos minutos en los que ninguno dijo nada más.

Tuve que sorber un par de veces por la nariz cuando el llanto silencioso que había empezado a dejar correr libre por mis mejillas me inundó las fosas. Cerré los ojos y permití que ella terminase el trabajo, alternando los estremecimientos entre el placer de sus yemas haciéndome cosquillas detrás de las orejas y la angustia al sentir el cráneo de nuevo desnudo.

Después del segundo repaso que me hizo Dany, la oí ajustar un par de botones y esperé a que rematase el trabajo. Solo que el frío contacto de la hoja no llegó, a pesar de que Danielle no la había apagado.

Abrí los ojos despacio, procurando no mirar a mi nuevo yo en el espejo. No me fue difícil porque, al igual que el primer día que la conocí, Dany se llevó toda mi atención. Nuestros ojos se encontraron a través de nuestros reflejos. El mío, con la boca completamente abierta. El suyo, perdiendo su larguísima melena rubia a una velocidad alarmante.

—¡¿Qué haces?!

Me puse de pie tan rápido que casi la tiro hacia atrás.

—Si me saco un ojo con esta cosa por tu culpa, te rapo también los pelos de los huevos, Akela.

Me reí de forma tan inesperada que hasta se me escapó un poco de baba por la comisura de la boca. Me la limpié aprovechando para arrastrar la mayoría del llanto que se empeñaba en surcar mi cara, ese que ya no estaba seguro de que naciese de la lástima.

—Dany, no tienes que hacer esto.

No se lo estaba dejando al uno, como había hecho yo, aunque no habría colocado la maquinilla a más del cinco o el seis. En apenas ocho pasadas había llenado el suelo de nuestro baño de una alfombra ceniza sobre la que ella se erguía con orgullo.

—Había pensado teñírmelo de verde, pero esto es mejor. Más cómodo. Es lo que has dicho, ¿no? Además, necesitaba un buen corte, tanto tinte me estaba quemando el pelo.

Me tendió el aparato y se sentó en la misma taza en la que yo había estado hasta hacía un momento.

—Mira a ver si lo tengo bien igualado por detrás, anda, que no quiero que parezca que me ha atacado una niña de cinco años con tijeras mientras dormía.

Cerró un ojo a la vez que elevaba la ceja contraria y abría mucho la boca.

—¿Qué ha sido eso? —me mofé.

—¿El qué?

—Eso que acabas de hacer con la cara.

—Te he guiñado un ojo, idiota.

—Eso no es guiñar un ojo, es tener un espasmo.

—Eres subnormal.

—Y a ti te queda muy bien el pelo corto.

Hizo ese amago de guiño de nuevo y a mí me dio un ataque de risa parecido al anterior, en el que las lágrimas y las carcajadas se fusionaban, creando una melodía extraña pero curativa.

Se sentó dándome la espalda y yo retomé el arreglo de su melena donde ella lo había dejado, buscando sin éxito las palabras que le hiciesen entender a Dany lo que significaba para mí lo que ella acababa de hacer.

—Akela. —Levanté la vista de mi tarea un momento para encontrar la mirada de la Danielle del espejo fija en la mía—. Te prometo que hoy ha sido el peor día. Mañana haremos que las risas cuenten más que las lágrimas.

No sé si fue por la forma en la que su mano agarró la que yo tenía apoyada en su hombro, o porque sabía que Dany no mentía, ni siquiera cuando las verdades que tenía para los demás no eran lo que otros esperaban.

A lo mejor, simplemente, fue porque en aquel momento lo necesitaba de verdad.

Puede.

Quizá.

No lo sé.

Pero le creí.

14

Una lista, un montón de propósitos y un mundo perfecto

—¿Has terminado los deberes que te puso Gia?

—Joder, Kai, no los llames deberes, que parece que estoy en preescolar.

—¿Y cómo los llamo? ¿«Quehaceres de cuasi adulto a punto de terminar el último curso de instituto»?

—Muy largo. Mejor «deberes de bebé» —me picó Dany, dándome otra vez con el pie en el costado.

Era el segundo día que pasaba en casa y la noche había sido un campo baldío de sueño. No había parado de revolverme en la cama, pensando en cómo iban a ser las semanas a partir de entonces, repasando una y otra vez todo el camino que quedaba por recorrer. Hacia las cinco de la mañana se me empezaron a cerrar los ojos mientras mi cabeza giraba en torno a una idea que se había colado en mi cerebro y se agarraba a él con fuerza, como si de verdad necesitase quedarse allí a vivir.

«Una lista. Haz una lista con todo eso que está saltándote por la mente con ganas de que le hagas caso».

Danielle hizo puchero ante mi mutismo y me dio un nuevo toquecito con el talón. Cuando la ignoré por completo, la curiosidad pudo más que sus ganas de sacarme de quicio y me robó el papel que tenía entre las manos y al que llevaba dándole vueltas desde que me había despertado y había comprobado que la maldita idea seguía instalada y bien acomodada en mi cabeza.

—¡Eh! —me quejé sabiendo que sería inútil; ella ya se había puesto de pie y había corrido hacia el sillón que esa tarde ocupaba Frank. Se sentó en su regazo y colocó el folio a la altura de sus ojos para que pudiesen verlo juntos.

—¿Es una carta a alguna novieta? —se aventuró Frank.

—«Cosas que hacer antes de los treinta» —leyó Dany.

Las cejas de Kai se alzaron curiosas y yo puse los ojos en blanco, sin creerme del todo que, a veces, yo fuese el más adulto de todos los que me rodeaban.

—Devuélvemelo, anda, que no he terminado.

—«Descubrir qué quiero hacer con mi vida». —Por supuesto, Dany ignoró mi petición y se lanzó de lleno a destripar mis anhelos delante de todo el que quisiera oírlos—. «Practicar *snorkel*». ¡A esto me apunto yo, que no lo he probado nunca!

—«Pedirle a Dana que me enseñe a hacer alguno de sus postres» —prosiguió Frank en voz alta—. «Ir a un festival de música y cantar en público».

—¡Si ni siquiera me has tocado aún el ukelele a mí y hace más de dos meses que te lo pido!

—Lani, deja que Frank siga leyendo. —Y claro que le dejó, porque era Kai quien se lo pedía y porque que él aún estuviese un poco raro con ella la agobiaba más de lo que estaba dispuesta a reconocer.

—«Adoptar una mascota, viajar a Nueva York, enamorarme, pasar una noche perdido en el mar mirando las estrellas, correr en una maratón, nadar con tiburones, ganar un concurso de comer perritos calientes, ver *Casablanca* con Kai...».

—¡Al fin! —gritó el aludido, que recibió un siseo pidiendo silencio desde el salón, donde Agnes y Piper veían un programa de reformas de casas—. Perdón —contestó bajito, juntando las manos frente a su pecho y haciendo una señal con la barbilla a Frank para que siguiese.

—«Saltar al mar desde algún peñasco muy alto».

—A eso también me apunto.

—¿Por qué será que no me extraña que solo te unas a las cosas que suenan como aventuras adolescentes? —chinchó Kai a mi amiga, aunque a ninguno nos pasó desapercibido que el tono de voz que usaba para hacerla rabiar, una vez más desde hacía ya días, se parecía mucho al que empleaba antes de que Dany desapareciese de nuestro mundo en mi peor momento.

—Porque para ver pelis de ancianos ya estás tú.

—Qué madura…

—Y tú qué peñazo. —Mi hermano se giró deprisa para que Danielle no viese la sonrisa ladeada que le sacó su conversación, pero a mí no se me escapó—. Además, me tendré que ofrecer para cosas en las que sea buena, y ayudarlo a perder la virginidad no me parece plan.

—¡Dany! —Creo que Kai se puso hasta rojo. Bueno, entonces solo lo creí, porque estaba demasiado ocupado gritando por mi cuenta a Danielle. Ahora sé que fue así.

—¡¿Y a ti quién te dice que no la he perdido ya?! A lo mejor está tan perdida que no encontraría el camino de vuelta a casa ni con GPS, lista.

Uy, qué ganas me entraron de tirarle del pelo cuando levantó una ceja y me sonrió con malicia.

—¿Me estás diciendo que te has acostado con alguien ya, Akela?

—No te estoy diciendo eso, pero es un poco ofensivo que des por hecho lo contrario.

—¡Le vomitaste encima a Gigi porque te tocó el paquete!

—Dany, en serio, no tengo interés en hablar de la vida sexual de mi hermano pequeño delante de él, ni de imaginarte a ti involucrada en ella… —intentó cortarnos Kai.

—¡Fue un accidente! —contraataqué—. Y dejar de ser virgen tampoco es tan importante.

—Pues está en la lista. —Odié un poco a Frank por elegir ese momento para volver a hablar—. Aunque, para ser justo, lo ha relegado al puesto dieciséis, justo detrás de «hacerme un tatuaje» y «probar la marihuana».

Las risas de Dany retumbaron por toda la habitación.

—Puedo ir a por un poco de hierba ahora, tengo a Bob aparcado fuera —se ofreció.

—¿Llevas drogas en tu furgoneta? ¿Las guardas al lado del perejil, o qué?

—Es adorable que te escandalices por un par de porros, Pili Mua.

Se levantó de un solo movimiento fluido del regazo de Frank y acortó los tres pasos que la distanciaban de Kai, que intentaba ganar aunque fuese una de sus batallas verbales desde el alféizar de mi ventana. Le revolvió el pelo como si fuese un crío de cinco años que acababa de soltar la tontería más tierna del mundo, y la piel de la nuca de Kai se erizó sin permiso.

—Oye, yo no tengo la culpa de que tu hermano quiera pasárselo bien ni de que a mí se me dé mejor divertirme que a ti.

—Esto no sé si será el culmen del regocijo, pero seguro que es algo en lo que le podrías echar una mano —volvió a intervenir Frank—. «Aprender a hablar francés».

—¿En serio? —me preguntó Dany, que elevó las cejas de nuevo hasta casi el nacimiento de su pelo. En esa ocasión, había más ilusión que burla en el gesto.

—Sí.

—¿Y por qué francés?

—Bueno… Siempre me ha parecido muy guay la cantidad de lenguas que habla Kai, así que pensé que podía estar bien manejar, al menos, un idioma más aparte del mío y… Ya sabes, creí que molaría poder charlar contigo en tu lengua materna.

Le brillaron los ojos cuando me sonrió.

—Pues con eso creo que puedo ayudarte sin muchos problemas. ¿Hay algo que ya sepas decir?

—Eh…

—Como me vengas con lo de *voulez vous coucher avec moi ce soir*, te pego. Me dan igual las plaquetas, los leucocitos y su madre... Te pego de verdad.

—¡Es que todo el mundo conoce esa canción!

No aprendí nada de francés aquel día. Mi lista quedó olvidada en la mesita de noche, donde la dejó Frank cuando nos pusimos a debatir acerca de melodías repetitivas mundialmente famosas que tenían un éxito que no merecían. Se nos pasaron dos horas con una bobada como aquella, sin pensar en cánceres, en quimioterapias ni en nada que no fuese esgrimir argumentos absurdos para ganar la batalla sobre cuál era la peor canción del mundo.

Y te contaré algo: hubo muchas cosas de esa lista que no llegaron a convertirse en realidades.

¿Te cuento otra cosa más? No me importó, porque esa mañana, sin tachar ningún logro increíble ni hacer nada reseñable, se convirtió en una de las que más evoco desde aquí ahora, desde el otro lado.

Recuerdo el pie de Dany clavándose en mis costillas, el rojo del cuello de Kai cada vez que Danielle decía algo inapropiado, la curva en la boca de Frank mirándonos a los tres discutir.

Y mi risa. Recuerdo mi risa alta y potente, sincera, gritándole al universo que me bastaban una habitación aséptica y las personas que más quería en el mundo para que el mío fuese perfecto.

15

Una noche de cine, una cama compartida y un beso que sí lo fue

—Dios mío, Kai, ¿cuánto dura esto?

—Shhh.

—Sí, mejor me callo, no vaya a ser que despierte a Dany.

—No estoy dormida.

Quizá le hubiese creído si no lo hubiese dicho con la voz pastosa, los ojos medio cerrados y la cabeza enterrada entre cojines. Tenía que costarle hasta respirar.

Mi hermano aprovechó que ella no podía verlo y se permitió ser la versión de lo que él consideraba una persona débil; es decir, un chico que se derrite al observar dormir a la chica que le gusta y que sonríe ante la imagen.

Kai intentaba seguir medio enfadado con Danielle por su espantada, aunque ella se lo ponía muy difícil siendo... bueno, ella.

Por un momento, se olvidó hasta de que no estaba solo en aquella habitación el tiempo suficiente como para estirar la mano unos centímetros y rozar un pico de pelo que había salido disparado hacia arriba en lo alto de su cabeza. Esa misma semana, se había teñido de un rubio platino que hacía que sus ojos destacasen incluso más dentro de su preciosa cara.

—Ya le dije que estaba loca por raparse conmigo, aunque he de reconocer que el pelo le crece a una velocidad pasmosa, le faltarán solo un par de semanas para tenerlo tan largo como tú.

Retiró los dedos deprisa, igual que un niño pequeño pillado en falta cuando se cuela en la alacena para robar sus galletas favoritas. Soltó un bufido pequeño y fijó de nuevo la vista en la televisión, donde Charlton Heston acababa de entrar en el Valle de los Leprosos. Unos días atrás, Kai había aparecido pletórico por casa agitando un *pendrive* y anunciando que aquella era noche de cine. *Casablanca* me gustó tanto que decidió que, una vez a la semana, íbamos a ver alguno de sus adorados clásicos. Esa noche, después de las dos horas más largas de mi vida, te puedo confesar que yo ya no estaba seguro de querer continuar con esa nueva tradición si volvía a escoger algo tan eterno como *Ben Hur*.

—Fue un detalle bonito, lo de... —Fingió pasarse una maquinilla imaginaria por las sienes.

—Sí que lo fue.

Kai guardó silencio durante unos segundos, los que necesitó para asegurarse de que Dany seguía respirando rítmicamente apoyada contra su muro de cojines en el lado opuesto al mío en mi cama. Habíamos encargado un proyector por Amazon y despejado la pared de enfrente para que la peli se proyectase en ella igual que si estuviésemos en un autocine. Hubiese sido menos lioso trasladarnos al salón, pero mi cuarto era la habitación más desinfectada de toda la casa y, además, moverme demasiado aún me cansaba en exceso.

En realidad, llevaba unos días agotado, tanto que ni siquiera habíamos celebrado Acción de Gracias. Me sentí un poco mal por ello, pero todo insistieron en que no pasaba nada, que la Navidad sería grandiosa. Decidí creerles, igual que les creí cuando me dijeron que el cansancio se pasaría. Tenían razón, en ambas cosas.

Mi hermano se recolocó en su sillón y apartó la vista de la película para buscar mis ojos antes de susurrarme.

—Akela, ¿no crees que confías demasiado en esta chica cuando no hace ni tres meses que la conoces?

Disimuló bien. Ni siquiera yo noté el cambio en la rigidez de los hombros de Danielle ante esa acusación amable.

—No, creo que confío en ella lo que ella se ha ganado que confíe.

—Keiki…

Utilizó su voz de padre, una que ni él sabía que usaba, esa que pretendía decirme que yo era demasiado joven o demasiado ingenuo como para entender de verdad cómo funcionaba la vida. Volcaba su ignorancia en mí, sin comprender que cómo elijas tú pasar tus días no es la única manera correcta de hacerlo.

No quería discutir, no esa noche. Había pasado un par de días duros, tan cansado que apenas me había podido mover de la cama. Habían sido cuarenta y ocho horas de estar irritado, frustrado, débil y enfadado con el mundo. Odiaba cuando llegaban esos días, así, de golpe, sin avisar. Por la mañana estaba relajado, feliz, haciendo tonterías con Dany o hablando sobre futuro con Eric y por la tarde… ¡Zas! Una maza invisible me golpeaba con fuerza el estómago y me dejaba doblado en el colchón sin una mísera advertencia.

Intentaba no pagar todo aquello con mi familia, trataba de verdad de mantener la aprensión, la rabia y la desilusión bajo control, no dejar que fuesen ellas las que me definiesen entonces, aunque era difícil a veces. Kai y Dany eran los que mejor habían aprendido a notar los cambios en mi forma de sentarme, en las muecas de dolor que se me escapaban al moverme o en cómo la voz se me tornaba en algo más acerado cuando la paciencia me fallaba. Quizá por eso mi hermano no me replicó ante el primer y único «no» que tuve que pronunciar con fuerza antes de explicarle mi punto de vista.

—Oye, sé que te gusta lo estable, lo seguro y lo predecible, y sé que Dany no es ninguna de esas cosas, pero es que a lo mejor no se trata de lo que queremos en nuestras vidas, sino de lo que necesitamos. Y yo la necesito, Kai. Necesito su risa contagiosa, su curiosidad por descubrirlo todo y su fe ciega en que hay mucha gente buena por ahí esperando a convertirse en amigos. Y, la verdad, creo que tú también necesitas algunos de los cambios que ella nos ha traído, por mucho miedo que eso te dé.

No podía culpar a mi hermano por desear tranquilidad, lo sabía. Cada improvisto que había tenido que afrontar en sus treinta y tres años había significado cargas, responsabilidades y noches en vela; pero hay personas que se cuelan en tus días sin pedir permiso ni perdón, que llegan para enseñarte que los imposibles son solo improbables y que a los miedos hay que abrazarlos fuerte antes de saltar con ellos al vacío.

Kai inhaló aire despacio y lo retuvo un momento dentro antes de dejarlo ir con la misma calma. Sabía que yo tenía razón, lo sabía de sobra. Y también sabía que Dany no solo se había abierto camino en mi vida.

Le gustaba. Le gustaba tanto aquella loca a la que jamás veía venir que prefería prepararse para una huida que quizá nunca llegase. O a lo mejor sí, pero es que lo que mi hermano no terminaba de entender entonces es que algunas cosas son más valiosas porque tienen fecha de caducidad.

A mí me costó mucho darme cuenta de que la vida era una de esas cosas.

Ninguno añadió nada más. Devolvimos nuestra atención a la pared y Dany se concentró en seguir subiendo y bajando el pecho con una cadencia tranquila, aunque yo solo conseguí retener el primer bostezo durante diez minutos.

Kai se rio por lo bajo y se levantó de su asiento meneando la cabeza.

—Creo que ya es suficiente por hoy, está claro que con esta no he acertado.

Bajó la tapa del ordenador y apagó el pequeño proyector portátil antes de acercarse a mi cama y quedarse allí plantado, de pie, alternando la vista de Dany a mí.

—No la despiertes, anda, está muy dormida.

De verdad que no sé cómo no me di cuenta de la media sonrisa que se le dibujó a ella en la cara. Supongo que el que la mantuviese pegada contra la almohada ayudó.

—No voy a llevarla en brazos hasta su autocaravana.

—Pues llévala en brazos hasta el sofá al menos, rancio.

Si hoy le preguntases a Kai, seguiría sin saber darte una respuesta coherente de por qué hizo lo que hizo esa noche. Yo ahora puedo decirte que se permitió dejar de analizarlo todo durante diez minutos y, simplemente, se permitió ser humano. El caso es que pasó un brazo por las corvas de Dany y rodeó su espalda con el otro, se aclaró la garganta de una forma muy graciosa cuando Danielle se aovilló contra su pecho como un gato mimoso y dirigió sus pasos hacia su propio dormitorio. La tendió con cuidado en un lado de la cama de matrimonio y él se acostó en el contrario, con los pantalones de chándal y la camiseta vieja todavía puestos.

—¿No vamos ni a abrir las sábanas para meternos dentro? —preguntó en un susurro Dany.

Kai intentó disimular el bote que sacudió su cuerpo, aunque apenas lo consiguió.

—¿Estabas despierta?

—Tienes un extraño don para hacer que las frases más sencillas suenen reprobatorias.

—Es que estoy siendo reprobatorio.

—Reprobatorio... Reprobatorio... Re... pro... ba... Si dices eso muchas veces seguidas suena raro, ¿no?

—Déjate de tonterías. Nos estabas espiando.

—No. Vosotros habéis dado por supuesto algo. Yo os he dicho antes de que empezaseis a cotillear sobre mí que no estaba dormida.

Eso era verdad.

—No estábamos cotilleando sobre ti, solo me preocupaba por mi hermano.

—Y por todo. Estoy casi segura de que preocuparte por las cosas te la pone un poco dura.

Mi hermano soltó un ruido exasperado por la nariz y cerró los ojos con fuerza, dejando que su antebrazo le cubriese casi toda la cara. Se había tumbado bocarriba, procurando no mirarla demasiado, pero Dany se había colocado de lado, concentrada en las arrugas que se formaban alrededor de la boca de Kai, en eterna lucha entre mostrar desagrado y reírse tanto como le pedía el cuerpo.

—¿Qué has escuchado? —preguntó al fin.

—Que sigues sin fiarte de mí.

El silencio los envolvió con un halo incómodo, culpable.

—No es eso.

—Sí que lo es. No me lo perdonas.

—Es que… No lo entiendo, y me cuesta pasar por alto las cosas que no entiendo.

—¿Qué no entiendes, Kai?

—Por qué desapareciste, por qué volviste. A ti.

—Desaparecí porque me asusté, ya te lo dije. Y quiero creer que volví porque… porque soy una persona valiente que a veces hace cosas cobardes, una que todavía sabe bailar incluso si se le clavan en los pies piedras del pasado.

Sonó pequeña, tanto que cuando Kai al fin giró la cabeza para mirarla solo vio a una niña que intentaba ser fuerte. Rodó hasta colocarse en la misma posición que ella, usando el interior de su codo a modo de almohada.

La inmensidad del mar a la altura de unos ojos azules. La boca del lobo en la que desear perderse. Unos centímetros que separaban dos continentes opuestos. Eso fueron ellos esa noche, eso han sido ellos siempre.

—¿Qué asusta tanto a una persona tan grande como el cielo, Lani?

—No recordar que una vez fue así de inmensa para alguien —se le escapó a ella.

—Sigo sin entenderte.

Se habían acercado tanto que solo necesitó susurrarlo y, a pesar de ello, Dany acortó un palmo más la distancia entre sus cuerpos, entre sus bocas, esas que los dos miraban con disimulo y toda la contención del mundo.

—¿Y si te digo que eso me gusta?

—¿Y si te reconozco que a mí también?

Dany estiró la mano que tenía pegada contra el pecho hasta alcanzar el meñique de la de Kai, olvidada a la altura de su cadera. Fue solo un roce, una caricia inocente, aunque mi hermano oyó la pregunta alta y clara.

«¿Y si…?».

Pero cuando Dany recortó un centímetro más el abismo entre sus labios, Kai retrocedió diez.

—¿Qué ocurre? —No lo preguntó con acritud ni con enfado, únicamente con un poquito de decepción.

—Es solo que… Tengo la sensación de que te conozco a medias. Sé cómo eres, Lani, pero no quién.

—¿Y no te basta con eso?

—¿Qué pasa si contesto que no?

La mirada de ella se volvió sombría y él supo la respuesta antes siquiera de que saliese de su boca, esa que seguía reclamando su atención con la maldita fuerza de los océanos.

Y, de repente, sintió un miedo muy real, porque no, no le bastaba con eso. Quería más. Quizá todo, y reconocerlo podía significar quedarse sin nada.

El silencio se extendió un poco más, colando su veneno por cada poro de esas pieles que se reclamaban, hablando de muros demasiado altos como para caer a base de soplar.

Dany fue la primera en moverse. Se incorporó tan deprisa que Kai solo llegó a agarrarla por el hombro cuando ya estaba sentada sobre su cama. No sabía qué hacer para evitar que ese sentimiento de estar a punto de perderla de nuevo, de verla evaporarse en la nada, desapareciese; así que soltó la mentira que ambos necesitaban escuchar en ese momento, la única que les permitía avanzar sin que les pareciese que lo hacían.

—Me basta.

Los labios de Dany sabían igual que como había imaginado: a sal y a promesas.

CUARTA TARJETA:

¿Cuál es vuestro mejor recuerdo junto al otro?

KAI

Estoy un poco borracho. Y bastante más relajado, la vedad.

—Ok, Google, reproduce otra vez la canción de The Weeknd —le ordeno al asistente que tengo instalado al lado de la televisión.

In your Eyes comienza a sonar de nuevo y en su letra vuelvo a vernos a Dany y a mí, su historia, todo lo que la asustaba de estar cerca de nosotros cuando nos conoció, lo mucho que intenté resistirme y lo poco de lo que me sirvió. Y el fuego que siempre le arde en la mirada.

Cuánto miedo me dio al principio quemarme con él… Y cuántas cosas me hubiese perdido si no llego a aprender a disfrutar de las llamas de Danielle.

Recuerdo que nos acostumbramos deprisa a compartir la cama, a despertar junto al otro fingiendo que las sonrisas que nos salían sin permiso al abrir los ojos y vernos no tenían importancia.

Ella siempre tenía el cuerpo caliente. Creo que su pecho era el punto más cálido de todo Kauai. Perder esa almohada durante tantos días me ha obligado a dormir helado, y yo ya no sé soñar con frío.

—Creo que uno de los mejores recuerdos que guardo de nosotros es la primera noche que dormimos juntos —confiesa ella primero.

También es de mis favoritos, a pesar de que fue un poco extraño para mí.

Bonito y triste a la vez, como este momento. Igual que recordar a Akela.

Y es que en aquel primer beso me di cuenta de que unos cuantos arrumacos no me iban a dejar satisfecho. No me refiero a que quisiera que nos acostásemos, que también, sino a que ya entonces empezaba a esperar de ella algo estable, algo sólido, un ancla, un puerto. Un mañana que no se me escapase de los dedos cuando saliese un concierto en Honolulu o una caza del tesoro en el maldito Triángulo de las Bermudas.

Eso fue otra de las tantas cosas que aprendí de Dany sin querer: lo seguro no es siempre mejor. Aquella persona que hace que vivas la vida queriendo más, siempre más, es quien merece vivirla contigo, durante el tiempo que sea.

—Todavía puedo ver la cara de tonto que se te quedó cuando abrimos los ojos y te diste cuenta de que nos habías amarrado por la noche como si fuésemos los nudos de anclaje de un barco.

—Tú, sin embargo, no parecías muy incómoda.

—Normal, estaba en la gloria.

—Me besaste otra vez antes de que me hubiese dado tiempo a despertarme del todo. Se me quedó cara de tonto porque me sentí tonto.

—¿Por lo primero que me dijiste al abrir esa bocaza tuya?

Me río igual que el idiota que parecí esa mañana.

—«No te has lavado los dientes» —evoco.

Su risa se une a la mía en esa especie de sinfonía perfecta que los dos aprendimos a tocar tantas y tantas veces, hasta que reír me resultó más natural que preocuparme; hasta que ser feliz pareció lo normal.

—Vaya mierda de frase de buenos días después de un primer beso, joder —me lamento.

—Menos mal que hubo otros para que ensayases mejor tus líneas.

—Menos mal...

Nos hemos sentado en el sofá, cada uno en un extremo, dejando un metro entero de aire enrarecido entre los dos, de una distancia que ahora nos es ajena, incómoda.

—¿Quieres otro? —Dany señala mi vaso vacío y yo digo que sí sabiendo que el alcohol no es la solución, aunque quizá sí pueda servir en esta ocasión como medicina.

Un pequeño gruñido de mi estómago me recuerda que empieza a hacerse tarde y que, a lo mejor, sería bueno que le diese algo más que ron y zumo, pero lo ignoro por ahora.

Danielle sirve las copas en silencio mientras las canciones saltan de unas a otras sin sentido ni calendario lógico. *Stand by Me, Girls Like You, My Way...* Un cúmulo de momentos y sensaciones compartidas con Akela y con ella. Un montón de momentos que ya no se podrán repetir, no al menos siendo tres.

Basta este simple pensamiento para que la culpa regrese. Gia lo llama «el síndrome del superviviente»; dice que lo ha buscado en internet y que está segura de que eso es lo que me pasa. Yo de lo que estoy seguro es de que la gente se autodiagnostica demasiado hoy en día gracias a Google.

Y que Akela no está y yo sí.

Eso también lo sé.

Y que duele.

Que duele como un infierno.

Al volver al salón, Dany se deja caer mucho más cerca de mí, aunque no llega a tocarme. Sé que me está dejando que decida si quiero que lo haga, si quiero hacerlo yo.

—No recuerdo cuál fue el último beso que te di.

Olvido las tarjetas de mi hermano durante un momento, las relego a la parte baja de la mesita que tenemos enfrente, atreviéndome a sacarme de dentro algo que me lleva molestando en el pecho durante dos semanas enteras.

Dany levanta las cejas un poco y ladea la cabeza, aunque no dice nada. Ella y su ley del silencio.

—Yo... Sé que no te besé durante el funeral de Akela. No pude. No...

—Me echabas la culpa por no haberte dicho que él estaba peor.

—No es eso, Lani.

—Pues yo llevo muchos días creyendo lo contrario.

—Sé que lo hiciste por él, que te pidió que no dijeses nada, Agnes me lo contó después de que hablases con ella al regresar. Creo que yo tampoco se lo habría podido negar al final. Solo... estaba enfadado, frustrado. Necesitaba, no sé, poder pagarla con alguien. Akela estaba muerto, así que me parecía feo hacerlo con él y tú... Tú me recordabas todo de él, todo lo bueno. Y me moría por abrazarte y llevarte a casa para tumbarme contigo en la cama para llorar y hacerte el amor, y pensar en eso me hacía odiarme; porque en el fondo quería que seguir con vida, cuando Akela estaba volando por el cielo de Kauai convertido en cenizas, fuese lo normal, lo que se tenía que hacer y no la peor de las traiciones a mi hermano.

No me interrumpe, me deja sacarme de dentro esta retahíla de pensamientos autodestructivos. Y menos mal que lo hace. Menos mal que lo hago. No me había dado cuenta de lo estúpidos que sonaban hasta ahora.

Dany respeta el silencio que vuelve a sobrevolarnos unos segundos después de que yo diga en voz alta que debería seguir viviendo, aprovechando que estoy vivo. Puede que haya usado otras palabras, unas frases mucho más largas, pero sé que en el fondo es simplemente eso. Akela está muerto y yo me castigo alejando a Danielle por no estarlo yo.

¿De qué sirve que fuese Akela quien se marchase si yo parezco más un cadáver que él?

—Creo que yo tampoco me acuerdo.

Levanto la cabeza y me encuentro con una Danielle de ceño arrugado y ojos preocupados.

—¿Qué? —Intento unirme de nuevo a la conversación que está manteniendo consigo misma y en la que yo me he perdido.

—Tampoco recuerdo cuándo fue la última vez que te besé. Los días se me mezclan de una forma extraña en la mente y solo distingo borrones, trozos de conversaciones, fragmentos de ratos con él, como si mi cerebro quisiese seleccionar solo los momentos que me gustan, esos en los que Akela seguía riéndose de mis bobadas incluso al final. Es como si… Como si en esos días solo hubiese existido lo relacionado con él. Y no consigo recordar tus besos.

—Creo que te entiendo. —Claro que lo hago, porque llevo semanas repasando cada maldito momento de aquel viaje, y mi cabeza solo ve a mi hermano en cada rincón, en cada recuerdo, en cada instante de felicidad que ahora tengo que atesorar, porque no habrá más. No con él.

—Ya.

No quiero nuevos silencios que se llenen de los últimos días de Akela. No. Basta.

Hay cosas que no puedo solucionar, que no puedo manejar, pero esto sí sé cómo quiero arreglarlo.

—Pues déjame que lo compense un poco.

La sujeto por la cintura y la levanto lo justo como para colarme debajo de sus piernas. Su expresión de sorpresa es casi cómica, aunque no me da tiempo a analizarla lo suficiente, porque antes de que se haya terminado de sentar en mis muslos ya estoy posando mis labios sobre los suyos.

Es un roce mucho más suave de lo que me había propuesto, muy cargado de deseo, pero con tanto anhelo y cariño pegado a él que lo convertimos en algo lento, en algo que podemos estirar, ralentizar, hasta hacerlo casi eterno.

Cuando nos separamos, apenas la distancia en la que caben dos ilusiones que se prenden de nuevo, dejo mi frente apoyada contra la suya y mi pulgar izquierdo dibujando círculos en su mejilla.

—¿Tengo que guardar este en la memoria, Pili Mua? ¿Va a ser el último beso tuyo que pueda recordar?

Suena más angustiada de lo que quiere dejar ver. Y a mí me da la risa. Joder, me da la risa cuando ella está preocupada. Soy un desastre.

—Lani, estoy a dos Mai Tai más de pedirte que toques el ukelele desnuda para mí, como la noche aquella de la cena del cumpleaños de Agnes. ¿De verdad crees que va a ser la última vez que no me resista a ti?

—A dos, ¿eh?

Se aparta de mí para inclinarse hasta el suelo y recoger el vaso que había dejado ahí abandonado. Termina su bebida de dos tragos y se levanta con tanta prisa que se tropieza con sus propios pies al correr hacia la cocina. También se ha llevado mi copa, aunque sigue mediada, lo que no impide que me la devuelva con el líquido rebosando hasta el borde.

—Bebe —me ordena mientras vuelve a sentarse en su sitio; es decir, en mi regazo.

Vaciamos un tercio de Mai Tai de una sola vez, siguiéndonos el juego, hablando en silencio de lo que podría pasar después. Y digo después porque ahora mismo ninguno quiere dejar este salón, este sofá, estos recuerdos que han empezado a devolver sonrisas en vez de a hacer daño.

—¿Te acuerdas del desastre de poema que le recitó Frank a Gia en ese cumpleaños? —empieza ella.

—Como para olvidarme. ¿Llegué a contarte que Eric los pilló más tarde dándose el lote?

—¡¿Qué?! Kai Nonoa, ¿cómo se te puede pasar contarme algo así?

—Porque hubieses ido a interrogar a Gia antes de que hubiese terminado de hablar.

—¡Claro que lo hubiese hecho!

—Pero es que no han hecho público que estén juntos. A lo mejor no ha vuelto a pasar.

—Y a lo mejor sí y vivimos perdiéndonos esa historia de amor.

—¿Dices esa de la que ellos no quieren decir nunca nada públicamente?

—¡Esa!

Seguimos así un rato, hablando de nuestra familia, de sus secretos y de sus locuras, permitiéndonos ser de nuevo un par de amigos que se han echado de menos y que se pasarían horas escuchándose confesar bobadas; porque lo que cuenta no es lo que decimos, sino poder sentirnos cerca mientras lo hacemos.

Y, mientras, los Mai Tai van desapareciendo...

16

Una mascota, un humor de mierda y un monstruo que se hace real

Aquella estaba siendo una buena tarde. Hasta que dejó de serlo.

No sé cómo explicarte bien esa época. Sé que sigues aquí esperando entenderme mejor, vivir conmigo un final bonito. Y yo quiero dártelo, juro que sí. Pero es que no todas las horas del día eran bonitas.

Mi cabeza funcionaba de una manera un poco extraña por entonces.

Podía levantarme hecho una mierda, sin haber apenas dormido y sintiéndome más débil que en toda mi vida. Sin embargo, Kai entraba en la habitación con una papilla insípida y unos deberes que aún no había terminado la noche anterior bajo el brazo, y yo sonreía de verdad al verlo sentarse conmigo en la cama, con su ordenador, trabajando a mi lado, compartiendo ratos, queriéndonos en silencio.

Y también podía pasar justo lo contrario.

La línea entre la normalidad y la enfermedad era tan fina que la rabia y la autocompasión no solían andar lejos cuando tenía un rato especialmente bueno.

Déjame que te lo muestre.

Las tardes solían ser buenas, casi siempre por culpa de Danielle. Se había empeñado en darme clases de francés y confieso que no se me daba mal. Se tomó lo de la lista como un reto personal y me lo demostró una vez más ese mismo día, cuando apareció frente a la ventana de mi cuarto, que daba al patio interior, y levantó a la altura de mis ojos un pequeño conejo marrón, de ojos negros y orejas muy graciosas.

—¡Este es Carotte! —chilló como si Dana, Kai y yo estuviésemos al otro lado del océano en vez de al otro lado de un finísimo cristal cerrado.

—No me jodas… Dime, por favor, que no pretendes convertirte en la *kahu* de un conejo al que, encima, has sido tan poco original de llamar «zanahoria» en francés.

Ella no se molestó en contestar a la provocación de mi hermano, solo le sacó la lengua y luego sonrió igual que una quinceañera pillada hasta las trancas por un chico mientras Kai la observaba como un adolescente que habla con su primer amor.

Hacía cuatro días que habían compartido cama por primera vez, aunque ninguno sabíamos todavía qué había pasado entre ellos. Habíamos notado el cambio de actitud, por supuesto, pero lo achacábamos a que por fin habían dejado de negarse a sí mismos que se gustaban y que ahora solo faltaba que diesen el paso.

Supongo que en mi familia estábamos demasiado acostumbrados a que la gente no hablase claro de algunas cosas. El amor era una de ellas. Frank y Gia, Eric y mi madre… Había demasiada pasión desperdiciada entre las paredes de nuestro pequeño paraíso, demasiados errores repetidos en el tiempo.

Lo que ignorábamos todos es que ellos se abrazaban cada noche cuando los demás cerrábamos los ojos y la oscuridad era la única testigo de sus besos.

¿Que por qué no lo contaron? Por imbéciles.

Kai pensó que lo único importante entonces era yo, que no debían desviar la atención de mis cuidados, de mis necesidades.

A Danielle le asustó un poco que yo me sintiese desplazado, sustituido de alguna manera.

Idiotas… Como si la forma en la que ellos se sentían no fuese a llenarme el pecho de esperanza, de alegría, de paz.

—Bueno, si Akela quiere cambiarle el nombre, puede; a fin de cuentas, es su compañero.

—¡¿Qué?! —La mirada de Kai esa vez no tuvo nada de amorosa.

—A ver, se va a quedar en casa de Gia hasta que pueda mudarse a esta, y yo la ayudaré a cuidarlo, a darle de comer y a pasearlo.

—Los conejos no necesitan pasear, Lani.

—Bueno, pues a este le gusta.

Levantó la mano que no le veíamos a través de la ventana y nos enseñó un pequeño collar gris con zanahorias diminutas por todas partes.

—No te fíes de él, puede parecer lento y perezoso, pero como se meta debajo de un coche durante su paseo, vas a pasarlas canutas para conseguir sacarlo de ahí.

—¿Cómo sabes eso? —inquirí.

Levantó una ceja con escepticismo y luego frunció la boca en un gesto que entendí sin palabras. «¿Cómo crees tú que lo sé?». Solo entonces me fijé en que su simple y lisa camiseta blanca estaba llena de suciedad.

Me empecé a reír como solo Dany conseguía que me riese, sin control ni medidas, con la libertad de ser feliz y disfrutar de serlo.

Hasta que un acceso de tos me rompió la alegría.

Fue algo rápido, sin transiciones a cámara lenta que mostrasen la desesperación del chico con cáncer. No. Solo… Un momento estaba soltando carcajadas, relajado y despreocupado en mi cama, y al siguiente estaba teniendo un acceso de tos de tal magnitud que sentía que me ahogaba, que no iba a ser capaz de tomar aire suficiente como para seguir respirando nunca más.

Apenas registré el sonido de la puerta principal abriéndose con prisas, ni la ansiedad en el tono de Danielle mientras le pedía a gritos desde el salón a una Dana muy angustiada que se hiciese cargo de Carotte, que lo llevase a casa de Gia porque no podía entrar en la habitación con él en brazos.

Debió de desinfectarse más rápido que nunca. Ya habían pasado más de dos semanas desde que habíamos vuelto a casa y, a esas alturas, todos eran expertos en dar los pasos que se exigían para llegar hasta mí, para alcanzarme siempre.

No fue hasta que mi pecho dejó de rugir, hasta que el diafragma dejó de palpitarme, hasta que solo se escuchó mi respiración gripada recogiendo todo el aire que podía en bocanadas asustadas, que me di cuenta de que Kai estaba a mi lado, sujetándome la mano con tanta fuerza que tenía los nudillos blancos y la cara llena de angustia.

—¿Llamo a María? —preguntó Dany desde el quicio, sin atreverse aún a avanzar más. Me fijé en que se había quitado la camiseta sucia y también los pantalones que había llevado por la calle. Iba descalza y llevaba un bañador amarillo que me hizo pensar en el sol.

—Sí, avísale para ver si puede venir a echarle un vistazo.

—No hace falta —me quejé yo, con la voz aún demasiado ahogada.

—Akela, María está para eso, no pasa nada porque veng...

—¡No tiene que venir! ¡Solo ha sido un poco de tos, joder!

Eso era lo que me pasaba siempre, lo que más odiaba de todo: me encontraba riendo, haciendo bromas, siendo un simple adolescente por primera vez desde hacía un año y, de repente, sin aviso de derribo ni advertencia de final, la tontería más grande del mundo, o la más común para cualquier otro, lo arruinaba todo, me devolvía a la realidad en la que yo tenía leucemia y mi cuerpo no conseguía vencerla.

Y entonces llegaban los silencios incómodos en los que nadie sabía bien qué decir para que la normalidad perdida regresase.

—¿Dónde has metido el ukelele? Cuando te pones en modo enanito gruñón es hora de tirar de música.

—¡Lani!

Mi hermano la riñó, pero a mí se me escapó una sonrisa diminuta. Eso era lo que más me gustaba de Dany en aquella época, que no me trataba como si me fuese a romper. Para ella nunca fui solo el chico del cáncer, siempre antepuso al chico del ukelele.

Ella ignoró a Kai, le pidió que escribiese a Dana para decirle que todo estaba bien y que no tenía que preocuparse y empezó a rebuscar por mi habitación. Se agachó para inspeccionar debajo de la cama y detrás de la puerta. Acabó encontrándolo a la tercera, encima del armario. Tomó un paño y un bote de gel desinfectante y empezó a limpiarlo con mimo, igual que si estuviese lavando a un bebé.

No sé si era consciente, pero había empezado a tararear.

—¿Qué estás cantando? —le pregunté, ya más tranquilo.

—¿Ves? —apuntó ella dirigiéndose a Kai—. Es enseñárselo y ya le mejora el humor. Soy un genio.

Mi hermano solo puso los ojos en blanco y soltó finalmente mi mano, que tenía todavía enlazada a la suya, para recuperar su sitio en el sillón ubicado enfrente de mi cama.

—No esquives la pregunta. No conozco esa canción —insistí.

—Es una cancioncilla que solía cantarme mamá cuando era pequeña —me explicó arrancando ya las primeras notas y entonando esa manera suya de cantar tan peculiar.

Frère Jacques, frère Jacques,
dormez-vous? Dormez-vous?
Sonnez les matines, sonnez les matines.
Ding, dang, dong. Ding, dang, dong.

Esa expresión de añoranza volvió a dibujarse en su rostro. Aparecía siempre que la mencionaba, que evocaba a su madre.

Por una vez, quise ser yo quien la sacase del pozo en el que parecía caer cuando su memoria viajaba al pasado.

—Trae, anda, que aún no manejo suficiente francés como para entenderte y estoy harto de ser el único de esta habitación que no sabe de lo que hablas cada vez que cantas en tu idioma. Vamos a tocar algo en el mío.

Extendí la mano hacia ella, que tardó un rato muy largo en tenderme el instrumento. Me hizo gracia ser el responsable de sorprenderla. No era fácil conseguirlo.

—¿Vas... vas a tocar algo? —Bajó el tono de voz, como si temiese hablar demasiado alto y sacarme de algún hechizo que me hubiesen lanzado para obligarme a rasgar aquellas cuerdas.

Yo solo ladeé un poco más una nueva sonrisa y ahuequé las almohadas para que estuviésemos más cómodos, Dany y yo, digo, porque ella enseguida trepó por mi cama para sentarse a mi lado y disfrutar a sus anchas del concierto privado.

Durante medio minuto, dejé que el ukelele hablase por mí, marcando el ritmo, dándome la entrada. Sin la batería, la versión que intentaba interpretar perdía algo de fuerza, pero esa era la canción que había acudido a mis dedos cuando los había posado sobre el pequeño mástil, tan familiar para mí, así que esa era la canción que pensaba regalarle a Dany.

Guns N' Roses llamaba a la puerta del cielo desde mi garganta a la vez que Dany se acomodaba contra mi hombro. Sentí algunos de los mechones platino que en aquel entonces se le disparaban hacia arriba haciéndome cosquillas en la línea del mentón y cerré los ojos para concentrarme en la canción, en lo que esa letra me había hecho sentir cada una de las veces que la había escuchado en el último año. Y me permití perderme: en la cadencia de esa melodía, en la sensación que la madera despertaba en mis yemas, en el silencio que me rodeaba, en la respiración de Danielle calmándose con mi voz.

Tardé unos segundos en despegar mis pestañas cuando terminé. Al hacerlo, lo primero que vi fui el ceño fruncido de Kai y el dolor en su mirada rasgada.

—Tienes un humor de mierda, Keiki.

—Coincido con él, aunque tu gusto musical es impecable —se metió Dany, quien se ganó un chasquido de lengua de mi hermano que se traducía en algo así como «eso no ayuda».

—No intentaba ser gracioso, es solo que... bueno, a veces lo pienso.

—Pues no lo hagas.

—¿En la muerte?

Kai y Dany hablaron a la vez. Él, ordenando; ella, preguntando.

—Sí —le contesté a la segunda—. No es... no es a menudo, ni me regodeo en ello, pero cuando tengo un mal día a veces pienso que hay gente que no sale de esto, de lo que yo estoy viviendo.

—Y hay mucha que sí que lo hace —insistió Kai en un tono que empezaba a sonar enfadado de verdad.

—Lo sé, Kai. Y seguro que yo soy uno de ellos, ¿vale? Pero contemplar todas las posibilidades me ayuda.

—No sé cómo cojones te iba a ayudar pensar que te vas a morir, enano. —A esas alturas, Kai apretaba tanto los dientes para contener los gritos que su cuerpo le pedía dar que le empezaba a doler la mandíbula.

«Para. Para, por favor».

No lo oí. No escuché la súplica que no pronunciaba en voz alta ni el pánico que emanaba de ella. ¿Cómo podría entonces?

—Porque cuando conviertes al monstruo en algo real, en algo que puede enfrentarse, deja de dar tanto miedo.

Lo entendió. Se negaba a admitirlo, pero lo entendió.

—Vamos, Kai, no me digas que tú nunca has pensado en ello.

—¿En que mi hermano la palma? —Su contención empezaba a agotarse, y la insinuación de Dany no ayudó a domarla.

—No, en cómo querrías morir. Venga... Es algo que todos hemos comentado alguna vez. Todos. Qué querríamos que nuestra gente hiciese con nuestro cuerpo, si queremos hacerlo de viejos o siendo jóvenes y dejando un cadáver bonito, si quieres donar tus órganos... ¿En serio me estás diciendo que jamás has hablado de cosas como esas? ¿Tú? Don «precavido es mi segundo nombre». Venga ya, si seguro que hasta tienes hecho un testamento.

No sé si fue por cómo lo planteó, como si fuese algo completamente hipotético y lejano, o porque lo transformó en natural, en un juego que podía terminarse chasqueando los dedos si las reglas dejaban de gustarnos. El caso es que consiguió que el ambiente se calmase y que la muerte dejase de ser tabú.

—Claro que tengo hecho un testamento.

—¿Claro? ¿En serio lo dices como si fuese lo habitual con treinta y tres años?

—Mi madre murió con apenas una década más que yo. No es un delito estar preparado.

—Eres la persona más *viejoven* que he conocido nunca.

Fue curioso, pero hasta yo me di cuenta de que eso no había sido un insulto. Nunca puede ser un insulto si al soltarlo sonríes a la otra persona como Dany sonreía en ese momento a Kai.

—¿Tú sabes cómo querrías morir? —le pregunté a mi amiga.

—La verdad es que no lo tengo muy claro. Si digo que durmiendo plácidamente en mi cama, ¿suena muy manido?

—Suena a lo que querría la mayoría, supongo —le contesté.

—Y ¿cuántos puntos de persona guay pierdo si cito a Bella Swan y digo que «morir en lugar de alguien a quien se ama me parece una buena forma de hacerlo»?

—Pierdes más puntos de persona guay por usar todavía expresiones como «persona guay».

—¿Quién es Bella Swan? —intervino Kai.

—A mí me gustaría poder elegir —lo ignoré—. Ya sabes, no depender de una máquina para respirar, no estar enganchado a un cable para mantenerme aquí —confesé, dejando entrever algunas de las pesadillas más recurrentes que me asaltaban cuando llegaban mis noches y pensaba en una vida en la que la leucemia regresaba una y otra vez.

—¿Quién es Bella Swan? —probó de nuevo Kai.

—Marcharme de este mundo si así lo quiero porque mi cuerpo haya dejado de responderme —seguí sin responderle, tratando de lanzarles un mensaje para un futuro que prefería no plantearme demasiado—, o si mi cabeza decide desconectarse antes de que lo hagan este montón de huesos y músculos. Creo que odiaría ir apagándome como si fuese una de esas lámparas con regulador de intensidad, sin que pulsar el interruptor que me dejase a oscuras fuese una decisión mía.

—¡Que quién es Bella S...!

El grito de Kai quedó ahogado por un llanto que me partió el alma, uno que salió disparado sin avisar de la Dany más rota que vi jamás.

17

Un recuerdo, una madre enferma y una primera vez

Durante no menos de medio minuto, Dany se tapó la cara con las manos y lloró tanto que las lágrimas se le escaparon entre los dedos. Sé que no puedes verla, pero imagínate los primeros diez minutos de *Up* y cómo te pones al vivirlos con el señor Fredricksen… Pues así lloraba Danielle: lamentos, barbillas temblorosas y ruidos de nariz sorbiendo mocos incluidos.

Y entonces, después de que hubiesen pasado unos treinta malditos segundos, levantó la cabeza y, al vernos la cara a Kai y a mí, empezó a reírse tan fuerte que tuvo que agarrarse la tripa.

Miré con preocupación a mi hermano y vi la misma expresión en sus ojos.

—Eh… ¿Dany? ¿Estás… estás bien?

Fue ahí cuando se puso a llorar otra vez.

—Oye, Lani, pequeña… Eh… Vamos.

Kai volvió a acercarse al colchón que compartíamos mi amiga y yo, pero esta vez sus brazos no me buscaban a mí. Rodeó la cintura de Dany con un cuidado que mi hermano reservaba para muy pocas personas, para su *ohana*. Le acarició la nuca desnuda y la arrulló como a un bebé que busca el calor de su madre para sentirse seguro en un mundo que no comprende. Y funcionó.

La explosión de Dany se fue convirtiendo poco a poco en pólvora mojada. Se calmó oculta en el pecho de Kai mientras él rehuía mi mirada, esa que exigía respuestas acerca de la intimidad que ellos emanaban, una que no encajaba para mí.

—Perdón —susurró Dany desde la axila de Kai, donde seguía teniendo enterrada la nariz y la boca—. Habéis debido de pensar que estoy loca.

—Eso ya lo pensaba antes, así que...

El intento de broma de Kai consiguió su objetivo. Danielle salió de su escondite solo para darle un golpe en el hombro.

—¿Quieres contárnoslo? —tanteé yo.

Ella asintió y tomó aire antes de soltar el primer puñetazo directo a la boca de nuestros estómagos.

—En poco más de quince años empezaré a perder todos mis recuerdos. En veinte, es probable que no sepa quiénes fuisteis ninguno de vosotros. Seguramente, para entonces, ni siquiera tenga idea de quién soy yo.

—Dany, ¿de qué estás hablando?

Lo que decía no tenía sentido; sin embargo, la angustia en su voz era tan real que mi mano avanzó sin permiso hasta la suya para agarrarla, para anclarla a mí.

Kai soltó un poco de amarre, aunque también entrelazó sus dedos con los de Dany, convirtiéndolos en las cuerdas que impiden que la cometa se deje vencer por el viento y eche a volar hasta perderse.

—Mi abuela empezó a manifestar los síntomas del alzhéimer a los cuarenta y seis años. Mi madre fue incluso más precoz, a los cuarenta y dos. Murió a los cicuenta y uno, sin entender nada de lo que ocurría a su alrededor y mirándome como si fuese una extraña que la retenía en una casa que ella no conocía.

»Mamá era violista, y muy buena. Mucho. Antes de que se enamorase de mi padre y de que llegase yo, la música clásica era el único amor verdadero que había conocido. Abandonar su país significó renunciar a él y a su puesto de segunda viola en la Orquesta de París.

Lo contaba sin darle importancia, como si hacerse un nombre en un sitio así no fuese algo excepcional. Lo narraba todo con tal carencia de emoción en la voz que solo pude pensar en lo mucho que debía de haberse esforzado durante los anteriores años para que esa historia no la rompiese cada vez que la verbalizaba.

—Cuando volvimos a Francia, después de que mi padre falleciese, trabajaba de dependienta de una pequeña panadería que abrió debajo de nuestra casa y, cuando llevaba un año allí, reunió el valor suficiente para presentarse ante Semyon Bychkov y rogarle que la tuviese en cuenta para una vacante de tercera viola que había quedado libre en la Sinfónica parisina. Acabaron accediendo a hacerle una prueba, y no lo consiguió. Me contaba esa historia a menudo, explicándome con pena que volar demasiado alto puede hacer que la caída sea demoledora.

El rostro de Dany se ensombreció un poco. Noté la manera en la que se mordió el carrillo por dentro, disgustada, e imaginé a su madre compartiendo esa tristeza con una niña pequeña, contándole que los sueños se rompen en vez de animándola a cumplir los suyos.

La madre de Dany no me cayó bien en ese momento.

—Llevaba mucho tiempo sin ensayar, sin dedicarle al instrumento las horas que un puesto como el que solicitaba exigía, volcada en cuidarme a mí ella sola y sin tiempo para casi nada más. No supo reponerse bien de aquel golpe, aunque la música no dejó de formar parte de su vida. Me enseñó a tocar la guitarra, el ukelele y a tontear con la viola, aunque nunca fueron las cuerdas que más me tentaron.

En la media sonrisa que le sacó el recuerdo vislumbré a la Dany de siempre, y deseé que terminase de contárnoslo todo para volver a enterrar a su madre, por muy cruel que eso sonase. No quería el recuerdo de aquel fantasma convirtiendo a Danielle en una sombra de la chica de pelo rosa y lengua descarada que había conocido meses atrás en nuestra playa.

—No sé si dejar la música tuvo algo que ver con lo que le pasó, ¿sabéis? Me lo he preguntado a menudo. Dicen que tocar instrumentos activa casi todo el cerebro, que trabajas más las cortezas visuales, auditivas y motrices. A lo mejor si no hubiese conocido a mi padre, si yo no hubiese nacido, si no hubiese abandonado su primer amor... No sé, puede que no hubiese acabado así.

No nos mira ni a Kai ni a mí. Está perdida; en sus recuerdos, sí, y también en una pena que se me contagia.

—No sé... —repite—. Lo único seguro es que, al cumplir los trece, me di cuenta de que mamá tenía deslices. Olvidaba tonterías, pero, si le preguntaba sobre ellas, me mentía. Y, si la increpaba por mentirme, se ponía a la defensiva. Un par de años después, cuando las faltas empezaron a ser tan graves como para no poder ser ignoradas, me acusó de tenderle trampas, de colocar las cosas en sitios diferentes, de tirar otras o hasta de conspirar para que perdiese la cabeza y poder internarla para quedarme con su dinero.

»Pasó todo un año más hasta que conseguí que accediese a ir al médico, y solo lo logré porque entonces ya tenía lapsos en blanco tan grandes que se dejaba hacer como si fuese una niña pequeña, aunque, después, la rabia volvía con una agresividad desmesurada.

Al llegar a esa parte de la historia, Dany tiró con suavidad de sus propias manos, pidiéndonos permiso a Kai y a mí para recuperarlas. En cuanto la soltamos, se revolvió el pelo con nerviosismo, dejando cada pequeño mechón apuntando a un sitio diferente.

—Cuando nos dieron un diagnóstico, mi madre no se extrañó. «La maldición de las mujeres de esta familia, mi niña». Así se refirió a ello. Me hice un estudio genético para ver si yo podría desarrollar también alzhéimer familiar en cuanto cumplí los dieciocho y me dijeron que no había evidencias de que yo hubiese heredado la mutación genética que me condenase de forma segura, pero detectaron que era portadora del APOE4, un gen de alto riesgo a la hora de desarrollar alzhéimer, así que... Ese será mi castigo, supongo.

—¿Tu castigo? —La voz me salió ahogada, no pude evitarlo.

—Por no ayudarla, por no ser capaz de ayudarla como ella quería que lo hiciese.

Dos lágrimas más brotaron de sus ojos, gruesas y pesadas. Cayeron a plomo sobre su escote y dibujaron un río hacia abajo, disipadas para siempre.

—Lani, cariño, no sabemos a qué te refieres. —Las palabras de Kai sonaron angustiadas, cargadas de un dolor que solo podrás comprender si alguna vez has querido tanto a alguien como para desear con todas tus fuerzas poder matar todos sus demonios.

—Antes de convertirse en un cascarón vacío, en uno de esos pájaros que te observa ladeando la cabeza de un lado a otro mirándote con ojos ausentes, sin entender nada de lo que ocurre a su alrededor, ella me pidió que la ayudase.

—Pero tú... ¿Te marchaste? ¿La dejaste sola? —intentó comprender Kai.

—No. Estuve con ella todo el camino, pero no la dejé dar los pasos que ella quería. Es... complicado. Al principio, la carga de trabajo que supusieron sus descuidos fue horrible, aunque llevadero. Tenía que estar pendiente de ella para que no saliese sola a la calle y se desorientase o para que no prendiese la casa hasta los cimientos por dejar un cazo de leche al fuego. A pesar de todo, podía con ello. El poco dinero que mamá había heredado de sus padres, junto con sus ahorros y las prestaciones por enfermedad nos dieron para contratar a una mujer que me echase una mano para que mis estudios no se resintiesen. Acabé el instituto con nota suficiente como para entrar en Medicina y, entonces, unos cuatro años después del diagnóstico, se desató un caos que no vi venir.

¿Recuerdas que al principio de esta historia te dije que a veces era una pasada poder escuchar lo que pensaba la gente de tu alrededor? Pues déjame decirte que, en ocasiones, también es una auténtica mierda.

No sé cómo, pero lo siento. Ahora puedo sentirlo. La presión en su pecho, la pena que inunda cada átomo de su ser, la vergüenza, la culpa. Todo. Todo se me acumula entre las costillas, apretándome, convirtiéndose en algo palpable, pesado.

Y las veo, tantas y tantas escenas que querría hacer desaparecer, igual que lo desea ella, a pesar del pánico que siente cada vez que se imagina olvidando una parte de su vida, adentrándose en un limbo de amnesia y nada.

Su madre, asustada, desorientada, gritándole, arrojándole cosas, llorando, sin reconocerla.

Lágrimas, tantas como para ahogarse en ellas.

Noches despertándose con chillidos aterrados cuando su madre se despertaba sin saber dónde estaba ni por qué la casa de su infancia, esa en la que debía vivir la niña que ella era en su propia memoria, había cambiado tanto.

Canciones en francés susurradas con dulzura, mientras aquella mujer le atusaba el pelo y dejaba que su cabeza reposase tranquila en su regazo. Hasta que un ataque la engullía y el vacío lo ocupaba todo.

Incomprensión. Angustia. Confusión.

Y tantas preguntas que llevaban por protagonista a su padre que el corazón no las soportaba todas. Siempre él, sin mencionarla a ella, negando que hubiese una hija que hubiese nacido de ese amor que ella evocaba a cada momento. Hasta que también él desapareció. Hasta que solo quedaron las canciones, esas que su memoria no conseguía borrar, las que salían disparadas solas de sus dedos si Dany colocaba una viola en las manos de su madre, como si fuese magia, igual que si todo pudiese eliminarse menos una vida en rosa y todo el miedo del mundo.

—Empeoró muy deprisa, hasta el punto de que el mundo se convirtió para ella en un pozo oscuro con muy pocos rayos de luz. —Así fue como Dany nos resumió la pena que la comía por dentro, con dos simples frases y un encogimiento de hombros—.

Y fue en uno de esos escasos momentos de lucidez cuando me lo pidió. «Ayúdame, Danielle, ayúdame a que pare. No quiero esto. No quiero vivir así. Haz que pare ya».

Se le rompió la voz; y a Kai y a mí, el corazón.

—Me pasé la noche entera pensándolo, llorando desconsolada al ponerme en su lugar, imaginándome que le pedía un favor tan enorme y que asusta tanto a alguien que quería y que ese alguien me daba la espalda. Así que al día siguiente fui a hablar con un amigo que estaba en primero de carrera, igual que yo, pero estudiando Veterinaria en vez de Medicina, y le pregunté si podría conseguirme pentobarbital sódico.

—¿Qué es eso? —pregunté con miedo.

—Un barbitúrico que se utiliza para sacrificar a los animales que lo necesitan.

El silencio que siguió a aquella explicación fue tan pesado que hizo que los tres encogiésemos un poco los hombros al sentirlo sobre nosotros.

—¿Lo… lo hiciste?

—Lo tuve en la mano —admitió con la mirada perdida, cristalina, lejos de allí—. Pude hacerlo, pude darle lo que ella quería, o lo que necesitaba. Ese final del que tú hablabas, Akela, uno en el que tú decides cuándo apagar la luz. Y no fui capaz. No pude. Y no pude por mí, no por ella. No pude porque necesitaba a mi madre, aunque fuese esa versión ya mansa de la mujer fuerte que una vez había sido, la que me abrazaba sin saber si era su hija o una vecina que pasaba a saludar, esa que vivía tan medicada que su sonrisa parecía más una burla que una muestra de alegría.

—Dany, eso no te va a pasar a ti.

Kai sonó tan seguro que por un momento me planteé si era capaz de alterar el futuro a su voluntad. Luego me di cuenta de que si eso fuese así, yo nunca habría estado enfermo y él jamás habría tenido que echar de menos a mamá.

—Yo creo que sí, pero… En fin, si es lo que termina tocándome tampoco es que pueda hacer nada más que atesorar tantos momentos que alguno acabe quedándose dando vueltas por mi cabeza, sin que el alzhéimer pueda echarlo.

—¿Eso es lo que haces? ¿Por eso siempre estás moviéndote, haciendo cosas, descubriendo sitios?

Se encogió de hombros una vez más, como si todo lo que estaba saliendo de ella esa tarde, ya casi convertida en noche, no fuese tan importante. Una forma de protegerse, otra más de las muchas que Dany creyó necesitar.

—Por eso y porque casi todo lo que hago mola bastante.

Regresó a los recuerdos de sus viajes para que nos convenciésemos de que tenía razón, y ni Kai ni yo se la quitamos. Le permitimos alejarse de sus fantasmas entre bromas algo forzadas para devolver un ambiente menos lúgubre a nuestro presente mientras las piezas encajaban en nuestra cabeza: la muerte de su madre, que coincidía con la época en la que había dejado la carrera; la necesidad de viajar durante un tiempo después de pasar varios años encerrada en una misma casa; el miedo a los hospitales, a las enfermedades... Todo se ensamblaba sin dificultad, dándonos al fin una imagen completa de la chica que había puesto patas arriba nuestro mundo.

Danielle había empezado a relatarnos ya su verano en Marruecos, en esa especie de diatriba sin fin en la que se había embarcado para distraerse, cuando escuchamos la voz de Agnes desde la entrada. Eric, Piper y ella venían a reclamar su ratito diario a mi lado. La mañana había sido de Gia y sus deberes; la hora de la comida, de Frank y su ajedrez; y Dana había estado conmigo hasta que Dany había llegado con Carotte; así que los demás exigían su horario de visitas para poder jugar en paz al Rummy antes de la cena.

—Venga, vosotros dos, fuera. —Agnes acompañó la orden dada a Kai y a Dany con una par de palmadas contundentes y una elevación de cejas que no admitía replica antes de colocarse la mascarilla.

No las usábamos a menudo estando en casa, pero Kai se quedaba más tranquilo si se las ponían cuando había más de dos personas conmigo en la habitación.

Mi hermano levantó las manos en alto en señal de rendición y se giró hacia Danielle.

—¿Te apetece un paseo por la playa para despejarnos?

Por toda respuesta, Dany lanzó un beso al aire en mi dirección antes de desaparecer por la puerta dando pequeños saltitos. Solo Kai y yo notamos que llevaba la cabeza gacha en un intento por ocultar a los demás unos ojos que no habían perdido por completo la hinchazón que el llanto había provocado en ellos hacía un rato.

—Eh, tú —chisté a mi hermano—, mañana voy a querer una explicación de lo que ha pasado aquí hace un rato.

—No te entiendo.

—De vosotros. Pasa algo, no soy idiota.

Kai se mordió el labio intentando escatimarme una sonrisa, aunque la vi.

—Si os entra hambre antes de que hayamos llegado, hay comida de sobra en la nevera y un puré de verduras ligero para Akela, servíos lo que queráis —gritó ya emprendiendo la marcha para alcanzar a Dany.

Cuando se puso a su lado, en el *lanai* de nuestra cabaña, se dio cuenta de que Danielle llevaba al hombro una de las toallas que Kai guardaba en el guardarropa de la entrada.

—¿Y eso?

—He pensado que podíamos ir a darnos el lote a la zona del Waioli Beach Park, seguro que está desierta a estas horas.

A Kai le entró la risa tonta ante la expresión que había usado Dany para referirse a las noches que compartían a escondidas, tan adolescente como él se sentía al estar con ella.

—Vamos, anda.

Tardaron quince minutos en llegar, y solo el viento tranquilo de la noche que ya caía sobre Hanalei los acompañó hasta allí, eso y los chistes malos que Kai recuperó de su memoria solo para conseguir que Dany se riese de nuevo igual que hacía siempre.

Fue ella la que eligió el sitio en el que estirar la toalla, un rincón metido entre rocas lo bastante apartado como para ser tildado de escondite. Cuando Kai se sentó, Dany no se molestó en fingir que pretendía hacerse un hueco a un lado, solo se aovilló en el regazo de mi hermano y respiró profundo, igual que si acabase de encontrar un remanso de paz en medio de una tormenta eléctrica.

Kai los balanceó a los dos en silencio durante un momento, dejando que las yemas de sus dedos bailasen alrededor del trozo de la cintura de Danielle que había quedado desnuda al subirse su camiseta cuando se acomodó sobre él.

—Gracias por compartir ese pedazo de tu vida con nosotros —se atrevió a susurrarle al oído, sin tener que especificar a qué se refería.

—No me ha gustado tener que hacerlo. No me gusta recordar esos años.

—Y eso que a ti te gusta casi todo —intentó bromear él para dejar atrás por esa noche las confesiones que dolían y que nunca desaparecían por completo.

—No es verdad.

—Claro que sí.

—Que no.

—Lani…

—Solo me gustan las cosas que me hacen reír, o llorar, o estremecerme de una forma buena. Vale, sí, también me gustan, a veces, las que me hacen enfadar. Supongo que me gustan las cosas que me hacen sentir. No sé… Sí, vale, me gustan muchas cosas.

Se rio igual que lo haría una niña pequeña que acaba de decir una obviedad, pero no lo era. Era una verdad que habría que recordar más a menudo: es bonito vivir sabiendo disfrutar de tantas cosas.

—Bueno… Yo a veces te hago reír y a menudo te hago enfadar. Supongo que ahí tengo la respuesta a por qué te gusto al menos un poco.

—¿Era una pregunta que te hicieses? ¿Por qué me gustas?

—A menudo. —Kai sintió la sonrisa que se le dibujó a ella contra su cuello y le gustó ser el responsable de la curva más bonita del mundo.

—Me gustas por muchas cosas, aunque creo que la que más pesa es que me recuerdas a mí, y yo me gusto mucho.

Dany le golpeó el hombro cuando Kai soltó una carcajada que podría haber escuchado Agnes desde su casa.

—Shhh. Vas a conseguir que nos oiga algún turista y que venga a fisgar —le susurró ella de una forma que consiguió que el murmullo sonase a grito.

—Perdón, tienes razón. Es que... No consigo adelantarme a tus respuestas por muchas que imagine. Y, por cierto, no sé en qué podría recordarte yo a ti; somos lo más antagónico que puede concebir mi cabeza.

—Eso es porque tienes poca imaginación y la mente algo cuadriculada.

—Vaya, gracias.

—Pero también tienes un instinto de protección increíble y un sentido de la fidelidad hacia quienes quieres que me desarman la mayoría del tiempo. Eres cínico y gracioso, y también muy guapo, aunque eso ya lo sabes.

Kai aumentó sin querer un poco el volumen de su risa y la fuerza con la que abrazaba a Danielle.

—Y me gustas porque, en un mundo lleno de momentos malos, donde la gente pierde a su madre antes de lo que toca y el chico más increíble del mundo tiene leucemia, tú me recuerdas que quedan muchas cosas buenas ahí fuera.

—Lani...

Dany no le dejó seguir. Lo calló con un beso, y otro, y con otro más. Un sendero entero dibujado por sus ojos, por su nariz, por su mandíbula. Un camino con meta en sus labios, que se abrieron al sentir el roce de su lengua.

—Solo te falla esa necesidad tuya de estar siempre preocupado, alerta —consiguió añadir ella cuando la cabeza dejó de darle vueltas y recuperó la capacidad de razonar.

—Bueno… No es que la vida no me haya dado motivos para ser precavido.

—Lo sé, pero es que hay algo que aún no has entendido, Kai: todos llegamos al mundo para acabar marchándonos de él. Si solo te preocupas por permanecer un día más en la Tierra te olvidas de disfrutar del que estás viviendo.

El silencio que vino después no les pesó a ninguno de los dos, quizá porque lo llenaron de caricias lentas y rítmicas en la espalda de él y de roces pequeños de su nariz contra la clavícula de ella. O a lo mejor es que ya habían aprendido a decirse cosas sin hablar, aunque Kai quiso sacarse del pecho una más.

—Tiene diecisiete años, Lani. No estoy preparado para decirle adiós, para pensar siquiera en que tenga que hacerlo.

—Nunca se está preparado para despedirse de alguien a quien quieres, Pili Mua.

La apretó contra sí más fuerte, solo un poquito, lo justo para que ella lo entendiese.

«No te vayas. No quiero que tú te vayas otra vez».

Los besos fueron más caóticos esa noche, menos medidos, más de verdad. La necesidad pasó de los labios, se extendió por sus brazos y estalló en sus estómagos, esos que estuvieron desnudos y pegados pocos minutos después.

No puedo contarte qué pasó luego, porque no voy a quedarme aquí a ver a mi hermano y a Dany haciendo el amor. Solo las estrellas fueron testigos de esa primera vez, pero sí que te puedo decir esto ahora, al sentirlo igual que lo hicieron ellos: cuando sus pieles se descubrieron, algo en el pecho de ambos dejó de pesar tanto como lo había hecho hasta ese momento.

18

Una Tarde cualquiera, una bicicleta estática y una pizca de esperanza

—Si vas a soltar la pieza, acuérdate de ponerle el marcador para no perder la puntada, Akela.

Bufé a nadie en particular, aunque Agnes y Piper me devolvieron el gesto de aburrimiento a la par, como si estuviesen coordinadas, y con un claro tono de burla. Sabían que eso del croché me estaba relajando y gustando más de lo que estaba dispuesto a admitir; claro que, con la cantidad de días que llevaba tirado en una cama sin nada que hacer, es posible que me hubiese entretenido hasta la pesca con mosca.

Desde hacía unos tres días me encontraba mucho mejor. Diciembre había llegado para darme una tregua y llevarse por completo las diarreas y los pies hinchados e hipersensibles, a pesar de haber traído con él el estreñimiento crónico; pero como también me había regalado algunas llagas en la boca que me impedían comer bien, tampoco es que fuese el peor efecto secundario del mundo, o al menos no para mí, que ya había experimentado en mis ciclos anteriores de quimio lo que era tener que estar enganchado a una sonda de alimentación por culpa de los vómitos permanentes.

Dejé la pieza que tenía mediada, y que aún no se parecía en nada al cuadrado de algodón que debía terminar siendo, y me puse de pie para dar unos cuantos saltos en el sitio y estirar las piernas. Hice crujir mi cuello y empecé a pasear por la habitación con calma, mirando el trabajo de las demás.

—Vaya, María, te está quedando genial. En cuatro días eres una profesional de esto —la animé.

Mi enfermera había llegado hacía dos horas, había hecho todas las comprobaciones pertinentes, había hablado en el salón con Kai sobre mi inminente nueva visita al hospital y luego había preguntado tímidamente qué estábamos haciendo.

Le explicamos lo de mi lista, lo complicado que nos pareció hacer un postre decente en un dormitorio sin contar siquiera con una cocinita de gas y la improvisación sobre la marcha de mis vecinas para acabar optando por enseñarme a hacer ganchillo.

—Queremos tejer una manta de colores con retales. —Juro que la cara de María se iluminó como un faro en mitad de una noche de tormenta—. ¿Te apetece apuntarte? —le ofreció Agnes.

María se movió tan rápido que ni la vi agarrar la aguja que mi vecina le tendía antes de sentarse en el suelo, al lado de su sillón, y mirarla como si fuese Yoda a punto de desvelarle el secreto sobre la vida.

Y que sí, que aquello no estaba mal, pero mi segundo ciclo de quimioterapia empezaba en una semana —a no ser que la leucemia hubiese decidido huir despavorida después del primero, cosa poco probable— y yo tenía fuerzas por primera vez en muchos días como para hacer algo más que estar en horizontal. Quería sudar un poco.

Y, de repente, vi la luz.

—¡Kai!

Todas las mujeres de la habitación dejaron de tejer para mirarme, esperando a ver qué se me había ocurrido.

—¡Kaiiiii! —volví a probar cuando pasó casi un minuto y mi hermano no contestó.

—Voy, voy, voy. ¿Qué pasa? ¿Qué va mal? ¿Qué necesitas?

Apareció por el pasillo con el pelo revuelto y la camiseta con las costuras del revés, seguido de una Dany que iba poniendo los ojos en blanco y abrochándose su *short* vaquero.

—¿En serio? Sois como monos.

Él tuvo la decencia de ponerse un poco rojo y ella me sacó la lengua y se puso bizca.

La misma noche en la que Dany nos habló de su madre, cuando ellos dos regresaron de su paseo por la playa, entraron en casa de la mano y no se soltaron al aparecer en el quicio de mi puerta.

No hubo más explicaciones, no nos parecieron necesarias a ninguno de nosotros; desde esa madrugada, en cuanto desaparecían más de quince minutos, volvían siempre con la ropa a medio colocar y las sonrisas mordidas para que no les partiesen la cara en dos.

Sé que mi hermano aún tenía miedos entonces, pero había aceptado que Dany era un regalo aunque terminase desapareciendo con el tiempo y que uno no puede esconderse de la inmensidad del cielo, solo dejarse arrastrar por él y bailar entre las nubes, esperando que la caída te dañe pero no acabe contigo.

Kai se dio cuenta de que ignorar sus sentimientos no había funcionado, así que decidió probar a ignorar sus dudas.

—¿Qué necesitas? ¿Te duele algo? —insistió él al llegar hasta mí, mirándome de arriba abajo sin tocarme. Echaba de menos eso, los abrazos, el contacto. Cuando entraban en mi habitación, limpios y desinfectados, a veces me tomaban de la mano, y hasta ese mínimo roce me calentaba el pecho de una forma extraña, como si hubiese olvidado, después de mi primer ingreso en el hospital, que poder estrechar entre tus brazos a la gente que te importa es un privilegio que no deberías dar por hecho.

—Estoy perfectamente, cálmate.

—Enséñale lo bonito que te está quedando tu retal, cariño —gritó Piper desde detrás de mi hombro.

Levanté los nudos de algodón que había tejido hasta el momento para no disgustar a Piper y porque, qué narices, me había quedado bastante bien.

—Eh... Es muy bonito, Keiki.

Dany carraspeó una risa mal disimulada ante el tono que usó Kai, como si yo fuese un crío de tres años que le enseñaba a sus papás el dibujo que había hecho en el colegio y que ellos colgarían en la nevera sin saber si se trataba de un perro o de una margarita.

—No te llamaba por eso.

—Ah. Entonces...

—¿Sabes si Dana todavía tiene la bicicleta estática esa que acabó usando de perchero?

—Supongo que sí.

—Ya os aseguro yo que sí. Ahora la utiliza como toallero —se chivó Agnes.

—¿Podrías preguntarle si me la presta unos días? —le pedí a Kai.

—¿Puedes hacer ejercicio? —se extrañó Dany.

—Sí. De hecho, se lo recomendaron los médicos cuando estuvo ingresado tantos meses la otra vez; aunque sin pasarse y solo los días que se encontrase bien. En la habitación del hospital tenían un cacharro de esos, imagino que por eso te has acordado, ¿no, enano?

Asentí al mismo tiempo que veía la esperanza extenderse por los ojos de Kai. Que me encontrase con fuerzas como para querer empezar a moverme más era una buena señal, y ambos lo sabíamos. Llevaba ya un tiempo pensando en ello, notándome preparado. Había perdido demasiado peso y me sentía igual que una pluma a la que se la lleva el aire en cuanto sopla una racha minúscula de viento. Quería ganar algo de tono muscular.

—Vale, pues voy a necesitar uno de tus calzoncillos, Kai.

—¿Qué? —la esperanza quedó sustituida muy deprisa por la confusión en el rostro de mi hermano en cuanto Dany volvió a abrir la boca.

—¡Puaj! No quiero saber qué juegos raros os traéis, en serio —me quejé yo.

—Vosotros dos tenéis un tabú muy raro con esto de hablar de sexo con el otro y empieza a preocuparme. Akela, Kai te explicó de dónde vienen los bebés, ¿verdad?

—Eres idiota —le soltamos mi hermano y yo a la vez, aunque no se escuchó muy bien por culpa de las risas de las tres mujeres que seguían haciendo ganchillo detrás de mí.

—No tengo pantalones de deporte. Unos *boxers* de Kai son lo más parecido que se me ocurre ahora mismo —acabó explicándose Danielle.

—No tienes que hacer ejercicio solo porque yo lo haga.

—Si piensas que te voy a dejar solo montando en esa bici mientras yo como ganchitos tirada en tu cama, es que aún no has entendido de qué va esto, colega —soltó mientras nos señalaba alternativamente a ella y a mí.

Al día siguiente, después de que Kai limpiase la bici de Dana tres veces y de una charla interminable sobre esforzarme con responsabilidad, sin pasarme ni cruzar mis límites, la bicicleta estática estaba colocada en una esquina de mi habitación junto a una esterilla en la que Dany hacía un montón de posturas de yoga a la vez que me explicaba el nombre de cada una de ellas y cómo pensaba ponerlas luego en práctica en la cama con Kai mientras yo fingía que me daban arcadas y me reía.

Porque resulta que de eso iba aquello.

De lograr que el otro se riese de la vida hasta cuando esta quería que llorases.

De estar juntos haciendo nada y todo.

De disfrutarnos. De sentirnos. De querernos.

De apoyarnos.

Juntos, siempre juntos.

19

Un segundo ciclo, una vuelta a casa y una Navidad a medida

El inicio del segundo ciclo de quimio fue como casi todo aquellos últimos meses: duro y bonito a la vez.

No me mires así, algo terrible puede llegar a tener su lado bueno si sabes mirar; y yo, gracias a Dany, me había vuelto un experto en distinguir las cosas de la vida que me hacían sonreír.

Tuve que quedarme una semana ingresado de nuevo, con las visitas limitadas a una persona por vez en la habitación y un solo cambio de turno, con horas muy largas conectado a una bolsa de plástico y a una vía en mi brazo y con mi nueva esperanza bailando con la incertidumbre de si, unos días después, regresarían los efectos secundarios más crudos de aquel veneno que debía curarme el cuerpo.

¿Que dónde estaba la parte bonita? En que el veneno sí me estaba curando el cuerpo. Las pruebas mostraban una respuesta muy positiva al tratamiento, tanto que el doctor Brown empezó a hablar de intensificar la búsqueda de posibles donantes de médula.

Kai se había hecho las pruebas el mes anterior, pero no era compatible conmigo, así que habían incluido mi nombre en la lista de espera, cruzando los dedos para que apareciese pronto un donante no emparentado que pudiese darme la opción de un trasplante alogénico.

Volví a casa el doce de diciembre, algo más cansado de lo que me había marchado, pero feliz. Sí, feliz de verdad, disfrutando de poder ver de nuevo a mi familia y de acabar con dolor de cabeza al final del día después de que todos se apelotonasen en la puerta de mi habitación, sin pasar del todo, hablando a la vez por debajo de sus mascarillas y quitándose la palabra para contarme qué tal había estado todo por allí en mi corta ausencia.

Kai y Eric eran las dos personas que más tiempo habían pasado conmigo en el hospital, hablando con médicos, barajando posibilidades y encargándose de todo, relevándose el uno al otro para sacar tiempo para teletrabajar y asegurarse de que yo no me aburría demasiado. En esa segunda tanda de quimio, imagino que mi cuerpo tenía ya menos defensas y los doctores nos recomendaron hacer como en mi primer ingreso, un año atrás: un par de personas que se alternasen para hacerme compañía, limitando contactos que pudiesen hacer que contrajese alguna infección o interrumpiesen la buena marcha de mi tratamiento. Así que te puedes imaginar la locura que resultó mi vuelta a casa cuando nos aseguraron que el riesgo había vuelto a parámetros aceptables.

Hacía apenas diez minutos que Eric me había dejado en la cabaña antes de volver a su oficina. Kai estaba terminando de ayudarme a acomodarme en la cama cuando oí abrirse la puerta de la entrada. Casi se me paró el corazón del susto en el mismo momento en el que seis cuerpos bloquearon en tropel el umbral de mi cuarto, gritando para hacerse oír sobre los demás.

—Cariño, qué alegría que estés en casa de nuevo. —dijo Piper.

—Tenemos que seguir con la manta, nos falta tu nuevo retal y estamos superparadas, aunque María se ha ofrecido a hacerlo por ti por si volvías fatigado. —siguió Agnes.

—He comprado un tablero de damas. ¿Sabes jugar a las damas? A lo mejor no, los jóvenes de ahora no sabéis casi nada.

—Gracias, Frank, yo también me alegro de verte.

—No seas ridículo, chaval, claro que me alegro de verte. ¿Entonces?

—¿Entonces qué? —intenté seguirle.

—¿Sabes jugar a las damas?

—Ah, no, Frank, primero la colcha. A no ser que no quieras, Akela, claro. ¿Le digo a María que lo vaya tejiendo ella?

—¿Tienes hambre? ¿Te han vuelto las náuseas? Si vienes con apetito, puedo hacerte unas tartaletas de frutas —se ofreció Dana, aunque no me dio tiempo a contestarle antes de que Magnus saltase.

—Siempre hay apetito para unas tartaletas. Venga, vamos, que yo voy haciendo la crema pastelera.

Esos dos desaparecieron sin más. Y ahí fue cuando vi a Gia, que me miraba con ojos culpables.

—Ahora yo soy la *kahu* de Carotte.

—¿Qué?

—Tienes que buscarte otra mascota, niño. Carotte ahora está a mi cargo.

—¡No puedes robarme mi conejo, Gia! —No sé por qué me ofendí tanto. La verdad era que el pobre animal me daba un poco igual, ni siquiera había podido sostenerlo en brazos aún.

—Acabo de hacerlo. Era o Dany o yo.

—¿Qué dices?

—Ella también quería ser su protectora.

—¿Dany iba a robarme mi conejo?

—No te lo iba a robar porque las mascotas no son posesiones que se quiten, niño. Pero sí. Lo vi en su cara. Viene a verlo demasiado a menudo. Lo quiere, pero yo más, así que ahora soy su *kahu*. Puedo buscarte un perro si quieres ser guardián de un perro.

Dudé un segundo, sin saber muy bien qué contestar a eso.

—Eh… Creo que me gustan más los gatos.

Gia asintió solemne, como si acabásemos de cerrar el trato más importante de nuestra vida, y luego solo dijo:

—Un gato será.

—Cariño, lo de la manta…

—Déjate de mantas, ahora vamos a jugar a las damas. Es mi turno de estar con él.

—No lo dirás en serio, viejo. Piper y yo nos lo pedimos antes —se encaró Agnes con Frank.

—Akela, ¿las tartaletas las quieres con fresas y plátano o con piña y kiwi? —gritó Magnus desde la cocina.

Creo que el agobio empezó a ser más que evidente en la rigidez de mis hombros, porque Kai intentó dar un paso adelante para conseguir un poco de orden, aunque no llegó ni a decir la primera palabra.

Frank fue el primero en soltar un grito sorprendido. Piper lo siguió casi al momento, y Agnes y Gia no tardaron ni cinco segundos en imitarlos. Todos ellos acompañaron el chillido con un instintivo movimiento hacia abajo para agarrarse los tobillos.

Cuando miré en esa dirección, distinguí lo que parecía un nido azul arrastrándose por el suelo con un par de codos acoplados a los lados a modo de remos.

Dany se coló entre los pies de todo el mundo y reptó hasta llegar al lado de mi cama sin que nadie lograse decir una palabra, seguramente debido a que nos habíamos quedado demasiado asombrados como para reñirla por dedicarse a pellizcar a la gente para abrirse paso. Bueno, todos menos Kai.

—De eso nada, señorita. No, ni de broma. Sal de aquí ahora mismo. ¿Te has arrastrado por el suelo de media casa y ahora pretendes quedarte con Akela llena de bacterias y ácaros?

—¡Pero si limpias tanto el maldito suelo que podríamos comer en él!

Mi hermano la levantó sin esfuerzo rodeándole la cintura con un solo brazo, algo que me pareció digno de aplauso porque, aunque Dany era delgaducha, también era bastante alta. Estoy seguro de que rondaría los sesenta kilos.

Ella consiguió sacar algo que llevaba metido en la parte de atrás de la cinturilla de su pantaloncito corto antes de que Kai se la colgase del hombro como si fuese un saco de patatas.

—¡*Kele Kalikimaka*, Akela! ¡En cuanto me deshaga de este hombre de las cavernas, me lavo y vuelvo a pintarlas contigo! —vociferó desapareciendo ya por el pasillo de gente que mi *ohana* había formado para esos dos.

—Feliz Navidad para ti también, Dany. ¡Me gusta lo que te has hecho en el pelo! —grité yo en respuesta.

Desde algún lugar del fondo de la cabaña sonó un lejano «gracias» mientras yo abría la caja que ella casi me había tirado. Dentro había una docena de bolas blancas de un material parecido al yeso con un colgador dorado en la parte superior de las esferas.

—¿Qué es eso? —preguntó Frank, que parecía haberse olvidado de las damas por un momento.

—Los adornos para el árbol, por supuesto —le respondió Danielle como si nada, apareciendo de nuevo sin avisar, todavía secándose las manos y buena parte de los brazos—. Hay otro par de docenas en la cocina de Bob, en el armario de los cereales, por si queréis ir a por ellas y pintar alguna ahora.

—Me estoy perdiendo —reconoció Gia.

—El otro día me contaste que el año pasado no pusisteis ninguna decoración navideña en casa porque Akela había ingresado en el hospital en noviembre y tuvo que pasar unos cuantos meses allí —explicó Dany mirando a mi hermano—. Pues este año sí que está en casa, y a lo mejor no se nos permite hacernos con un abeto enorme que lo manche todo y llene de púas el salón, pero sí que podemos traerle la Navidad a Akela.

Volvió a colarse dentro de mi cuarto y sacó una bolsa de plástico de dentro de mi armario.

—Lo dejé todo aquí porque ya está desinfectado y no quería que anduviese dando vueltas por todos sitios y manchándose, aunque puedo limpiarlo si quieres de nuevo, Pili Mua, sé que te pone nervioso no controlar lo que entra en contacto con el enano.

—¿Qué es? —indagó Kai con una media sonrisa ya asomando a sus labios. Era un gesto que no me cansaba de ver en su cara, tan inconsciente, tan natural desde la llegada de Dany.

—Pintura no tóxica especial para niños, cables de luces y una estrella de madera.

—¿Y qué se supone que vamos a hacer con todo eso? —Me di cuenta de que ya había aceptado cualquier cosa que ella hubiese pensado. Era así de fácil. Dany se ilusionaba por el mundo y tú te contagiabas de su forma de verlo todo. Era inevitable. O quizá sí que te pudieses resistir a ello. No lo sé, nunca lo intenté, dejarse llevar por ese ciclón era demasiado bueno.

—Una Navidad a tu medida, pequeño.

—Frank, por Dios, ¿qué es eso?

—Una menorá.

—¿Por qué estás dibujando un candelabro judío al lado de mi árbol de Navidad?

—Porque yo soy judío.

—Pero esto es un mural navideño, no un mural de Janucá.

—Dany, la estrella que has pegado en lo alto del árbol este tuyo de acuarelas es cristiana, así que no me vengas con bobadas. ¿Por qué está representada tu religión y la mía no?

—Esto no va de religiones, Frank. Por Dios, que ni tú ni yo somos practicantes.

—¡Ajá! Acabas de decir «por Dios». Lo tienes en la cabeza.

—¡Que esa estrella está en todos los abetos del mundo en estas fechas!

—Pero representa la luz que guio a los Reyes Magos hasta el Portal de Belén, una escena que sale en la Biblia de los cristianos. Unos reyes, por cierto, que llegaron a Jerusalén buscando al rey de los judíos que acababa de nacer. Ju-dí-os.

—Ay, mira, haz lo que te dé la gana.

—Ya pensaba hacerlo.

Eso fue demasiado para Danielle. Daba igual que quien estuviese replicándole le sacase más de treinta años; para ella, si se comportaba como si tuviese cinco, podía responderle igual que si ella acabase de cumplir cuatro.

Metió la mano en uno de los botes de pintura acrílica y le tiñó el pelo a Frank de un azul marino muy parecido al que lucía ella en ese momento.

La mañana anterior, cuando había empezado a esbozar en la pared de mi dormitorio el enorme árbol en el que llevaba trabajando dos días, me contó que se había aburrido tanto sin mí por allí que se había tintado su escasa melena de violeta, pero no le había gustado el resultado, así que había optado por el azul. Era otro de esos tintes temporales que usaba a veces, así que imaginaba que en unos días volvería a su rubio ceniza habitual.

—¡Maldita sea, Danielle!

Kai, Gia, Eric y Dana asomaron la cabeza por el marco de la puerta cuando oyeron el alboroto. Estaban en la habitación de Kai, justo al lado de la mía, pintando algunas de las bolas de poliuretano que Dany pretendía pinchar en las puntas de nuestro nuevo árbol de Navidad. Nos había pedido a todos que las decorásemos como nos diese la gana: con franjas de colores, con purpurina, con tachuelas o simulando que eran las caras de las Tortugas Ninja, lo que prefiriésemos. Yo ya había terminado con la que parecía la Estrella de la Muerte de *Star Wars*, así que en ese momento tenía entre manos el escudo del Capitán América, aunque me estaba costando más de lo que había pensado que me quedase medio decente.

Dana se acercó dos pasos para poner algo de paz entre Dany y Frank, pero el último se dio demasiada prisa en firmar un tratado de guerra. Hundió los dedos en el rojo que estaba usando para rellenar las llamas que salían de las velas de su menorá y dibujó una carretera de cuatro carriles desde la frente hasta la barbilla de Danielle.

Creo que nunca más volví a verla con la boca tan abierta.

En cuanto echó mano del bote verde pino, Frank se apresuró a cargar su palma de nuevo con rojo sangre y la restregó deprisa por la nariz y la boca de Dany, que había empezado a soltar manotazos a ciegas tratando de acertar en las mejillas de Frank.

Yo había dejado de pintar hacía un rato y estaba a punto de pedirle unas palomitas a Dana cuando los gritos de mi hermano detuvieron la pelea, aunque Frank consiguió pegar el lado derecho de la cara de Dany contra la pared antes de que eso pasase.

Hoy por hoy, Kai no ha borrado ese manchurrón carmesí de mi cuarto. No ha vuelto a pintar encima de aquel abeto que empieza a perder el color de sus ramas. Ni siquiera ha descolgado los cables de luces que Danielle extendió de lado a lado, pegados al techo, y que yo le pedí que dejase unas semanas más una vez pasada la Navidad.

No ha borrado ni una sola huella de aquellos meses en los que fuimos felices.

No se ha permitido pensar que él puede seguir siéndolo sin mí.

SÉPTIMA TARJETA:

Pensad un momento en vuestro futuro. ¿Cómo es? ¿Quién está a vuestro lado en diez años?

DANY

—Espera, espera —lo freno cuando termina de leer la tarjeta que sostiene entre las manos—. Esa no es la quinta pregunta, porque la quinta la tengo yo aquí y no pone eso, pone… Uhm… Di tres cosas que… Joder, qué difícil es leer del revés.

—Pues siéntate como una persona normal, que se te va a ir toda la sangre a la cabeza y te va a dar una embolia.

—¿Las embolias se producen por eso?

—Y yo qué sé…

Me da un ataque de risa estúpido y ebrio que me hace retorcerme hasta el punto de que las piernas, que tengo apoyadas en el respaldo del sofá, pierdan su punto de apoyo, lo que provoca que mi cuerpo se escurra hacia abajo por culpa de la gravedad. Mi espalda deja de estar en contacto con los cojines y mi cabeza, que ya estaba a solo unos centímetros del suelo, se choca torpemente contra él.

—¡Auch! —Me froto la zona de mi cogote que se ha llevado la peor parte y me reincorporo con torpeza para acomodarme al lado de Kai, que está sentado en el suelo. Él me sujeta por la cintura y me echa un poco hacia delante, lo justo para crear un espacio por el que pasar y colocarse detrás de mí. Abre las piernas y me acerca a él, hasta que mi espalda calienta su pecho y sus manos mi estómago.

Recupera la tarjeta que he dejado olvidada en el sofá durante mi lenta y bochornosa caída y la lee con un tono aburrido y monocorde.

—«¿Qué tres cosas os encantan del otro?». Y te ahorro buscar la sexta. En esa pone «¿Qué tres cosas odiáis del otro?». Akela no fue demasiado original con estas.

Deja de hablar y deposita un reguero de besos en la línea que dibuja mi cuello. Se ríe bajito cuando nota el escalofrío que me recorre entera. Si el alcohol a mí me ha empezado a soltar la lengua, a Kai le ha derribado un muro de contención entero, ese con el que conseguía disimular que su cuerpo siempre llama al mío.

—Adoro lo leal que eres; esa cosa que haces cuando tú estás encima de mí, ya sabes, lo de mover la cadera en círculos despacio. —Kai gruñe ante mi provocación y me muerde el lóbulo de la oreja, lo que hace que yo apriete un poco las piernas de manera instintiva—. Y que cuides tanto de todo el mundo. Y no me gusta nada que ronques, que intentes disimular que hay cosas poco políticamente correctas que te hacen gracia y que cuides tanto de todo el mundo.

—No puede ser que te guste y no guste la misma cosa.

—Claro que puede ser. Es precioso que te preocupes por tu *ohana*, pero no a costa de olvidarte de ti.

—Sí, tienes razón, sí que puede ser. De hecho, a mí me encanta que seas una tarada y lo odio casi con la misma intensidad.

Arrastra las palabras con esa cadencia pegajosa que el alcohol imprime a la lengua, haciéndola más lenta.

—Pues ya solo te quedan dos cosas más de cada lista por decir y pasamos a la séptima.

—Séptima y última por hoy, por favor. Estoy empezando a quedarme sin fuerzas para esto.

—Las tarjetas no se han terminado.

—Pues seguimos mañana.

Bajo la cabeza para que la melena me tape la sonrisa que se instala en mi cara al pensar en que al día siguiente pueda estar otra vez con él, así, como antes; pero se me olvida que sigo llevando el pelo poco más largo que Kai y que ya no hay cascadas rubias que escondan mi alegría.

—¿Tan contenta te pone tener que seguir con la entrevista a lo Jimmy Fallon desde el Más Allá? —le oigo preguntarme desde mi espalda.

—Las preguntas me dan igual. A mí nunca me ha importado decir lo que pienso o lo que siento.

—Sí, apunta lo transparente que eres como una de las tres cosas que sí me gustan de ti —me interrumpe Kai, aunque yo no dejo que me distraiga de lo que quería decirle.

—Me daba un poco de reparo aceptar quedar contigo para responderlas porque, ahora mismo, no sé si tengo claro ni lo que siento ni lo que pienso de verdad, así que dudaba de si podría responder a muchas de ellas; y porque no sabía si tú querrías estar cerca de mí o preferirías cerrar esto de golpe, sin ventanas entornadas ni despedidas para llorarnos.

Sigue con la boca muy cerca de mi cuello, por lo que el pequeño suspiro que se le escapa entre los dientes me hace cosquillas en la nuca.

—Lo pensé. Pensé en seguir haciéndote el vacío hasta que dejases de insistir.

Me duele. Intento que no se note en la rigidez de mis hombros, en la pequeña separación que, de forma inconsciente, busco entre su cuerpo y el mío, inclinándome cuanto puedo hacia delante, tratando de levantarme, pero Kai me lo impide. Me sujeta por la cintura con tanta fuerza que no estoy segura de si temo que me rompa a mí o que nos rompa a los dos.

—Nunca supiste decirle que no a Gia, ¿eh? —intento bromear, aunque la voz me suena demasiado ahogada como para que ninguno creamos que esto me hace gracia.

—Si ella no hubiese llamado a mi puerta hablando por Akela, pidiéndome que te viese, habría encontrado otra excusa para hacerlo, Lani. Me estaba volviendo loco. Yo... quería odiarte, quería pensar que tú tenías la culpa, que Akela había dejado de luchar porque tú le insinuaste que estaba bien que lo hiciese.

—No era una lucha, Kai. La leucemia, el cáncer, no se combate. Se sobrevive a él o no. No hay gente que gana y otra que pierde, solo personas que deciden cómo vivir.

—Y cómo morir, ¿no?

—Sí.

Le agarro las manos con suavidad para que suelte mi cadera, a la que aún se aferra igual que el cabo que amarra la cuerda que impide que un barco termine perdido en mitad de un mar inmenso y solitario, a la deriva, sin rumbo. Me giro hasta quedar frente a él y ladeo la cara hasta encontrar su mirada, fija en el suelo.

—Kai, la muerte puede asustar mucho, pero suele hacerlo más a los que se quedan que a los que se van.

Una de las comisuras de sus labios se eleva apenas un centímetro hacia arriba antes de que se levante y recoja los dos vasos vacíos que hemos dejado hace rato encima de la mesa del salón.

—Que seas una sabionda va en la lista de las tres cosas que no me gustan de ti. Y que me robes todas mis camisas hawaianas con flores; sí, eso definitivamente va en el tercer lugar de «lo que odio de Dany».

—¡Si nunca te las pones! —me quejo, medio riendo como él y poniéndome ya de pie para seguirlo hasta la cocina.

Lo ayudo a preparar otro par de Mai Tai, porque los que suele hacer él saben más a ron que a zumo y son imbebibles. No sé si nos convienen, solo sé que, si él siente que necesita otro, no seré yo quien le diga que debería cerrar el grifo.

No regresamos al salón, nos quedamos aquí, dando sorbitos pequeños a nuestras bebidas. Él, apoyado en la isla; yo, sentada sobre ella con las piernas cruzadas.

—No sé qué hacer ahora —suelta de repente al aire—. Hace dos días, Eric me llamó para preguntarme de forma educada que cuándo pensaba volver al trabajo. La junta directiva lo está presionando para que me exija regresar o para que solicite una excedencia de manera formal.

—Lo siento.

—Yo no, no en realidad, porque me da igual. Me da igual mi trabajo. Al empezar la carrera, solo buscaba algo que tuviese buenas salidas laborales, que pudiese asegurarme un sueldo decente con el que mantener a Akela. Y cuando llegó la leucemia, solo pensaba en que el seguro médico que me ofreciesen a mí cubriese también a mi hermano. Se han portado muy bien conmigo, pero...

—Pero no te gusta lo que haces.

—No. Me enamoré de los idiomas mientras los estudiaba. Hay algo de mágico en entender a casi todo el mundo que se te acerca, te conecta con la tierra de una manera poco común. Te hace preguntarte qué habrá más allá de las fronteras, cómo entenderán el mundo en otras culturas. Te despierta. A mí me despertó. Y entonces tuve que cerrar los ojos y forzarme a dormir de nuevo, a solo soñar con ello, porque en el mundo real yo tenía responsabilidades importantes, unas que merecían el sacrificio.

—¿Y ahora?

—Ahora esas responsabilidades han desaparecido de la peor manera posible y yo me quedo ciego cuando Akela me pregunta en un jodido trozo de papel cómo veo mi futuro. ¿Y sabes qué es lo peor?

—¿Qué?

—Que de eso tienes la culpa tú.

—Oye, Kai, estás pillando vicio con esto de echarme a mí las culpas de tus cosas.

Le estalla una carcajada ronca en mitad del pecho, de esas que te obligan a echar la cabeza hacia atrás y abrir mucho la boca. Una de verdad, una que Kai no se permite a menudo y que a mí me hace mirarle la boca sin querer.

—No lo digo como algo malo, Lani. Es solo que... me has descubierto una manera de pasar tus días que yo no creía posible. Yo vivía para trabajar y tú trabajas lo justo para vivir. Te centras en otras cosas, no haces planes, te mueves casi por impulsos, y es fascinante verte hacerlo. Es probable que tú no tengas ni idea de cómo responder a la maldita séptima tarjeta.

—No —reconozco.

—Pero esa es la diferencia entre tú y yo, Lani, que a ti no te asusta no saber cómo será tu futuro.

—Te olvidas de una cosa y te equivocas en otra, Kai.

—Ilumíname, mi pequeña sabionda.

—Olvidas que hubo una época en la que yo también sentí cuerdas a las que hubiese querido estar siempre atada de alguna manera. —Por el rabillo del ojo lo veo hacer una mueca disgustada, quizá reprochándose haberme hecho recordar a mi madre—. Se te permite aprender, Kai. Puedes cambiar de opinión, puedes equivocarte, puedes pedir disculpas y puedes estrellarte al lanzarte a una piscina vacía sin que eso signifique que la siguiente no pueda estar llena. La vida evoluciona y tú tienes derecho a evolucionar con ella. Si no te gusta tu trabajo, haz algo al respecto. Si tienes inquietudes que te burbujean dentro, deja que salgan. Piensa en ti, Kai, que ya es hora.

Tres segundos de silencio absoluto y un impulso para situarse delante de mí. Esa es la respuesta de Kai.

Me toma por los tobillos y me descruza las piernas, tirando de mí hasta que mi trasero se queda a unos centímetros del borde de la isla. La madera se siente un poco áspera en mis muslos, aunque apenas percibo su tacto cuando Kai coloca sus manos en mis rodillas y empieza a ascender despacio.

—Esa es la última cosa en la lista de lo que me gusta de ti, o más bien la primera: tus alas. Adoro tus alas, Lani, y adoro pensar que vas a volar más alto que nadie con ellas.

Me acaricia la espalda por encima de la camiseta, a la altura de mis omóplatos, allí donde supongo que él imagina esas plumas de las que habla, esas que siento más reales cuando estoy con él.

Sé que había algo más que quería decirle, que necesitaba que supiese, pero sus besos llenan de pronto por completo mi cabeza, sin dejarme que piense en nada que no sea el recuerdo de su lengua descendiendo por mi estómago.

—Danielle —me susurra en la boca, tan cerca que podría beberme los restos de ron que le brillan en los labios—, creo que querías remarcarme algo en lo que yo estaba equivocado.

Este Kai me recuerda mucho al de los primeros días que compartimos, ese al que le gustaba jugar, el que buscaba dos de arena tras recibir una de cal, un poco chulo, un tanto desafiante.

—¿Eh?

Se ríe al notarme desconcentrada, perdida en él y no en la conversación. Son solo unos segundos, porque el gesto le cambia cuando lo desarmo como siempre lo he hecho sin pretenderlo: siendo sincera.

—Sí... Sí... Te equivocas en que... eh... No me da miedo no saber dónde estaré dentro de cinco o diez años. —La razón se cuela despacio por mi mente, permitiéndome al fin formar frases con sentido—. Aunque sí que me asusta mucho pensar que tú no vas a estar a mi lado.

El ambiente cambia. La electricidad se transforma en algo tangible, una chispa que me crepita en las yemas, que me exige tocarlo.

Así que lo hago.

Levanto la mano y le acaricio la línea de la mandíbula, sin apartar mis ojos de sus pupilas, que se agrandan ante mi caricia.

—Lani...

—¿Mañana? —le ofrezco a modo de tregua, una que nos salve de despedidas, antes de dejar un beso pequeño, una invitación, en el borde de sus labios.

—Mañana —acepta él.

Esa maldita carcajada ronca suya todavía retumba en mi cabeza cuando cierra la puerta de su habitación de golpe, conmigo enroscada alrededor de su cintura y nuestros labios recordando cómo bailar pegados.

20

Una llamada, un donante y una canción susurrada al oído

—Madre mía, Piper, este *laulau* está de muerte. Me tienes que dar la receta.

—Lani, si tú no sabes cocinar. Además, es imposible hacer la carne así en un hornillo como el que tiene Bob.

—Cierto. Piper, le tienes que dar la receta a Kai para que me cocine esto una vez a la semana.

Me reí bajito cuando mi hermano puso los ojos en blanco ante el comentario de Danielle, aunque a ninguno de los que estábamos sentados en la mesa se nos pasó por alto el hecho de que aquellos dos hablaban de semanas, meses y futuros muy a menudo, como si los planes se les escapasen entre deseos que no pronunciaban en voz alta.

—Dejad de gemir con cada cosa que os lleváis a la boca, desgraciados —me quejé un poco, casi más por costumbre que por otra cosa.

Las náuseas habían vuelto después del segundo ciclo de quimio, pero ni por asomo con la misma intensidad que la vez anterior. De hecho, había sentido el estómago lo bastante calmado como para probar un poco del salmón *lomi lomi* que había traído

Eric y dos platos enteros del *poi* de Magnus, aunque a lo que de verdad no le quitaba el ojo era a las *malasadas* de Dana. Ese pan con crema y chocolate era mi perdición.

—¡Tómatelo con calma, niño, que te vas a poner malo! —me gritó Gia cuando me vio estirar la mano hacia el postre.

—Gia, no chilles, que no hace falta que lo hagas —intenté explicarle por cuarta vez en veinte minutos.

—¿Cómo no va a hacer falta? Si no levanto la voz no vas a oírme —insistió ella sin mirarme, demasiado concentrada en acariciar a Carotte, que estaba hecho un ovillo en su regazo.

Todos mis abuelos postizos se habían pasado por casa por la mañana para llenarnos la cocina de platos increíbles y de *leis* nuevos que Piper había diseñado de manera especial para ese día, y desaparecer como humo a continuación. Me puse un poco triste al pensar que esa mañana no la pasaría con todos ellos; que, un año más, no podríamos juntarnos alrededor de la mesa para compartir la comida del día de Navidad porque mis defensas no estaban listas para rodearse de tantos posibles invasores. Y entonces había llegado Dany con su capa dada la vuelta, a modo de mandil, para recordarme otra vez que se puede ser feliz con detalles muy tontos.

Un par de *tablets*, dos televisiones inteligentes y una conexión por Bluetooth; eso fue todo lo que necesitamos para unir dos hogares y a una familia.

Habíamos hecho a un lado mi cama para colocar una pequeña tabla y cuatro sillas frente a mi mesilla de noche, apoyada contra la pared que todos habíamos llenado los días anteriores de luces y bolas navideñas. En ella se sostenía un televisor desde el que Gia seguía gritándome que comiese con calma mientras Agnes la reprendía por no dejarme en paz. Frank trataba de bajar al conejo de Gia de la mesa —porque a esas alturas ya tenía más que claro que aquella mascota era de Gia y no mía—, Dana y Magnus se levantaban de sus asientos cada dos por tres para recoger platos vacíos y rellenar copas, y Piper nos miraba en silencio a través de la pantalla, encantada, exactamente igual que lo hubiese hecho de haber podido estar en mi habitación, con Eric, con Dany, con Kai y conmigo.

Era una situación extraña y, a la vez, tremendamente normal. Como casi todo lo que viví en mis últimos meses.

—Akela, ¿tienes tú mi móvil? —me preguntó Dany entre bocado y bocado de salmón.

—¿Por qué iba a tener yo tu teléfono?

—¿No te lo he dado para que me lo guardases mientras reubicábamos los muebles?

—Sí, pero... ¿No te lo he devuelto?

—¿Para qué lo necesitas? —nos interrumpió Kai.

—Quería sacar una foto. Nos hemos puesto demasiado guapos como para no hacernos ni un triste selfi.

—Está aquí —dijo Eric levantando en el aire un Samsung que alguien había dejado olvidado de cualquier manera a su lado.

—Bah, da igual. Toma, usa el mío —ofreció Kai alcanzándoselo ya a Danielle, que lo agarró de sus manos para desbloquearlo ella misma.

—¿Se sabe tu contraseña? —pregunté con un poquito de burla tiñéndome la voz.

—Oooh —corearon Dana, Magnus y Piper desde la televisión.

Kai se puso rojo. ¡Se puso rojo! Creo que podría jurarte que fue la primera vez que le pasó algo así en su vida. Claro que el que Dany se riese sin disimulo ante las reacciones adolescentes de la mitad de mi familia tampoco ayudó.

—¡Dejadme en paz! —se ofuscó mi hermano.

—Ven aquí, cascarrabias empedernido —le exigió mi amiga, acercándose más aún a él y levantando el teléfono en alto—. Juntaos un poco, que no consigo encuadraros.

—Trae, anda, que en esa foto sale poco más que tu brazo y un trozo de la cara de Akela —se quejó Eric, robándole el teléfono y enfocando con rapidez desde una esquina de la mesa.

Justo antes de que apretase el disparador, Dany le giró la cara a Kai y lo besó con dulzura en los labios.

Miré muchas veces esa instantánea en las semanas siguientes, hasta que la grabé en mi mente, hasta que pude evocarla sin necesitar tenerla delante. Eric tenía los ojos en blanco y me pasaba un brazo por los hombros, en esa actitud tan suya de camaradería; yo ponía cara de asco mirando a la feliz pareja, a pesar de que el brillo de mis ojos delataba que me gustaba verlos juntos; Kai tenía las cejas alzadas, con la sorpresa inundándole el gesto, aunque la mano le salía algo borrosa porque ya había empezado a levantarla para acunar la mejilla de Danielle, que sonreía a la vez que lo besaba a él sin importarle nada más en el mundo.

No era un posado.

No era perfecta.

Puede que por eso se convirtiese en una de mis favoritas.

—¡Oooh! —cantaron todos en esa ocasión desde la televisión que habíamos instalado en la cabaña de Dana y Magnus.

Dany estalló en carcajadas cuando Kai se volvió grana, pero la risa se le quedó atascada en la garganta en el instante en el que mi hermano volvió a cubrirle la boca con la suya.

—¡Buscaos un hotel! —Sí, esa se había vuelto una de mis frases favoritas por entonces.

—Estamos bien aquí, gracias —me respondió descarada Danielle justo antes de sacarme la lengua—. Pásame el móvil, Eric, que me voy a enviar la foto a mi WhatsApp.

—Envíamela a mí también —le pedí.

El teléfono me vibró en el bolsillo cuando mi tío postizo hizo lo que le había pedido, justo a la vez que empezó a sonar el que Dany sostenía entre las manos.

Miró el nombre del receptor en la pantalla y frunció el ceño. Borró la expresión en apenas un segundo, aunque no lo bastante rápido como para que no me diese cuenta. Le tendió el aparato a Kai, que echó un vistazo al identificador de llamadas y se puso en pie para salir de mi cuarto sin mediar palabra.

—¿Quién era, cariño? —preguntó Piper, que no parecía haberse percatado de la forma en la que Dany apretaba los labios hasta convertirlos casi en una fina línea blanca.

Dudó un par de segundos. Y luego dijo la verdad, porque Dany no entendía que hubiese que mentir a quienes quieres, ni cuando la respuesta que daba podía ser tan mala como buena, ni siquiera si podía mejorar tu día hasta el infinito o hundirlo en el más profundo de los lodos.

—El doctor Brown.

Silencio.

El silencio se convirtió tantas veces en respuesta en aquella época que todos nos acostumbramos a mantenerlo sin que resultase incómodo, aunque nunca dejó de ser amenazante.

—¿Terry? ¿En Navidad? —masculló Eric, creo que más para sí mismo que como una pregunta real.

—Si llama hoy será por algo positivo, ¿no? —El intento de Magnus por animar la situación habría sido loable si hubiese conseguido que la voz no le sonase tan asustada.

—Oye, enano, esta semana tenemos que retomar las clases de francés, que estás remoloneando mucho con el tema. Ahora que estás de vacaciones y que no tienes deberes pendientes de Gia, podríamos practicar un poco más, que, si no, no vas a aprender a hablar fluido en tu vida.

Agradecí el intento de Dany por cambiar de tema, por distraerme hasta que Kai volviese a aparecer en mi cuarto, así que le seguí el juego.

—¿Cuándo vamos a hacer algo de la lista que sea un poco más divertido?

—Pues cuando no acabes echando las tripas por la boca si intentas ganar un concurso de comer perritos o cuando convenzamos a tu hermano de que fumar maría no es el fin del mundo.

—Sabes que puedes hacer cosas sin decírselo, ¿no? Que el que ahora seáis novios no significa que tengas que contarle todo.

Quiero decir, podemos cerrar la puerta de mi habitación una noche que no estéis acurrucados y liar un par de canutos.

—Dios, no hagas eso.

—¿El qué?

—Intentar hablar como si manejases la jerga porrera. Te queda rarísimo.

—¡Pues igual que a ti!

—A ver... Yo tengo algo más de camino recorrido en ese campo, enano.

—Uy, sí, la Bob Marley blanca te llamaban en París.

—Justo. Y a ti el tonto del culo en Lyon.

—Madre mía, a buena hora se fueron a juntar estos dos... —masculló Eric antes de que me diese cuenta de que todos se nos habían quedado mirando encantados, con una sonrisa bobalicona pintada en sus caras, igual que si observasen una de sus películas favoritas.

Les gustaba. Les gustaba mucho Dany, igual que a mí, igual que a Kai. Les gustaba lo que hacía con nuestras vidas, cómo las revolvía, cómo lo cambiaba todo de sitio en ese mundo perfectamente ordenado y aburrido que llevábamos años construyendo.

Estaba rebuscando a toda velocidad alguna frase ingeniosa con la que replicarle a Dany cuando escuché los pasos de Kai acercarse por el pasillo. Creo que hasta Carotte dejó de mover los carrillos.

Llegó hasta el marco de mi puerta y se quedó allí, de pie, sin apartar la vista del móvil.

—¿Kai? —Fue Dany quien rompió la quietud de aquel instante—. ¿Qué quería el doctor Brown?

Me buscó a mí. Un hilo rojo tirando desde mi muñeca hasta la suya. Un tirón en las tripas. Y lo supe, antes de que abriese la boca, sentí su alivio a través del hilo, a través de esa conexión que siempre sería solo nuestra.

—Tienen un donante.

Los siguientes dos días pasaron como un circo ambulante primerizo frente a mí: ruidosos, caóticos y llenos de personas que hablaban a la vez.

El doctor Brown le explicó a Kai por teléfono que, tras el segundo ciclo de quimio, presentaba una enfermedad mínima residual, casi negativa, y que la aparición del donante había llegado en el momento justo.

—Un golpe de suerte al fin —mascullaba Frank por cada esquina.

—El destino —apuntaba Dana.

—Kāne, ha sido Kāne que nos cuida a todos —apostillaba Agnes juntando las manos a la altura de su pecho, rezando a la deidad de la creación.

Todos estaban eufóricos. Todos menos dos personas.

—¿Vosotras no lo celebráis?

Era 27 de diciembre. La ambulancia que me llevaría al hospital iba a pasar a recogerme una media hora después, y toda mi familia estaba paseando por mi casa igual que pollos sin cabeza, metiendo ropa que no necesitaría en maletas gigantes que tendrían que volver a traer a casa; eligiendo libros que pudiesen entretenerme durante las horas que tuviese que pasar solo; y preparándome bocatas que no podría meter en el centro sanitario, como si me fuese de excursión en vez de a someterme a una semana de quimioterapia agresiva e intensiva para preparar mi cuerpo para el trasplante.

Gia y Dany, sin embargo, solo estaban sentadas a mi lado, en el borde de mi cama, mirando con incredulidad a todos los demás correr de un lado a otro dando las gracias al universo y a nuestros dioses por la aparición de mi donante.

Danielle tenía entre las manos unas cuantas plumas de colores y nos pedía que eligiésemos las que más nos gustaban sin prestar demasiada atención al asunto. Sabía que no iba a verme durante varios días, así que se estaba aprovisionando de material para hacer todos los tocados que pudiese y colgarlos en su página de Instagram. Creo que en aquella época dejaba de dormir cuando a mí me ingresaban para poder tener cosas nuevas que vender a lo largo de varias semanas, porque no la recuerdo con una sola flor preservada entre las manos mientras yo estaba en casa, como si cada minuto que pudiese aprovechar conmigo no pensase desperdiciarlo en algo tan nimio como ganar dinero para comer.

—Bueno —empezó Gia—, yo estoy muy feliz, niño, aunque soy más de alegrarme para dentro.

—Yo soy más de alegrarme con precaución —aportó Dany.

Entendía su postura, supongo que porque era la mía.

¿Estaba ilusionado? Sí.

¿Estaba esperanzado? Sí.

¿Creía que con esto todo se solucionaba? No.

La costumbre de esperar lo peor no se borraba de mi sistema de un día para otro, aunque, por raro que pareciera, contemplar la posibilidad de que no todo fuese a salir a la perfección me alteraba menos que antes.

Me ingresaron dos días después de esa llamada telefónica y, durante siete más, convirtieron mi cuerpo en tierra calcinada antes de dejarlo en barbecho para que todo lo bueno creciese sin malas hierbas a su alrededor. Si había pensado que la segunda línea de actuación con la quimioterapia había sido dura, aquello fue pura roca.

Agradecí tener que pasar la mayor parte del tiempo tumbado, porque lo cierto era que cada fibra de mi ser gritaba por descansar. Y aun así… Sí, has acertado, estaba más contento que unos meses antes, cuando había salido del mismo hospital sin la leucemia que me había atado a él, pero más solo y con más miedo que nunca.

—Toc, toc.

Dany golpeó la puerta con suavidad, abriendo ya a la vez una rendija por la que mirar, asomándose lo justo para comprobar que no estaba durmiendo. La donación iba a tener lugar al día siguiente y ella había convencido a Kai para que le cediese el turno de visitas de la mañana y poder verme así unos minutos. Hacía una semana que mi hermano era la única persona que se pasaba por allí. Había concedido una sola mañana, hacía cuatro días, a Eric. Y ese había sido todo el tiempo para estar a mi lado al que había estado dispuesto a renunciar.

—¡Pasa!

Intuí una sonrisa gigante formándose bajo la mascarilla en cuanto entró en la habitación, de esas que le arrugaban la mirada. Llevaba una bata de un azul más pálido que sus ojos, que brillaban de felicidad por verme, y que la cubría desde el pecho hasta lo pies, pero me pareció distinguir una tira de bikini asomando por su cuello.

—¿Vienes de la playa?

—De surfear un poco, sí.

—Eso, tú dame envidia, cabrona.

—Te doy motivación, así te entran más ganas de ponerte bien prontito para venirte conmigo a cabalgar olas otra vez.

—También me conformo si te llevas a Kai en vez de a mí.

Se rio como solía hacerlo ella, haciendo más ruido del que se considera educado y sin importarle una mierda ser correcta.

—¿Tanto te está dando la brasa?

—Parece que me van a operar a corazón abierto en vez de a meterme un chute de células madre ajenas por este maldito catéter —me quejé señalando el tubo que me colgaba por el pecho.

—Está un poco ansioso. Todos lo estamos. Cuando hablaron de la posibilidad del trasplante y nos fueron descartando uno a uno después de hacernos las pruebas para ver si éramos compatibles… No sé, imagino que nos hicimos a la idea de que se podía tardar mucho en encontrar a un donante.

—Ya, supongo que lo entiendo. Aun así, dile que quiero que durante la fase de recuperación vengan los demás, que es un acaparador y echo de menos al resto.

—¡Díselo tú!

—Cuando está contigo está de mejor humor. Ya sabes, por el sexo y todo eso.

—Sí, la verdad es que hay una cosa que le hago con la lengua por la zona del perineo que siempre lo deja más que contento.

—¡Danielle!

—Has sacado el tema tú.

—No quiero ni saber que mi hermano tiene perineo. —Mi amiga se rio para dentro con disimulo ante mi gesto de asco—. ¿Qué?

—Me hace gracia cómo pronuncias perineo. En tu boca parece una ETS o algo así.

—¿Qué tienes, seis años?

—Eh, no soy yo la que se pone roja por hablar de la vida sexual de Kai.

—¡No me pongo rojo!

—Tienes razón, no estás rojo. De hecho, estás más amarillo que de costumbre —soltó, haciendo referencia a mi ascendencia japonesa—. ¿Te encuentras bien?

Me la quedé mirando con la boca un poco abierta durante dos segundos antes de ser capaz de asumir el cambio de tema.

—No tengo claro si eso ha sido en parte racista o solo tú siendo tú sin ningún tipo de filtro.

—Lo segundo. Siempre lo segundo. Pero no intentes escaquearte. ¿Te encuentras mal?

—¿Físicamente? Estoy jodido, querida —traté de bromear.

Se apartó de la pared en la que había estado apoyada todo ese rato y agarró una silla que descansaba en una esquina, tan blanca como el resto de la habitación. La acercó a mi cama, haciendo ruido al arrastrarla por el suelo.

Antes de sentarse, se inclinó hacia mi mesilla y apretó dos veces el dispensador de gel desinfectante. No pude evitar pensar que a Kai le hubiese gustado que Dany tomase esa precaución.

Tendió la mano hasta posarla sobre mi sábana, y yo no dude ni un momento antes de alcanzarla y enredarla con la mía.

Sentí que me la apretaba y, no sé por qué, me entraron ganas de llorar.

—¿Y mentalmente?

Dejé el silencio correr libre durante unos segundos. No porque no quisiese responder. De hecho, nunca pensaba demasiado lo que decía o lo que callaba con Dany y me sentía libre de hablar como quisiese en su presencia, pero no tenía claro qué contestar en aquella ocasión.

¿Cómo de fuerte o de asustado me sentía?

Creo que debí de quedarme reflexionando durante más rato del que creía, porque Dany hizo algo que no era habitual en ella: insistió para que le diese una respuesta.

—¿Estás nervioso?

—Sí, supongo que sí —acabé cediendo, dejando que las ideas se fuesen formando en mi cabeza a la misma velocidad que las dejaba salir.

—¿Solo lo supones?

—Es que... No sé. He estado pensando mucho estos días, desde que nos hablaste de tu madre. —La sentí ponerse tensa, aunque no se apartó ni medio centímetro de mi lado. Nunca lo hacía.

—¿Y has llegado a alguna conclusión al pensar en ella?

—Y en ti. He pensado en ella y en ti. En la manera que tienes de ver el mundo, como si siempre hubiese algo nuevo que descubrir, alguien con quien crear lazos. En cómo te entregas, en cómo te ríes una docena de veces al día... Y en cómo se te oscureció la mirada al hablar de tu madre.

—Yo...

—Te pasó, Dany. Te duele recordarla, pero también te duele volver a aquellos años. Tú misma lo dijiste: temes a la enfermedad. Yo nunca me había planteado a qué le tenía miedo de verdad. No sé, la muerte es algo bastante grande, así que era lógico que fuese lo que me asustaba, solo que después de contarnos tu historia, me paré a analizarlo de verdad y descubrí que no me asusta morir; lo que me aterra es la espera, la incertidumbre, el no saber. Estar siempre en un bucle infinito en el que la leucemia puede llamar al timbre de nuevo cuando quiera e instalarse otra vez en mi vida sin permiso. Eso es lo que me acojona. Así que este trasplante me pone algo nervioso, sí, aunque no por si sale bien o mal, sino porque podría suponer librarme al fin de esta piedra que me oprime el pecho casi siempre, la que me hace preguntarme si será el cáncer quien hace que me falte el aire al caminar más deprisa de lo normal o que me salga un moratón demasiado grande por un golpe minúsculo.

En cuanto dejé de hablar me di cuenta de que me había quedado absorto en un trozo blanco de pared que había frente a mí. Sacudí la cabeza para librarme de la vergüenza repentina que me invadió, como si acabase de desnudarme por completo delante de Dany.

Busqué su mirada para disculparme. No sabía muy bien por qué, pero sentía que debía pedirle perdón por sacar ese tema, solo que al alcanzar sus ojos vi en ellos tanta ternura que se me olvidó lo que quería decirle.

Fue como un golpe de amor, uno cálido y tranquilizador, parecido a lo que sentía cuando Kai me abrazaba fuerte de niño.

—Qué fácil es olvidar contigo que solo tienes diecisiete años, Akela.

Creo que fue de las pocas veces que podría haber distinguido en Danielle un sentimiento que ella no dejaba ver a menudo por nadie: la pena. Sintió pena por mí, por no poder devolverme mi adolescencia, porque me hubiese tocado crecer demasiado deprisa. Y se permitió, durante un minuto, sentir pena por ella, por haber tenido que ser adulta cuando no le tocaba, por entenderme tan bien que, a veces, dolía.

Dany había conocido a mucha gente a lo largo de su vida. Con muy poca se había permitido quedarse durante más tiempo del que duran unas cervezas, unas noches de fiesta o unas semanas de novedad. A muy pocos les había concedido conocerla de verdad.

Nosotros fuimos unos de esos afortunados, y no negaré que me duele que tuviese que ser porque se viese tan reflejada en Kai y en mí que no pudo separarse a tiempo para que mi destino le fuese indiferente. Tampoco negaré que el motivo me acabó pareciendo secundario, porque se quedó, porque la tuve en mi vida y, en el fondo, me daba igual la razón. Solo la disfruté.

—La edad es solo un número, Dany. Mira a tu novio, si no. Físico de treintañero y alma de octogenario.

Se rio tan fuerte que un enfermero se asomó al instante por el quicio de nuestra puerta para chistarnos con mala cara, como si aquel fuese un sitio en el que las risas desentonaban demasiado.

El gesto de enfado del sanitario nos hizo tanta gracia que Dany tuvo que soltarme la mano para que ambos pudiésemos taparnos la cara en un intento de ahogar las carcajadas, que empezaban a durar demasiado para una broma tan mala, pero no podíamos parar, o no queríamos. Necesitaba aquello y creo que Dany también.

Volver a reír. Recordarnos que aún había muchos motivos para hacerlo.

Cuando conseguimos calmarnos, con nuestras respiraciones aún echando una carrera para ver cuál podía ser más rápida, me permití soltar un pensamiento más sin reflexionar demasiado, para que no se pudriese en mi cabeza hasta ensuciarlo todo allí dentro.

—Vaya como vaya el trasplante, solo quiero que esto termine con él, ¿sabes? Dejar de vivir a medias, poder empezar a coleccionar recuerdos, igual que tú.

—Akela, mi vida no es perfecta. Tengo poca estabilidad. Vale, atesoro recuerdos increíbles, pero también muy poca gente con quien compartirlos.

—Eso podemos arreglarlo. Ahora podemos seguir viviendo aventuras juntos. Kai, tú y yo. Eres nuestra *ohana*, Dany.

Giró la cara deprisa para tomar una inspiración brusca, aunque no lo bastante rápido como para que no viera cómo se le humedecieron los ojos.

—Ahora sí que suenas más a un chaval de diecisiete.

Sé que hacía alusión a lo joven que había parecido al llamarla «familia», a lo infantil que había sonado esa ilusión por haberla encontrado, y no me importó, porque ella dejó ir una risa parecida a un suspiro emocionado y se limpió con disimulo un lagrimal.

—Espero que no mucho, la verdad, porque quiero pensar que en este mundo no muchos chicos de mi edad tengan que plantearse que, si el trasplante no sale bien, igualmente quieren salir de este hospital y dejar de vivir a medias; signifique eso lo que signifique.

Un mazazo entre las costillas. Así sintió Dany mis palabras. Un golpe directo, crudo y también valiente. Una declaración de intenciones que solo podía compartir con ella, porque lo que implicaba dolía demasiado como para hacer siquiera partícipe a Kai si no era necesario.

—Enano...

—Lo he pensado mucho, Dany, de verdad —la interrumpí—. Y no vamos a hablar ahora de esto porque no hace falta, solo... Solo quería decirlo en voz alta, hacerlo real. Que alguien entendiese que puedo ser un chaval, pero que comprendo cómo puede acabar esto, y que no pasa nada, que el miedo no me paraliza. Ya no.

Me acarició el pelo despacio, haciéndome cosquillas cada vez que esas pequeñas cerdas volvían a su sitio tras el paso de sus dedos. Respiraba de forma tan queda que, si no me hubiese fijado en la forma en la que su pecho subía y bajaba, acompasado al mío, habría jurado que estaba conteniendo el aliento.

—Akela, voy a prometerte algo, ¿de acuerdo? —acabó soltando—. Voy a prometerte que, cuando tú estés cansado, cuando las fuerzas te fallen sin que lo hagan tus ganas de pelear, yo moveré montañas por ti. Las derribaré, pequeño, te juro que lo haré. Y también te prometo que, si un día estás agotado, si decides que solo quieres tumbarte a mirar el cielo y disfrutar del viento en tu cara mientras las montañas se derrumban a tu alrededor, me tumbaré a tu lado y te cantaré, aunque no te entienda, aunque tenga el mismo miedo que tú. Únicamente te tomaré de la mano y te preguntaré qué canción te apetece escuchar.

Me acomodé mejor entre las sábanas de aquella cama de hospital y cerré los ojos con una sonrisa tirando de mis labios, en calma.

—Cántame, Dany. Lo que tú quieras, lo que te apetezca. Cántame.

No tenía allí su ukelele. Tampoco lo necesitó.

Danielle era música, ella en sí.

Era una melodía tranquila que te tocaba el corazón, que te hablaba de cómo te sentías antes incluso de que tú lo supieses.

Las primeras palabras brotaron susurradas de su boca y me permití relajarme mientras Andra Day le ponía letra a las promesas de Danielle a través de su *Rise Up* y yo dejaba que el sueño me fuese venciendo, hasta que el mundo se fue apagando a mi alrededor y las conversaciones sobre mis miedos dejaron de importar.

21

Una nueva enfermedad, una suerte que no lo parece y un niño cansado

Algo no iba bien.

Solo habían pasado unos pocos días, apenas algo más de una semana, y era más que obvio que algo no iba bien.

Las diarreas y los dolores llegaron tan solo cuarenta y ocho horas después del trasplante.

Mis médicos me hicieron un montón de análisis y pruebas poco después para acabar deduciendo que mi hígado estaba ligeramente afectado.

Cuando cumplí mi octava mañana de ingreso, unas manchas rojas y abultadas empezaron a invadirme el costado derecho.

Y desde ahí, todo se fue a la mierda.

—Akela, sabíamos que esto era una posibilidad. La EICH afecta, en mayor o menor medida, a más de la mitad de las personas trasplantadas de células madre de un donante.

Para entonces, ya había aprendido algunas de las abreviaturas que el doctor Brown solía usar para hablar conmigo. EICH. Enfermedad de Injerto Contra Huésped.

Las nuevas células atacaban a mi cuerpo, que me fallaba una vez más. O no del todo. Yo qué sé. Las cosas por las que te aseguran que deberías estar agradecido cuando tienes cáncer son un poco extrañas.

—Dentro de lo malo, has tenido suerte. —Levanté la ceja con escepticismo. Si aquello era suerte, a mí no me lo parecía—. Ha sido un rechazo crónico y no agudo. Parece que se manifiesta de forma cutánea, sobre todo, aunque también tiene leves consecuencias hepáticas. Vamos a dejarte aquí un par de semanas más en principio, para tratarte con esteroides e inmunodepresores.

—¿Y luego?

Kai estaba a mi lado, como siempre.

Si ahora echo la vista atrás, no recuerdo un solo momento importante de mi vida en el que él no estuviese junto a mí.

—Tenemos que esperar a ver la evolución de Akela, es pronto para decirlo. Si las afecciones en la piel mejoran deprisa con los medicamentos y no se extienden a la boca, los ojos u otros órganos, podríamos plantearnos mandarlo a casa y fijar las visitas de los siguientes meses.

—De acuerdo, ¿y cree que tardará mucho en aparecer un nuevo donante?

Solo de pensar en pasar otra vez por el ciclo de quimioterapia previo al trasplante se me ponían los pelos de punta. Me había quedado para el arrastre. De hecho, estaba en aquella conversación más en mente que en cuerpo. Mi organismo parecía necesitar dormir a todas horas. Ya me habían dicho que esa quimioterapia sería más dura que las otras y, aun con todo, no me había esperado algo así, no me había preparado para sentirme tan... derrotado.

—No, no, no. Creo que no me habéis entendido bien. Cuando estabilicemos a Akela y consigamos controlar los efectos de la EICH para que no perturben su calidad de vida, habremos terminado la primera fase del abordaje de su enfermedad. Aunque los rechazos son más frecuentes de lo que nos gustaría, solemos apostar por el trasplante cuando el paciente presenta una enfermedad prácticamente negativa, como es el caso, para asegurarnos de su completa remisión. De todos modos, a pesar del rechazo, Akela ha respondido muy bien a la nueva línea de quimio. Sé que ha sido duro, que era más agresiva que la anterior, pero era necesario y él la ha soportado como un campeón. En unos días esperamos que pueda volver a casa y empezar con el tratamiento de mantenimiento mensual ambulatorio para comprobar que todo sigue bien.

—Entonces..., el trasplante... ¿Para qué?

—Intentábamos resetear las células de Akela, meter algunas nuevas y sanas en su organismo, ese que habíamos limpiado con la quimioterapia, para que prendiesen y creciesen células de sangre en las que no existiese la amenaza de la leucemia.

—Pero no lo habéis conseguido. —Kai lo soltó más como un lamento en voz alta que como algo que necesitase que le confirmasen.

—No. Lamentablemente, no —reconoció el doctor Brown.

—Así que puede volver.

Fue lo primero que dije desde que los dos adultos habían empezado a hablar de mi futuro delante de mí igual que si yo fuese una maceta allí plantada. Era exasperante, sentir que nada de lo que ocurría en tu mundo era, en realidad, decisión tuya; que otros tomaban las decisiones que a ti te podrían cambiar la vida o acabar con ella.

El doctor Brown se giró hacia mí como si acabase de caer en la cuenta de que seguía allí.

—No hay que ser negativos, Akela. Los ciclos de quimio han ido mucho mejor esta vez.

—Porque eran una bomba más grande que las anteriores con las que me habían bombardeado, usted mismo lo ha dicho.

—Akela... —me reprendió Kai con suavidad.

—¿Qué? Es verdad. ¿Qué van a hacer si dentro de cuatro meses vuelvo por aquí igual o peor que hace dos? ¿Me van a dar de beber fuego para intentar quemar literalmente mi organismo? ¿Eh? ¿Voy a vomitar todos mis órganos para que me pongan unos nuevos? ¡Vamos, dígame!

236

—¡Akela!

Kai no fue tan comedido esa vez, pero me dio igual. Estaba harto, cansado y enfadado. Sabía que mi médico no tenía la culpa de que las cosas no hubiesen ido como debían, sabía que había dicho que estaba preparado para que eso pasase, y a pesar de todo...

—Que sí, que vale. Da igual. —Sé que soné como un niño. Creo que fue porque, por mucho que me gustase resaltar lo contrario, era un niño. Uno muy cansado—. ¿Voy a poder recibir visitas al menos hasta que terminen con los esteroides y lo otro que ha dicho que me van a dar?

El doctor Brown no parecía molesto por mi arrebato, estaba acostumbrado a la frustración, a la ira y al miedo. Sus días buenos, en los que podía dar noticias que dibujaban sonrisas, eran maravillosos. Sus días malos le dejaban un peso en el pecho difícil de atenuar. En la carrera de Medicina le habían enseñado que no podía hacer propios los problemas de sus pacientes, pero no le habían advertido que, para alguien como él, conseguir eso era imposible. Empatía, una bendición a veces, una maldición otras muchas.

Me miró con los ojos llenos de pena y carraspeó un poco antes de seguir con las malas noticias que había intentado teñir de un rosa apagado.

—Solo puede haber una persona contigo en la habitación, igual que hasta ahora, y sería bueno que fuese siempre la misma. El riesgo de infección sigue siendo muy alto, Akela.

—Cojonudo. Pues venga, dele, lléneme el cuerpo de vías con medicinas inservibles, a ver si al menos mejoro un poco y me puedo marchar a mi casa.

El doctor Brown intercambió una mirada rápida con Kai, que entendió lo que el hematólogo le pedía y salió tras él de mi habitación sin hacer ruido mientras yo me tapaba los ojos con el antebrazo y me mordía los carrillos para mantener a raya las lágrimas.

«Ya basta. Ya basta. Ya basta».

Era lo único que venía a mi cabeza una y otra vez. Una y otra vez.

Se me pasaría. Claro que se me pasaría, como siempre, solo que en ese momento lo único que me apetecía era que me dejasen compadecerme y enfadarme un rato con el mundo, por ser así de injusto, por ser una auténtica mierda.

Kai entró de nuevo en el cuarto pocos minutos después. Venía más calmado y mentiría si dijese que no me contagió en parte su tranquilidad, lo que me cabreó aún más, porque yo solo deseaba que se me permitiese ser víctima durante un ratito, una mañana, solo una mañana, y después volvería a ser el chico con cáncer que sonreía a todos y veía el lado bueno de las cosas, el que ocultaba su miedo lo mejor que podía para que la gente que quería no sufriera.

—Keiki, sé que esto ha sido un palo.

—No me digas...

—Akela, la leucemia ha remitido. La quimio ha funcionado. Eso son buenas noticias.

—Sí, cómo no. Ahora solo nos queda preguntarnos hasta cuándo; esperar dos años más con los cojones en la garganta hasta ver si algún doctor nos dice al fin que ya está, que nos podemos olvidar de la puta leucemia o que nos toca poner otra vez el contador a cero dentro de tres meses más.

Estaba tan cabreado... Supongo que había puesto más esperanzas de las que había querido dejar ver a nadie en ese trasplante, en la posibilidad de olvidar por completo mi enfermedad poco después de esa intervención. Ser alguien normal, ser un chico al que no definía un cáncer.

Me había ilusionado sin querer y me tocaba pagar las consecuencias.

—No podemos seguir pensando así.

—¿Por qué no? Hasta los trasplantes fallan. Tengo un cuerpo roto. Veremos si no salgo jodido del rechazo.

—No digas eso.

—Lo que sea. Tengo sueño, Kai.

Por primera vez en su vida, mi hermano no sabía qué decirme.

Era una pataleta, me daba cuenta. Y, además, una ilógica. Hacía poco más de una semana hablaba con Dany de lo preparado que estaba para que todo se fuese a la mierda en algún momento y, sin embargo, ahí estaba, enfurruñado con el universo por no permitirme soñar con ser al fin un chaval normal, uno que no tuviese que estar permanentemente atado a una cama o a un gotero, uno que pudiese pensar en su futuro y ver algo más que una interrogación enorme a la que nadie podía responder.

Me planteé preguntarle al doctor Brown si los cambios de humor eran un efecto secundario de la EICH.

—De acuerdo. Me... me marcho para que duermas un rato. Volveré por la tarde, ¿vale?

Me encogí de hombros y giré sobre mí mismo para darle la espalda.

Oí la puerta cerrarse detrás de mí mientras mi nuevo mantra se hacía fuerte dentro de mi cabeza.

«Ya basta. Ya basta. Ya basta».

Dany estaba medio dormida en el sofá cuando Kai llegó a casa. Bob seguía aparcado en el jardín común, aunque hacía unas semanas que todos lo usaban más como un trastero extra que como la casa de Danielle. Las flores desecadas para los *leis* de Piper se mezclaban con los libros viejos de Agnes y los apuntes que Gia guardaba para mi regreso encima de la mesita comedor; dos cajas de cartón llenas de referencias a traducciones antiguas de Kai impedían el acceso al diminuto baño de la autocaravana; y la bici vieja de Magnus yacía tirada de cualquier manera encima de la cama, al lado de una colección de cintas de vídeo VHS de Eric que nadie sabía qué pintaban allí.

Tampoco es que Dany necesitase tener ese colchón despejado. Llevaba durmiendo en nuestra casa desde antes de Navidad, aunque, si hacías alguna broma sobre la innegable obviedad de que estaba viviendo con su novio, se tensaba más rápido que el nailon de mi ukelele.

Seguía sin ser una chica de cuerdas. Ese era su problema, que aún no se había dado cuenta de que Kai no era un nudo, sino el carrete de la cometa que te trae de vuelta cuando alzas tanto el vuelo que dejas de ver el suelo, cuando te pierdes entre nubes que anuncian tormenta.

—Hey, ¿todo bien? —le preguntó ella incorporándose deprisa mientras se frotaba un ojo.

Mi hermano se permitió tirarse de cualquier manera junto a ella, tan fuerte que un cojín salió disparado de su sitio, y hundir la nariz en el arco de su cuello. Aspiró hasta que el negro de su alrededor se volvió más gris, hasta que el humo empezó a disiparse y los cortísimos mechones azules ya descoloridos de Dany le hicieron cosquillas en la frente.

Allí, durante unos segundos, olvidó que yo seguía ingresado en un hospital, lejos de él, que la angustia no se iba y que los problemas se empeñaban en perseguirlo.

Allí, durante unos segundos, solo sintió paz.

—No demasiado.

—¿Qué ha pasado?

—Ahora, pero primero...

Salió de ese hueco que sabía a hogar de una forma extraña y terrorífica y buscó los labios de Dany como el náufrago que busca agua dulce en mitad de un océano. No eran besos que pretendiesen nada más, únicamente quería sentirla, hacerla real junto a él, abrazar un poco de calma en medio de aquel caos.

—¿Tan mal ha ido? ¿Está bien Akela? —susurró Dany contra su boca cuando Kai al fin se separó de ella.

—No lo sé. Ha tenido un rechazo al trasplante. —Escuchó la bocanada de aire que Dany tuvo que obligarse a tomar, recordando a su cuerpo que no podía dejar de respirar—. Va a necesitar quedarse ingresado unas semanas más para evitar complicaciones, aunque el doctor Brown asegura que la leucemia ha remitido.

Podía notar los latidos de Danielle descontrolados y desordenados, aunque no dejó ver esa inquietud al preguntar, lo más calmada que pudo:

—¿Y eso dónde nos deja?

Nos.

Se incluyó.

Una simple palabra y Dany le dio aire a Kai, le dijo en silencio que estaba allí, que no pensaba irse a ninguna parte.

«No por ahora». Él no pudo evitar el pensamiento, aunque lo descartó igual de rápido que le permitió colarse en su cabeza.

—Supongo que en el limbo de nuevo. No sé, Lani, es que lo he visto tan desanimado…

—Es lógico, Kai.

—Lo sé, lo sé. Pero… Se supone que soy su hermano mayor, que debería poder hacer algo por él, saber qué decirle para que no se sienta así de desmoralizado.

Se hundió un poco más en el sofá, recostándose contra el pecho de Danielle, aovillándose entre sus brazos hasta convertirse en el niño pequeño que pocas veces dejaba ver a los demás.

Ella ladeó la cara. Su sien encontró acomodo en la cabeza de él y elevó una mano hasta su mandíbula. Dejó pasar tres segundos enteros antes de contestarle de forma distraída, dibujando caminos por toda su mejilla.

—No eres mago, Kai. No hay un conjuro que puedas soltar para que Akela vea la vida de color de rosa. Solo puedes dejar que asuma lo que ha pasado y darle espacio para que encuentre su propia fuerza para seguir adelante.

—Y si no… si no…

No completó la frase.

Él no sabía cómo hacerlo.

Ella rezó para que no lo hiciese.

Porque ninguno estaba preparado para las posibilidades que podían llegar, para todo lo que habría que asumir si esos condicionales no terminaban como ellos querían.

Kai tragó con fuerza y apretó la mandíbula. No se permitió llorar, creía que no tenía derecho a hacerlo mientras yo siguiese mostrando mis ojos secos. Supongo que nunca se planteó que hay personas que saben llorar por dentro.

—Cántame, Lani —le pidió mi hermano de una manera muy parecida a como lo había hecho yo unos días atrás—. Haz que yo sí que vea la vida de color de rosa durante un rato, por favor.

No hubo más palabras. Solo acordes murmurados y dos cuerpos meciéndose juntos.

22

Una fiesta, un nuevo recuerdo que guardar y una cosa llamada felicidad

Volví a casa cuatro semanas después.

Los inmunodepresores habían estado de mi lado y, por una vez, parecía que mi cuerpo no rechazaba cualquier cosa que pudiese hacerme bien.

La irritación, la quemazón y la tirantez en la piel se me extendieron por el estómago y la espalda al día siguiente de que mi determinación férrea a seguir adelante pasase lo que pasase mutara a una pataleta asustada. Dos días más tarde, comenzaron a salirme llagas por toda la boca.

Si la quimioterapia me había hecho perder peso, aquello me dejó en los huesos, aunque, curiosamente, no tardé demasiado en sentirme más fuerte que nunca. No es que lo estuviese, es solo que mi cabeza interpretó la increíble mejoría que sufrí la semana siguiente como la prueba irrefutable de que yo era indestructible.

Sí, ya te lo he dicho antes, fui una montaña rusa durante muchos meses. De hecho, si hubiese sido cualquier otra persona a quien viese pasar de la ira a la euforia desmedida a la velocidad a la que yo lo hacía, habría pensado que los médicos debían revisarle la cabeza y no solo la sangre; y supongo que lo habría hecho porque, en realidad, hubiese sido lo correcto. En aquellos meses me preocupé mucho por mi salud física y me olvidé de la emocional, de la mental. Fue un error muy grande, uno que me pasaba factura cada poco.

A pesar de que las secuelas cutáneas habían desaparecido casi del todo —los sarpullidos ya nunca me abandonarían por completo— y de que ya era capaz de comer sin que me entrasen ganas de llorar por las heridas abiertas en mi boca, seguí hospitalizado veinte días más durante los que acostumbraron a mi organismo a los antibióticos y lo dejaron descansar todo lo que yo no sabía que necesitaba descansar.

Era mediados de febrero cuando el doctor Brown decidió que estaba listo para recibir el alta.

Volvía a mi hogar. Sin ambulancias, sin vías enganchadas perennemente al dorso de la mano y sin restricciones en lo referente al número de personas que podían compartir las horas conmigo.

Entiéndeme, adoraba a Kai, solo que echaba tanto de menos a todos los demás que algunas noches lloraba hasta quedarme dormido. O al menos creo que era por eso. No sé… Las ganas de llorar llegaban a veces sin avisar en aquella época, y no siempre conseguía averiguar de dónde habían venido.

Pero no es eso de lo que quería hablarte. Ahora no. Ese era un día feliz, no uno para hablarte de llantos y de emociones que me desbordaban. Uno para explicarte lo increíble que era regresar al lugar donde estaba toda mi *ohana*.

No es que no tuviese que tomar precauciones; el riesgo de pillar alguna infección peligrosa para mí seguía siendo más alto que en cualquier persona sana, aunque parecía que era algo salvable siempre que tomase mi medicación y llevase cuidado.

—¿Está Dany en casa? Quería pedirle ayuda para raparme otra vez la cabeza.

Eric me miró por el retrovisor frontal con el ceño fruncido. Nos había recogido a Kai y a mí del hospital hacía apenas cinco minutos y yo estaba tan nervioso por salir de allí de una vez que no podía estarme callado.

—¿Por qué quieres volver a cortártelo?

Me encogí de hombros, esperando que no viesen la verdadera respuesta en mi mirada indiferente.

«Por si vuelve».

—No me gusta cómo me está creciendo el pelo. Sale a corros. Prefiero pelarme y ver si después nace más uniforme.

—¿Sabes? Yo había pensado dejármelo al dos o al tres, parece bastante cómodo —soltó Kai desde el asiento del copiloto.

Sabía lo que estaba haciendo, lo mismo que había hecho Dany en noviembre: conseguir que me sintiese menos solo, menos diferente. Y se lo agradecí más de lo que podría explicarte.

—Genial. Pues luego le pedimos a tu chica que nos haga de peluquera.

—Seguro que lo acaba viendo como una señal del universo para teñirse ella de naranja o algo así —se rio Eric.

Todos nos habíamos acostumbrado ya a los cambios de Danielle. Después de que el azul empezase a convertirse en turquesa por los lavados y la sal del mar, había vuelto a su rubio natural hacía cosa de una semana, justo a la vez que se había cortado de nuevo su escasa melena a lo *garçon*. Me hacía mucha gracia cada vez que usaba esa palabra. La «o» sonaba tan nasal en su boca que parecía resfriada. Cada una de las veces que había nombrado el estilo de su corte de pelo a través de nuestras videollamadas, mientras yo había estado ingresado, me daba tal ataque de risa que terminaba tosiendo y ganándome una bronca de Kai.

Ella nunca me lo dijo y yo nunca le pregunté, pero sé que se lo seguía rapando por mí, que no se lo dejaría volver a crecer hasta que yo no pudiese hacer lo mismo.

Doblamos la esquina que daba entrada a nuestro pequeño paraíso, nuestro rincón apartado del mundo, y los vi. A todos.

Piper y Agnes llevaban tantos *leis* que no se les distinguía el cuello. Magnus y Dana estaban tirando confeti como locos mientras Frank les decía algo con el ceño fruncido, imaginé que los estaba riñendo por ensuciar el patio común. Gia y Dany llevaban gorros de fiesta a juego con el diminuto sombrerito que le habían colocado a Carotte y gritaban tanto que hasta con las ventanillas subidas pude escuchar claramente su «bienvenido a casa».

Salí corriendo hacia ellos en cuanto me apeé del vehículo. Un coro de gritos y de saltos nerviosos me rodearon apenas dos segundos después, y yo sonreí al fin de nuevo sin pensarlo, sin obligarme a hacerlo, solo por la pura necesidad de mi cuerpo de reflejar de alguna manera diminuta e insuficiente que allí, entre todos esos locos que me demostraban un amor incondicional, era feliz.

—¡Qué ganas teníamos de verte! —Magnus se adelantó al resto.

—Ay, ay, ay… —Piper sollozaba más que hablaba.

—¡Estás más alto!

—Agnes, ¿cómo va a estar más alto el niño? No digas esas cosas, mujer.

—¡Que está más alto, Gia!

—¿Estás más alto? —me preguntó esta con la clara intención de que yo respondiese que no.

—Eh… Pues… No sé.

—¡Eh, eh, eh, eh! —Dany solo saltaba a nuestro alrededor pegando voces de ánimo y sembrando un poco de caos, que para eso era experta en ello.

—Bienvenido, hijo, y feliz cumpleaños —soltó Frank.

—¡Que ya te hemos dicho que esto no cuenta como fiesta de cumpleaños! —lo riñó Gia.

—¡Pero si es en dos semanas! ¿De verdad vamos a montar un tinglado diferente cuando queda tan poco para lo otro?

—¡¡Sí!! —gritaron todos a la vez, menos Dany, que seguía a los suyo.

—¡Eh, eh, eh, eh! —No sé cómo no se cansaba ya de botar a nuestro alrededor, yo me había agotado un poquitín solo por la carrera espontánea para llegar hasta aquella órbita de dementes.

—Toma, cariño, que no puedes entrar en casa sin uno de estos.

Piper sacó de la nada un collar de flores, como un mago que empieza a sacarse pañuelos de la manga. Era de plástico y olía a desinfectante. Supongo que mi hermano consideró que no era seguro que me colgasen flores silvestres de la nuca. Estaba un poco obsesionado con eso de las infecciones.

En realidad, caí entonces, todos olían al gel hidroalcohólico que llevábamos meses utilizando.

La sonrisa que aún no se me había borrado de la cara se me agrandó un poco más al imaginar a Kai obligándolos a todos a frotarse en la ducha hasta por detrás de las orejas y bañándolos en ese líquido que olía a hospital hasta que estuviese convencido de que era seguro que me abrazasen como lo seguían haciendo a cada rato.

Yo creo que no era necesaria tanta precaución, pero sé que no hubiese logrado convencer a Kai de lo contrario ni en un millón de años.

—¡Gia, te he dicho que Carotte no puede estar tan cerca de Akela! —chilló Kai desde el sitio en el que se había parado a contemplar la escena con Eric, a unos pasos de los demás.

El conejo pareció entenderlo, porque en cuanto se pronunció su nombre empezó a revolverse en los brazos de su dueña. A Gia le costó dos arañazos un poco feos no dejarlo ir de primeras.

—¡Carotte! ¡Carotte, vuelve con mamá!

En cuanto Gia dejó el círculo humano que habíamos formado, Frank corrió detrás de ella para intentar ayudar en la recuperación de la mascota, que se había escondido debajo del coche de Eric.

Magnus y Dana aprovecharon el momento para ponerse en movimiento y entrar en su casa a por los platos calientes que habían preparado para la fiesta. La mesa exterior ya estaba repleta, aunque no sería yo quien me quejase por el exceso de comida en ese momento, no cuando había recuperado el apetito y había perdido por completo las náuseas.

Dany había parado de saltar como si fuese prima hermana de Carotte y aplaudía emocionada o hacía bailecitos extraños, según le iba dando. Nunca la había visto tan hiperactiva ni tan exaltada. Me convencí de que era porque nunca lo había estado, y no supe muy bien cómo manejar ese nerviosismo cuando dejó ir algo de esa energía sobrante que tenía lanzándose encima de mí, igual que un koala, en cuanto no hubo una marea de cuerpos rodeándome.

Me tomó desprevenido. Tanto que mi cerebro la sujetó de forma instintiva, pero se olvidó de dar la orden a mis piernas de que se mantuviesen firmes, porque lo cierto es que, a pesar de que iba recuperando buena parte de la energía perdida semanas atrás, aún tenía mucho camino que recorrer.

Trastabillé hacia atrás y solo los reflejos de Kai, que se abalanzó hacia nosotros, impidieron que me cayese de culo con una exultante Danielle enganchada a mi cintura.

—¡Lani, que casi lo descoyuntas!

—Es que estoy muy feliz de que vuelva a estar aquí.

Lo dijo con los ojos húmedos y la verdad por bandera. Y a mí se me olvidaron los trasplantes fallidos, las horas eternas en un hospital que odiaba y las probabilidades de que aquello no hubiese acabado. Solo me importó ese momento, ese recuerdo que pasó a formar parte de la colección que inauguré cuando conocí a Danielle.

Miré a mi alrededor despacio. Me concentré en los olores del cerdo *kalua* que Dana colocaba justo entonces en la mesa, en los gritos de Gia llamando a Carotte, en las arrugas que se habían formado alrededor de los ojos de Eric al curvar sus labios hacia arriba, en la mirada que Kai alternaba entre Danielle y yo, llena de un amor que él pocas veces manifestaba en voz alta.

Apreté el disparador y dejé que esa foto se asentase en mi memoria.

La titulé «Felicidad».

23

Un regalo, una cicatriz y un para siempre

—Venga ya, Kai, esto es ridículo.

—No tienes veintiuno. Punto.

—Pero si ya he salido de fiesta contigo y tú mismo me pediste los cubatas.

—Error, te los pidió Dany, porque podía, porque tiene más de veintiuno y puede beber.

Frank pasó detrás de nosotros en ese momento y me alargó un vaso largo de cristal lleno hasta el borde con mi nombre en un lateral.

—¡Que dejes que el niño beba un poco de ron en su cumpleaños, hombre!

Miré con expresión triunfante y un poquito petulante a mi hermano y vacié medio cubata de un solo trago. Y luego me puse a toser como un loco.

—¡Joder, Frank, que esto debería ser Coca-Cola con un poco de alcohol y no algo con lo que desinfectar heridas!

—Por listo —escuché mascullar a Kai, que intentaba ocultarme una media sonrisa muy descarada.

Danielle saltó por encima del respaldo del sofá como si nada y aterrizó en el cojín que estaba junto a mi sitio.

—Déjame probar.

Sin pedirme permiso, volcó parte de mi bebida en su propio vaso. Kai seguía dándonos mucho la murga con lo de las bacterias y la suciedad, así que cada uno teníamos asignado nuestro vaso, no intercambiable y válido para toda la tarde.

—Puf, esto está cargadísimo. Bébete un par, que igual los necesitas luego.

—¿Por qué iba a necesitar estar medio borracho más tarde? —inquirió mi hermano con un poco de miedo.

—Tú mejor tómate cuatro —le respondió su novia.

—¿Qué ronda por esa cabecita loca? —le pregunté entusiasmado. No es que en las dos semanas que llevaba en casa me hubiese aburrido; de hecho, no me había dado tiempo a estar solo más de diez minutos seguidos, pero mi actividad se reducía a paseos por la playa que estaba detrás de casa y maratones de pelis en familia.

Daba igual que les dijese a todos por activa y por pasiva que ya me encontraba con más fuerza, que me apetecía subirme a la moto, explorar la isla otra vez, surfear o tirarme desde un peñasco altísimo, como había apuntado en mi lista; todos insistían en que me lo tomase con calma y que fuese poco a poco hasta la primera revisión.

Todos se empeñaban en que perdiese el tiempo.

Menos Dany.

—Toma, mi regalo.

Hasta el momento había recibido tres juegos nuevos para la Play, un juego de mesa, tres libros de fantasía y un vale por una visita a una protectora de animales, eso último de parte de Gia, que creo que aún se sentía culpable por haberse quedado a Carotte.

Me había encantado todo, solo que… ¿Ves qué tenían en común todos esos regalos? Menos el de Gia, sí, de acuerdo, pero ese era para un futuro, no contaba igual.

Eso es: eran cosas para que me entretuviese dentro de casa. Y yo echaba de menos el sol, el rumor del mar, el olor de la sal en las olas, el viento enfriándome la nuca desnuda o la sensación de libertad; esa que había dejado de experimentar hacía tanto que, tras volver a sentirla antes de la recaída, se me había metido bajo la piel y se negaba a abandonarme.

Lo que antes había sido suficiente ya no bastaba, y no sabía cómo hacérselo entender a una familia que solo se preocupaba porque estuviese sano, aunque eso implicase que mi fuego se apagase un poquito cada día.

Las ganas. Las ganas que Dany había visto durante tanto tiempo en mí se habían despertado y ya no había nada que las durmiese de nuevo.

Mi mejor amiga me tendió un papel doblado, sin lazos ni adornos.

—Te podías haber currado un poquito la presentación, eh —la chinché. Ella solo me sacó la lengua y un dedo de su mano derecha, seguro que puedes adivinar cuál.

Abrí el folio y me encontré con un montón de dibujos de diferentes tonos, formas y tamaños. Acuarelas, colores supersaturados, blancos y negros... Color. Color por todos sitios.

No, color no. Tinta.

—¿Esto son...?

—Tatuajes. Encontré a este tipo por internet —me fue explicando a la vez que me tendió su móvil, en el que el perfil de Instagram del artista ya estaba abierto para que pudiese ir ojeando alguno de sus diseños—. Es muy bueno y, sobre todo, muy profesional. Le expliqué que necesitaríamos estar seguros de que todo el material que utiliza es nuevo y está esterilizado para evitar cualquier posible infección bacteriana. No me puso ninguna pega y hasta se ofreció a abrir el equipo delante de nosotros y limpiarlo bajo tu supervisión, Kai —recitó de corrido, alzando la vista hacia mi hermano, que alternaba una mirada ansiosa entre su novia y mi gesto emocionado.

—No sé...

—Esto son copias de los papeles que acreditan que cumple con todos los requisitos sanitarios exigidos. —He de reconocer que me dejó impresionado. Se había tomado muy en serio lo de demostrarle a mi hermano que era seguro que me tatuase allí—. Nos ha reservado las dos últimas horas de la tarde y me aseguró que estaríamos solos y que no le importaba quedarse más si al final el tatuaje que eligiese Akela le llevaba un poco más de tiempo del que habíamos pensado él y yo, aunque imaginé que no querrías nada muy grande. El mío no le llevará mucho.

—¿Tú también vas a hacerte uno?

—Sí. —La noté tímida al contestar, lo que solo avivó mi curiosidad, pero Agnes me interrumpió antes de poder preguntarle, dejando claro que, por mucho que los demás estuviesen a unos cuantos pasos, habían estado más que pendientes de nuestra conversación.

—¡Ay, qué bonito! Vuestro primer tatuaje.

—Lani ya tiene uno.

Kai se mordió el carrillo por dentro en cuanto esa información se le escapó. Soltó un carraspeo que sonó forzado y bebió un par de tragos de la bebida que le había preparado Frank. Cuando le vi arrugar la nariz imaginé que se la había cargado tanto como a mí.

—Pues nunca me había fijado —comentó Piper con una inocencia que me hizo reír por lo bajo.

—Supongo que será, hija mía, porque está situado en algún lugar que, de los que estamos aquí, solo ha visto Kai... —dijo despacito Gia, igual que si hablase con un niño pequeño.

—Cómo que en un lug... ¡Ah!

Ocho pares de ojos se quedaron mirando de repente el pecho de Danielle con todo el descaro del mundo, algo que a ella pareció hacerle gracia más que molestarle.

—Fallasteis —nos corrigió con voz cantarina, elevando las caderas de su asiento y subiéndose el bajo del vestidito de algodón que llevaba.

—¡Lani! —la riñó Kai al dejar ella a la vista unas bragas lisas de un azul muy parecido al de sus ojos.

—Ay, no seas mojigato, que podría ser un bikini perfectamente —le replicó ella con gracia, aunque lo cierto es que todos los hombres de la sala apartamos la mirada un momento cuando se bajó el elástico de la prenda hasta la zona en la que el bajo vientre casi deja de serlo. Devolvimos la atención al dibujo que adornaba la piel de Dany en cuanto la curiosidad por las palabras de Agnes pudo más que el pudor.

—Es precioso, cariño.

—Mi madre me tuvo por cesárea. Me gustaba acariciarle la cicatriz cuando era pequeña. Era rugosa y un poco más clara que el resto de su piel. Siempre decía que era lo que más le gustaba de su cuerpo, porque cada vez que la veía pensaba en mí, así que quería tener algo que me recordase a ella en el mismo lugar. O más bien, que me recordase a nosotras.

Me fijé con más atención en aquel título de canción escrito con una caligrafía fina y curvada, rematado con la silueta de una flor salpicada de un solo color, el que he asociado siempre a Danielle.

¿Sabes? Ella nunca se lo ha llegado a contar a Kai, pero el día de mi funeral se quedó esperando en la playa después de que esparcieran mis cenizas. Se aseguró de que nadie podía escucharla y se acercó a su cámper para agarrar mi ukelele. Las últimas semanas de mi vida fue allí donde durmió nuestra música.

Se sentó en la arena, rodeada de oscuridad por fuera y por dentro, y me lloró su vida en rosa. Solo tuvo un espectador en ese concierto improvisado, y ni siquiera pudo verme, aunque a mí el corazón se me aceleró como si todavía entonces me bombeara en el pecho.

—¿Y ya has pensado qué vas a hacerte? Yo no tengo ni idea… Algo relacionado con el mar, sí, unas olas o algo así.

La cabeza me funcionaba a toda velocidad, dejando que entrasen en ella imágenes locas de árboles de Navidad saturados de verde y familias caricaturizadas tomadas de la mano en un círculo. Quería meter en aquel dibujo todo lo que era importante para mí, todo lo que alguna vez me había hecho feliz. Notas musicales, tablas de surf, mesas de jardín llenas de comida y *ohana*, patines y hasta miedos superados. Una amalgama imposible de combinar con coherencia, pero el mar... El océano tenía que estar por lo que era y por a quién representaba.

Mi hermano no solía pararse a pensar en por qué esa masa de agua siempre le producía tanta paz, tanta seguridad, aunque lo sabía. En el fondo, sabía que no podía ser casualidad que Kai compartiese nombre en hawaiano con el mar.

—Mira, el chico del salón de tatuajes me diseñó esto.

Dany me robó de las manos su móvil y accedió a la galería de fotos. Cuando me lo devolvió, la boca se me abrió como a un idiota.

Tres espaldas y un amanecer en la playa. El naranja del final del día desdibujándose en el cielo y mezclándose con un azul lleno de espuma. Dos chicos con la tez un poco más oscura y ámbar que la de la chica rubia que había entre ellos. Dos manos entrelazadas en la arena y una cabeza descansando sobre un hombro. Y un ukelele olvidado a un lado.

Era simple, dibujado a trazadas más insinuadas que perfiladas y con los colores saliéndose de las líneas, parecido a lo que habría coloreado con prisa un niño pequeño. Y era perfecto.

—Dany... —Hubo una emoción tonta tiñendo mi voz. Regresé a esos primeros días a su lado, en los que miraba el mundo a través de sus ojos y me enamoraba de cada cosa que iba descubriendo, cuando solo era un crío que quería que su amiga lo quisiese tanto como él sentía que la necesitaba. Me sentí pequeño, y querido, y pleno.

—Quería llevaros a vosotros también conmigo, tener algo nuestro que fuese para siempre. —Le restó importancia con un encogimiento de hombro, aunque la tenía. Era algo grande, una declaración de amor de las que se quedan bajo la piel entre tinta y sangre.

—¿Te importa si me hago lo mismo?

Un beso en la frente, tierno y muy largo, fue la única respuesta que me dio.

OCTAVA TARJETA:

¿Qué es lo más importante que te ha enseñado Kai? ¿Y Dany?

KAI

Abro los ojos al sentir unos escalofríos agradables por el costado y el cielo más azul del mundo, el que se esconde en unos ojos, me recibe con una calidez que me hace cuestionármelo todo una vez más.

¿En serio tengo derecho a sentir que se me expande el pecho cada vez que la miro cuando Akela está surcando las nubes en forma de cenizas? ¿Tenía siquiera derecho a ser tan feliz con Danielle hace ya meses, mientras mi hermano se estaba muriendo y yo me entretenía enamorándome?

Gia siempre me reprocha que pienso demasiado, que quiero ser el más adulto de todos los adultos, y quizá tenga razón.

Me duele la cabeza. Por el alcohol, por la culpa y por darle tantas vueltas a todo.

—Buenos días.

—Hola —respondo con la voz aún ronca.

Ninguno se acerca al otro para darle uno de los tantos besos con los que anoche nos veneramos.

La oscuridad se ha marchado y ha dejado únicamente las dudas en este cuarto en el que tapamos nuestros cuerpos desnudos como si no nos los supiésemos de memoria.

No reconozco demasiado a Lani en esta chica que tira de la sábana hacia arriba para cubrirse bien el pecho. Creo que mis miedos le han robado parte del descaro que lucía siempre con orgullo, y me odio un poco por eso.

—¿Quieres un café antes de terminar de responder las tarjetas de Akela?

La pregunta me pilla a contrapié. Me alegra comprobar que al menos Danielle sigue teniendo la capacidad de sorprenderme.

—¿No quieres hablar de lo que pasó ayer?

—Ya sé lo que pasó ayer, Kai. Bebimos, bajamos algunas barreras. Tú te acordaste de que me querías y yo me olvidé de dejarme las bragas puestas.

La risa. Joder... Esta risa que es solo suya, que solo ella me saca.

La echo de menos. La echo tanto de menos que estoy a punto de mandarlo todo a la mierda y decirle que nunca me he olvidado de que la quiero, aunque sí de que no pasa nada por dejar que ella también me quiera a mí.

—Y ahora te arrepientes porque sigues pensando que pasar un duelo significa ser desgraciado las veinticuatro horas del día. Así que prefiero chutarme un poco de cafeína y averiguar que más quería Akela que nos confesásemos el uno al otro, a ver si a él terminas haciéndole más caso que a mí.

—¿Cómo que más caso? ¿Has leído algo más? ¿Sabes por qué nos hace mi hermano contestar estas cosas? —Me incorporo de golpe hasta sentarme sobre el colchón, alerta, ansioso por nueva información sobre Keiki, aunque sea a través de un estúpido juego que él mismo inventó.

—No he hecho trampa, si es lo que me preguntas. Pero conozco... conocía a Akela. —El dolor en su voz al cambiar el tiempo verbal me abre un agujero en medio del esternón. —Sé lo que pretendía. Y conmigo lo está consiguiendo.

Sin dar más explicaciones, y más molesta que hasta hace un momento por culpa de mi acusación velada, aparta las sábanas de su piel y se pone de pie.

No retiro la vista de ella. No me sonrojo, ni tomo aire con fuerza. No me posee un instinto animal o primario.

Solo se me pasa por la cabeza que Dany debería andar siempre desnuda por el mundo; o, más bien, debería andar siempre desnuda en mi mundo.

Quiero que lo haga.

Quiero despertarme cada día observando la línea de su espalda, los dos pequeños hoyuelos que se le forman encima del trasero, el brillo de su pelo rubio cuando el sol atraviesa la ventana y esa manera perezosa de estirar los brazos hacia arriba y suspirar cuando los huesos le crujen hasta encajar de nuevo en su sitio.

Quiero que ande descalza por la cabaña.

Quiero mirarla y no tener que sentir otra vez que la pierdo por empeñarme en echarla.

Ojalá supiese cómo hacerlo.

Desaparece del cuarto y apenas tardo medio minuto en escucharla trastear en la cocina. Casi puedo verla, agarrando el café del primer armarito, colocando el filtro en la cafetera, alcanzando el azúcar del tercer cajón bajo... Sabe donde está todo en esta casa, porque, durante un tiempo, también fue suya.

Me levanto y me pongo un pantalón de chándal. Tomo la camiseta más grande que tengo en el armario y la dejo en uno de los taburetes de la isla antes de meterme en el baño. Cuando salgo, Danielle nos ha hecho un favor a ambos y se ha puesto la prenda que he escogido para ella. Se me haría raro estar pensando en las tarjetas de mi hermano y en los pezones de Dany a la vez, a pesar de que no sería la primera ocasión en la que ambas cosas iban unidas sin yo quererlo en mi cabeza.

—¿De qué te ríes?

—¿Qué?

—Te estabas riendo, o sonriendo mucho, al menos —comenta Dany mientras saca un par de tazas de otro armarito y las llena hasta la mitad.

Agarro la leche del frigorífico para ella y un par de hielos del congelador para mí y me siento frente a Danielle.

—Estaba pensando en la vez que Akela entró sin permiso a nuestra habitación y te encontró desnuda justo después de habernos acostado, la semana después de su cumpleaños.

Veo sus labios curvarse hacia arriba al instante.

—Nunca me reconoció si eran o no las primeras tetas que veía en su vida.

—Lo perseguiste en pelotas por media casa mientras se lo gritabas. Nadie en su sano juicio te respondería. Solo huía de ti.

—¡Me tapé!

—Te pusiste unas bragas y las manos encima de los pechos, Lani. Muy tapada no ibas. Estoy seguro de que el pobre no se repuso de aquello.

—Ni yo de la bronca que me echaste tú cuando saliste de la ducha.

—¡Estabas persiguiendo a mi hermano pequeño desnuda!

—Mojigatos… —mascula divertida.

Nos quedamos en silencio un momento, en uno cómodo.

No sé qué le pasa a ella por la cabeza, pero yo solo puedo pensar en lo normal que parecía todo entonces; en las tardes con Akela y Dany metiéndonos poco a poco en el mar después de regresar del hospital tras la recaída; en Gia empeñada en que Akela sostuviese en brazos a Carotte aunque él no quisiera porque pensaba que le iba a morder; en mi hermano queriendo aprender algo de español porque creía que manejaba el francés más de lo que lo hacía.

Normal. Todo era normal.

Hasta que dejó de serlo.

—No sé si serían las primeras tetas que vio tan en directo, pero sí que sé que era virgen, ¿sabes? Me lo contó unas cuantas noches antes de volver a casa, antes del final. Estábamos tomando unas birras en el porche de la furgoneta. Tú te habías ido a dormir ya y Akela se me acercó con dos cervezas en la mano mientras yo miraba al cielo sentado en una de esas sillas de plástico del demonio que tú llamas mobiliario. Observamos las estrellas hasta casi acabarnos la primera lata y entonces, sin más, él me dijo que daba gracias a los dioses porque hubieses aparecido en mi vida. No en la suya, sino en la mía. Confesó que sentía un poco de envidia al vernos, que le hubiese gustado tener tiempo para haber vivido algo así, encontrar a alguien que...

Levanto la mirada buscando la suya. No me he dado cuenta de que he bajado la cabeza, de que me he perdido en los recuerdos, pero he debido de hacerlo.

—A mí también me hubiera gustado que Akela hubiese encontrado a alguien que... —reconoce ella sonriendo, imitando la forma incoherente con la que he terminado la frase.

Es que no he sabido cómo acabarla.

¿Cómo le explico ese «que»? ¿Cómo lleno esas tres letras con todo lo que ella me hace sentir?

Le devuelvo la sonrisa, sabiendo que con ella no todos los espacios necesitan llenarse con palabras para que nos entendamos, y regreso a un recuerdo en el que mi hermano aún puede apretarme el hombro entre broma y broma.

—Quise rebajar un poco el anhelo que le vi en los ojos, ¿sabes? Así que le pinché con que lo que le pasaba era que quería a alguien que le calentase la cama por las noches. Me respondió que también iba a joderle morirse sin descubrir lo que era correrse gracias a alguien que no fuese su mano. Y yo me reí. Akela hablaba de morirse y yo fui capaz de reírme, Dany.

—Si esperas que te diga que eres un monstruo por eso, no estás hablando con la persona adecuada. Yo hacía bromas sobre la muerte todo el rato.

—Ya, pero...

—No podemos llorar todo el tiempo, Kai. Incluso sumergidos en la situación más asquerosa del jodido mundo, necesitamos reír, porque cuando dejemos de hacerlo, entonces sí que habremos perdido cualquier motivo real para seguir luchando por estar vivos.

—Lo sé.

Durante unos minutos, solo el ruido de las cucharillas chocando contra las tazas llena la estancia.

—Oye, saca las galletas de donde las tengas escondidas y vamos a sentarnos, anda, que me muero de hambre y no puedo mantener conversaciones serias con el estómago vacío.

No espera contestación, sabe que voy a hacer lo que me pide.

Se sienta con cuidado en el sofá para no derramar el café que aún sostiene en la mano y apoya un pie sobre el otro, usando la mesita de centro del salón como otomana. Yo le tiendo la caja entera de galletas que Dana me trajo ayer, con pepitas de chocolate blanco y negro mezcladas, mis favoritas. Piper y ella se turnan para llenarme la nevera, creo que piensan que, si no lo hacen, me olvidaré de comer.

Danielle se ladea un poco y alcanza el taco de tarjetas que anoche dejé olvidado encima de la mesilla auxiliar que hay a su izquierda. Lee la siguiente y luego me la pasa para que yo haga lo mismo.

Qué me ha enseñado Dany. Joder… Esta va a ser eterna de responder, hay demasiadas cosas que me vienen a la cabeza.

Doy un par de sorbos a mi taza, haciendo tiempo, dejando que sea ella quien empiece la conversación también hoy, no porque yo no quiera hacerlo, sino porque no sé por dónde empezar. Aunque parece que ella tampoco tiene prisa por abordar el tema que Akela quería que tocásemos.

—Te queda bien.

Vuelvo la cabeza para mirarla, con gesto de no entender a qué se refiere, hasta que me doy cuenta de que está señalando el tatuaje que tengo en las costillas, a la altura del pecho. Es idéntico al que Akela lucía en el mismo sitio y al que ella se acaricia ahora en la muñeca.

Mi hermano quiso hacérselo cerca del corazón, donde decía que nos llevaba a Dany y a mí. Lani se lo dibujó mezclado por las venas, para que la tinta le corriese por la sangre igual que lo hacíamos Keiki y yo.

Hace nueve días fui al salón de tatuajes al que ellos habían ido en el cumpleaños de Akela. No lo planeé, simplemente me levanté aquella mañana y sentí que necesitaba hacerlo. Necesitaba tenerlos conmigo pasase lo que pasase.

—Gracias. Fue un impulso, la verdad. Creo que fue mi manera de asegurarme de tener algo vuestro siempre, aunque ya no estuvierais.

—Yo sigo aquí, Kai.

—Ya, pero los dos sabemos que no lo estarás mucho más tiempo, Lani. —Aparto la vista de nuevo. No me atrevo a mirarla, por si veo en sus ojos que tengo razón y termino de hundirme al darme cuenta de que mi ancla ya ha empezado a elevarse para seguir surcando el mar—. Quedarte en Kauai te consumiría. De hecho, estoy convencido de que ya ha empezado a hacerlo un poco.

No quiero decirle que anoche la sentí más delgada entre mis brazos, más pequeña. Danielle siempre ha sido enorme, y esto la está encogiendo. Lo detesto. Detesto pensarlo.

—Kai…

Me encanta como pronuncia mi nombre, hasta cuando hay pena en esas tres letras.

—¿Me equivoco? —le pregunto a ella, pero concentrado en la pared que hay frente a mí.

—Sí y no. Necesito salir de la isla una temporada, eso es cierto.

—¿Igual que cuando tu madre perdió a tu padre? ¿Quieres olvidar que, en realidad, todo te recuerda a él?

—A vosotros. Todo me recuerda a vosotros. Y Akela se ha ido y tú pareces estar muy lejos. —No le replico. No sé qué contestarle a eso—. Joder, solo han sido ocho meses…

¿Se puede reír y llorar una frase al mismo tiempo? Supongo que Dany puede hacer cualquier cosa. Lo aprendí hace mucho, no sé por qué me extraño ahora.

—¿Qué?

—Ocho meses, Kai. Solo hace ocho meses que os conozco a todos y... Y cada rincón de este lugar ahora sois vosotros, hasta aquellos en los que no hemos estado juntos. ¿Cómo es eso posible? ¿Cómo puedo ir a mi mercado favorito y pensar que a Gia le encantaría ir allí conmigo para comprar zanahorias para Carotte? ¿Cómo puedo acordarme de Magnus y Dana cuando entro en cualquier bar, pensando que su chiringuito siempre es más bonito que cualquiera que pise ahora? ¿Cómo puedo buscar un ajedrez cada vez que entro en cualquier tienda porque Eric y Frank me dijeron una tarde de diciembre que echan de menos jugar juntos los domingos? ¿Cómo puedo evocar a Agnes y a Piper en cuanto veo a un turista con un *lei* colgado al cuello? ¿Cómo pueden entrarme ganas de llorar en cuanto escucho rasgar las cuerdas de cualquier instrumento sabiendo que él ya no volverá a tocar su ukelele? ¿Cómo puede... cómo puede olerme toda Kauai a ti si ya no estás en ningún sitio?

La escucho sorber el llanto y solo puedo pensar en que no entiendo que aún le queden lágrimas que derramar. Yo hace días que me sequé.

Quizá ese sea el secreto de Dany, que hace mucho que entendió que llorar limpia y que retener toda esa agua salada dentro de ti también ahoga.

—A veces yo me pregunto lo mismo, Lani.

Nos quedamos en silencio otra vez. Con Dany viví muchos momentos sin palabras que también nos hablaron de quiénes éramos, de lo que compartíamos sin nada más entre los dos. Un sofá, nosotros y dos manos que se buscan despacio, hasta alcanzarse, hasta agarrarse fuerte. Eso fuimos entonces y eso somos ahora.

No sé quién se mueve primero, solo que cuando pronuncia la siguiente frase doy gracias a Kāne por que sus dedos estén entrelazados con los míos, sujetándome para no caer.

—Me voy a marchar, Kai, pero esta vez me gustaría no hacerlo sola.

—Dany… Yo no puedo irme.

—¿Por qué?

—Mi trabajo…

—¿Ese que no te gusta? ¿Ese al que estabas atado solo por la estabilidad, el seguro médico y el sueldo generoso con el que pagar facturas? Ya no te hace falta, y feliz tampoco.

—Mi *ohana*…

—Tu *ohana* te esperará aquí. Y a mí también.

—¿Es que piensas volver? —A ninguno nos pasa desapercibido el deje esperanzado en mi voz.

—Kai, Akela me pregunta qué me has enseñado en este tiempo. Para mí, es sencillo responder a eso: contigo he aprendido que puedes sentirte en casa en muchos sitios diferentes, porque un hogar son personas y no ciudades. Cuando murió mi madre, no creí que fuese posible volver a sentir que tenía una familia, y Akela y tú me demostrasteis que me equivocaba. Así que, sí, pienso volver. Puedo seguir recorriendo este planeta que siempre tiene algo nuevo que descubrirme, respirar un aire que sepa diferente, pensar en Akela en rincones que a él le hubiesen encantado y volver a casa de vez en cuando entre medias, porque ahora tengo una casa a la que volver.

—Suena… —Carraspeo para deshacer el nudo que me oprime la garganta, aunque solo lo logro a medias—. Suena increíble.

—Podrías vivirlo además de escucharlo.

No insiste más cuando yo no le respondo nada.

Ella me ofrece el mundo y yo le devuelvo silencio.

Me gustaría poder decir que Danielle me ha enseñado a ser valiente, pero parece ser que esa es una lección que aún tengo que aprender.

Tomo la tarjeta que he dejado olvidada al lado de mi taza de café ya frío y la releo solo para mí. Ella me observa, dejándome espacio, ladeando la cabeza de esa forma suya que siempre me ha parecido un poco infantil y maravillosamente tierna.

—Tú, Danielle, me has enseñado que existir no es lo mismo que estar vivo. Yo solo existía, y le acabé enseñando a Akela que eso era suficiente. No lo es. Te juro que lo sé, pero todavía estoy intentando averiguar cómo vivir de verdad sin sentirme culpable por hacerlo cuando a mi hermano no se le concedió esa oportunidad.

Me parece verla asentir a mi lado.

Seguimos sin mirarnos, aunque no nos hemos soltado las manos. Me hace cosquillas al acariciarme el dorso con el pulgar y yo me recreo en esta sensación, en su piel despertando mi piel, en este pequeño gesto que me transporta hasta anoche, a nuestra cama, a su pecho contra el mío y sus jadeos haciendo eco contra mi cuello.

Ayer no me sonaron a despedida. Hoy no puedo dejar de preguntarme si lo eran.

—Lee la siguiente tarjeta, Kai. Quedan dos.

Cuando me doy cuenta de que tiene razón, de que solo un par de cartulinas con la letra de Akela nos separan de tener que volver a la realidad, esa en la que Dany se piensa marchar y yo no sé si me atrevo a seguirla, algo feo y oscuro se me abre en el pecho. Y no tengo ni la menor idea de cómo cerrarlo.

24

Un nuevo golpe, una mano que me sostuvo y un hermano bajo el hielo

El doctor Brown era un buen hombre.

Tenía una hija dos años más pequeña que yo con la que solía ir a pescar los domingos por la mañana, había adoptado un perro el año anterior y trabajaba una vez a la semana como voluntario en una clínica en la que examinaba a gente que no podía costearse un seguro sanitario.

Era muy buen hombre. Y, sin embargo, aprendí a odiarlo un poco.

Supongo que a veces es difícil separar la noticia del mensajero.

Había pasado un mes desde que me habían mandado a casa con una decepción enorme en el pecho y un cuerpo libre de leucemia. Solo había regresado en tres ocasiones para que me hiciesen controles de los sarpullidos, que no terminaban de irse, y algunas pruebas más que nos tranquilizasen a todos sobre la EICH.

Todo había estado bien.

El cansancio seguía disminuyendo, los picores en la piel estaban más o menos controlados, el apetito había regresado… Todo estaba bien.

O no.

—Akela... —El tono bastó. No hizo falta nada más que la tristeza en su voz y la compasión en su mirada. Aun así, se obligó a continuar—. Siento tener que decirte esto: el recuento de tus glóbulos blancos vuelve a ser...

—¡No! —lo interrumpió Kai—. ¡No, no, no! ¡Estaba bien! —gritó con una furia descontrolada. No podía culparlo.

Habíamos llegado hacía más de una hora. Me habían sacado sangre con una sonrisa en la boca y me habían dejado aguardando los resultados con Kai, Eric y Dany en la sala de espera minuto tras minuto, con el silencio como única compañía, dejando correr las manecillas del reloj, permitiéndonos darnos cuenta de que tardaban mucho más de lo que se demoraban normalmente cuando las cosas iban bien.

Y entonces, después de una eternidad, había aparecido mi hematólogo con ojos tristes y una invitación a entrar en su consulta.

—Lo sé. —He de reconocerle al doctor Brown que no se dejó amilanar por la rabia de Kai, y te juro que mi hermano emanaba mucha en ese momento—. No sé por qué ha vuelto la leucemia ni por qué lo hace tan rápido en el caso de Akela. La quimioterapia había sido efectiva.

«Había», en pasado. Había sido efectiva y ya no lo era.

La leucemia había vuelto otra vez.

La leucemia había vuelto otra vez.

La leucemia... No, daba igual cuántas veces me lo repitiese a mí mismo. No le encontraba sentido.

Quizá eso fue lo peor en aquella ocasión, lo poco preparado que estaba.

La vez anterior había habido indicios, muchos. Yo había pretendido ignorarlos, pero los había reconocido. Esta vez... Nada. Estaba bien, me sentía sano. Y no lo estaba.

—Eso no ayuda a que comprendamos nada, doctor Brown.

Eric también estaba enfadado, aunque a él la educación le pesaba más que la ira.

Dany solo estaba callada. A veces me sorprendía de verdad lo buena que era colocándose su cara de frialdad intencionada cuando una enfermedad la sobrevolaba, más aún teniendo en cuenta lo poco que se molestaba en ocultar lo que pensaba en cualquier otro aspecto de su vida.

Solo se permitió un gesto de vulnerabilidad. O de fortaleza. No lo tengo claro.

Me dio la mano. Mientras todos preguntaban, gritaban y se desesperaban a nuestro alrededor, ella me sostuvo.

—Han hecho algo mal, ¿verdad? ¿Es eso? ¿Es eso y no pueden reconocerlo?

Creo que lo que hizo Kai podía no ser muy justo, pero sí humano. Todos necesitábamos un culpable, una explicación, algo con más lógica que un «porque sí».

No lo había. Las cosas malas del mundo a veces pasan porque sí. Y eso acojona mucho.

—Kai, no funciona así. Me encantaría poder decirte que sí, porque eso significaría que ahora sabríamos qué hacer, sabríamos cuál es el siguiente paso que dar sin ninguna duda, pero es que no es tan sim...

—¿Cómo que sabrían cuál es el siguiente paso? —Mi hermano pasó de recordarme a alguien enfadado a alguien que está a punto de saltar sobre una presa. Seguía sentado en una de las cuatro sillas que habíamos apiñado frente a la mesa del doctor Brown, aunque estaba tan inclinado hacia delante que parecía a punto de dejarse caer por un abismo—. ¿Es que ahora no lo saben? A estas alturas hasta yo lo sé. Quimioterapia, quimioterapia y más maldita quimioterapia, ¿no?

Por primera vez desde que habíamos entrado en su consulta, mi hematólogo me miró directamente a mí. No me gustó lo que vi en el fondo de aquella mirada. Faltaba algo que siempre había estado allí cuando el doctor Brown había hablado conmigo, algo demasiado importante como para que yo no supiese distinguirlo a esas alturas. Faltaba la esperanza.

—¿Qué pasa, Terry? —me permití tutearlo. Habían sido muchos meses juntos como para que los formalismos nos alejasen en ese momento.

—No podemos darte más quimio, Akela. La fase de inducción y el ciclo que tuvimos que aplicarte antes del trasplante eran muy agresivos. Tu cuerpo no está preparado para que lo arrasemos de nuevo.

No sé si lo sabes, pero el fuego no tiene sombra. Si encendieras una cerilla frente a una pared en la que diese el sol de pleno, verías la silueta de dos dedos sujetando un palito. Nada más.

Si metieses a una persona en una habitación vacía y blanca y dejases que un incendio se desatara junto a ella, al observar cualquiera de los tabiques que la encerrasen en ese cuarto, solo podrías distinguir a alguien gritando desesperado sin que nada pareciera ir mal a su alrededor.

Así me sentía yo en ese momento.

El cáncer volvía a mí.

La leucemia se imponía de nuevo.

Y yo solo podía gritar en silencio mientras sentía que me consumía, que la enfermedad invisible me quitaba las fuerzas.

—¿Entonces? —le insistí con una calma que no sentía en absoluto.

Suspiró con cansancio y se mordió los labios antes de volver a hablar, como si intentase retener las palabras.

—Podrías probar a entrar en un ensayo clínico en fase uno que están llevando a cabo en Washington. Todavía no se sabe si está resultando efectivo, es pronto para poder decirlo, pero podrías ser el perfil que están buscando y el oncólogo que lo lleva es amigo mío, aunque es complicado que te acepten siendo de otro estado y no sabemos si, en caso de conseguirlo, serías una de las personas que recibiría el medicamento o el placebo. Es algo de lo que nunca se está seguro cuando se participa en algo así.

—¿O?

El doctor Brown se giró hacia Dany, que eligió ese momento para intervenir en la conversación, y tragó saliva con fuerza.

Juraría que vi cómo asintió una sola vez en dirección a mi médico, igual que si ella fuese quien le estaba dando ánimos para pronunciar la siguiente frase.

—O podríamos ofrecerte cuidados paliativos.

El silencio rugió en la habitación durante apenas tres segundos. Los que tardó Kai en rendirse a su nerviosismo y ponerse en pie para recorrer la sala con pasos alterados hasta cuatro veces antes de pararse a preguntarle al doctor Brown:

—Bien, vale. Nada de quimio esta vez. De acuerdo. Lo entendemos. ¿Cuándo puede hablar con su amigo para que incluyan a Akela en ese ensayo?

—Kai, quizá tendríamos que darle un poco de tiempo a Akela para que asuma lo que le ha dicho el doctor Brown y decida qué quiere. —Dany fue la primera en enfrentarse a su chico, con la voz firme y la mano casi blanca de lo mucho que yo se la seguía apretando.

—¿Cómo que qué quiere? No hay nada que decidir, Lani, vamos...

—Creo que Danielle tiene razón, hijo. A todos nos vendría bien irnos a casa y hablar de esto con calma. —Eric también lo intentó, encorvado y agotado, como si la vida le hubiese echado veinte años encima de golpe.

—¡¿Hablar de qué?! ¡Llame a su amigo! —le gritó Kai al doctor Brown.

—Kai... —probé yo—. Tengo dieciocho años. Soy mayor de edad. Sé que me quieres y que estás acostumbrado a hacer esto, pero no eres tú quien decide ahora.

—Akela, ¿qué... qué narices estás diciendo?

—Digo que estoy cansado, Kai. Muy cansado.

—Eso son chorradas.

—No, no lo son. Y este no es el lugar para discutirlo. Vámonos a casa y ya volveré para hablar con Terry cuando haya decidido algo.

—¡Que no hay nada que decidir! ¡¡Llame a su amigo!! —volvió a gritar Kai al doctor Brown, esta vez tan fuerte que una enfermera asomó la cabeza con el ceño fruncido y cara de preocupación por la puerta adyacente a la consulta en la que estábamos.

—Kai, te repito que soy mayor de edad y q…

—¡Y una mierda! ¿Eres mayor de edad desde hace cuánto, media hora? ¡Eres un crío que no entiende la magnitud de esto! No eres más que un niño y lo estás demostrando, ¡¡porque te están dando a elegir y estás eligiendo mal!!

—Doctor Brown, ¿quiere que llame a Seguridad? —La voz de la enfermera sonaba fría, igual que la de alguien que ha tenido que ver demasiadas veces una escena parecida. Eso me apenó mucho, pensar en todas las familias que se habían debido de romper allí, a las que la vida se había llevado por delante justo en el mismo lugar en el que yo estaba ahora.

Kai miró con verdadero odio a aquella mujer antes de salir disparado por la puerta, que abrió con tanta fuerza que hizo una muesca en el yeso con el pomo cuando rebotó contra la pared.

Dany levantó nuestras manos aún entrelazadas y dejó un beso cálido en mi dorso antes de hacer amago de soltarme.

—Dejadme que vaya a hablar un momento con él.

Siguió la estela de mi hermano hacia la salida, aunque antes de atravesar las puertas automáticas de cristal se permitió un momento para esconderse tras una esquina y acuclillarse. Se tapó los ojos con un par de dedos y apretó con fuerza, intentando que las lágrimas que pugnaban por escapar volviesen a meterse para dentro. Respiró profundo y dejó salir todo el aire en un quejido apenas murmurado.

Alzó la barbilla al cielo y dejó ir un único pensamiento antes de seguir su marcha.

«Él no. Él no. Él no… Por favor. Él no».

Nadie la escuchó allí arriba.

Encontró a Kai sentado contra un muro en el pequeño jardín delantero del hospital. Tenía las rodillas dobladas, la cara escondida entre ellas y toda la pena del mundo sobre sus hombros.

—A veces me gustaría que tuvieses un segundo nombre, ¿sabes? Es muy estadounidense, no sé por qué ni Akela ni tú lo tenéis. Así, cuando quisiese reñirte, podría usarlo y que lo que fuese a decirte sonase más imponente. Ahora me vendría muy bien poder usar un segundo nombre contigo para remarcar lo imbécil que has sido ahí dentro.

—Dany, de verdad que ahora no estoy de humor para tus tonterías —masculló él sin siquiera mirarla.

—Mira... Te lo voy a dejar pasar porque sé que lo que te acaban de decir es la mayor mierda del mundo, pero más te vale que te pongas de pie y vuelvas al lado de tu hermano un poco más calmado, porque esto no va de cómo te sientes tú, sino de qué necesita Akela y cómo está él.

—No puedo. No... Si no elige el ensayo...

¿Alguna vez has caminado sobre hielo? Yo no. Aquí en Hawái no nieva ni hace nunca la temperatura necesaria como para que alguna de nuestras lagunas se congele, aunque en el instituto solía hablar con un chico que se había mudado desde Alaska unos meses atrás, buscando un lugar que no conociese el frío ni los lagos congelados.

El invierno anterior, su hermano pequeño y él estaban patinando sobre uno que había enfrente de su casa. Lo hacían cada vez que el agua se solidificaba, lo que pasaba a menudo, solo que ese día había sido diferente.

El hielo no parecía distinto, no se notaba más frágil debajo de las cuchillas de sus botas ni se tambaleó mientras ambos se lanzaron a deslizarse sobre él. Pero cuando el hermano de mi compañero se cayó de rodillas por primera vez en esa tarde, una fisura diminuta se quedó allí, callada y latente. Cada vez que uno de los chicos pasaba por encima o cerca de ella, la fisura crecía. Una grieta aquí, una hendidura allá... Una tela de araña que ninguno vio hasta que el más pequeño desapareció bajo ella cuando esta cedió.

Todo parecía normal. Todo parecía estar bajo control. Todo estaba bien. Hasta que dejó de estarlo.

Aquella mañana, Kai se había hundido bajo el hielo.

—No voy a poder hacer eso, Dany —repitió sin tratar ya de disimular el pánico en su voz—. No voy a poder ver cómo se marchita y fingir que me parece bien, que lo apruebo. No voy a poder. No voy a poder...

Danielle se arrodilló frente a él y le enmarcó la cara con unos dedos que se habían quedado muy fríos de repente.

—Sí, claro que vas a poder, Kai. Si eso es lo que elige Akela, si es lo que tenemos que hacer, vamos a poder con ello. Tú no lo sabes, pero el ser humano no es solo huesos frágiles y piel que se amorata ante los golpes. Es resistencia. Las personas resistimos. Gritamos, lloramos, nos desesperamos, nos ahogamos... Y resistimos.

Las lágrimas le brotaban tan rápido de los ojos que formaban océanos enteros en sus mejillas, aunque no se las limpiaba, solo las dejaba correr libres, permitiendo que el agua la limpiase una vez más.

Lloró por mí, por Kai, por Eric, por nuestra familia, por la suya, por ella. Lloró y sanó lo suficiente como para levantar a Kai y pasarle una mano por la cintura a la vez que él dejaba reposar el brazo sobre sus hombros.

Dio un primer paso. Y otro. Y otro.

A la vista de cualquiera que los mirase, solo eran una pareja que caminaba abrazada, no una muleta que permitía al otro avanzar un poquito más.

Llegaron a la puerta de la consulta con los ojos rojos y la sonrisa triste un poco ladeada. Eric y yo los esperábamos allí sin mucho mejor aspecto.

—Vámonos a casa para que puedas decirnos qué necesitas, Keiki.

Yo ya lo sabía.

Creo que Kai ya sabía que yo lo sabía.

Pero solo le susurré un «gracias» y me encaminé hacia el coche. Podía darle un rato más de esperanza. Podía regalarles eso a los tres, aunque yo ya no la sintiese en ningún sitio.

25

Una decisión difícil, una discusión complicada y una vida que deja de serlo a medias

Echaba de menos sentir el viento en la cara cuando iba por la carretera.

Hacía demasiados meses que no se me había permitido subirme a la moto para ir a ningún sitio. En realidad, hacía demasiados meses que no se me había permitido hacer casi nada.

La mañana siguiente a la bola de demolición que nos había lanzado el doctor Brown amaneció anormalmente tranquila en nuestra cabaña.

Eric se había quedado todo el día con nosotros, aunque se había acabado marchando a dormir a su piso. Había sido quien había dado la noticia al resto de mi familia y quien había llorado con ellos en sus cabañas, lejos de cualquier rincón donde yo pudiese escucharlos.

Ninguno había mencionado el tema mientras cenábamos en la mesa del patio. Me estaban dando tiempo para pensar, tal y como había prometido Kai, así que había decidido estirar esa paz un poco más, un día más.

Me desperté casi al alba. Sabía que Dany dormía en la habitación de mi hermano y no quise despertarlos, así que escribí una nota rápida para Kai, que colgué en la nevera con un imán, y mandé un mensaje a Danielle por si no veían la nota y se asustaban al darse cuenta de mi ausencia.

Salí de casa y me dirigí a la parte trasera casi sin pensar.

Me monté en mi moto y conduje. Sin rumbo ni brújulas para intuir mi destino final. Me dejé llevar, y mi instinto me llevó a la misma playa de aquella primera vez, al mar que había traído a Danielle a mi universo.

¿Y si ella había aparecido no para mejorar mi vida, sino para que la de Kai no terminase cuando yo no estuviese? ¿Era eso posible? Bueno, suponía que podían ser ambas cosas.

Kai...

No quería tener esa conversación con él.

No quería.

No sabía.

No sabía cómo explicárselo, cómo hacerle ver lo cansado que estaba, porque ya no me tocaba. A mí no. Otra vez no.

Yo ya había luchado, ya había sonreído aunque me doliesen todas y cada una de las partes de ese cuerpo que me fallaba cada vez más. Había vencido. Aun cuando no creía que en el cáncer se ganase o se perdiese, yo había ganado dos veces la partida al maldito monstruo. Y no había llorado ni me había derrumbado, porque había tenido que ser valiente para que Kai pudiese seguir sin sentir que él también moría un poco. Pero en ese momento estaba tan cansado...

Ser fuerte cuando te sientes más débil que nunca es agotador.

Y ya no.

Ya no más.

Fue raro. En cuanto esas tres palabras se formaron en mi mente, en cuanto tomé la decisión casi sin saber que lo había hecho, sentí alivio.

Había pensado en esa posibilidad, en que todo acabase mal, en que algún día me dijesen que mi camino terminaba en una calle sin salida. Siempre creí que, si llegaba ese momento, el miedo ganaría a todo lo demás, que lloraría, patalearía, me resistiría. Y, sin embargo, la sensación que predominaba con diferencia sobre el resto, sobre el temor, la incertidumbre o la pena, era el alivio.

«Yo decido».

El pensamiento flotó despacio por mi cabeza, llenándola, calmándola con una verdad tan simple.

Por primera vez en años, yo decidía, yo tenía el control. Podía elegir. No era una marioneta en manos de un destino cruel, ni un infeliz al que la leucemia le dictaba el siguiente paso.

Qué hacer a continuación estaba en mis manos.

Y elegí vivir.

Vivir para morir poco después, sí.

Pero vivir al fin.

Aparqué la moto en el primer sitio libre que vi en el aparcamiento y me encaminé despacio hasta la arena.

Me senté demasiado cerca de la orilla, tanto que acabé mojándome el pantalón corto, aunque ni lo noté. Estaba totalmente absorto en aquella sensación que solo el mar me regalaba y que llevaba semanas y semanas sin poder experimentar.

La libertad, la quietud, la paz. La certeza absoluta de que eres una sola gota en un océano que no termina.

Cerré los ojos, inhalé aire y lo solté varias veces.

Despacio.

Sintiéndolo.

Todavía estaba en ese punto en el que salir de nuevo a la calle como si nada me parecía un regalo de por sí.

Escuché unas risas a mi izquierda, una pareja; y una respiración agitada acercándoseme por la espalda, un *runner* que había salido temprano a entrenar. Un golpe inesperado de viento me enfrió un poquito la cara y los restos de una ola más grande que las demás me lamió los pies al llegar a mi altura.

Apreté el disparador. Hice una foto como Dany me había enseñado a hacerlas, absorbiéndolo todo, congelando aquel momento y todo lo que despertaba en mí.

Abrí los ojos y dejé que la vista se me perdiese más allá de la línea que separaba el horizonte.

Ese día también había unos cuantos surfistas desperdigados por la inmensidad del mar que me engullía de frente, a pesar de ser solo las siete de la mañana.

En esa ocasión, a diferencia de la que había vivido meses atrás, observé con atención a las personas que se sostenían sobre sus tablas como si el agua fuese su verdadero elemento, igual que si haber nacido en tierra fuese un error que se empeñaban en salvar una y otra vez internándose en las olas. Entonces ya podía anticipar alguno de sus movimientos, la forma en la que encararían las crestas que se les acercaban por la espalda, el momento exacto en el que se impulsarían sobre sus *longboards*.

Lo extrañé. Hacía mucho que no compartía un día de surf con Dany y con Kai.

Hacía demasiado que no hacía las cosas que de verdad me apetecía hacer.

Era curioso.

Cuando sabes que algo tiene un tiempo límite marcado, lo saboreas más. Casi con prisa, queriendo sacarle el máximo partido, sabiendo que en cuanto la cuenta atrás llegue a cero, te quitarán tu juguete y nunca más podrás disfrutar de él.

Quizá yo no tuviese una fecha de caducidad que mirar al dorso de mi envase, pero sí que era más consciente que nunca de que tenía un final. Y de que quería exprimir los días en los que todavía pudiese reír, en los que aún pudiese abrazarla a ella, en los que pudiese recordarle a él que había sido padre y consuelo para mí en cada momento malo.

Me levanté de golpe de aquel trocito de paraíso y conduje con prisa de vuelta a casa, de regreso a mi hogar. A ellos dos.

Irrumpí en el salón como una exhalación.

Kai estaba en uno de los taburetes de la isla de la cocina, leyendo algunas noticias locales en un periódico que tenía abierto en la *tablet*. Dany, mientras, se había sentado en la encimera, encarándolo, y pasaba las manos por los pelitos en punta que lucía mi hermano tras pasarse la maquinilla, a la vez que daba sorbitos a una taza que desprendía un olor a café recién hecho que podía olerse desde donde estaba yo.

Levantaron la cabeza en cuanto oyeron el sonido de la puerta.

—Buenos días, madrugador —cabeceó ella en mi dirección.

Mi hermano solo se me quedó mirando con una intensidad fuera de lugar a unas horas tan tempranas.

—Hola —dijo más tieso de lo normal.

Levanté la mano a modo de saludo para los dos y casi corrí a mi habitación. Casi, porque, aunque me encontraba infinitamente mejor que hacía dos meses, el cansancio empezaba a ser de nuevo un fiel compañero que aparecía en cuanto forzaba mi cuerpo de más. O a lo mejor solo eran paranoias mías, que ya veía síntomas donde no los había.

Fui directo a mi mesita de noche. Sabía qué buscaba y dónde lo había dejado.

Mi hermano tardó menos en aparecer en mi umbral que yo en localizar la hoja que quería.

—Eh... Oye, Keiki. Creo... creo que tenemos que hablar. Sé que aún puede ser pronto, que puedes necesitar más tiempo, pero... ¿Has tomado alguna decisión? ¿Sabes ya... eh... qué quieres hacer?

Me giré hacia él con un papel sujeto entre el índice y el pulgar.

—Esto.

—¿Qué es eso?

Dany asomó la cabeza desde detrás de Kai y lo rodeó para llegar hasta mí. Tomó el folio de mis dedos y lo abrió para examinarlo.

—¿Tu lista?

—Me gustaría empezar a tachar unas cuantas cosas.

Los vi cruzar una mirada rápida, hablar entre ellos en silencio. Me gustó que ya pudiesen hacer eso, que se entendiesen sin palabras a esas alturas.

—Vale... Pero —siguió Dany, alargando esa última «o»—, ¿quieres ir a algún concierto y hacer *snorkel* antes de hablar con tus médicos para apuntarte al ensayo clínico o...? —Volvió a extender la vocal, queriendo que yo terminase la frase.

—No. Quiero hacer todo eso. O todo lo que me dé tiempo a hacer.

Comprensión en los ojos de ella.

Rabia mal contenida en los de él.

—Todo lo que te dé tiempo a hacer antes de morirte. Dilo, Akela. Si es lo que quieres, dilo todo. Quieres hacer todo lo que te dé tiempo a hacer mientras te dejas morir.

—Kai... —le avisó con tono duro Dany una vez más, como ya lo había hecho en la consulta del doctor Brown.

—¿Qué? Si esto va a ir así, al menos llamemos a las cosas por su nombre.

—Vale. Quiero hacer todo lo que me dé tiempo a hacer de esta lista antes de morir, que es lo que va a pasar, porque no voy a jugar a los experimentos ni a atarme a una cama de hospital más tiempo para acabar muriendo igualmente dentro de unos pocos meses, más cansado, más delgado, más débil y menos vivo que nunca. ¿Te gusta cómo lo he expresado o te lo enuncio de otra manera, Kai?

—Chicos...

—Estás siendo irracional, Akela.

—Chicos...

—Y tú estás empezando a tocarme las narices, Pili Mua.

—Eres un niñato.

—Chicos, venga…

—¡Y tú un egoísta!

Bum.

Lo solté.

Se lo grité.

Se lo lancé a la cara. Una granada con la anilla quitada. Una bomba con el temporizador a cero.

Me salió solo y ya no lo pude retirar.

Kai retrocedió un paso, dolido por el golpe. Un boxeador noqueado, en eso lo convirtieron esas cuatro palabras chilladas con toda mi rabia contenida.

—¿Egoísta? ¿Yo? ¿En serio?

Por su memoria desfilaron todas las noches en vela, estudiando cuando caía el sol, después de acudir a la facultad por las mañanas y trabajar paseando perros por las tardes, conmigo colgado de un portabebés; los veranos dando clases de japonés durante el día y cortando el césped de todo Hanalei después de comer, mirando de lejos la playa y a los surfistas que cabalgaban libres las olas; las madrugadas en vela, acunándome en brazos para conseguir dormirme; los fines de semana llevándome a mis clases de ukelele y rechazando las invitaciones de su antigua pandilla para salir de fiesta por quedarse conmigo viendo alguna película de dibujos en la tele; las horas extras traduciendo documentos que le aburrían y que no entendía, cumpliendo con plazos imposibles y pidiendo nuevos encargos a la empresa para acumular más *bonus* por productividad.

Kai había sido el antónimo de egoísta en su vida en lo referente a mí. Hasta entonces.

Y sabía que podía ser injusto remarcárselo, solo que no pude pasarlo por alto, no cuando de lo que estábamos hablando era de mi vida.

—Kai, has sacrificado un montón de cosas por mí, lo sé. Y nunca, jamás, te lo voy a poder agradecer lo suficiente. Pero, sí, estás siendo egoísta, porque quieres que haga lo que tú esperas para seguir teniéndome a tu lado un poquito más, sin pensar en cómo estaría yo, ni en si es lo que quiero, lo que necesito. Quieres que me apunte a ese ensayo clínico por ti, no por mí.

«No puedo perderte».

No sé cómo no lo escuché en aquel momento. El pensamiento salió tan nítido de su cabeza, tan gritado, tan necesitado, que ahora me parece imposible que no lo oyese allí mismo.

Lo entendía. De verdad que sí.

Sabía por qué se enfadaba él.

Comprendía por qué Dany no había ayudado a su madre como ella le había pedido que lo hiciese.

Éramos humanos. Yo hubiese hecho lo mismo en su lugar, porque pensar en perder a alguien que quieres te hace avaricioso, te hace desear retenerlo a tu lado, aun si eso significa que contigo solo se quede un fantasma de la persona que tú adorabas.

—Es que no... No lo entiendo —acabó confesando—. No comprendo que te rindas sin más.

—Es que no me rindo, Kai. Acepto las cosas.

—Te conformas.

—No me engaño. Voy a morir. Sé de sobra que Eric y tú hablasteis con Terry de nuevo y que él os confesó la poca confianza que tenía en que el ensayo clínico valiese de algo. Está en fase uno, no funciona como su amigo esperaba y tampoco es siquiera seguro que pudiese entrar. Eric me lo contó.

Quiso interrumpirme para quejarse, para esgrimir algún otro argumento débil y desesperado que le permitiese seguir en su cómodo estado de negación un poco más, pero no se lo permití.

—El universo es injusto, Kai, y a veces hay que elegir entre tener un poco de paz o tener justicia. No puedo cambiar lo que va a venir, pero puedo elegir cómo afrontarlo. Y elijo hacerlo viviendo.

A mi hermano le pesaba el mundo. Estaba cansado de sujetarlo siempre en vilo, tanto que tuvo que acercarse a mi cama para sentarse y descansar un poco. Escondió la cara entre las manos, apoyando los codos en sus rodillas, y se tomó unos segundos para respirar.

—Entonces... ¿Eso es lo que vamos a hacer ahora? ¿Saltar de acantilados, cantar frente a desconocidos y adoptar perros? —terminó por preguntar sin apartar aún la vista del suelo de mi cuarto.

—Vamos a acumular todos los momentos que podamos, Kai.

No podía quitarme de la cabeza a la madre de Danielle, a aquella mujer que había tocado en una de las orquestas más importantes de Francia, que había encontrado al amor de su vida en el otro lado del mundo, que había viajado, reído, vivido y soñado. Y que se había ido sin saber que había hecho todo eso.

Yo tenía más opciones que ella. Yo tenía la obligación de hacer cosas que fuesen dignas de ser recordadas, por ella y por mí.

—Quiero aprender a vivir antes de prepararme para morir, Pili Mua. Quiero descubrir cómo aprovechar mi tiempo, aunque este pueda ser más reducido de lo que ninguno querríamos, aunque pueda no bastarme. Quiero coleccionar recuerdos, Kai. Tantos que, cuando la muerte venga a tocarme con su puta guadaña, pueda tirárselos todos a la cara y reírme. Tantos que parezca que he vivido cien vidas. Tantos que no vuelva a sentir que me pierdo nada si un día no puedo moverme durante un tiempo de la cama de un hospital otra vez, o no salir de ella.

Kai estaba empezando a asentir despacio ante mis palabras, con un movimiento pequeño de cabeza, asimilando lo que yo quería, dándose cuenta de lo que le estaba pidiendo que fuesen nuestros siguientes meses juntos, cuando Dany, que había permanecido en silencio todo ese tiempo, desapareció de la habitación sin mediar palabra.

Regresó con un rotulador rojo en las manos y abrió la hoja de papel que todavía custodiaba.

Kai y yo no le quitamos el ojo de encima mientras tachaba la primera cosa de la lista. Yo, sonriendo; Kai, ceñudo pero resignado.

«Descubrir qué quiero hacer con mi vida».

Hecho.

26

Unas semanas de locura, un chaval de dieciocho años y una vida vivida con prisa

—¡Joder, esto del *snorkel* es un peñazo!

—Yo te mato, Akela, yo te ma… ¡No, perdón! No quería decir eso.

—Kai, relájate, que no me voy a morir de repente porque mentes a la Parca.

—Yo también pensé que el *snorkel* sería otra cosa. —Dany tenía tal cara de decepción que hasta me dio un poco la risa.

—Sí, no sé, pensaba que nos sumergiríamos un poco y que veríamos más peces y corales de todos los colores. Si es que con esto me va dando todo el sol en la espalda.

—Pero ¿qué inmersiones quieres hacer, tontolaba? Si vas con un tubo de buceo y unas gafas.

—Ya, bueno, yo que sé. Igual tendría que haber pedido hacer submarinismo…

—Yo te mato. Digo…

—¡Que no pasa nada, petardo, que aún no tienes el poder de cargarte a la gente solo por decirlo! —le increpó Danielle salpicándolo con gracia.

Dany intentaba tomarse aquello con humor, no porque le hiciese gracia, sino porque sabía que yo no podría soportar tenerla a ella también enfurruñada a todas horas.

No supe agradecerle ese esfuerzo, igual que tampoco supe ver que mi hermano y ella atravesaron entonces su primera crisis. A él no le sentó bien que Dany remarcase tanto mi opción a elegir por mí mismo cuando nos habían dado las malas noticias. No se sintió apoyado y en algún momento hasta tuvo la sensación de que ella me había metido en la cabeza la idea de que los cuidados paliativos no eran una mala opción. Todo ello se mezcló con una impotencia que Kai no supo manejar y... Bueno, sea como sea, esos no fueron sus mejores días juntos.

Kai seguía sin aceptar la decisión que yo había tomado, menos todavía desde que me había vuelto un poco loco y había empezado una carrera de fondo para tachar cosas de mi lista como si fuese a desaparecer al día siguiente. Pero es que..., hasta donde yo sabía, podía desaparecer al día siguiente; así que, sí, en las dos semanas posteriores a decirle a mi hermano que no pensaba desperdiciar los últimos meses de mi vida, me lancé a correr cuando mis piernas prácticamente habían olvidado cómo caminar.

Qué mal lo hice todo entonces. Y qué vivo me sentí haciéndolo todo tan mal.

—Paso de seguir chapoteando en la superficie del mar haciendo el idiota con estas aletas puestas. Vamos a ver dónde podemos alquilar el equipo necesario para intentar eso —propuse señalando a dos chavales que se deslizaban por el agua a un par de metros de nosotros, subidos sobre una tabla con una vela enganchada.

—¿*Windsurf*? Si no lo has practicado en tu vida. —Juro que podía escuchar a la perfección la desesperación en la voz de Kai.

—Pues por eso.

No esperé una contestación, solo comencé a nadar hacia la orilla con la firme intención de encontrar a alguien que ofreciese ese servicio a los turistas.

—Tranquilo, seguro que no se hace daño.

—Y una mierda. No sé si será hoy, pero va a terminar mal, Lani. Está descontrolado, y que tú no hagas más que alentarlo no mejora las cosas.

—Kai, solo quiere probar cosas nuevas.

—Que sí, que vale. Que me toca ser el único con cabeza otra vez.

Era cierto.

Danielle estaba deseando poder ofrecerme todo lo que ella creía que la leucemia me había quitado.

Dana, Piper y Magnus decían que me veían bien, así que no entendían que no pudiese divertirme un poco.

Frank estaba convencido de que cualquier cosa en el mundo era más segura que montar en moto, así que solo se oponía a que me subiese sobre mis dos ruedas.

Gia y Agnes ponían mala cara, aunque callaban.

Y Kai… Kai se desahogaba con Eric, que trataba de calmarlo a la vez que él mismo se autoconvencía de que solo estaban dándome lo que yo quería, lo que de verdad necesitaba después de tanto tiempo sintiéndome inútil, enfermo y agotado.

Mientras, yo me dedicaba a tener dieciocho años. Puede sonarte tonto, pero no lo es. Yo jamás me había permitido por completo ser un chaval. Hasta cuando estaba sano era consciente de que la situación de mi familia no era la más normal de todas, así que siempre había procurado ser responsable, dar pocos problemas, no meterme en líos… Eso se traducía en algo en lo que no había caído hasta hacía poco: mi adolescencia había sido bastante aburrida.

Pero entonces me dijeron que me moría. Y empecé a vivir, sin pensar en mañanas o en si me podía partir la crisma en alguna de las miles de cosas que deseaba probar antes de irme. Solo quería llenarme de aventuras, de locuras, de cosas que hubiese recordado con una sonrisa en la cara si hubiese podido llegar a viejo.

Por eso, arrastré a Dany y a Kai conmigo en un salto de paracaídas increíble que mi hermano se negó a hacer al principio y que quiso repetir en cuanto pisamos tierra.

También me empeñé en nadar con tiburones, lo que moló bastante, aunque fue menos impresionante de lo que esperaba. Eran más barracudas pequeñas y sobrealimentadas que escualos enormes y amenazantes.

Ah, y participé en uno de esos retos de comida gigante que ofrecía un restaurante local. No conseguí terminarme la hamburguesa de dos kilos, si te lo estás preguntando. Lo que sí hice fue vomitar durante toda la tarde mientras Kai me enunciaba por decimosexta vez ese día por qué era una idea de mierda no intentar apuntarme al ensayo clínico del que me había hablado el doctor Brown.

Pero es que, a ver, no tenía tiempo para eso. Los dos sabíamos que era poco probable que me escogiesen y que, de hacerlo, no había garantías de nada. Y yo aún tenía que asistir al día siguiente a una fiesta típica hawaiana —¿te puedes creer que no había ido nunca a ninguna siendo nativo de aquí?—, bailar el *hula* con alguna chica guapa al más puro estilo guiri y buscar algún festival de música al que poder ir con Dany.

Tenía ansias por vivir y no pensaba en nada más. Ni en si mi actitud podía dolerle a la gente que quería, ni en si me estaba cuidando como debía, ni siquiera en de dónde salía el dinero para pagar todo lo que estaba queriendo probar. Cerré los ojos al hecho de que los ahorros de Kai bajaban un poco más con cada nueva idea que a mí me asaltaba en sueños a mitad de la noche. No es que a él le importase, estaba dispuesto a pedir un crédito si hacía falta en caso de que a mí me diese por querer alquilar un cohete para conocer la Luna, y no me iba a negar nada, por mucho que odiase lo que estaba haciendo. Si había nuevas facturas médicas que pagar, lo afrontaría más adelante, aunque mi familia no le iba a permitir llegar a eso.

Agnes seguía sin cobrarle alquiler por la cabaña; Eric se empeñaba en pagar la mayoría de las tonterías que yo había propuesto en las dos últimas semanas, asegurando que tenía dinero de sobra para gastarse en eso, y Dany se quitaba un montón de horas de sueño para poder terminar todos los pedidos que le iban llegando y llenarnos así la nevera cada dos por tres.

Todo y todos a mi disposición.

Pararon sus vidas para darme a mí una más emocionante.

Ya te lo he dicho, lo hice jodidamente mal esas semanas.

Lo más curioso es que ahora, mirándolo desde aquí, desde el otro lado, recuerdo más lo pequeño que lo grande.

No evoco tanto el subidón de saltar desde un avión como las risas de Dany cuando vomité un poco al tocar tierra. No me parece tan importante la adrenalina de sentir una aleta cartilaginosa rozándome la pantorrilla, no al menos si lo comparo con el peso del brazo de Kai cuando me lo pasó por los hombros y con su sonrisa al decirme que estaba orgulloso de mí por lo valiente que había sido.

Era algo que no vi entonces, pero sí ahora. No era lo que hacía, sino quién lo hacía conmigo.

Tuvo que llegar el primer aviso serio para que me calmase, para que cayese en que estaba llevando aquello como no debía. Para que me diese cuenta de que me moría de verdad.

27

Una carrera, un susto que me tomó desprevenido y una losa muy pesada

El nivel de ansiedad de Kai era tan alto que empezaba a pegárseme un poco.

—Relájate, hombre, me estás poniendo nervioso.

—Esto no es una buena idea. Joder, no sé por qué me he dejado enredar. Esto es una idea de mierda.

Sí que lo era. Hasta yo tenía mis dudas en esa ocasión, pero había logrado convencer a mi hermano después de una discusión enorme que había acabado conmigo gritándole como un niñato malcriado y con él cediendo para evitar que nos enfadásemos.

Kai tenía verdadero pánico, ya entonces, a amanecer un día cualquiera y que yo no lo hiciese con él, así que procuraba no alterarme y esquivar cualquier motivo de conflicto. Siempre que nos peleábamos, se despertaba en mitad de la noche con sudores fríos y la horrible certeza de que las últimas palabras que había tenido conmigo habían sido chilladas y llenas de resentimiento.

Yo lo sabía y me aprovechaba de ello.

Sí, sí, ya lo sé: no lo estaba haciendo bien, eso ya lo hemos dejado claro: pero dame un poco de cancha; yo también estaba averiguando cómo encajar todo aquello. Y, además, está muy feo hablar mal de los muertos.

—Toma, anda, póntela.

Volví la cara hacia Eric. Por un momento no me di cuenta de lo que me ofrecía, me distrajeron demasiado sus mallas superajustadas y su camiseta amarilla fosforita.

—Akela, toma...

Bajé los ojos hasta su mano extendida y, entonces sí, vi la mascarilla.

—¿Y eso?

—El doctor Brown dice que, ya que no hemos podido convencerte de que no participes en esto, al menos consigamos que corras con esta cosa puesta, para evitar las bacterias que todo el mundo dejará por el aire.

—¡¿Habéis hablado de la carrera con el doctor Brown?!

—Alguien debe tener cabeza en todo esto, ¿no? —masculló Kai lo bastante alto como para asegurarse de que lo escuchaba.

—Venga, chicos, dejadlo, que ya va a empezar. Akela, ponte la mascarilla, anda, por favor.

Eché una mirada malhumorada a Dany, pero tomé el trozo de filtro que Eric aún me ofrecía.

—Gracias —me concedió ella.

Se la notaba cansada. No sabía cómo hacerlo para tenerme contento a mí, para no sentir que me cortaba las alas, y para que Kai no estuviese siempre tan triste, o tan enfadado. O tan perdido.

Era la mediadora, a la que ambos recurríamos, sin darnos cuenta de que a ella las fuerzas también podían flaquearle a veces, que todo lo que estaba viviendo conmigo era a ratos un enorme *déjà vu* en el que no paraba de despedirse de una persona a la que quería.

Dany lloraba casi siempre hacia dentro cuando se trataba de mí. Pensaba que no tenía tanto derecho a estar triste como los demás porque hacía menos que me conocía. Ya ves qué tontería, ¿eh? Como si las conexiones supiesen de meses y calendarios.

Ignoré su agradecimiento y me di la vuelta para estirar un poco más, preparándome para un ejercicio físico mucho mayor del que había hecho en muchas semanas. Evidentemente, no iba a terminar los diez kilómetros que completaban la carrera, pero quería recorrer todos los que me permitiesen las fuerzas que había acumulado los días anteriores.

Disimulé un escalofrío que me recorrió la espalda. No era el primero de la mañana. Llevaban asaltándome a menudo desde la noche anterior, aunque los había ignorado.

Me toqué con disimulo la frente y volví a sentir el mismo calor que dos horas atrás, cuando me había tomado la temperatura de la forma más rudimentaria que existía por primera vez.

«No es fiebre. Solo hace mucho calor. No pasa nada. Sigue».

—¿Pasa algo, Akela? —Eric me estaba mirando fijamente, con el ceño un poco fruncido, estudiándome. Me había quedado demasiado quieto.

—No, nada. Es solo que este paisaje me atonta. Es increíble.

Pareció conforme con la respuesta, lo que no era de extrañar, las vistas no podían ser más espectaculares. Una asociación local que intentaba ganar dinero para la investigación de enfermedades raras había convocado esa competición, por los aledaños del Waimea Canyon, en la que cada participante debía pagar por su dorsal. Me había enterado de su existencia dos días atrás y había apuntado a Kai, a Dany y a Eric sin comentárselo antes siquiera, sabiendo que me seguirían hasta donde yo pudiese llegar esa mañana, aunque ya no estaba tan seguro de que hubiese sido una buena idea.

Allí había mucha gente, mucha más de la que yo sabía que era seguro para mí.

Además, yo no estaba bien.

Ignoré lo que me gritaba mi cuerpo una vez más, me había vuelto experto en ello; pero, por mucho que cerrase los ojos, no iba a volverme ciego. Los problemas iban a alcanzarme. Porque había elegido ser estúpido. Había elegido quedarme. Arriesgarme.

Y me salió mal.

El primer bocinazo de aviso nos hizo colocarnos a todos en la línea de salida. Con el segundo, empezamos a trotar entre risas nerviosas y apuestas por ver quién cruzaría antes la meta.

La gente pasaba por mi lado todo el tiempo. Brazos rozándome, chavales que tosían casi en mi nuca, hombres que se sonaban la nariz taponándose una de las aletas y bufando con fuerza por la contraria, manos extrañas y sudadas que palmeaban mi espalda para animarme… Me estaba poniendo nervioso, pero no pensaba reconocerlo ni bajo tortura.

Seguí. Seguí porque era un chico sano de dieciocho años que no tenía que preocuparse por tonterías como bacterias o gérmenes, aunque no llevaba más de veinte minutos corriendo cuando me sobrevino la sensación de ahogo.

—¿Te encuentras bien? —Kai marchaba a mi lado sin apenas esfuerzo, lo que me dio una rabia absurda e infantil.

—Sí, claro. Es esta estúpida mascarilla, que no me deja respirar bien.

Me la arranqué de malas formas, sin pararme a observar las caras de reproche de Dany o de mi hermano. Solo quería poder hacer un poco de ejercicio sin pensar en nada más, correr hasta dejar atrás todos mis problemas.

Aguanté otros quince minutos de forma decente. Había disminuido el ritmo, mis zancadas eran más lentas, pero nadie comentó nada, solo se adaptaron a mi velocidad y dejaron que otros corredores nos adelantasen sin esfuerzo.

Celos. Sentí celos de esas personas, de su despreocupación, de su actitud relajada, observando los picos de las montañas que nos rodeaban, maravillándose cada vez que daban alguna curva y el gran cañón del Pacífico les regalaba otra instantánea digna de inmortalizarse en sus mentes.

Algo más de un kilómetro después, me detuve, exhausto. Y estallé.

—¡Esto es una estupidez! ¡Paso! No hay quien corra tranquilo con tanta gente alrededor. Me distraen y… y vosotros no hacéis más que vigilarme como si me fuese a desplomar en cualquier momento.

—Es que nos gustaría sostenerte a tiempo si eso pasa, enano.

—No tiene gracia, Dany.

—No intentaba ser graciosa, Akela.

Nos habíamos parado en mitad del sendero. No es que interrumpiésemos la marcha de muchos participantes, casi todos nos habían doblado ya, así que me limité a encararme con ella allí mismo.

—Pues es raro, pensé que tú eras la de los chistes malos sobre cuándo la voy a palmar.

Nunca le había hablado así, con rabia, con desprecio, casi escupiendo las palabras.

—Eh... —me avisó Kai.

—Eh, ¿qué? ¿Vas a ponerte del lado de tu novia?

Di un paso hacia atrás tambaleante, cansado.

—Akela, ten cuidado, por favor —se metió Eric, intentando agarrarme del brazo.

—¡Suéltame! ¡No necesito ayuda, joder! Me he tirado de un maldito paracaídas y he nadado con tiburones, ¿de verdad os creéis que soy un enfermo de mierda que necesita ayuda hasta para salir a trotar por el campo?

—Keiki...

—¡No! ¡Dejadme en paz! ¡Estoy bien! ¡Estoy...!

El mundo giró trescientos sesenta grados en derredor de repente. El paisaje se desenfocó y mi cerebro no consiguió volver a ponerlo todo en su sitio por mucho que se lo ordené.

Rodilla al suelo. El sudor resbalándome por el cuello, uno frío y terrorífico. Las pulsaciones disparadas. El miedo regresando.

—Mierda. ¿Akela? Eric, ve a por el coche —escuché ordenar a Kai.

—No, no, tardaría mucho. Voy a buscar a los encargados de la carrera. El camión de cola ha pasado por aquí hace solo tres minutos, llegarán antes.

Había terror en la voz de Dany, aunque no me podía concentrar en él, solo podía pensar que era imposible, que la gente no empeora tan rápido. Hasta hacía unas horas, yo me encontraba mejor que nunca, no iba a desplomarme sin más por forzarme un poquito en una estúpida carrera.

Era imposible.

¿No?

Verás, es curioso cómo vemos las cosas cuando estamos metidos demasiado dentro de ellas.

Yo me hubiese puesto ante cualquier polígrafo del mundo sin dudarlo para asegurar que, desde que había salido del hospital con el último diagnóstico, hacía ya tres semanas, me encontraba estupendamente. Y habría superado la prueba. El polígrafo habría dicho que no mentía, porque yo no creía estar haciéndolo.

Me repetí tantas veces que si me habían dado el alta y habían puesto tan pocas pegas a que me decantase por los cuidados paliativos en realidad yo no debía de estar tan mal, que me lo creí a pies juntillas; y, durante un breve periodo de tiempo, conseguí que mi organismo también se lo creyese.

No se me ocurrió pensar que lo que en verdad ocurría es que no había más opciones que hubiese podido escoger. O quizá sí. A lo mejor en el fondo ya lo sabía, y por eso me habían entrado unas ganas locas y estúpidas de vivir cosas que me daban igual.

Adrenalina, riesgo, aventuras... Todo eso estaba genial, pero no era yo, no era como yo elegiría vivir los últimos días de mi vida.

Días.

No meses. Puede que ni semanas.

Me podían quedar días.

Me moría.

De verdad me moría.

La losa me cayó encima antes de que cerrase por completo los ojos.

28

Unos ojos cerrados, unas voces conocidas y un despertar lúcido

—No sé qué hacer, Lani.

¿Kai? Esa era la voz de mi hermano, pero no… No lo veía. No conseguía abrir los ojos.

—Oye, tranquilo, va a salir de esta, Kai, ya lo verás. Va a estar bien.

Dany. Dany estaba con Kai.

Qué calma más absurda me proporcionó esa certeza.

Estaban juntos, cerca, aunque seguía sin poder verlos. Solo los oía a ellos y… un pitido, uno que conocía bien. Era la máquina que marcaba mis constantes vitales.

Estaba de nuevo tumbado en la camilla de un hospital.

—¿Hasta cuándo?

—Kai…

—Tú podrías convencerlo de que bajase el ritmo, de que… no sé, de que hiciese algo. Podemos llevárnoslo a otro centro. Si aquí no quieren seguir probando con la quimio, podemos…

—Kai, no es que no quieran, es que no pueden.

—Te has rendido. Te has rendido como él. Todos lo habéis hecho.

—No es eso, solo…

—Solo aceptas que se muere y ya está.

—Es que no hay otra cosa que hacer…

—Necesito salir un rato.

—Kai…

—¡No! Déjame solo un rato, Danielle.

Escuché el sonido de una puerta cerrándose y, después, solo el pitido rítmico y constante de las máquinas. Hasta que oí el primer sollozo que le salió a ella del pecho, ese que sonó como algo rompiéndose en su interior.

—Eric, ¿tú crees que… crees que el espíritu de mamá encontrará al de Akela?

Pi… Pi… Pi…

De nuevo, únicamente el goteo constante de mis latidos reflejados en robots.

No sabía cómo hacerle saber a Kai que podía escucharlos, que, aunque mis ojos no se abrieran, mi cabeza estaba allí con ellos, registrando conversaciones, absorbiendo información.

No estaba en coma. No podía ser eso. Estaba dormido, solo que, en vez de soñar, me quedaba oyendo pasar por mi habitación a toda mi gente, de uno en uno, de dos en dos. Todos hablándome, todos con algo que decir, con ruegos que hacer, con miedos que mostrar.

—Sí, creo que sí.

—Pero ¿y si no lo reconoce? Quiero decir, ella no lo conoció. ¿Qué pasa si se queda solo, sin nadie que lo guíe, que le diga qué hacer cuando pase al otro lado?

—Kai, tu madre ya quería a Akela antes de que naciese. Lo llamaba «su segundo milagro». Supongo que no te cuesta imaginar quién era el primero. Ella lo amaba, y los espíritus no entienden de caras o de cuerpos, solo de energías, de almas conectadas. Lo encontrará; ella era capaz de todo. Lo hará.

Nunca me había planteado por qué el tío Eric jamás había tenido una relación seria en todos esos años. En casa no se hablaba de mi madre, así que era imposible que Kai o yo hubiésemos podido notar ese matiz en su voz al recordarla, ese amor que se le escapaba entre palabras y anhelos ya imposibles.

Eric es otra persona que no vivió cuando le tocaba, que no se atrevió, que no dijo lo que sentía, lo que quería. Y ya nunca podrá hacerlo.

Maldita costumbre de pensar que nuestro tiempo en el mundo es eterno, que siempre habrá un mañana, que las cosas importantes se pueden dejar para el día siguiente.

Yo no iba a tener muchos días siguientes, y me tocaba parar y asumirlo, pensar cómo quería vivir de verdad lo que me restaba en esta tierra. Yo no era Dany, las locuras impulsivas no iban conmigo. Vivir bien no tiene que significar vivir a lo loco, solo hacerlo de forma que cada día sonrías antes de irte a dormir, sin pensar en lo que aún no te atreviste a probar. Sintiéndote feliz.

Tan simple y tan complicado.

¿Qué era lo que hacía que a mí se me llenase el pecho de paz?

—Buenos días, Kai.

—Buenos días, doctora Jackson.

Tenía ganas de ponerle cara a la doctora Jackson. No sabía cuál era su especialidad ni por qué me trataba ella en vez de Terry, puede que fuese porque lo que me había llevado hasta allí esa vez tenía que ver con la leucemia y no tenía que ver con la leucemia al mismo tiempo.

—¿Has dormido algo hoy?

—Un par de horas, eso da igual. ¿Qué tal está?

Lo imaginé señalándome con la cabeza, con su gesto de padre preocupado, y un calor amable se me extendió por el pecho.

¿Cuándo había sido la última vez que le había dicho a Kai que lo quería? No me acordaba. Joder... No me acordaba. «Que no me muera sin poder decírselo, por favor, que no me muera sin poder decírselo». No sé a cuál de todos nuestros dioses se lo pedía. A todos, supongo.

—Mejor. La fiebre ya ha empezado a bajarle y la infección está remitiendo.

En el suspiro que dejó ir mi hermano había tanto alivio que rogué por que alguien le hubiese ido a dar un abrazo, solo que no escuchaba a Dany por allí.

—Todavía queda camino, ¿de acuerdo? Se va a encontrar bastante débil después de esto. Necesito que os toméis más en serio las consultas de revisión, el descanso y la medicación. Kai, Akela está mal, y necesita darse cuenta de ello.

—Lo sé, lo sé. Es que es tan cabezota...

—No estoy diciendo que no pueda hacer una vida relativamente normal, solo que debería ajustar su actividad a las fuerzas reales que tiene, no forzarse. Esta infección ha provocado un bajón muy grande en su estado físico, no va a poder seguir el ritmo que me has contado que estaba llevando.

—Bien... Bien.

Aquella mujer no lo dijo, pero Kai lo entendió, igual que lo hice yo.

Mi tiempo se acababa.

Y el que nos quedaba juntos, también.

La puerta se abrió y se cerró.

Esperé a que quien hubiese entrado empezase a hablar conmigo, como hacían todos en cuanto ponían un pie en mi habitación, solo que no pasó nada.

Pensé que, quizá, alguna enfermera había asomado la cabeza para comprobar si yo estaba bien y se había marchado sin más al comprobar que seguía dormido, pero el chirrido de las patas de una silla siendo arrastrada por el suelo me sacó de mi error.

Alguien se dejó caer sobre el vinilo de aquel asiento, que chilló, quejándose por el peso.

Unos pies movieron un poquito la sábana al apoyarse en el lateral del colchón, a la altura de mi cadera.

Y silencio.

Bueno, silencio en ese momento. Ahora, desde aquí, la escucho alto y fuerte.

«Ojalá estés bien, enano. No por fuera, sino por dentro. De verdad espero que sepas lo que estás haciendo, porque yo estoy casi tan perdida como entonces, como cuando le tuve que decir adiós a ella».

Eso no lo oí aquella tarde. Aquella tarde, solo el rasgueo de unas cuerdas pequeñas y conocidas desgajó la quietud de la habitación.

Fue de las pocas veces que no la escuché cantar en francés teniendo mi ukelele entre las manos.

Fue algo más típico, una de las primeras canciones que toda persona con ese instrumento aprende a tocar. No por ello fue menos especial.

Me llevó hasta algún lugar por encima del arcoíris, y allí volamos juntos, al lado de esos pequeños pájaros azules, donde no había decisiones difíciles que tomar ni enfermedades que pudiesen separarnos.

Creó ese universo para mí, eso es lo que ella hacía. Dany podía sentir toda la pena del mundo en su interior y, aun así, sonreía. Le sonreía a la vida, que había sido muy puta y muy bonita. Lloraba y se caía con cada nuevo golpe, pero se lavaba las heridas y se levantaba una vez más. Porque, sí, Danielle era de las que miraban de frente al miedo; de las mujeres que cualquier guerrero llegaría a admirar y a temer; de las que, cuando todo empezaba a arder, bailaba junto al fuego.

Había decidido que me apoyaría en mi decisión de seguir adelante solo con la ayuda de los cuidados paliativos y lo haría, aunque supiese que la herida que yo le dejaría sería difícil de cerrar, aunque asumiese que la cicatriz que guardaría de esos meses sería grande y fea.

No importaba. Ella lucharía esa guerra por mí, se enfadaría con Kai por mí, renunciaría a un Kauai perfecto por mí.

Porque de eso iba aquello.

De lograr que el otro se riese de la vida hasta cuando esta quería que llorases.

De estar juntos haciendo nada y todo.

De disfrutarnos. De sentirnos. De querernos.

De apoyarnos.

Juntos, siempre juntos.

—¿Sigues enfadado conmigo?

Dany no sonaba arrepentida. No le estaba pidiendo perdón a Kai por nada, solo intentaba averiguar cómo se encontraba su novio. Porque esperaba que siguiese siendo su novio.

—No estaba enfadado contigo, Lani.

Mintió. Al menos en parte.

No estaba enfadado solo con Danielle, lo estaba con el universo. Aunque también un poco con ella en concreto.

No conseguía acallar una vocecita que se había instalado muy dentro de su cabeza, escondida, y que no paraba de repetir que si yo no hubiese conocido a Danielle, no hubiese notado tanto que mi vida había sido mucho más aburrida de lo que yo creía.

Solo que no era aventura lo que yo deseaba. Ya no.

No se trataba de correr de un lado a otro, acumulando momentos. No quería momentos, quería a personas.

Joder, qué ganas tenía de despertarme de una maldita vez para poder hablar con ellos.

—Pero no te gusta que me niegue a hablar con Akela para convencerlo de que pruebe terapias alternativas o remedios milagrosos.

—Ya me da igual.

Hubo una rendición extraña en su forma de hablar, una que no estaba allí el día anterior.

—¿Qué pasa? ¿Qué no me estás contando?

—Nada.

—Kai...

—Da igual, Lani, en serio.

Las suelas de goma de las zapatillas de Danielle hicieron ruido al moverse por el suelo de la habitación. La imaginé apartando sin miramientos las manos del regazo de mi hermano y haciendo suyo ese espacio que ya llevaba su nombre.

—Eh, oye, estoy aquí. Kai, estoy aquí. Siempre lo voy a estar.

Quiso creerle, de verdad que sí, aunque no lo consiguió del todo.

Mamá se había ido.

Yo elegía marcharme.

Kai había dejado de confiar en que la gente que quería se quedaba.

—Vamos, no te lo tragues, cuéntamelo.

Suspiró, y se rindió en ese suspiro.

—Hablé con Terry anoche, cuando se marchó Eric. Le había pedido que hablase con su amigo para inscribir a Akela en el ensayo clínico del que nos habló. —Se calló, esperando alguna reprimenda por parte de Dany que no llegó, no porque no desease soltarla, sino porque entendió que la tristeza en la voz de Kai no necesitaba que la avivasen más—. Ayer me confirmó que no lo habían aceptado. No hay opciones, no hay remedios milagrosos más allá de curanderos y homeopatías, no hay tiempo ni esperanza. La leucemia se lo está comiendo más rápido de lo que pensaban y solo pueden ofrecernos pastillas para paliar los dolores y asistencia telefónica si Akela decide quedarse en casa. Sé que...

Se le rompió la voz. Se le hizo añicos el corazón, que cayó al suelo y se extendió como cristales agrietados. Se hundió de nuevo en aquel lago congelado del que no conseguía escapar.

—Sé que no debería haberlo hecho a sus espaldas, que si lo hubiesen aceptado… Ni siquiera sé qué hubiese pasado si lo hubiesen aceptado, pero tenía que intentarlo, Lani. Necesitaba… Es mi hermano, es… Es mi hermano.

¿Sabes? Ese día, al escuchar a Kai permitirse ser pequeño mientras Dany lo sostenía, entendí que morir no es tan complicado; dejar que alguien a quien quieres decida morir… Eso sí te mata un poco.

Llevaba sudando la fiebre cuatro días completos.

Por lo visto, había estado despierto a ratos, aunque yo no lo recordaba. Incluso había mantenido conversaciones que mi mente había borrado por completo, como si hubiese estado borracho y no enfermo.

El caso es que Gia no se extrañó cuando abrí los ojos aquella mañana. Ya me había visto hacerlo dos veces más estando de visita.

—Hola, chico. Espero que esta vez aguantes con los párpados separados más de minuto y medio, que no me da tiempo a contarte nada en ese tiempo. Ya he llegado a la mitad del libro, vas a alucinar. Resulta que Loren, la criada, estaba teniendo un romance en secreto con Dean, el de las caballerizas, pero su señor los atrapó y…

—Gia, ¿qué me estás contando?

—Lo nuevo que he leído de la saga de las doncellas secuestradas con la que llevo toda la semana. Agnes no me deja comentar mi lectura con ella. Dice que el porno lo prefiere en vídeo y entre mujeres.

—Ay, la leche, Gia, no me cuentes qué tipo de porno preferís, que sois como mis abuelas.

—¡No tenemos edad para ser tus abuelas!

—¿Cómo que no? Que tienes…

—A nadie le importa mi edad, jovencito.

—No seas boba, si estás estupenda.

—Espera... Tú estás muy lúcido. ¿Cómo te encuentras?

—Bien, supongo.

—Ay, madre.

Gia se levantó a toda prisa de su silla y empezó a buscar de forma frenética algo por encima de mi cabeza. Pulsó varias veces seguidas un botón que no emitió ningún sonido, pero que debió de cumplir con su misión, porque apenas unos segundos después apareció una mujer joven y asustada en la puerta de mi habitación preguntando por la insistencia del aviso.

—Llame a la doctora Jackson, por favor, creo que Akela ya no tiene fiebre.

No la tenía. Estaba bien, o todo lo bien que iba a poder estar a partir de ese momento.

Aún me quedaban seis días más allí ingresado, pruebas, revisiones, explicaciones eternas sobre los cuidados que necesitaba, consejos sobre el uso de silla de ruedas en caso de cansancio extremo, goteros que me alimentasen si me encontraba débil como para comer o si mi estómago dejaba de admitir comida, asistencia sanitaria remota... Lo de cómo administrarme medicación por vía subcutánea, en caso de que llegase a ser completamente necesario porque por vía oral no fuese suficiente, nos llevó dos días enteros. Morirse era mucho más trabajoso de lo que yo me había pensado, pero no me importaba. Eso vendría después, entonces solo había una cosa que llenaba por completo mis pensamientos, algo que necesitaba compartir.

—Gia, ¿puedes llamar también a Kai y a Dany, por favor? Ya sé lo que quiero hacer a partir de ahora.

29

Un viaje que planear, una despedida que odié y un último favor

—No, no, no, Makola, no necesito un ferri entero. ¿Qué narices piensas que voy a hacer yo con un ferri entero? Solo quiero una plataforma en la que poder llevar mi furgoneta bien anclada y que nos remolques hasta allí con tu barco.

— …

—¿Sí? ¡Joder, eres el mejor! Te debo una enorme. ¡Gracias!

— …

—Vale, pues estaré pendiente del móvil. *Aloha*, encanto.

Dany colgó con una sonrisa enorme en la cara. Estaba tan feliz de poder hacer aquello por mí… Y eso que ni siquiera sabía que había improvisado sobre la marcha todo el lío en el que los estaba metiendo.

Cuando al fin salí de mi estado semicomatoso, producto de la fiebre que me había provocado mi estilo de vida nada cuidadoso ni higienizado, Gia cumplió tan rápido mi deseo de llamar a mi mejor amiga y a mi hermano que tuve que buscar a toda leche algo en internet para tener un plan que soltar al llegar ellos, apenas veinte minutos después.

Oahu fue la primera opción que se me pasó por la imaginación. Era una isla cercana, a unos ciento setenta kilómetros.

Podríamos llegar allí en barco y estaba casi seguro de que a Kai no le parecería una locura tan grande como plantearles subirnos a un avión a Nueva York. También lo propuse, por eso de que mi hermano pudiese comparar y decidir que Oahu era la opción menos mala.

Al principio se negó en redondo, pero es que si no lo hubiese hecho no hubiese sido Kai.

Que si era una idiotez, que si yo estaba demasiado débil, que si podía pillar otra infección por andar haciendo el imbécil, que si mejor nos quedábamos tranquilitos en casa... Solo que eso era justamente lo único que no quería hacer. Quedarme en casa esperando a morir. Llenar cada espacio de ese hogar de malos recuerdos.

No me entiendas mal, también había una parte egoísta en todo aquello. Odiaba pensar en desperdiciar mis últimos días de vida tumbado en una cama y, en plan loco, tumbado en un sofá. Una cosa es que hubiese renunciado a forzar a mi organismo a hacer cosas para las que no estaba preparado y otra que hubiese cumplido los noventa de golpe.

Quería respirar, quería moverme, quería sentir que no era solo una carga enorme y eterna que impedía avanzar a otros.

Y, sí, también necesitaba que cuando Kai entrase en nuestro salón al faltar yo viese algo más que a su hermano muriéndose. Puede que hubiera pasado muchas horas vomitando, penando y sufriendo dolor en nuestra pequeña cabaña, pero también había reído y había sido feliz allí. Kai aún mantenía esa imagen de mí al fijar la vista en mi cama. Si me permitía fallecer entre esas sábanas, habría un fantasma que jamás se iría de su cabeza, que lo perseguiría en cuanto llegase a nuestro umbral.

No. No le haría eso a Kai.

Así que me inventé para ellos un deseo loco de experimentar el festival del fuego de Oahu, un ritual de limpieza y purificación, una noche dedicada a las llamas, con hogueras, lámparas de papel que lanzar al cielo y un montón de tonterías más que saqué de la red y que les vendí como el mejor viaje que podríamos hacer juntos para disfrutarnos, para vivirnos.

Para despedirnos.

Eso no se lo dije, claro. Me lo guardé para mí.

No es que me hubiese vuelto adivino de repente y supiese cuánto tiempo me quedaba en el mundo. Los médicos decían que, a pesar de la fatiga perenne, estaba bien. No se mojaban con las fechas, pero, a base de insistir, yo había llegado a la conclusión de que podían quedarme un par de meses decentes antes de empezar a necesitar máquinas hasta para comer o respirar.

Sin embargo, algo dentro de mí clamaba que no, que la leucemia no iba a darme tanta tregua. Había ignorado en multitud de ocasiones esa voz, la que me gritaba cuando mi cuerpo empezaba a rendirse. No lo haría de nuevo.

Un par de semanas, ese era el tiempo que les había pedido a Kai y a Dany. Si se cumplían y yo aún estaba en la Tierra, ya decidiría si regresaba a la cabaña a decir adiós una vez más a toda mi *ohana*.

—Mi amigo dice que va a hacer algunas llamadas y que me manda un mensaje en un rato para decirme algo, aunque está bastante convencido de que tiene lo que necesitamos. —Agradecí que Dany interrumpiese mis pensamientos para ponerme al día—. Nos costará unos doscientos dólares la ida y doscientos la vuelta, lo que no me parece muy caro si tenemos en cuenta que va a mover su barco solo para nosotros y que son unas cinco horas de crucero hasta allí.

La idea era pasar unos doce o catorce días recorriendo la isla vecina. Nos llevábamos a Bob para poder movernos con calma, a mi ritmo, y para no tener que estar pensando dónde dormir. Una última aventura, aunque yo fuese a tener que hacer parte en silla de ruedas.

La doctora Jackson no le mintió a Kai cuando le aseguró que el bajón físico que iba a sufrir como secuela de la infección iba a ser grande.

Me cansaba deprisa, mucho. Aun con ello, no me parecía un precio demasiado alto a pagar por todo lo que me llevaba conmigo de esas semanas de locura.

Dany se me quedó mirando muy fijamente, ni seria ni risueña. Era... como si aguardase algo.

—¿Qué? —acabé soltándole.

—Nada.

—Me miras.

—Espero.

—¿A qué? —Aquello empezaba a parecerme una conversación de besugos.

—A ver si las noticias te parecen buenas o malas. A comprobar que no te da otro arranque de repente y te cambia el humor porque sí.

Sonreí de medio lado, contento de tener a la Dany sarcástica conmigo y no a la triste. Desde mi última recaída había visto a esa Danielle mucho más de lo que me hubiese gustado.

No me extrañó la pulla. Tenía razón. Llevaba muchos días, o más bien unas pocas semanas, sin saber cómo exteriorizar todo lo que me iba pasando, todo lo que estaba sintiendo. Y era mucho.

No se suele explicar a menudo que los sentimientos son un tanto caóticos, que pueden ser contradictorios, que pueden abrumarnos, sobrepasarnos. Que puedes tener miedo y, aun así, seguir queriendo hacer algo. Que puedes pensar en un momento que te estás equivocando por completo y al siguiente convencerte de que eso que evitas es justo lo que tienes que hacer.

No te enseñan a identificar lo que sientes, no te instruyen para gestionarlo y evitar que lances tu rabia, tu frustración o tu miedo en la dirección equivocada, o contra la persona a la que menos te gustaría hacer daño en este mundo.

Supongo que a eso se aprende con el tiempo, y yo había tenido muy poco en este mundo. Así que, sí, me quedaba mucho por aprender y me quedaba mucho con lo que equivocarme mientras lo aprendía.

Una lástima que tiempo fuese lo único que no tenía entonces.

—Espero que no. Pero, si eso pasa, te pido perdón por adelantado si te grito cuando no debería o si te arrastro a alguna idiotez conmigo.

La cara que puso Dany me dijo que, quizá, no lo estaba haciendo tan mal al final.

Si tenía intención de contestarme algo, el sonido de un WhatsApp entrante en su teléfono la interrumpió.

—Es Makola. Puede conseguirnos el barco y el remolque flotante en dos días. —Se levantó del taburete en el que estaba sentada, tomándose un café conmigo, frente a la isla de la cocina, y me dio un beso larguísimo y apretado en la mejilla—. Voy a buscar a tu hermano para decírselo, ya verás qué disgusto —bromeó.

Dos días.

Tenía dos días para empaparme de comidas y cenas en compañía, de risas por nada en especial, de abrazos cálidos y de amor incondicional.

Tenía dos días para decir adiós a mi casa, a mi familia y a todo lo que me era conocido y seguro.

Toda la cabaña estaba sumida en un silencio sepulcral.

Me levanté con cuidado de la cama y caminé despacio hasta el cuarto de Kai, procurando cansarme lo menos posible. Pegué la oreja contra la madera y capté unas respiraciones fuertes y aspiradas. No llegaban a ser ronquidos, pero sí me servían para asegurarme de que mi hermano dormía tranquilo. No me costó imaginar a Dany agarrada a su espalda, como un pequeño koala.

Me encaminé al salón y concentré todos mis esfuerzos en no hacer ruido al salir al patio común. Me movía despacio, pagando aún las consecuencias de la infección.

No tardé en localizar la ventana que buscaba; incluso con la oscuridad envolviéndome, me era demasiado conocida como para no poder encontrarla con los ojos vendados.

Toqué unas cuantas veces el cristal hasta que una cara somnolienta y extrañada apareció detrás de las cortinas. Me asomé por un lado de su costado cuando me pareció distinguir a alguien moviéndose en la cama que ella acababa de abandonar. Al volver a concentrarme en Gia me di cuenta de que yo tenía una ceja levantada y ella la barbilla muy alzada.

Me hizo una señal y yo obedecí a su orden silenciosa dirigiéndome a la entrada.

—¿Qué pasa, chico?

Todavía iba en camisón. Tenía el pelo corto revuelto y un poco de ansiedad tiñendo sus bonitos ojos marrones. Parecía más joven así, recién levantada y con la vulnerabilidad asomando.

—¿Puedo pasar?

—Pero ¿qué haces descalzo? ¡Vas a pillar un catarro! —Fue su respuesta, una que acompañó de dos empujones suaves hacia el interior de su cuarto de estar.

—Venía a pedirte un último favor, Gia.

—Lo que necesites.

No hice amago de sentarme en ningún sitio, así que ella también se quedó de pie en mitad de la estancia. Aquella iba a ser una visita corta.

Me permití unos segundos para recorrer esa casita en la que tantas y tantas horas había pasado, recitando en alto lecciones de literatura, aprendiendo historia de la mano de mi abuela postiza, fingiendo ambos que lo que ella me enseñaba valía para algo, ignorando el hecho de que con sus lecciones no hubiese bastado para aprobar ningún examen real estipulado por el Departamento de Educación. No nos importaba, no me hubiese supuesto ningún problema haber regresado al colegio estando sano y haber tenido que repetir curso. No estudiaba con Gia por necesidad, sino porque adoraba pasar tiempo con ella. Y ella conmigo.

Era sencillo.

Detuve mi escrutinio al llegar al respaldo de una de las sillas del pequeño comedor que estaba junto a la cocina. La chaqueta de Frank colgaba de uno de los respaldos, justo debajo de su sombrero favorito de ala corta.

Me mordí una sonrisa y me tragué lo feliz que me sentía por los dos. Ahora me arrepiento de haberlo hecho. Me gustaría poder volver a ese salón y tomar a Gia de la mano. Le habría dicho que Frank y ella se merecían ser felices y que ojalá hubiese tenido más tiempo para haberlo podido ser con ellos.

Me gustaría.

Habría.

Hubiese.

Qué jodidos son los tiempos verbales que no se pudieron vivir.

—¿Akela? —Me había quedado callado durante más tiempo del habitual y supongo que fue normal que Gia empezase a preocuparse por mí.

—Perdona, sí. Solo... A ver, esto... Esto no es una despedida —mentí.

Los ojos se le cristalizaron al momento, aunque contuvo las lágrimas. Gia era dura, sabía que podía contar con ella para hacer eso.

—Niño...

—Déjame acabar —la interrumpí—. Esto no es una despedida. Espero poder volver aquí y abrazaros a todos de nuevo, recordaros que os quiero y que habéis sido la mejor familia que podría haber deseado. Pero, por si eso no fuera posible, necesito que des esto a Danielle y a mi hermano.

Le tendí el pequeño sobre que llevaba en la mano y ella lo sostuvo con manos temblorosas y la mandíbula apretada, conteniéndose, aguantando.

—¿Qué es? —inquirió.

—Una especie de juego. Un seguro, por si cuando yo falte Dany se pone demasiado Dany y Kai se pone demasiado Kai.

—No lo entiendo.

La voz le sonó aguda, extraña. Supongo que fueron los esfuerzos por no romperse, por no abrir delante de mí esa presa que todos procuraban mantener cerrada para evitar ahogarnos en pena.

—Si después de que yo me marche Dany siente ganas de huir y Kai se encierra en sí mismo sin dejar que ella entre, dales esto. Diles que necesito que se sienten en nuestra playa y que lo abran, que respondan, que recuerden por qué son mejores juntos que separados.

Esperaba que ella fuese capaz de hacerlo, y que Dany y Kai fuesen capaces de aceptarlo, porque me aterraba pensar en todas las veces que en las semanas anteriores había notado que Kai se alejaba de Danielle. Yo quería ser lo que los había unido, no lo que les hubiera hecho separar sus caminos.

Gia dio un paso. Otro. Y otro más. Tomó las tarjetas que llevaba haciendo en secreto los últimos tres días y, a continuación, se hundió en mi pecho. Me agarró con tanta fuerza que por un momento me quitó el aire, aunque adoré sentirla pequeña y mía perdida en mi abrazo.

Se mantuvo así una eternidad, todo el tiempo del mundo, o el que yo necesité para soltar algunos trocitos de mi corazón y dejarlos allí, con ella. Un poquito de alma que sería de Gia desde ese momento. Un pedacito de mí que siempre le correspondió.

Cuando empecé a sentir que su amarre se aflojaba, la retuve un segundo más contra mi pecho. Dejé un beso en su coronilla en el mismo momento que notaba el suyo a la altura del tórax.

No hubo más.

Salí de allí tan despacio como había entrado, y dejé a Gia con un adiós en los labios que nunca llegó a pronunciar.

NOVENA TARJETA:

¿A qué le tenéis miedo?

DANY

Jodido Akela.

«A qué le tenéis miedo». No podía preguntar si preferimos las vacaciones en la playa o en la montaña, no.

Pues a demasiadas cosas ahora mismo, amigo. A demasiadas.

Tengo miedo a haberme equivocado al quedarme en tu vida. ¿Te empujé yo a querer vivir de otra forma? ¿Te hizo eso morir antes de lo que te tocaba?

Me asusta también perder a tu familia. Había empezado a considerarla un poco mía.

Qué egoísta, ¿no? Pensar en algo así ahora mismo. Bueno, ya sabes que nunca creí que ser un poco egoísta fuese algo malo.

Te echo muchísimo de menos, pero sé que voy a seguir adelante, aunque sí que me aterra un poco tu hermano. No sé si él lo tiene tan claro. No sé si él se acuerda de que la vida sigue nos falte quien nos falte en ella.

No sé si ahora quien sobra en su mundo soy yo.

Inclino la cabeza ligeramente hacia la izquierda, lo justo para ver a Kai con la nuca apoyada en el reposacabezas del sofá, con los ojos cerrados. Sigue trazando líneas suaves con el pulgar en el dorso de mi mano, una caricia continua, una forma de no romper el contacto.

No tiene intención de contestar primero, lo noto, así que, una vez más, soy yo la que se lanza a ello.

—Si me hubieses preguntado hace unas semanas, te habría respondido que a acabar como mi madre. Levantarme una mañana y no recordar dónde puse la noche anterior mis sandalias. Hoy por hoy, cada vez que me pasa eso, algo parecido al pánico me bloquea durante unos segundos, ¿sabes? Me pregunto si ya habrá llegado, si habrá comenzado; cuánto tardaré en dejar de comer por no saber si lo he hecho ya, o en bloquearme al no reconocer a alguien que me para por la calle y asustarme tanto que solo me salgan rabia y gritos por la boca en un intento inútil de canalizar el miedo.

Mi confidencia consigue sacarlo de su letargo.

Se incorpora hasta sentarse recto y echa el cuerpo hacia delante, hasta apoyar los antebrazos en las rodillas. Tiene el cuerpo en tensión, aunque sus ojos reflejan tanta dulzura al mirarme que me derrito un poco por dentro.

—Lani, no tiene por qué pasar.

—Supongo. Pero Akela me pregunta qué me asusta. Hasta hace poco eso era lo que me quitaba el sueño: que todos los recuerdos que he ido coleccionando y atesorando a lo largo de mi vida desaparezcan. Olvidar. Olvidarlo. Olvidarte.

Me necesita cerca. Lo sé porque yo lo necesito a él tan próximo a mí como sea posible.

Tira de esa mano que aún me sostiene, pidiéndome en silencio que me mueva.

Me coloca encima de él, sentada de lado en su regazo, y yo descanso la sien en su frente.

Han sido dos días extraños, de sentirnos a ratos tan lejos que nuestros cuerpos se han empeñado en juntarse cuanto podían, como queriendo compensar; y a ratos tan unidos que no abrazarnos, no tocarnos y no besarnos parecía absurdo.

—Si me preguntases ahora, creo que la respuesta sería distinta —confieso.

—Te estoy preguntando ahora.

—Lo hace Akela.

—Venga, listilla. No te pega no ir de cara. ¿Cuál es tu mayor miedo ahora, Danielle?

Me lo pienso solo un segundo antes de soltarlo, porque no creo que sirva de nada terminar este experimento sin haber sido sinceros por completo.

—No poder olvidarte porque no haya tenido siquiera la oportunidad de vivirte.

Kai me recuerda a veces a un guepardo. Silencioso y elegante. Puede estar en una habitación sin hablar y, aun así, notas su presencia. Piensa en sus movimientos, calcula despacio, hasta que algo prende su mecha y se lanza tan rápido que sabes que te tiene atrapada antes de que te hayas dado cuenta de que ha empezado a moverse.

Mi respuesta despierta a ese guepardo.

Me agarra del cuello para tirar de mí hacia abajo y encontrar mi boca.

Más que besarme, me muerde, me come. Conozco esos besos, son los que siempre venían antes del sexo, así que mi cuerpo reacciona automáticamente, feliz por la promesa de lo que tendría que pasar a continuación.

Mis piernas se mueven solas, mi cadera se eleva de forma diligente para permitirlas rodear los muslos de Kai y colocarme a horcajadas sobre él.

Gimo alto al notarlo duro debajo de mí. Él blasfema contra mis dientes cuando empiezo a moverme adelante y atrás.

De repente, siento su brazo rodearme con fuerza la cintura a la vez que se pone de pie. Me imagino que pretendía dirigirse hacia el dormitorio, pero solo me posa en el suelo unos segundos, los necesarios para bajarse el pantalón hasta los muslos y subirme a mí un poco su camiseta, la que me dejó hace un rato, tan grande que parece un vestido y que todavía llevo como única vestimenta.

Vuelve a sentarse donde estaba y me da la mano para acercarme y que me coloque de nuevo sobre él. No hay preliminares ni juegos y, sin embargo, yo ya estoy preparada. Me hundo en Kai, me pierdo en él. En sus jadeos, en sus ojos chocolate que no se separan de los míos, en sus embistes duros y profundos.

Me sujeto al respaldo del sofá para darme más impulso, para pegarme más a él. Sentir su pecho contra el mío se convierte casi en necesidad.

No hablamos, lo que es raro en nosotros.

Cuando nos hemos acostado durante estos dos días solo nos hemos mirado, sin abrir la boca más que para gemir. No es lo habitual. Nos gusta hablar de lo que hacemos en la cama, o en el sofá, o en la encimera.

Nos calentamos con las pieles y con las palabras.

Pero ahora… Ahora es como si estas sobrasen, porque estoy segura de que no nos gustaría lo que nos saldría natural decirnos en estos momentos.

«Te quiero».

«No te vayas».

«No me dejes irme sola».

«Me dueles».

«No sé decirte adiós».

«Te quiero».

Noto el sabor de las lágrimas en el fondo de la garganta, así que intento espantarlas con placer.

Meto la mano derecha entre los dos y empiezo a acariciarme, deprisa, a la misma velocidad que el llanto trepa hasta mi nariz, dejando allí unas cosquillas conocidas.

Acelero mi placer a la vez que cierro los ojos para que Kai no note que se me humedecen. Él eleva la cadera para salir a mi encuentro, para intensificarlo todo, y me acerca a él.

Me besa de nuevo, con rabia y con un anhelo que vuelve a hablarnos a ambos de despedidas. Juraría que una gota salada que no es mía me moja el labio, aunque nos la bebemos tan rápido que no puedo distinguir si es verdad o solo mi imaginación.

Kai se corre antes que yo, y sentirlo irse dentro de mí enciende mi propio orgasmo.

Todavía seguimos con las frentes pegadas en el momento en el que nuestras respiraciones comienzan a calmarse, en ese en el que el mundo real llena de nuevo el salón de la cabaña.

Kai me abraza tan fuerte que dejo de distinguir dónde acaba él y dónde empiezo yo.

Hago el amago de levantarme, pero me retiene unos segundos más, los justos para besarme con mimo una vez.

Es extraño, sentir que algo así es lo normal entre nosotros cuando se supone que estamos hablando de separarnos.

Lo intento de nuevo y esta vez no me detiene. Me encierro en el baño el tiempo justo para asearme y lavarme la cara. Al salir, Kai ya está esperando en la puerta, todavía medio desnudo.

Le cedo mi sitio frente al lavabo y me encamino al cuarto de estar para recoger las dos tazas vacías que hemos dejado sobre la mesita y rellenarlas con un poco más de café.

Kai me alcanza cuando todavía no he salido de la cocina. Agarra su bebida y regresa en silencio al sofá.

—¿Debería decir que siento lo que acaba de pasar? —me pregunta en cuanto me acomodo a su lado.

—¿Lo haces?

—No.

—Pues no lo digas. Nunca hemos sido de mentirnos, ni siquiera si lo que teníamos que decirnos no nos gustaba.

Asiente concentrado en su bebida, mordiéndose el labio de medio lado.

Tiene unas pocas ojeras debajo de sus adorables ojos rasgados y estoy segura de que, si ya no llevase el pelo tan corto, cada mechón le saldría disparado hacia un lado de lo que se los habría manoseado estando en el baño.

Parece tan pequeño…

Resisto el impulso de consolarlo una vez más y retomo la conversación que hemos dejado a medias cuando nos hemos abalanzado sobre el otro como si fuésemos dos adolescentes que no controlan sus hormonas. O dos adultos que se echan de menos aun estando todavía juntos.

—No me has dicho tu miedo. No creas que se me ha olvidado por este burdo intento de distracción.

Se le escapa una sonrisa ladeada y a mí algo conocido, que solo despierta él, me salta en el pecho.

—¿Y si no quiero decirlo?

—¿Por qué no ibas a querer?

—Porque no quiero hacernos más daño. Y ahora mismo, tú y yo nos dolemos.

—A mí no me dueles, Kai. No quiero perderte, pero no me duele estar así contigo. Lo que me duele es no saber por qué no quieres abrazarme cada mañana al despertar.

—Sí que quiero, Lani. Lo sabes. Eres demasiado lista como para no saberlo.

—¿Entonces?

—Es una tontería.

—Me gustan las tonterías. Y, por suerte para ti, me gustan los tontos.

Consigo arrancarle otra sonrisa que no me sabe a victoria.

—No sé si estoy listo para ser feliz. No cuando Akela ya no puede serlo.

Lo observo durante un momento. Vuelve a elevar solo una comisura de la boca, con pena, y a mí, no sé por qué, se me viene a la cabeza algo que siempre me dice.

«Me gusta cómo estudias a las personas, igual que si fueses un ciervo demasiado astuto, con esa cara siempre ladeada y tus enormes ojos azules».

—Sí que es una tontería gigantesca, sí.

—Lo sé, pero no sé cómo deshacerme de este sentimiento. —No digo nada. No sé qué decirle. No sé cómo ayudarlo—. Tengo claro que no es lo que Akela querría. A él le gustaría que hiciese lo que tú decías antes: que mandase a la mierda un trabajo que no me gusta, que me atreviese a salir de aquí una temporada, que te quisiese como quiero quererte...

—Suena muy bien.

—Suena de la hostia.

Nos reímos. No sé ni por qué lo hacemos, pero los dos rompemos a reír.

Despacio y bajito al principio, a carcajadas enormes al final.

Creo que son puros nervios. O quizá es necesidad de recordar que somos capaces de seguir haciéndolo.

—Ese es mi mayor miedo —acaba reconociendo de nuevo entre risas suspiradas—. Intentarlo y fracasar. Tratar de trabajar por mi cuenta y que no me salga nada. Salir al mundo y descubrir que no sé disfrutarlo. Quererte mal.

—No vas a quererme mal, Kai.

—Estoy seguro de que desde que nos conociste has llorado más que en los últimos cuatro años. Por tu madre y por Akela. Y, desde hace unas semanas, también por mí.

—Puede ser. Sí, de hecho, sí.

—¿Ves? Te hago llorar.

—Tú no me has hecho llorar. Me haces sentir. He llorado, sí, pero también he reído más que nunca, he amado, he extrañado, he anhelado y he echado raíces. He tenido la sensación de que había encontrado mi sitio. Es la primera vez que no quiero huir, solo moverme, solo descubrir. Y, después, volver. Volver siempre.

—Pues quizá sería mejor que yo te esperase aquí hasta que regresases…

Bajo la mirada de la suya. Él solo se queda ahí, esperando a que le responda, a que yo tome una decisión por los dos, a que lo exima. Solo que esta vez no me da la gana.

—Eso no me corresponde a mí decidirlo, Kai.

Sueno enfadada, seguramente porque lo estoy un poco.

Tengo la sensación de que yo me he lanzado de todas las maneras posibles. He saltado sin red, me he sacado el corazón del pecho y se lo he ofrecido, a él y a Akela. Y solo obtengo dudas a cambio.

Pues hoy me canso de ser la comprensiva, la paciente, la que escucha y la que entiende a todos.

Ser egoísta no es malo, así que voy a serlo ahora.

—Sé que voy a volver, estoy segura, pero no me pidas que te dé fechas ni que te haga promesas. No funciono así y lo sabes.

—Lani...

—Lee la última tarjeta, por favor. Creo que empiezo a estar cansada y necesito ir a mi furgo a echarme un rato.

A mi furgo.

No digo a casa. Los dos nos damos cuenta. Mi casa es otro lugar, uno que se inclina en silencio para alcanzar de la mesilla de centro el último trozo de papel que tiene la letra de Akela.

30

Una última cena, una despedida sin un solo adiós y un océano para sentirme pequeño

Creo que hay personas que nacen con dones. Bueno, ahora lo creo. Después de Dany, quiero decir.

La tarde antes de marcharnos, Danielle se encerró en el baño para reaparecer en nuestro salón una hora después con el pelo más fucsia que había visto en mi vida.

Todo al rosa.

No pude evitar pensar en su madre. Tampoco pude evitar preguntarme si ella se había teñido acordándose de ella, de su despedida, de la vida que le había regalado en ese color, y de si sabría que yo esperaba que aquello en lo que nos embarcábamos al día siguiente fuese nuestro adiós.

Ahora lo sé.

No estaba del todo segura, pero había algo, algo feo que le pesaba en el pecho y que le decía que aprovechase esos días a mi lado.

Imagino que habrá quien lo tilde de corazonada.

Yo ya te lo he dicho: creo que hay personas que nacen con dones. No he dicho que esos dones fuesen buenos o que los hiciesen más felices. A veces eran más una carga que un regalo.

Un par de horas antes de partir, Kai tuvo que entrar en mi habitación y menearme tres veces por el hombro para conseguir despertarme. Él lo asociaba al cansancio que siempre parecía arrastrar entonces. Yo, a que desde que había tomado la decisión de dejar de pensar en qué hacer a continuación para centrarme solo en con quién quería hacerlo, dormía mucho más tranquilo que en semanas.

¿Pensaba a diario en que iba a morir? Sí.

¿Me asustaba eso? No. Lo cierto es que estaba extrañamente tranquilo.

Llámalo *shock*, llámalo paz, llámalo aceptación. Llámalo como quieras; el nombre que decidas darle me es igual. Lo único verdadero es que yo sentía que todo estaba bien a mi alrededor, que de lo único que tenía que preocuparme era de disfrutar.

—Akela, cariño, sírvete un poquito más de *poke*, que a saber cómo lo hacen allí. Igual no encuentras uno que te guste en muchos días.

—Dana, que no me voy a Rusia. Estoy seguro de que en Oahu saben hacer *poke*.

—¡No como el de Magnus!

—Vale, vale. Me sirvo otro plato, ¿ves?

Estábamos cenando todos juntos alrededor de la mesa del patio a una hora más temprana de lo habitual.

Les había pedido a Kai y a Dany esperar al ocaso para salir con el barco. Quería estar en el mar cuando anocheciese. No era lo mismo que pasar una noche perdido en el océano mirando las estrellas, aunque para mí se le parecía un poco. Y no es que necesitase seguir tachando cosas de la lista, pero aquello me hacía una ilusión un tanto infantil.

—¿Te has acordado de meter la chaqueta gorda en la maleta?

—Agnes, que me quedo dentro de Hawái y estamos a nada de que empiece el verano... ¿Para qué iba a necesitar una chaqueta gorda?

—Nunca se sabe —apoyó Piper a su mujer—. Podría refrescar por las noches.

Eric se atragantó con el bocado que acababa de llevarse a la boca y, después, trató de disimular tosiendo un poco cuando mis abuelas postizas le dedicaron una mirada de reproche por reírse de sus consejos.

—Tranquilas, le he metido un poco de todo en el macuto, por si acaso —las calmó Kai.

—No miente. Lo he visto colar un par de guantes y unas raquetas para la nieve en uno de los arcones de debajo de los asientos del comedor de Bob. Ni sabía que tenía raquetas para la nieve —se chivó Dany.

—Soy precavido.

—Si eso está fenomenal, Pili Mua. Solo me he quedado loca pensando en cómo te las apañarías si tuvieses que vivir en una furgoneta como la mía de forma permanente.

—Pues mal, aunque supongo que aprendería a hacerlo.

Me gustó imaginarlo, a mi hermano recorriendo carreteras secundarias, sin saber bien a dónde se dirigía, solo con un mapa en el regazo y Dany a su lado, tras el volante. Siendo libre. Siendo feliz.

—Haces bien, chico. No hay nada de malo en prepararse para todo —soltó Frank de repente. Se le había pegado la manía de Gia de llamarnos así. Muchas noches a escondidas juntos, supongo.

Hablando de Gia... Ella estaba demasiado callada para ser Gia.

La observé con disimulo. No hacía más que dar vueltas a la comida en su plato. A lo mejor se sintió observada, porque justo en ese momento levantó la vista y me buscó por instinto.

Se le dibujó en la cara la sonrisa más triste del mundo.

Hay personas que nacen con dones.

Ella sabía que mi visita de la noche anterior había sido una despedida. Lo sentía en el corazón de una forma tan nítida que le pesaba.

Le devolví la sonrisa y le guiñé un ojo. No supe qué más hacer, cómo animarla.

Aquello parecía una cena más, pero estaba teñida de un ambiente enrarecido, de un velo de urgencia que nunca antes había existido en nuestro pequeño paraíso.

Makola pasó a buscarnos por la playa de detrás de nuestra casa dos horas después.

Pareció sorprendido por encontrar a toda una comitiva aguardando en la arena conmigo. Tardamos casi veinte minutos en embarcar. En cuanto uno de mis abuelos me soltaba, otro me agarraba para continuar con un abrazo eterno que a mí me supo a poco.

Nadie dijo adiós. Solo mi tío Eric se atrevió con un tímido «nos vemos pronto, hijo» al que yo no contesté por si acaso. Únicamente era capaz de levantar la mano y sacudirla en el aire de forma un tanto tonta, pero es que ¿qué se les dice a las personas de las que no querrías despedirte jamás?

Eran las ocho de la tarde cuando al fin zarpamos. Esperábamos llegar a Oahu cerca de la una de la mañana. Aparcaríamos a Bob en el primer *parking* que viésemos en la costa y dormiríamos allí mismo, sin prisas por empezar a investigar qué podía ofrecernos la isla vecina.

—Keiki, se te están cerrando los ojos, ¿por qué no te vas a dormir?

—Solo un ratito más, Kai.

Mi hermano no me lo negó.

Llevábamos más de la mitad de la distancia ya navegada. El reloj de mi móvil estaba a punto de marcar las once y la negrura de la noche nos había engullido por completo.

Makola y otro amigo suyo manejaban el pequeño ferri que remolcaba la plataforma sobre la que flotaba Bob y en la que nos habíamos acoplado Dany, Kay y yo, pensando en tener un lugar cómodo en el que dormir si a mí el sueño me vencía antes de llegar, aunque estaba luchando contra él tanto como podía.

No quería perderme aquello, esa quietud, esa inmensidad en la que nos mecíamos. El mundo era un agujero oscuro solo iluminado por los focos del barco que tiraba de nosotros y por el millón de estrellas que lucían por encima de nuestras cabezas.

Era diminuto. Allí, en mitad de toda esa nada increíble, yo solo era un punto absurdo en mitad de un océano interminable. Mis problemas, mi existencia, dejaban de tener importancia.

Era increíble.

Escuché la risilla de Dany a mi izquierda.

Mi hermano había sacado un par de mantas gruesas de la furgoneta y algunos cojines y los había colocado en el suelo de esa tabla gigante de madera en la que nos desplazábamos. Yo no había dudado en tirarme a su lado para perderme en aquel cielo prendido de pequeñas luces blancas, aunque Dany había preferido sentarse dentro de Bob, abriendo sus puertas traseras. Se dedicaba a observarnos a Kai y a mí más que al infinito que tenía encima de ella.

—Eres igual que un bebé anormalmente alto y delgaducho que lucha por no quedarse dormido a pesar de caerse del sueño.

—No es verdad —me quejé como lo haría un niño pequeño.

Ella solo volvió a reírse y se puso de pie para desaparecer dentro de la furgoneta unos segundos. Cuando se colocó de nuevo en su sitio, miré de reojo con curiosidad qué le había hecho levantarse.

Su guitarra, la que colgaba de la pared de Bob, ahora descansaba en sus rodillas.

Quelqu'un m'a dit.

Me encantaba esa canción en labios de Dany. Sonaba a arrullo, a cosas dulces, a vidas susurradas.

Cerré los ojos, sabiendo que aquel era el primer paso para perder la batalla contra Morfeo y lejos ya de que eso me preocupase.

El traqueteo del motor, las olas rompiendo contra el metal que rodeaba nuestra peculiar balsa, las cuerdas rasgándose, las notas convertidas en canción de cuna… Todo junto fue demasiado.

Sentí de forma vaga los brazos de Kai colándose por debajo de mis corvas y sujetándome por la espalda mientras la voz de Danielle bailaba con mis sueños.

Creo que se me pasó por la cabeza, a toda velocidad, la idea de que podría repetir un día tan simple como ese una y otra vez y ser feliz solo con eso. Mi familia, el mar y la música.

Mi hermano me depositó con cuidado encima del colchón de la furgoneta y salió otra vez a la noche exterior, donde Dany seguía tocando la guitarra de forma distraída, ya sin cantar, aguardando a que su chico se sentase junto a ella entre la manta y los cojines de los que se había apropiado.

—¿Se ha dormido?

—Como un tronco —le confirmó él.

Kai le arrebató el instrumento de las manos y lo dejó a un lado para poder tumbarse y apoyar la cabeza en las piernas de Danielle, que empezó a pasar los dedos por el pelo de mi hermano de forma distraída, dejando que las púas de aquel cepillito le hiciesen cosquillas en las yemas. Le gustaba esa sensación, aunque odiaba el motivo por el que tanto ella como él se habían rapado así.

—¿Cómo puede ser que ahora lo vea más niño que cuando lo conocí? —caviló ella en voz alta, sin esperar una respuesta real.

—Es probable que porque ahora está mucho más débil. A mí el instinto de protección se me dispara de forma exagerada cada vez que tose un poco. Parece que se pudiese romper por algo tan nimio.

Se quedaron en silencio unos momentos.

—¿Qué es lo que más echas de menos de tu madre, Lani?

Lo preguntó bajito, como si casi no se atreviese a dejar ir ese pensamiento. Dany entendió por qué, supo qué estaba pensando Kai para atreverse a mencionarle un tema tan delicado: ¿cómo sería vivir sin Akela? ¿Qué extrañaría tanto que, pasados años y años, no se iría de él?

Danielle se tragó su propia pena con un poco de esfuerzo y todo el amor que sentía por el hombre que descansaba en su regazo y le contestó sin tener que pensar en la respuesta. La conocía de sobra, porque sí, hay cosas que jamás dejas de extrañar.

—Su voz. Puedo evocar sin problema sus ojos, su sonrisa, los destellos que le bailaban en su pelo rubio los días de verano, hasta la forma en la que me acariciaba detrás de la oreja cuando quería que me durmiese pronto. —Bajó los dedos hasta el lóbulo de Kai y trazó pequeños círculos a su alrededor, mostrándole de qué hablaba—. Pero no puedo recordar su voz mientras me cantaba. Al intentarlo, en mi mente solo suena la mía. Son sus canciones, son sus melodías, sus nanas… Pero no es su voz.

El pecho de Kai se hinchó bajo el brazo de Dany, que lo rodeaba en un gesto inconsciente de amparo que le salía solo cuando se trataba de él. Retuvo allí todo el aire de la noche durante tres segundos y luego lo soltó, tratando que el nudo de su pecho se fuese con él.

«La sensación de estar siempre seguro, de estar protegido». Eso era lo que Kai más echaba de menos de nuestra mamá. Sabía que conmigo sería diferente. Quizá por eso se sentía tan perdido.

—¿Te sonaría bobo si te dijese que quiero grabar a mi hermano estos días? No en plan acosador, solo… No sé. Hacerle algunos vídeos sin que él se dé mucha cuenta.

—Me parece una gran idea.

«No quiero olvidarlo. Nada. No quiero olvidar nada de él. No puedo hacerlo».

Ella no escuchó esos miedos, y Kai se ocupó de silenciarlos el tiempo suficiente para que yo no tuviese que vivirlos con él.

31

Un salto al vacío, una risa floja y unos dioses a los que no entendemos

—Oye, ya vale. Como broma ha estado bien, pero esto está mucho más alto de lo que parecía desde abajo. Venga, damos la vuelta y regresamos.

—Va, Kai, no seas gallina.

—¿Gallina yo? No seas inconsciente tú, que te debes de pensar que eres Spiderman.

—Por edad podría serlo.

—¿Qué tiene eso que ver, Lani?

—No sé. Lo has dicho y he pensado que, de entre todos los superhéroes, Spiderman es el que más podría pegarle a Akela, porque Peter Parker era un adolescente.

—No, paso. Prefiero ser Hulk, en los nuevos cómics de Marvel convierten a Amadeus Cho en el monstruo verde, ¿lo sabíais?

—No, enano, no tenía ni idea.

—Me mola lo de que hagan a un Vengador asiático. O podría ser Iron Man, que tiene un corazón defectuoso y tal. Igual pegaba más conmigo, por lo de los problemas de salud de los dos.

—Mmm… Creo que no. Demasiado estirado. Iron Man lo dejamos para tu hermano.

—¡Yo no soy estirado!

—Sí que lo eres, encanto, pero a mí eso me pone tonta, así que tranquilo.

Me entró la risa floja a la vez que intentaba saltar un trecho especialmente grande del camino, lo que me robó el poco aliento que me quedaba, haciendo que tropezase y que cayese al suelo con una rodilla hincada en la tierra.

—¡Auch! —medio sollocé y medio me reí, todavía acordándome del comentario de Dany.

—¡Ey! ¿Estás bien? ¿Te duele algo? Déjame mirar.

En otro momento, la angustia de Kai me hubiese agobiado; en ese, solo despertó un cariño infinito.

Me puse de pie frotándome un poco la zona enrojecida, aunque ni siquiera había un corte real, solo unos cuantos arañazos.

—Tranquilo, no ha sido nada.

—Akela, te estás forzando demasiado.

—Puede hacerlo.

—Lani…

—Kai…

—Oye, ya sé que crees que cualquiera puede volar tan alto como quiera, pero no me apetece que mi hermano se abra la cabeza por creerse pájaro.

—No se cree pájaro. Se cree el nuevo Hulk, que no vuela, aunque da unos saltos tan grandes que, para el caso, es casi lo mismo. Deja a tu hermano ser un superhéroe, Kai.

—Ya, bueno… ¿Y si…?

No se atrevió a completar la frase. Él seguía teniendo muchos tabúes sobre la muerte, muchas sombras que no le iban a dejar disfrutar de la luz.

—¿Si me mato en el camino? Pues es un trabajo que le ahorro a la leucemia, Pili Mua.

Kai puso tal cara de horror que resultó hasta cómico. No debí de pensarlo solo yo, porque Danielle no pudo evitar romper a reír con fuerza.

—Vamos, anda, creo que ya veo el final de este camino infernal. Juro que como alguno de los dos se raje cuando lleguemos arriba del todo, os lanzo yo sin miramientos.

Sé que no estaba cansada. Solo lo dijo para que yo no me sintiese demasiado mal.

Habíamos tardado cuarenta minutos en ascender por un caminillo ya marcado que no debía de llevar a otros más de un cuarto de hora de paseo, pero había necesitado ir a mi ritmo, escalar despacito, tomármelo con calma. Y Dany y Kai no se habían quejado ni una vez.

Nos habíamos levantado tarde, golpeados por un sol ya alto que nos invitaba a empezar a explorar por donde nos apeteciese. Condujimos por la costa hasta Kawela Bay, coincidiendo los tres en alejarnos lo máximo posible del centro de la isla y de la masificación de edificios y personas que este implicaba.

No tenía ningún plan concreto en la cabeza. La fiesta del fuego no era hasta diez días después, así que la idea era pasarlo bien, sin mayores pretensiones.

Olvidar las responsabilidades, que Kai dejase el ordenador a un lado y que Dany se olvidase de montar flores secas sobre trozos de alambre para que otra gente fuese guapa a fiestas que ella no disfrutaría.

Vivir y no solo estar vivos.

Y, sobre todo, hacerlo juntos.

Esa era la única meta que llenaba mis pensamientos mientras disfrutaba del aire que me golpeaba en la cara a través de la ventanilla bajada del asiento del copiloto cuando aquel enorme peñasco me llamó.

Juro que me llamó. Fue como si pronunciase mi nombre en voz alta para que abriese los ojos y lo viese allí en medio, reinante, llenándolo todo.

Dos figuras diminutas saltaban desde lo más alto del risco justo en el momento en el que el precipicio pronunció mi nombre, y mi lista volvió a aparecer en mi mente, obstinada y tentadora.

—¡Para, Dany! —Mi amiga pegó tal frenazo que, de no haber estado solos en la carretera, era posible que hubiésemos tenido un accidente—. Allí, quiero ir allí —solté henchido de felicidad.

Mi hermano me tachó de loco, Dany aplaudió emocionada y yo rogué a Kai hasta que este accedió a hacer lo que yo quería.

Así nos había dado la hora de comer, bordeando aquel paraje lleno de verde con olor a salitre. Kai acabó accediendo a trepar hasta el primer saliente de la roca, que parecía un punto de salto bastante más bajito que el que habían utilizado los chicos que yo había atisbado un rato antes.

Danielle fue la primera en acercarse hasta el borde del acantilado como si nada en cuanto el suelo empezó a volver a ser horizontal y el camino de acceso desapareció.

—¡Ten un poco de cuidado, Lani!

—Sabes que hemos subido hasta aquí para saltar, ¿no? —replicó ella dando cuatro pasos hacia atrás.

—Ñiñiñiñiñi.

De verdad que me encantaba comprobar la facilidad con la que Dany lograba sacar de su zona de confort a Kai. Se picaba con ella casi a la misma velocidad que luego buscaba su mano para acariciarle el dorso como sin querer. Todavía había momentos en los que una chispa de rencor prendía en su pecho, una que le susurraba que Dany podría convercerme mágicamente para que pidiese una segunda opinion médica, que intentase algo que no fuese aquel viaje que a él le entusiasmaba y le asustaba a partes iguales; pero era una chispa que nunca dejaba que se convirtiese en fuego. Lo único que podías vislumbrar cuando sus ojos encontraban a Danielle era un amor que a mí me calentaba por dentro.

—No se ven picos ni piedras en la parte de abajo. Las personas que hemos divisado desde la furgo parecían haberlo hecho antes, así que supongo que será una zona habitual en la isla para saltar. Aun así, dejadme que lo haga yo antes para comprobar la profundidad y ver cómo de lejos hay que impulsarse para que sea seguro. Vosotros fijaos bien, ¿vale?

No nos dio tiempo a responderle nada. Según terminó de hablar, echó a correr por la tierra reseca con sus chanclas cangrejeras de color turquesa —a juego con su bañador y con su camisa azul oscuro— y se lanzó al vacío sin mediar otra palabra.

Bum.

Dany siendo la bomba inesperada que era Dany.

—¡Lani!

Por un segundo, creí que Kai saltaría tras ella sin más, pero en el último momento frenó en seco y giró la cabeza angustiado, justo hacia donde estaba yo parado y alucinado, sin creerme todavía del todo lo que acaba de hacer la tarada de mi amiga.

No quería dejarme solo. Kai nunca quería dejarme atrás.

Un grito lleno de júbilo nos hizo devolver a ambos la atención al mar.

—¡Qué pasada!

Una mancha turquesa, que se confundía con el mar, nos pegaba voces un par de metros más abajo, braceando con elegancia para mantenerse a flote. En realidad no era una gran distancia, aunque supongo que a los tres nos pareció una aventura más que digna. O que ellos la supieron pintar como tal para mí.

—¡Estás chiflada, joder!

Se le escaparon las palabras entre risas nerviosas y otras reales. Le alegraba los días. Eso era Dany en la vida de Kai: un caos inesperado que le hacía pasar del miedo a las risas en apenas tres segundos. Le recordaba que la locura solo es un defecto si quieres que lo sea.

—Va, dale, enano —me animó a mí de repente.

—¿En serio? ¿No vas a obligarme a desandar el camino y bajar con cuidado de que no se me meta ninguna piedrecita en las sandalias?

—Calla y salta, que hasta que no lo hagas tú no voy a hacerlo yo y me muero de ganas.

Aquello fue gasolina. Kai tenía ganas de nuestra locura, de lanzarse, de atreverse. Kai tenía ganas de vivir.

No tuvo que repetírmelo.

Corrí tanto como las pocas fuerzas que conservaba me permitieron y me impulsé hacia delante sin miramientos.

Los nervios me subieron por la garganta y el aire se coló en el interior de mi camiseta, haciéndome unas cosquillas en la espalda que iban a juego con las que sentía por dentro de mi estómago.

Caí despacio, como ralentizado, absorbiendo todo lo que aparecía ante mis ojos durante mi descenso. Hice tantas fotos mentales que podría haber llenado tres álbumes enteros solo con ese salto, con ese vuelo en el que mis alas se llenaron de plumas nuevas.

Me hundí en un mar templado que tiró de mí hacia abajo unos segundos antes de dejarme respirar de nuevo al emerger en la superficie.

Y chillé.

No sé si era euforia, nerviosismo, adrenalina o un poco de todo lo anterior, aunque sonó bastante parecido a la dicha.

Vi a Dany haciéndome señas unos metros más cerca de la orilla, así que nadé hacia ella y salí a la arena para sentarme y empezar a recobrar el aliento a la vez que el corazón, que corría desbocado en mi pecho por el esfuerzo, se me iba ralentizando.

—¡Vamos, Iron Man, que no se diga! —le gritó ella a la cima del peñasco desde el que, de pronto, vimos tirarse a Kai como si de verdad tuviese poderes y hubiese aprendido a planear en el rato que había estado solo allí arriba.

Se zambulló en el agua sin apenas salpicar, tan pulcro él hasta para eso, aunque sí que agitó un poco las olas a su alrededor cuando comenzó a bracear hacia nosotros a toda velocidad en cuanto asomó la cabeza fuera del mar.

—Otra vez —fue todo lo que pidió al alcanzarnos.

Kai subió hasta cuatro veces a ese pico en el que encontró el trampolín perfecto para sumergirse de cabeza en la nueva sensación que se despertó en su interior aquella tarde.

«Libertad» se llamaba eso que le llenaba el pecho en cuanto sus pies dejaban de estar en contacto con el suelo.

Dany lo siguió hasta el tercer salto. Yo me rendí al segundo, justo después de que Kai se empeñase en que mi amiga y yo subiésemos solos hasta allí para poder grabarme con el móvil mientras caía en picado al agua.

Ese ascenso fue demasiado para mí. Mi cuerpo me pedía un poco de descanso y un ratito de horizontalidad, aunque disfruté como un niño viendo a Kai y a Danielle perderse por el sendero que subía hacia el acantilado tomados de la mano y susurrándose tonterías al oído.

Qué poquito hace falta a veces para sentir que un día es perfecto.

Cuánto me costó a mí darme cuenta de eso.

Nos secamos tumbados en nuestras toallas, dejando que los rayos que ya apenas calentaban se llevasen la humedad de la ropa que no nos habíamos molestado en quitarnos antes de volar hacia el mar.

Comimos al amparo de una de las sombrillas que un *food truck* había instalado en su diminuta terraza, cerca de la playa, y caminamos hasta Kahuku Land Farm, un pequeño mercado de agricultores locales en el que nos aprovisionamos de frutas y verduras para una semana entera. Bueno, Kai y Dany caminaron, yo me dejé arrastrar en la silla de ruedas que ellos se empeñaron en sacar de la autocaravana.

No estaba tan cansado como para necesitarla, me había repuesto bastante holgazaneando en la playa, pero no pensaba quejarme. Ellos querían cuidarme y a mí no me apetecía lloriquear por si iba a parecer un enfermito ahí sentado. Era un enfermito, y no pasaba nada.

El atardecer nos encontró a Dany y a mí ya instalados en la cocina de Bob, pasando por la plancha unas mazorcas de maíz, unos tomates y unos pimientos rojos que un vendedor local nos había regalado al darse cuenta de que mi hermano y yo éramos oriundos de la zona. Kai estaba fuera, montando unas sillas plegables y poniendo la mesa para la cena.

Estábamos tan cerca del océano que el rumor de las olas rompiendo en la orilla lo llenaba todo. Habíamos andado el día entero en traje de baño y no nos habíamos molestado en cambiarnos para sentarnos a picotear las verduras. La arena seguía pegada a nuestra piel en algunas partes, el olor a sal se había instalado definitivamente en nuestro escaso pelo y teníamos los pies más negros del planeta.

Salvajes, despreocupados y riendo. Así nos recuerdo a los tres siempre que evoco aquellos días.

Ojalá hubiese podido quedarme a vivir en ellos.

—¿Queréis un poco de piña de postre? —pregunté haciendo amago de ponerme en pie para recoger los platos ya vacíos.

—Espera, tengo algo mejor —me interrumpió Dany, empujándome por el hombro para que volviese a sentarme en mi tumbona.

Regresó al cabo de un minuto con un par de cigarrillos liados en la mano.

—¿Son lo que creo que son? —pregunté.

No miré a mi hermano. Estaba seguro de que iba a montar en cólera, así que sus carcajadas me descolocaron bastante.

—¿De dónde has sacado eso?

—¿Te acuerdas de que he seguido dando una vuelta por los puestecitos del mercado mientras vosotros hablabais con el señor de los pimientos? Pues he preguntado a unos cuantos chavales que había por allí y los terceros a los que he parado me los han vendido.

Las carcajadas de Kai se convirtieron en un ataque de risa en toda regla.

—Joder, has asaltado a unos críos para que te vendan porros. Maldita *yonki*...

—Cierra el pico. Akela quería probarlo, así que...

Así que lo había hecho posible.

Yo le dejaba vislumbrar mis ganas y ella luchaba por que no se quedasen conmigo para siempre, enjauladas y moribundas.

Me quedé todavía más alucinado de lo que ya estaba cuando Kai se levantó y entró en la furgoneta para salir a continuación con el encendedor de la cocina en la mano.

Le quitó a Dany uno de los canutos y lo prendió como si nada. Contemplé perplejo a mi hermano aspirar una bocanada pequeña y retener el humo unos segundos antes de expulsarlo a tramos pequeños, intentando hacer unos círculos que se asemejaban más a borrones grises que a esferas.

—Las vacaciones te sientan bien, Pili Mua —sonrió Dany.

Yo también lo había pensado, solo que con un poco más de tristeza que Danielle, porque no pude evitar imaginar cómo habría sido un Kai sin preocupaciones, sin un bebé del que ocuparse. Solo le había llevado un día acomodarse a esta cadencia más lenta y despreocupada. Unas horas y parecía haberse quitado cincuenta kilos de cargas de las espaldas.

No quise darle más vueltas a aquello, solo disfrutar de esa versión de mi hermano.

—Me sentáis bien vosotros, y a diario no puedo disfrutaros como me gustaría —confesó Kai levantando la comisura de sus labios y dejándonos entrever en sus ojos todo el amor que siempre guardaba para nosotros dos.

Me pasó el porro y dejó ir otra risa baja.

—Dale, anda —me invitó.

Di una calada grande, demasiado. En cuanto tragué, empecé a toser hasta que estuve seguro de que se me iba a salir un pulmón por la boca.

—¡Más despacio, animal, que te vas a ahogar!

—¡Si lo he hecho como tú!

—Ya, pero tú no has fumado nunca y casi te acabas el canuto de dos veces.

—¿Que él no ha fumado nunca? ¿Es que tú sí? —preguntó Dany con la diversión envolviéndole la voz.

—Bueno, tuve mi época durante la carrera.

—Ay, Dios mío, no me digas que tú antes sabías divertirte.

—Eres idiota, Lani.

—Dios mío, por favor, concédeme una detención. Dime que lo han detenido alguna vez... —rezó ella con las manos unidas, la vista en el cielo y la sonrisa burlona.

—En serio, muy idiota.

Yo seguía la conversación en silencio, dando caladas más pequeñas y desviando la vista hacia uno y otra como si estuviese en un partido de tenis, hasta que una frase cargada de resentimiento salió de la nada ante las palabras que había usado Dany sin darse cuenta de ellas siquiera.

—No lo llames mucho, yo creo que es duro de oído.

—¿Qué? —inquirió ella todavía sonriendo, quitándome el cigarro de los dedos.

—A tu Dios. No creo que sirva de mucho que lo nombres, parece que pasa poco por aquí.

Me dediqué a recostarme mejor en mi silla mientras fingía que no me daba cuenta de la mirada que intercambiaban entre ellos. Los dejé hablar en silencio, decidiendo quién abordaría el asunto primero, sopesando si yo parecía querer discutirlo de verdad.

—Los dioses no suelen tener demasiado tiempo libre para gastarlo con nosotros, cariño —terminó por contestarme Dany después de aspirar un poco más de humo y darle el porro a Kai.

—¿Tú aún crees que está ahí arriba?

—¿Dios?

—Sí. Bueno, tu dios.

—A ratos.

—¿Solo a ratos?

—A veces es difícil creer que esté. Ya sabes, cuando se lleva a madres demasiado jóvenes o cuando permite que chicos buenos enfermen. Esas cosas.

—Ya...

—Ya...

Me quedé callado un momento y estiré el brazo hacia mi hermano, que entendió lo que le pedía sin tener que decirlo y me alcanzó el canuto.

—Y ¿qué te hace volver a confiar en Él?

—El egoísmo. Bendito y salvador egoísmo.

—No te entiendo, Dany.

—No pierdo por completo la fe porque con ella me resulta más sencillo seguir adelante. Esa fe me dice que hay algo más después de esta vida. Supongo que eso me hace temerle un poco menos a otras muertes.

—¿Otras?

—Sí. La mía no me preocupa demasiado. La de las personas que son importantes para mí... Esas me acojonan.

El murmullo de las olas fue lo único que siguió escuchándose en aquella playa durante un minuto.

Fumé en silencio y busqué palabras de consuelo que no llegaron. En su lugar, solo me salió un sincero:

—Lo siento.

No sabía a quién se lo decía.

A Danielle.

Y a Kai.

Puede que hasta a mí mismo.

Seguramente estaba destinado a los tres, porque lo sentía por nosotros. Lamentaba que esa fuese la historia que nos había tocado vivir.

—Yo también, cariño.

Aplasté el pitillo contra la suela de mis sandalias y dejé que Dany me abrazase mientras Kai encendía el siguiente porro sin decir nada más.

Cambiamos de tema, volvimos a llenar el ocaso de recuerdos que coleccionar y de carcajadas que salían más fáciles con cada nueva calada.

Y ningún dios nos escuchó hacerlo.

32

Una nueva excursión, unos niños felices de poder serlo y una forma de vida

El segundo día en Oahu todos amanecimos casi antes de que saliese el sol, como si tuviésemos prisa por seguir disfrutándonos.

La mañana había pasado sin que nos diésemos cuenta, perdidos en Turtle Beach, observando de cerca la inmovilidad de las tortugas que descansaban en aquella playa. Creo que una avanzó medio metro en las tres horas que pasamos allí sentados, viendo amanecer, hablando de surf y riéndonos mientras jugábamos a ver quién contaba el chiste más malo.

Fue Kai, por si te lo estabas preguntando.

Por la tarde me empeñé en visitar las Manoa Falls, unas cataratas de las que internet hablaba maravillas y que presumían de ser una de las zonas en las que se habían rodado escenas de *Jurassic Park* y que acabaron siendo tan impresionantes como anunciaba la Red, a pesar de tener que acceder a ellas por un caminito que dejó mi respiración bastante entrecortada y mis pies llenos de barro.

Dany se empeñó en meterse dentro de la laguna donde rompía la cascada para ponerse debajo del enorme chorro aprovechando que no había nadie cerca, aunque a mí me pareció que aquello no estaba muy permitido. Kai ni intentó pararla, a ese nivel estaba relajado mi hermano. Yo traté de hacerla entrar en razón, aunque como si nada. Sé que no te sorprenderá, pero hizo lo que le dio la gana.

¿El resultado? Danielle gritando en cuanto la cascada cayó sobre su cabeza porque su potencia casi la tiró al suelo y porque las braguitas del bikini se le bajaron hasta los tobillos por culpa de la presión de la corriente.

Joder, qué ataque de risa me dio.

Ella allí, mojada igual que un salmonete, intentando que la cascada no se la comiese e insultándome tanto como podía por no ser capaz de parar mis carcajadas. Y Kai grabándome, otra vez. Fui el protagonista de muchos de sus cortos esos días.

No me quejé. Imaginé lo que estaba haciendo y tuve ganas de pedirle que no olvidase enseñárselos a Eric y a los demás cuando los meses pasasen, que no dejase de recordarme riendo.

Al día siguiente acabamos en Waimea Valley. Fue Dany quien propuso ese destino mientras recurría a San Google para que nos dijera qué más se podía hacer por la isla. Kai había tomado el volante un rato y dábamos vueltas montados en Bob alrededor de la zona norte de Oahu, sorprendiéndonos por lo que aquel lugar tuviese que ofrecernos.

—¿Sacamos la silla o vas bien, Akela? —me preguntó Kai en cuanto aparcamos en la entrada de ese inmenso valle sagrado que se podía visitar a diario de nueve a cinco para descubrir cómo vivían los antiguos pobladores de Hawái.

—Sácala, que no me irá mal. Ayer acabé reventado, así que si hoy me canso un poco menos, no me voy a quejar.

—Voy pagando las entradas, chicos.

—No, espera, Lani... ¡No!

Kai intentó ir tras ella, pero no quería dejarme solo, así que se acabó resignando y esperó a que ella volviese con los tres papelitos en una mano y tres chalecos salvavidas en la otra.

—Me han dado esto por si queremos bañarnos en la laguna que hay debajo de la cascada.

—¿Tienen cascada?

—Y jardín botánico y espectáculos de baile, aunque yo creo que paso de más cataratas.

Kai y yo nos mordimos una sonrisa a la vez.

—Genial. Dadme un minuto para ir al baño y ahora me subo en eso y dejo que me empujéis por todo el valle —les pedí señalando la silla.

Kai no tardó ni dos segundos en sacar la cartera en cuanto me adentré en el recibidor del complejo.

—Dime cuánto ha sido.

—No seas cromañón, las chicas también podemos pagar las cosas, para eso trabajo.

—No va de eso, Lani, lo sabes de sobra. Sé que has tenido que bajar el ritmo de los pedidos para poder venir, y que este mes casi no has tenido ingresos. Haces esto por mi hermano, no quiero que te suponga un descalabro para el resto del año por poder trabajar menos todos estos meses.

—Kai, no pasa nada. Tengo dinero, ¿vale? Tú estás igual que yo. Si sigues pidiendo vacaciones adelantadas y trabajos que puedas hacer desde casa, ni Eric va a conseguir que no te despidan, así que tranquilo. He venido porque puedo y porque quiero —le aseguró pasando los brazos por su cuello y dejando un reguero de besos por la línea de su mandíbula que consiguió que Kai perdiese por un momento el hilo de lo que estaba diciendo.

—Pero...

—He vendido el terreno de mi padre.

—¿Qué?

Mi hermano se separó del abrazo de su chica tan rápido que ella casi pierde el equilibrio.

—Bueno, Agnes me dijo que podía dejar a Bob en el jardín por tiempo indefinido, así que pensé que no necesitaba esa tierra para nada y la pasta me iba muy bien, para tener un colchoncito para el futuro. Me pareció lo más práctico.

Kai sonrió igual de relajado que hasta unos minutos antes y acercó de nuevo a Dany hasta la altura de su boca.

—Sabes que allí tienes un hogar que no es Bob, ¿verdad?

—Allí y aquí —respondió ella acariciando el centro del pecho de Kai.

—Puaj, me doy la vuelta un segundo y ya estáis con las manos encima del otro. En serio, sois dos adolescentes con las hormonas puestas de éxtasis —me quejé al volver y encontrarlos mordisqueándose los labios casi con tanto mimo como fuego.

—Sí, y es la hostia de genial serlo —me replicó Kai visiblemente contento.

Ni siquiera llegamos a adolescentes aquella mañana. Fuimos niños, unos críos que se maravillaron con todo lo que ese sitio podía darnos y que gritaron cada vez que algo los sorprendía.

Señalamos para los demás cualquier cosa que nos llamaba la atención, pusimos caras raras para hacernos otras cien fotos que ya todos pedíamos disparar y leímos en alto cada uno de los carteles que nos salieron al paso explicándonos cómo vivían quienes habían poblado allí cientos de años antes que nosotros. Paramos a comer a los pies de la cascada en la que todos nos bañamos durante una hora, hasta Danielle, y caminamos descalzos sin importarnos la tierra que se pegaba a nuestros talones.

Después de cuatro horas de no parar ni un segundo, Dany se apoderó de la silla de ruedas el ratito que yo quise hacer a pie. Estábamos agotados, felices y nerviosos, porque queríamos más, mucho más.

Hubiese convertido aquellos días en eternos de haber podido.

Habría viajado en el tiempo y le habría dicho a mi yo de dieciséis años que para sentirse vivo solo hace falta aprender a reírse con quienes quieren escuchar siempre tu risa.

No. ¡No!

No podía centrarme de nuevo en los tiempos verbales no vividos; en qué habría pasado, en que habría dicho. Estaba allí entonces, y con eso bastaba. Quería esos instantes, así que los tomaba. Eso también fue algo que aprendí de Danielle y algo que Kai descubrió que era posible en ese viaje.

—Creo que queda como una hora para que cierren. Igual podíamos descansar un rato en aquel prado y después emprender el camino de vuelta hacia la entrada —sugerí al notar que empezaba a estar más dormido que despierto.

No eran ni las cuatro de la tarde, pero la mente me pedía un poco de desconexión, unos minutos de apagado para resetearse y mandar órdenes al resto de mi organismo de forma correcta.

—A mí tampoco me vendría mal parar media horita. Podemos tirar la manta al suelo y echar una cabezada chiquitita —me apoyó Dany, sujetando ya la frazada que siempre llevaban en el respaldo de la silla por si me entraba frío.

Mi hermano solo nos prestaba atención a medias. Tenía los ojos fijos en una pareja que llevaba en brazos a un bebé que no tendría más de un año. Parecían bastante perdidos y hablaban con un acento duro que no logré identificar.

—¿Kai? ¿Te parece bien? —insistió Dany.

—¿Qué? Perdona, no os he escuchado.

—Decíamos que queríamos descansar un rato tirados en la hierba —contesté yo.

—Vale, pero... ¿os importa si yo voy en un momento? Aquellos alemanes no saben llegar al arboreto que hemos pasado hace como diez minutos y me están dando penilla. Es obvio que el crío está cansadísimo. Estaba pensando en darles algunas indicaciones y acompañarlos hasta la bifurcación que da acceso al jardincito.

—Claro, ve, te esperamos aquí.

—Genial. Hasta ahora, enano; hasta ahora, Lani.

Nos dio un beso a cada uno en la sien y desapareció trotando hacia la pareja de turistas. La cara que pusieron al encontrar a alguien que hablase su idioma fue puro alivio, aunque la de Kai reflejaba algo bastante parecido a la placidez. Adoraba poder comunicarse con otras personas, con gente de todo el mundo, no solo transcribir documentos que le resultaban indiferentes y dosieres que olvidaba en cuanto guardaba el documento de Word correspondiente.

—Hace eso siempre que puede, ¿sabes? —le confesé a Dany mientras ella estiraba la manta en el suelo y se acomodaba encima.

—¿El qué?

—Correr a hablar con gente de otros lugares. Lo disfraza de ayuda desinteresada, pero en verdad quiere hablar con ellos un rato, ser amable, acabar preguntándoles cosas sobre sus países para descubrir cómo es el resto del planeta a través de terceras bocas.

Dany solo ladeó una sonrisa en respuesta y esperó a que me tumbase junto a ella y apoyase la cabeza en sus muslos para empezar a mover la mano por mi cabeza rapada de forma distraída.

Un par de visitantes pasaron por nuestro lado y me miraron primero a mí, luego a la silla de ruedas y a mi evidente delgadez de nuevo. Pusieron cara de lástima, aunque ya me había empezado a acostumbrar tanto a ellas que no me era difícil ignorarlas.

Sé que se notaba que estaba enfermo, y también sé que es algo que dejó de parecerme importante en algún momento de ese viaje.

—Me encantaría que Kai fuese siempre como está siendo aquí, que pudiese relajarse más y ser menos padre. Nunca me quito por completo la sensación de que le estoy arrebatando algo —susurré.

—No te engañes, si tú hubieses estado sano toda tu vida, él habría encontrado otra cosa por la que agobiarse. Es así, y lo queremos igual. —Noté una sonrisa en la voz de Danielle, una que me encantó, porque me hablaba de lo que sentía por Kai sin que tuviese que decirlo.

—Sí que lo queremos, ¿verdad? —quise cerciorarme.

—Mucho.

Guardé silencio durante un segundo, dejando que mi cuerpo se relajase y las caricias de Dany me adormeciesen.

Y lo solté, sin más, porque me pesaba en el pecho y porque llevaba días dándome vueltas por la cabeza.

—No sé cómo me voy a despedir de él, ¿sabes? No sé cómo despedirme de ninguno de los dos, Dany.

La mano de Danielle se detuvo de golpe sobre mi coronilla, congelada, aunque ella se obligó a continuar deprisa con los movimientos rítmicos que me regalaba apenas dos segundos antes.

Adelante y atrás. Adelante y atrás. Como el balanceo de una cuna.

La sentí inhalar mucho aire con calma y expulsarlo igual de despacio antes de contestarme.

—¿Sabes cuál fue una de las cosas que más me fascinaron de Hawái cuando mi madre empezó a hablarme de la cultura de mi padre?

—Sorpréndeme —la invité con la respiración pesada y los ojos ya medio cerrados.

—Que tuvieseis una misma palabra para decir hola y adiós.

—*Aloha* es mucho más que eso, Dany.

—Lo sé, es una forma de vida, pero que no hagáis distinción entre esos dos términos también lo es. Es una declaración, un grito al mundo, una manera de decirle al universo que los que habitamos esta isla no nos despedimos, porque nunca dejamos de sentirnos.

Todo el cuerpo me tembló levemente, no sé si porque el sol empezaba a calentar con mucha menos fuerza o porque su contestación había removido algo dentro de mí.

—Los espíritus están en todas partes, están con quienes los necesitan —le recordé, evocando algo que Piper solía decirme a menudo.

—Y por eso yo nunca te diré adiós, Akela, solo *aloha*.

Sentí a Dany inclinarse hacia la silla para volverse a acoplar debajo de mí enseguida y, justo después, algo cálido y ligero cubriéndome hasta los hombros. Me coloqué por encima la chaqueta que Kai había agarrado para mí por si nos retrasábamos en aquella salida, como había terminado pasando.

Abrí los ojos solo un momento, buscando los suyos, y los encontré húmedos y arrugados en una sonrisa que no parecía muy real.

—No estés triste.

—No me digas cómo tengo que estar, enano.

Su garganta subió con dificultad. Arriba y abajo. Tragando el momento, barriendo las lágrimas no derramadas y el dolor que no me quería mostrar.

—Dany.

—¿Qué?

Volví a cerrar los párpados y empecé a dejar que el sueño me venciese. Sabía que Kai acabaría viniendo dentro de poco y que me colocaría con cuidado en la silla de ruedas para volver hasta la cámper.

Cada vez le costaba menos cargar conmigo.

Cada vez me convertía en una carga menos pesada.

Antes de dejarme arrastrar por completo al mundo de los sueños, susurré un último ruego, uno que no necesitaba que Dany me contestase, porque sabía cuál sería su respuesta. Ella siempre me diría que sí a mí; no sé por qué y hacía mucho que había dejado de intentar averiguarlo, solo me limitaba a disfrutar de que ella hubiese aparecido en mi vida aquella mañana de septiembre.

—Prométeme que lo buscarás, a mi espíritu. Prométeme que me alcanzarás.

Cubierto hasta la barbilla y amparado en su cuerpo, había dejado de tiritar hacía un rato, aunque sí que sentí el frío de sus labios cuando se posaron sobre mi frente antes de susurrar tres palabras contra mi sien.

—Siempre lo hago.

33

Una petición egoísta, una mano apretando la mía y una última canción

Nuestro cuarto día en aquella isla que estaba tan cerca de casa y parecía tan lejana, casi como si fuese otro mundo, uno en el que no importaba el tiempo, la enfermedad o las responsabilidades, fue el más calmado de todos.

Dormimos hasta muy tarde, desayunamos a medio vestir subidos en el techo de Bob, jugamos a las cartas y nos hicimos un millón de fotos borrosas que Dany guardó como si fuesen tesoros rescatados en lugar de material que debería borrar.

«Son imperfectas», soltó. Estuve a punto de decirle que se supone que las imágenes que se guardan deberían ser todo lo contrario, pero me lo callé. Me pareció cuerdo que para ella tuviese más sentido mirar con cariño lo defectuoso que lo ideal. Su vida había sido un poco así y había resultado algo digno de guardar en la memoria.

Kai propuso ir a la playa un rato.

En cuanto pisamos la arena, él se marchó en busca de algún chiringuito que alquilase tablas de surf, mientras que Danielle y yo nos tumbamos al amparo de una sombrilla y nos dedicamos a mirar a nuestro alrededor, absorbiéndolo todo, haciendo nuevas instantáneas de esas que no requerían obturador ni enfoque.

Dany con los ojos cerrados y la cara levantada hacia el sol, sonriendo lo suficiente como para que apareciesen esas pequeñas arruguitas alrededor de sus ojos.

Clic.

Dos ancianas riéndose de forma escandalosa a la orilla del mar sin importarles quién las estuviese mirando por disfrutar a su manera de aquel día juntas.

Clic.

Una madre sin la parte de arriba de su bikini, amamantando a una bebé a la que le acariciaba la cabecita con los ojos llenos de amor.

Clic.

Mi hermano gritando al cielo de puro gozo después de emerger del océano al ser derribado por una ola que había conseguido cabalgar durante diez segundos enteros.

Clic.

Clic. Clic. Clic. Clic.

Fotos imperfectas merecedoras de guardarse para siempre.

—Míralo —se me escapó en voz alta cuando vi a Kai tumbarse de nuevo encima de la *longboard* y encarar la corriente para bracear contra ella—. Creo que no recuerdo haberlo visto así de relajado jamás.

—Sí, debería aprender a llevarse un poco de esta libertad que le inunda ahora a Kauai —reconoció Dany.

—Es culpa mía. No se ha podido permitir bajar la guardia demasiado, la verdad.

—No digas eso.

—No, es verdad. No pasa nada, yo habría hecho lo mismo por él. Son las cartas que nos tocaron y Kai decidió jugar su mano y la mía. Quizá no debería haberle permitido responsabilizarse de todo, pero hasta los quince años era demasiado joven para darme cuenta de lo que son las responsabilidades del mundo real y después... Ya sabes, leucemia, hospitales... —Traté de restarle importancia, aunque me pesaba no haber crecido más rápido por mi hermano. Él lo había hecho por mí, se había convertido en adulto a los dieciséis para cuidarme—. Solo digo que me parece un poco mágico que de algo que al principio pareció tan negativo pueda acabar surgiendo algo tan bonito como es ver a mi hermano siendo feliz, incluso si solo son unos días en esta burbuja nuestra.

—Él siempre ha sido feliz, Akela, porque os tiene a ti y a todos los demás.

—No, Dany. Kai nos adora, igual que nosotros a él, pero no ser miserable no es lo mismo que estar a gusto con tu vida.

—Eso no es...

—Da igual. De verdad. Solo espero que, al llegar el momento, sepa aprovechar la oportunidad, y que lo haga contigo. Mientras, creo que dedicaré el resto de mi día a verlo caerse de esa maldita tabla mientras ríe y vuelve a montarla. Y a hablar con él. Sí, creo que hoy voy a preguntarle tonterías hasta que me canse de oír su voz. Cuando tomé la decisión de seguir adelante con los cuidados paliativos pensé que no volvería a oírla, ¿sabes? Su voz —repetí para aclarar la duda que había surgido en el ceño fruncido de Dany—. Creí que iba a dejar de hablarme y eso me aterró. Sabía que no iba a estar de acuerdo conmigo, solo que su reacción en la consulta del doctor Brown... Estuve a punto de recular, aunque hubiese sido infeliz los meses que me hubiesen quedado. Estuve a una mirada dolida más de mi hermano de echarme atrás.

—Enano, esta vida me ha enseñado que nunca vas a hacer algo que le guste a todo el mundo, así que, al menos, haz algo que te guste a ti. Al final del día, será lo único que te dejará dormir en paz.

—No es un mal consejo.

—No ha sido una mala vida.

Sacudió la arena de su toalla rosa flúor y la pegó por completo a la mía antes de tumbarse de lado otra vez, de frente a mí, descansando la cabeza contra su mano izquierda. Extendió la diestra para alcanzar mi sien y reseguir el contorno de mis despobladas cejas hacia arriba.

A Dany le gustaba tocar a su gente. Era algo de lo que me había percatado hacía mucho. A cada rato jugaba a dibujar las líneas de tu cara, a hacerte cosquillas en un costado, a pasar las uñas por tu espalda... Tonterías, roces, toques que conectaban pieles y que le recordaban que seguíamos allí, que no nos habíamos ido. Y ella, aún, tampoco.

Solo que justo al que se estaba acercando no era un lugar que yo quisiera que ella tocase en ese momento.

Me aparté despacio, para no resultar brusco y levantar sus sospechas, pero fue tarde.

Lo vi en sus ojos. Lo había notado: un calor que no debería estar allí.

El frío que había sentido la tarde anterior, mientras cerraba los ojos y esperaba a que mi hermano volviese de hablar con aquellos alemanes, no se había ido; había ido destemplando mi cuerpo y haciéndolo más pesado.

Danielle me agarró la muñeca con más brusquedad de lo que era habitual en ella y me atrajo hacia sí otra vez. Sin soltarme, colocó cuatro dedos sobre mi frente y después los llevó hasta el lateral de mi cuello y a mi nuca.

El terror le mudó el gesto mientras comprendía lo que yo ya sabía. Tenía fiebre.

Hizo amago de ponerse de pie, pero, en esa ocasión, fui yo quien le agarró el antebrazo para impedir que se levantase.

Se lo rogué con la mirada, intenté que me comprendiese igual que tantas veces había hecho antes, sin necesidad de palabras.

—Hey, ¿cómo vais? ¿Todo bien por aquí?

La voz de Kai nos asustó a los dos. No le habíamos visto salir del agua ni devolver la tabla ni llegar hasta nosotros. Recé para que no hubiese llegado a vislumbrar desde lejos la forma en la que Dany me había tomado la temperatura con preocupación.

—Todo perfecto —respondí yo sin apartar la vista de mi amiga, hablándole a ella más que a mi hermano.

—A mí me ha empezado a entrar un hambre de narices. ¿Nos acercamos al chiringuito a comer algo?

—Me parece buena idea —le respondí levantándome ya—. Creo que después aprovecharé para echarme un rato en la furgoneta. Tanto sol me está friendo el cerebro y necesito dormir un poco.

Solo era cierto en parte. Me estaba adelantando. Ya sabía que la fiebre subiría más por la tarde y que mi organismo desconectaría del mundo para acumular fuerzas y luchar contra ella, así que preferí poner una excusa antes de tener que dar una explicación.

—Sí, perfecto. A lo mejor tú y yo podemos aprovechar para dar una vuelta por ahí... —le soltó Kai a Dany levantando las cejas con poco disimulo. Me arrancó una carcajada, lo reconozco. Ver así a mi hermano era catártico.

—Claro —le concedió Danielle.

—¡Genial! Pues venga, vamos.

Kai echó a correr, adelantándose a nuestros pasos, lo que Dany aprovechó para susurrarme molesta:

—Akela, deberías decírselo.

—¡No! ¡Ni de broma, Danielle! Míralo, está pletórico.

—Porque cree que tú estás bien. Si supiese...

—Exacto. «Si supiese» dejaría de estarlo, y para nada. Va a pasar, ¿qué más da que sea en unos días en vez de en unas semanas?

—Akela...

—¡No! —repetí—. Nunca haré nada que le guste a todo el mundo, ¿verdad? Pues deja que haga esto como me gusta a mí.

Utilicé sus propias palabras contra ella. No se quejó. No dijo nada más. Se guardó sus preocupaciones, su dolor y su angustia; las tragó con el pollo marinado que pedimos para almorzar y las hundió en el fondo de su pecho durante toda la tarde, mientras mi hermano la besaba y ella dejaba que su cabeza volase hasta la furgoneta, donde yo sudaba la fiebre escondido entre muchas más mantas de las que se considerarían necesarias en esa época del año en Hawái.

Aquella noche, cuando ella me alcanzó las medicinas que tenía que tomar antes de dormir, noté que había una pastilla de acetaminofén que no había estado allí hasta ese momento.

Al día siguiente dormí tantas horas por la mañana y por la tarde que Kai empezó a preocuparse un poco. Yo lo achacaba todo al calor pegajoso de la isla, que hacía que dormitase más de lo que querría, y lo animaba a marcharse por ahí con Dany, solo que él no quería alejarse demasiado de mi lado.

Mi amiga me miraba con la misma ansiedad que la jornada anterior, debatiéndose entre ser fiel a lo que le había pedido y hacer lo que la conciencia le pedía que hiciera. Sabía que yo tenía razón, que si no era entonces sería en tres semanas, en cinco, en diez. Pero sería.

No estoy orgulloso de la situación en la que la puse, aunque Dany me había enseñado que ser egoísta es mejor que ser desgraciado, así que tampoco puedo decir que me arrepienta de aquello.

Me tomé el doble del acetaminofén recomendado por el prospecto y me coloqué sobre la frente paños hundidos en agua con hielo a cada momento que mi hermano salió de nuestra casa rodante. Creo que solo por eso conseguí demorar lo inevitable hasta el sexto día, cuando a mitad de mañana era tan evidente que estaba un tanto ido que actuar frente a Kai me resultó imposible.

Recuerdo que toda mi pantomima se desmoronó a la hora de almorzar, cuando Kai me intentó despertar para que comiese algo y a mí los ojos se me voltearon hasta quedárseme en blanco por culpa de un mareo y un estúpido vahído.

Kai entró en pánico hasta el punto de salir corriendo de la cámper para ir hasta una farmacia y regresar con un termómetro en la mano, exigiéndome que me lo colocase bajo la axila con la angustia estrangulando su voz.

La fiebre había empezado a alcanzar una temperatura alarmante y la conciencia me iba y me venía a placer.

Desde ese momento, solo recuerdo un desorden un tanto loco a mi alrededor.

Oí gritarse a Dany y a Kai. Ella había confesado que llevaba febril un par de días y él había estallado de rabia al saber que ninguno de nosotros dos había hecho algo por ser coherente o adulto. No quería escuchar que yo no había querido hacer nada, esas eran palabras vacías y sin sentido para él, por mucho que Danielle se las repitiese. Kai había entrado en un bucle en el que solo era capaz de culparse a sí mismo por estar demasiado entretenido como para darse cuenta de que algo iba mal, a Dany por no haberle avisado y a mí por ser un estúpido con ganas de morirme.

Fueron sus palabras, no las mías. Seguía escuchándolas a lo lejos, igual que si Danielle y él se estuviesen apartando de mí a medida que un sueño mucho más profundo que los anteriores me invadía.

—¿Qué hacemos? —preguntó una Dany muy agobiada. Llevaba cuarenta y ocho horas deseando poder entrar en acción y, al llegar el momento, no estaba segura de cómo actuar.

—Llama a tu amigo, que venga a buscarnos. Hay que llevarlo con el doctor Brown.

—Kai, no. Tardaría cinco horas en llegar y otras cinco en volver, sin contar con el tiempo que tendría que invertir en localizar al tipo del remolque. Es demasiado. Llevémoslo a un hospital de aquí.

—Aquí no conocen su historial.

—Eso no importa ahora. Hay que conseguir que le baje la fiebre y estabilizarlo.

—Joder… ¡Joder!

Él sonaba tan cabreado... La voz de ella parecía tan asustada... Cómo odié no poder decirles que ya estaba, que no pasaba nada. Que me iba tranquilo, que me marchaba sabiéndome querido. Que había sido feliz.

—Kai, le ha subido otro grado más —avisó Danielle revisando el termómetro que me había vuelto a colocar.

—Llama a una ambulancia. No sé dónde están los hospitales en esta puta isla. Tardaríamos demasiado en intentar localizarlos —decidió finalmente mi hermano—. Y ayúdame a meterlo en la ducha para empaparlo de agua fría mientras llegan, a ver si conseguimos que descienda un poco su temperatura corporal.

La cascada helada fue un regalo que me espabiló durante unos segundos por última vez. Bueno, seguro que abrí los ojos en más ocasiones, que mi consciencia jugó a marcharse y a regresar mientras mi cuerpo se resistía a irse por completo, postrado de nuevo en una cama rodeada de paredes blancas y olor a antiséptico, aunque solo tengo un vago recuerdo de una de ellas.

Solo una.

Lo último que mi cerebro guardó para sí, antes de que me despertase de nuevo en mitad de esa playa llena de gente que me quería y me lloraba, rodeados de unas flores que Dany eligió para mí, fue el tacto de la mano de Kai apretando la mía y la voz de mi mejor amiga cantando a nuestra vida en rosa.

DÉCIMA TARJETA:

No os digo adiós, solo aloha

KAI

Las manos empiezan a temblarme en cuanto desdoblo el último trozo de papel en el que esperaba encontrar alguna consulta del tipo «Kai, idiota, ¿podrías decirle ya a Dany que es lo mejor que te ha pasado en tu triste existencia?».

Pero no.

No hay ninguna pregunta. Solo unas cuantas líneas con la letra de mi hermano que nos hablan directamente a nosotros.

Hola, Pili Mua. Hola, Dany.

Llevo un rato rumiando alguna pregunta más que pueda haceros pensar en todo lo que habéis pasado juntos, en qué hizo que os enamoraseis del otro y en lo que os vais a perder si el miedo gana. Quería dejarlo en diez, por eso de que es un número bastante redondo, solo que soy muy malo para estas cosas. Si hubiese decidido estudiar Psicología, me habría muerto de hambre, así que he pensado que para qué forzarlo si lo que de verdad me pedía el cuerpo a estas alturas era pediros un favor.

Ahí va: lloradme.

Lloradme si lo necesitáis. Habéis intentado no hacerlo mientras yo aún estaba allí, supongo que para evitar inundarlo todo de desolación, pero los tres sabemos que la hierba se ve más verde después de la lluvia y que la vida pesa menos después de las lágrimas.

Dejad que el agua y la sal os limpien por dentro y, después, seguid caminando, dejadme ir. Volad hasta que cualquier duda quede tan debajo de vuestros pies que no seáis capaces de verla.

Corred el riesgo.

No me uséis de excusa para huir y no regresar ni para encerraros en una burbuja de tristeza en la que no querría que vivieseis.

Yo estoy bien. Estoy feliz. Me habéis hecho muy feliz.

Hoy por fin he entendido por qué los coches fúnebres no tienen maletero. Los muertos no nos llevamos equipaje. Lo dejamos todo allí abajo, lo conseguido y lo que nos quedó por lograr. Porque sí, me quedaron cosas por tachar, aunque no me preocupa. Sé que vosotros terminaréis mi lista, o que haréis otras nuevas y mejores. No porque me lo debáis, sino porque, a estas alturas, creo que los tres sabemos que ser el protagonista de una historia que no te gusta no merece la pena, y que siempre puedes hacer algo para cambiar tu cuento; porque, Kai, te equivocabas: lo que solo se hace una vez es morir. Vivir... Vivir puedes elegir cómo hacerlo cada nuevo día que amanece.

Así que, por favor, lloradme, vivid y alcanzadme.

Yo procuraré estar cerca para escucharos reír.

Os quiero.

No la he leído en voz alta, así que, cuando termino, se la paso a Lani para que ella también pueda «escuchar» las últimas palabras de Akela. Y digo «escuchar» porque lo he oído en cada una de las letras que hay en este folio, he imaginado el tono que habría usado y las caras que habría puesto al decirlo.

Está vivo, demasiado vivo aún dentro de mí como para saber si soy capaz de hacerle el favor que me pide.

Sé que no debería hacerlo, que es solo otro modo de torturarme, pero no puedo evitarlo. Necesito comprobar si la voz que resuena en mi cabeza es la real o una que yo ya he empezado a imaginar para consolarme.

Saco mi móvil del bolsillo del chándal y reproduzco uno de los últimos vídeos que tengo guardados de Akela, ese en el que señala a una tortuga enorme mientras estamos sentados en la arena de Turtle Beach y grita emocionado a cámara mientras me la muestra, insistiendo una y otra vez en lo gigante que es y en lo que le gustaría que viésemos alguna cría recién nacida.

Tiene la emoción de un niño pequeño dibujada en el rostro y los ojos le brillan tanto que casi puedes pasar por alto los pómulos excesivamente marcados por la pérdida de peso o las ojeras que habían empezado a oscurecérsele en demasía.

Me parece detectar por el rabillo del ojo a Danielle cerrando la hoja de papel y recostándose hacia atrás en el sofá, inclinándose un poco hacia mí cuando escucha la risa de Akela a través del teléfono.

Los veo cada noche. Todos, cada uno de los vídeos que le grabé en aquel viaje.

No hace falta que me pida que le llore, lo hago a menudo. Pero que me pida que viva... A eso voy a tener que aprender, por él. Y por mí, supongo.

Aunque puedo hacerlo mañana. O quizá pasado.

Akela no especifica cuándo deberíamos hacerlo, y yo no estoy listo. Creo que no.

No sé qué ve mi chica cuando me mira aquí sentado, pasando ahora foto tras foto. No sé ni si tengo derecho a seguir llamándola «mi chica»; yo siento que lo es. El caso es que algo debe de ver, porque deja ir un suspiro, en el que detecto a la perfección la resignación, antes de ponerse de pie y volverse hacia mí.

—¿Te importa si me la llevo para hacer una fotocopia? —me pregunta levantando la despedida de Akela en el aire—.

Prometo devolvérsela hoy mismo a Gia o a Agnes para que te la hagan llegar.

—Puedes traerla tú misma a casa —le ofrezco alternando la vista entre el móvil y ese cielo que guarda en la mirada. No quiero ponerme de pie, no quiero enfrentarla. Si lo hago, Lani tendrá la oportunidad de despedirse. Y para eso tampoco estoy listo, joder.

Lo malo es que ella no me da la opción de seguir ignorando la realidad.

Se marcha camino a mi habitación y sale poco después con la ropa con la que entró aquí ayer. Recoge las tazas de la mesilla del salón y las deja dentro del fregadero, con un poco de agua para que las marcas de café no se queden resecas y sean luego más difíciles de frotar. Alcanza un cojín que se había caído al suelo para colocarlo exactamente en su sitio y guarda la botella de ron casi vacía que todavía descansa sobre la encimera en el segundo armarito de la derecha.

Todo parece tan normal que mi cabeza registra esta escena como una más de las tantas que he vivido con ella estos meses. Me quedo esperando a que, en cualquier momento, se acerque a mí y me pida que cambie el pantalón de estar por casa por un bañador para que podamos irnos a la playa un rato, a tumbarnos mientras nos olvidamos de que el mundo es más complicado que perderse en un trozo de arena que podemos hacer nuestro a base de caricias.

Pero eso no pasa.

No es una escena más. Es la que cierra la obra.

Cuando Danielle ya no encuentra qué otras tonterías ordenar por la cabaña, se resigna y se dirige a la puerta. Se queda ahí parada, esperando a que yo me levante del sofá para decirle adiós. Y yo no tengo ni puta idea de cómo hacerlo, aunque acabo poniéndome de pie para avanzar hasta ella. Necesito sentirla cerca. Lo necesito tanto que me duele darme cuenta de ello.

—Así que ¿te vas? —Ambos sabemos que no le pregunto por este momento.

—Sí, solo que esta vez no trato de huir. Solo... No sé. Mi madre me enseñó que la vida no es tan larga como damos por hecho y Akela me lo ha recordado. Y ambos han tenido que dolerme como el infierno para hacerlo.

La entiendo, por primera vez la entiendo de verdad. A Dany la vida le pide más. Las ganas de descubrir cosas nuevas, culturas que no imagina y paisajes que no consigue soñar le laten dentro.

Lo que me toma desprevenido es que, al pensarlo, en esta ocasión, algo también bombea en mi pecho. Ella no parece darse cuenta, porque sigue hablándome como si nada.

—Quiero avanzar, quiero volar y regresar aquí cuando sienta que no puedo vivir un día más sin el *laulau* de Piper, los consejos de Agnes, las riñas con Frank o los abrazos de Gia.

Sin besarme otra vez.

No lo dice, aunque yo quiero leerlo en la forma en la que su mirada baja sin querer hasta mi boca.

—¿Estarás bien? —me pregunta insegura.

—Lo voy a intentar —le prometo.

Parece bastarle esta respuesta, porque asiente un poco triste y abre la puerta.

—Actualiza a menudo tu Instagram para que pueda espiarte a gusto, ¿vale? —le pido de repente, intentando encontrar las palabras que la mantengan a mi lado unos segundos más—. Y come bien y bebe mucha agua. —Me doy cuenta de que se me forma una sonrisa triste y ladeada al pedirle algo tan tonto—. No hagas muchas locuras, que un día te acabas haciendo daño. Ya sé que decirte que no hables con extraños es tontería, pero al menos lleva cuidado y no te marches con cualquiera que tenga pinta de buena persona y de saber tocar el ukelele. —Los dos nos reímos con el amago de broma mala. Por un momento, se me pasa por la cabeza que Akela también se hubiese reído—. Y llámame de vez en cuando, por favor.

Dany levanta la mano para alcanzar mi mejilla. Deja que los dedos le bailen por mi pómulo y que resigan la línea de mi boca. Apenas tiene que ponerse de puntillas para alcanzarme los labios.

Un toque. Un roce. Casi una promesa que se aleja demasiado deprisa.

—Tienes una manera muy larga de decir «te quiero», Kai Nonoa.

—Sé una más corta de decir «te voy a echar de menos».

—Pues no lo hagas.

Un reto. Un guante lanzado al aire.

Y la duda entre ambos de si seré capaz de recogerlo mientras la veo alejarse.

Las preguntas que nadie escribió

KAI

—Kai, necesito que mañana por la mañana te pases por mi oficina para revisar los próximos encargos contigo.

Levanto la cabeza de mi plato de *poke* para atender a Eric y me obligo a dejar de pensar en ella.

Hace seis días que se marchó de la cabaña. En ese tiempo le he escrito cuarenta y tres WhatsApp que nunca he llegado a enviar.

A veces la veo en línea justo mientras redacto algún mensaje tonto. Supongo que ella me ve escribiendo y reculando, escribiendo y reculando.

Nunca me ha escrito nada al respecto. Ni al no respecto.

No me ha escrito.

Punto.

Supongo que está esperando a que sea yo quien dé el paso. Ella ya sabe lo que quiere y yo aún lo estoy descubriendo, aunque creo que he empezado a avanzar poco a poco.

He vuelto a agarrar una tabla de surf. Lo hago casi cada mañana, al salir el sol. El agua me despeja la mente y me hace sentirme un poco más cerca de Akela; no de una forma triste, es más como… como si él fluyese por la sal que se me pega a la piel cuando tomo una ola, como si ahí sumergido fuese capaz de mecerme con lo bueno y permitir que la corriente arrastrase lo malo.

Y no es la única novedad en mi rutina. De hecho, si Eric me está pidiendo que pase por «su» oficina es porque ya no es la nuestra.

Me he convertido en *freelance*. Puede parecer algo pequeño, aunque yo no lo siento así. Este cambio me da una libertad por la que antes siempre tenía que estar rogando. Sé que esto implica tener que contratar mi propio seguro médico y dejar de tener unos ingresos mensuales fijos, pero no me importa. Dany me ha enseñado que se puede vivir con poco.

Dany. Otra vez Dany.

Me pierdo en su recuerdo hasta que Eric vuelve a llamar mi atención.

—Kai, ¿me estás escuchando?

Me doy cuenta de que toda mi familia se ha quedado mirándome un tanto preocupada. Hemos retomado la costumbre de cenar juntos en la mesa del jardín, así que ahora mismo tengo nueve pares de ojos fijos en mí.

No. Nueve no. Siete.

Todavía hay ausencias que se me olvidan a ratos.

—Sí, perdona. Mañana, la oficina, pasarme. Eh… No sé si voy a poder. Tengo que terminar la traducción que me encargó Wilson, voy un poco pillado de tiempo. ¿Te importa si lo dejamos para dentro de un par de días?

Cuatro. Ese es el número de miradas que intercepto entre todas las personas sentadas a esta mesa. Ninguna es tranquila.

—¿Qué pasa?

—Eh… Es que… Me corre un poco de prisa que nos reunamos. Hay un proyecto nuevo bastante grande del que tendríamos que hacer una escaleta para calcular tiempos de entrega y necesidades básicas del cliente. Si quieres puedo hablar con Wilson para que te dé un plazo más amplio de entrega y así...

—Para, para, para. No soy idiota. ¿Qué pasa?

Eric está sudando. Habla tan rápido que me ha costado seguir lo que me decía y, además, Piper y Dana lo miran con tal angustia en la cara que parecen a punto de echarse a llorar.

—Nada, ya te lo he dicho, es que este proyecto es prioritario.

—¿Para qué cliente es?

—¿Qué?

—El cliente. Ese proyecto tan importante, venga, dime, para quién lo hacéis.

—Eh... Para... Eh...

—Eric, ¿qué demonios pasa?

—Danielle se marcha mañana.

Giro la cabeza despacio hacia Gia. Creo que tengo una ceja levantada y puede que haya abierto un poquito la boca. No estoy seguro, el corazón me late demasiado fuerte como para estar pendiente de nada más.

—¿Cómo?

—Se pasará por aquí para despedirse a primera hora y luego se va al aeropuerto de Lihue. No estábamos seguros de si querrías estar presente, por eso nos hemos inventado la chorrada esa del nuevo trabajo que Eric necesitaba revisar contigo.

—¿A dónde... a... a dónde se...? —Las palabras se me atascan en la garganta. Mi cerebro deja de ser capaz de formar frases coherentes. Por suerte, con mi *ohana* no hace falta que lo sea, ellos me entienden hasta cuando no lo hago ni yo.

—No está segura —confiesa Agnes con la cabeza gacha—. Hemos hablado con ella a menudo por videollamada. Soltó la bomba ayer. Pretende volar hasta alguna ciudad de Estados Unidos en cualquier avión que tenga aún plazas libres y, desde allí, decidir si se queda en el país o se marcha al extranjero.

—Ya sabes, muy a lo Dany —se ríe bajito Frank.

A lo Dany. Con dudas, con miedos y sin saber qué pasará, pero haciendo lo que de verdad le apetece hacer.

A lo Akela. Porque sí, mi hermano aprendió bien esa lección, una que yo todavía tengo pendiente.

—Voy a... Perdonad.

Sigo sin poder unir palabras correctamente, así que dejo de intentarlo. Solo me levanto de la mesa y me meto en casa, escondiéndome tras una puerta cerrada.

Se marcha.

Ha estado esperando. O, quizá, esperándome. Pensar en esa opción, en que haya estado aguardando a que yo diese señales de vida, me reconcome, porque no he sido capaz. Y ahora ella se marcha de verdad.

Un millón de interrogantes me zumban molestos por la cabeza.

¿Dónde acabará? ¿Cuánto tiempo estará allí? ¿Será feliz? ¿Conocerá a alguien a quien cantarle en francés? ¿Se acordará de nosotros? ¿Volverá?

Y así siguen, machaconas e insistentes, girando a mi alrededor, todas las preguntas que nadie escribió, pero que quizá sea hora de responderme. Aunque solo hay una que grita de verdad, que me sigue hasta la cama y me espanta el sueño. Solo una me late en las entrañas, exigiendo que responda: ¿me voy a atrever?

DANY

Giro al final de la calle para entrar en el terreno que ya se considera propiedad de Agnes.

Me llevé a Bob de su patio cuando Kai se encerró en su mundo tras la muerte de Akela y no dejó que nadie entrase. Me parecía demasiado raro estar allí instalada cada día, teniéndolo tan cerca y sintiéndolo tan lejos, solo que ahora no tengo más remedio que volver a aparcar mi autocaravana aquí. No tengo ni idea de cuánto tiempo voy a estar fuera, y si la estaciono en un *parking* cualquiera de la zona no tardaría ni dos semanas en acabar enganchada a una grúa camino a algún depósito municipal.

Recojo la enorme mochila que he preparado para el viaje y el ukelele de Akela. Lo llevaba consigo mientras estuvimos en

Oahu y ha estado aquí desde entonces. No ha habido noche que no lo haya tocado por él, para él.

Dios... Cuánto lo he llorado. Sí, lo he hecho sola y sonriendo, como yo necesito hacer las cosas, pero claro que he notado su ausencia.

A veces me parece imposible que solo hayamos compartido ocho meses de nuestras vidas. Qué ridículo que algo tan efímero pueda marcarte tanto. Y qué grande al mismo tiempo.

Cuando llego al *lanai* de Agnes me encuentro a todos esos locos adorables esperándome y los ojos se me humedecen al momento.

Mierda, por esto es por lo que no suelo quedarme el tiempo suficiente como para que los lazos duelan al deshacerse, aunque tengo que reconocer que no lo cambiaría. No. Cada uno de los momentos que he pasado con ellos se va a mi colección de recuerdos.

Akela me decía a menudo que yo había experimentado cosas suficientes como para llenar la memoria de tres o cuatro personas más aburridas; lo que no entendió jamás es que de poco sirve tocar las estrellas si no tienes a nadie con quien volar hasta ellas.

Kai y él me regalaron eso. Me dieron esta familia de la que hoy me despido convencida de que la única manera correcta de hacerlo es diciéndoles «hasta pronto», porque ya no me imagino un mundo en el que este patio no sea lo que me venga a la mente cuando alguien me pregunte por mi hogar.

—¿Estás segura de esto?

Eric es el primero en adelantarse para abrazarme y para intentar convencerme por última vez de que me quede. Creo que su faceta paternal se ha extendido también a mí en estos meses.

—Del todo. Solo es un cambio de aires, una aventura más, no tenéis de qué preocuparos. Estaré bien.

—Eso no lo dudamos, sabes cuidarte. Es solo que no nos gusta perderte por aquí —reconoce Frank con la voz un poco tomada.

—No seas tonto, no me perdéis. Estaré de vuelta antes de que os deis cuenta.

—No nos mientas, anda. Al menos, llama de vez en cuando —me pide Magnus mientras me estrecha entre sus brazos.

Dana se dedica a llorar bajito a su lado y a tenderme una bolsa de tela entre disculpas por no ser capaz de contenerse. No se lo reprocho, si no hubiese roto mis lagrimales de tanto usarlos estos días, es probable que yo misma fuese un mar de lágrimas ahora mismo.

—Por si te toca esperar mucho en el aeropuerto —me explica al levantar yo el paquete con gesto interrogativo—. Un bocadillo frío de pollo y algo de fruta.

Mierda, me equivocaba. Sí que me quedan lágrimas.

Qué tontería. ¿Cómo un gesto tan estúpido puede ser el que detone el llanto? Solo es un bocadillo.

O no. También es la forma de cuidarme de todos ellos, de demostrarme que se preocupan por mí. Supongo que se me había olvidado lo que es que te cuiden en vez de tener que cuidar tú de todo el mundo.

—Llámanos —me vuelve a pedir Agnes en cuanto le llega el turno—, y vuelve. Sobre todo vuelve, cuando sea, ¿vale? Estaremos aquí.

—Lo sé.

Un ramalazo amargo me sacude en el mismo instante en el que una idea que lleva semanas sin dejarme hace acto de presencia de nuevo. Ellos me tratan como a una nieta más y yo les robé los últimos días que podían haber pasado con Akela.

Intento sacar el pensamiento de mi cabeza, apartarlo, convencerme de que solo hice lo que mi amigo necesitaba en ese momento, aunque una parte pequeña de mí sigue dudando si no debí ignorarlo cuando me pidió que callase al descubrir que no estaba bien, igual que hice hace años con mi madre.

Sé que, en el fondo, a Kai le cuesta perdonarme eso.

A mí también.

Piper da un par de pasos adelante y levanta el *lei* más grande y bonito que he visto jamás. Es amarillo, naranja y rojo, y no puedo evitar pensar en la fuerza del fuego al mirarlo.

—*Aloha*, cariño.

—*Aloha* —le respondo con una sonrisa triste mientras me pasa el collar por el cuello.

No sé qué más añadir. ¿Qué sentido tienen las palabras aquí? ¿Cómo les podría explicar que necesito marcharme tanto como necesito quedarme?

No se puede, así que no lo intento, solo sigo abrazándolos uno a uno, esperando que los segundos de más que permanezca amarrada a ellos les hablen de lo que han significado para mí durante este tiempo, de lo que significan.

Cuando Gia se acerca me parece más pequeña que de costumbre. Puede que haya encogido, o a lo mejor es que el peso de algunas ausencias es demasiado grande como para que no te encorve un poquito la espalda al tratar de sostenerlo.

Mira el ukelele que sujeto con fuerza en mi mano izquierda y la veo perderse un instante en recuerdos bonitos. Los ojos se le achican y se le ilumina la mirada al curvar los labios hacia arriba.

No lo menciona, no me reprende por estar apropiándome de algo tan personal. Espero que sea porque entiende que yo también necesito llevarme un trocito de él conmigo.

Echo un vistazo rápido hacia la cabaña de Kai. Es solo un segundo, apenas un reflejo, pero ella lo detecta.

—No creo que salga, niña.

Me encojo de hombros, aunque ambas sabemos que esas cinco palabras me rompen un poco más por dentro.

—Te voy a echar mucho de menos, Gia.

—Lo sé.

Se pueden tener dos madres. Yo lo he descubierto con Gia.

Y se puede tener un hermano pequeño siendo hija única. Eso fue Akela quien me lo enseñó.

Eric vuelve a ponerse al frente de la comitiva para hacerse con mi macuto y dirigirse a su Camaro. Se ofreció a acercarme al aeropuerto y, en estos últimos momentos en la isla, yo prefiero su compañía a la de un extraño de Uber.

Reparto unos cuantos abrazos rápidos más con cuidado de que no se me aplaste el *lei* y me giro con prisas para meterme en el coche de Eric antes de que la añoranza gane la partida y decida quedarme. Sería fácil hacerlo, pero también terriblemente complicado. No puedo pisar cada día esta playa sabiendo que Akela ya no lo hará nunca conmigo. Aún no.

Viajar, descubrir, recordar cómo respirar y volver.

A fin de cuentas, nunca he sabido estar quieta demasiado tiempo.

Ya he colocado el ukelele en el maletero cuando lo escucho.

Una puerta que chirría. La única que tiene a alguien al otro lado para poder abrirla.

El corazón se me para dos segundos y luego empieza a correr más que en toda mi vida, como si quisiese salir disparado hacia él a través de mi pecho. Porque lo reconoce, sabe quién es antes de que yo me vuelva para comprobarlo.

Kai baja las escaleras de su *lanai* con la misma calma que descubrí en él en las playas de Oahu, con esa seguridad de quien hace lo único que de verdad quiere hacer.

Se acerca hasta Agnes y, solo cuando se inclina hacia ella, me percato de que lleva a la espalda una mochila igual de grande que la mía.

Lo que pretendía ser un pequeño abrazo se convierte de pronto en un corro informe de cuerpos que rodean a Kai, haciendo que desaparezca durante unos segundos. Yo sigo mirándolos a todos con cara de idiota, sin darme cuenta por completo de lo que significa esta despedida rápida e improvisada, tan sentida como inesperada.

—Cuídala por mí durante unos meses —le pide casi en un susurro a Agnes dándole la llave de su casa.

No espera a que ella le responda, ni siquiera la ve asentir. Se reajusta la correa que rodea su hombro y se encamina decidido hacia mí.

Siento mis latidos desbocados y erráticos en la garganta y, por un momento, pienso que el corazón no ha encontrado salida por mi caja torácica y ahora lo está intentando por la boca.

No me importa.

Es suyo, que se lo quede si salta hacia él.

Kai se detiene cuando llega a mi altura y toma aire sin apartar su mirada de la mía.

—Quiero intentarlo. Quiero aprender a volar si es a tu lado.

Epílogo
Cuatro años después

Me da miedo hablarte. No quiero tener que hacerlo hoy.

Sé que no es justo, que llevas acompañándome demasiado tiempo como para que ahora no te ofrezca un final, pero es que a medida que han ido pasando los años me he convencido de que aquella primera suposición que compartí contigo puede ser más verdadera de lo que creía.

Puede que solo me mantenga a este lado la ocasión de contarte la historia de mi hermano y de Danielle.

Quizá por eso sigo aquí.

A lo mejor cuando la cierre, cuando ellos terminen con este viaje, desaparezco.

Y no me quiero marchar. No los quiero dejar por completo.

Es un miedo que me late donde antes lo hacía mi corazón. Cada vez que dan un paso nuevo, cada vez que avanzan, temo quedarme atrás.

—¿Seguro que lo tienes todo?

—Sí, ya he hecho que dos camiones de mudanzas se lleven todas nuestras pertenencias.

Dany sonríe ante la ironía de Kai, que hace la misma broma cada vez que se deciden a cambiar de ciudad.

Han aprendido a vivir con muy poco a lo largo de estos cuatro años. Cuanto menos tienes, menos debes cargar hasta el siguiente lugar. Una maleta grande para cada uno, una mochila colgada en cada espalda, una guitarra en la mano de Dany y mi ukelele en la de mi hermano. Eso es todo, y te aseguro que no es demasiado si tienes en cuenta que una de las maletas va medio llena con el material de trabajo de Danielle y el ordenador de Kai.

Supongo que la mayoría de las personas pensarán que es una locura vivir con tan poco. A ellos ahora lo que les parece una locura es atarse a cosas; para mi amiga, de hecho, lleva siendo así mucho tiempo, tanto que ya no recuerda cómo era su otra vida, esa de la que solo guarda el recuerdo de los abrazos de su madre y un miedo a olvidarlo todo que se difumina un poquito más cada noche que Kai le susurra al oído que él va a ser para siempre.

Ese es mi momento favorito del día, el único que jamás me pierdo. No importa si he pasado toda la mañana en la playa, escuchando reír a los surfistas y a los niños que construyen castillos de arena antes de destruirlos; o si he disfrutado una tarde entera espiando a Eric y a mis abuelos haciendo nada especial; da igual si he flotado miles de kilómetros ya al amanecer para alcanzar una tierra en la que poder oír a alguna mujer cantar en francés mientras sonrío al hacerlo. Todo es irrelevante, porque los ocasos son siempre suyos, de Kai y de Dany, aún medio desnudos, tapados por unas sábanas que dejan vislumbrar más de lo que querría, a pesar de que nunca aparto la vista. Verlos mirarse sin conseguir borrar las sonrisas de sus caras mientras se susurran que se quieren es demasiado bonito como para que me lo estropee un trozo de piel descubierta.

Al principio no fue así, ¿sabes?

El duelo no desaparece porque haya amor. Creo que es una lección que Kai tardó en comprender. Podía echarme de menos y olvidarse a ratos de mí. No era incompatible. No menospreciaba mi memoria por ello.

Las primeras semanas de su nueva vida las pasó sintiéndose todavía culpable, maravillándose con el frío de Canadá, riéndose de lo mal que se le daba el *curling*, quedándose boquiabierto al pisar el Parque Nacional Banff... y enmudeciendo en cuanto caía la noche y se daba cuenta de que seguía viviendo sin mí.

No sé qué habría pasado si hubiera sido cualquier otra persona quien hubiese estado a su lado. Doy gracias por no haber tenido que averiguarlo, por haber podido presenciar la manera en la que Dany le dio espacio casi en la misma medida que amor, cómo no quiso menospreciar su pena, cómo tampoco intentó ocultar la suya cuando la golpeaba con fuerza, cómo lo comprendió, cómo lo quiso de bien ya entonces.

Yo odiaba verlos tristes, aunque nada cambiaba por mucho que les gritase que no quería que lo siguiesen estando. Nunca me oían. Nunca me obedecían.

Los entendía. En el fondo, los entendía. A fin de cuentas, había sido yo quien les había pedido que me llorasen antes de dejarme ir.

No fue hasta el tercer mes de aventura que algo cambió.

Habían cruzado a Reino Unido, huyendo de los inviernos canadienses. Kai acababa de hacer una entrega para la farmacéutica de Eric que le permitía disfrutar de tres días completos de paz entre semana, sin trabajos pendientes ni preocupaciones laborales, y Dany esperaba tener suerte en un empleo a media jornada que había solicitado el día anterior en una tienda de electrodomésticos. Decidieron salir a celebrarlo y terminaron en un local perdido en medio del barrio chino del Soho. Y allí, sin esperarlo, se encontraron conmigo.

Esa noche yo tenía treinta años, una melena castaña que me llegaba hasta la cintura y los ojos demasiado redondos, pero ellos no notaron nada de eso. La mujer que cantó detrás de un micrófono, a la vez que ellos vaciaban su segunda pinta de cerveza, lo hizo a nuestra vida en rosa, así que todo lo demás, simplemente, desapareció.

No hubo bar ni ruido de vasos chocando entre sí en brindis algo ebrios. Se esfumó la gente, el leve deje de sudor que lo inundaba todo y las conversaciones gritadas para hacerse oír por encima de la música. Solo quedaron Dany, Kai y una ausencia que por primera vez no les pesó tanto.

Cuando mi hermano miró a los iris de su chica, esta esperó ver en los de él la pena que lo inundaba todo siempre que mi presencia conseguía emerger de las profundidades y salir a flote. En lugar de eso, se dio de bruces con una sonrisa que llamó a la suya al instante.

—¿Te acuerdas de la primera vez que se la cantaste a Keiki?

Usó mi apodo. No esquivó mi recuerdo. Y los ojos le brillaron durante horas mientras Dany y él me celebraban, porque eso hicieron aquella noche: celebraron mi vida, celebraron nuestra vida, la que disfrutamos los tres juntos, esa que entonces empezó a doler menos.

Fue un pistoletazo de salida, un primer paso en una carrera de fondo. La risa cada vez les salía más natural, el hambre por vivir ganaba a la inercia de existir casi sin que ellos fuesen conscientes. Y la sensación de paz al verlos así a mí me inundaba cada nuevo día.

Se acostumbraron a saltar entre países durmiendo a veces en albergues y otras en las casas de desconocidos que no tardaban en convertirse en amigos. Las traducciones de Kai generaban ingresos más o menos regulares y, en cuanto dejaron atrás tierras anglosajonas, Dany tuvo más fácil encontrar empleo como profesora particular de francés y de inglés.

Creo que a ella le sorprendió incluso más que a mí el cambio que sufrió Kai. Era como si algo se hubiese despertado de golpe en él. Siempre fue bueno escondiéndose, mesurándose; puede que por eso no me diese cuenta cuando aún podía verme a su lado, imagino que a eso se debió que no me percatase de la cantidad de plumas que las alas de Kai habían ido acumulando a lo largo de los años, listas para colocarse en su lugar si se les daba ocasión y alzar así el vuelo tan alto que casi fue Danielle la que tuvo problemas para seguirlo a él.

Dejo de perderme en los recuerdos que hemos acumulado estos cuatro años —sí, «hemos», porque nunca he dejado de acompañarlos, porque sigo vivo en ellos, porque nunca me marcho del todo— cuando la voz de Dany me trae de vuelta a este momento de nuevos cambios, de despedidas que esta vez solo dejan posos dulces.

—Eres bobo.

—Eso lo descubriste el primer día que me conociste, Lani.

La forma en la que Danielle roza la nariz de mi hermano con la suya me hace sonreír.

—Se me hace raro —confiesa bajito, sin separarse de Kai.

—Ya hemos tomado más aviones con el mismo destino.

—Lo sé.

—Pero esta vez es la definitiva.

—Sí.

—Sí —repite Kai.

Hay anhelo en sus voces, la carga de quien se ha acostumbrado a saltar entre fronteras, tornando al origen solo de visita, y ahora emprende el camino de regreso. Sé que les da pena pensar en que la aventura termina, al menos por ahora, aunque también sé que necesitan este cambio, que echan de menos demasiadas cosas. Que ya no saben vivir un día más sin el *laulau* de Piper, los consejos de Agnes, las riñas con Frank o los abrazos de Gia.

—¿Lista? —inquiere Kai después de concederle un minuto de silencio a Dany.

—Del todo. Vámonos a casa.

A casa.

Suena bien.

La playa está preciosa, casi tanto como aquel día en el que Dany la llenó de flores para mí, ese en el que toda la gente que quiero tuvo que despedirme.

Hoy solo hay decenas y decenas de hibiscos blancos, todos colocados alrededor de un pequeño arco que rompe el celeste del horizonte en el que se unen el cielo y el mar. Una docena de antorchas prendidas indica el camino a seguir para llegar hasta el pedestal en el que yo aguardo a verla aparecer, invisible a todos sus ojos.

No hay un cuarteto de cuerda, alfombras rojas o tartas de tres pisos. Por no haber, no hay ni sillas. No las necesitamos. Somos solo siete personas esperando a las otras dos que conforman su familia. O seis personas y un alma, supongo.

Miro de nuevo a mi alrededor, dejándome deslumbrar por los colores de los vestidos y los *leis* de las cuatro mujeres que tratan de retener las lágrimas con poco éxito. Magnus se contiene un poco más, aunque la emoción le humedece los ojos a cada rato. Eric es el único que pone un toque más sobrio a la escena, con su porte regio, su pantalón de lino clarito y su camisa de un rojo apagado. Sostiene un *maile lei* de hojas verdes precioso, que pronto adornará el cuello de mi hermano.

Cuando Kai aparece al final del pasillo de arena, mis ojos vuelan hasta la mano que sostiene la suya en estos momentos.

Mírala. Está tan bonita... Es la única que viste de blanco. Eso sí, su *haku lei* tiene tantos colores que no consigo contarlos todos. Camina despacio, descalza, agarrada a Kai, sin apartar la mirada de Frank, que la observa embobado a unos pasos de distancia.

Escuchar la manera en la que sus corazones se aceleran cuando mi hermano entrega a Gia consigue que el mío se revuelva, aun siendo imposible.

Se lanzaron. Al final saltaron al vacío, confiando en que el otro los sostendría.

Y se atrevieron por mí, porque les recordé que nada dura tanto como querríamos, que las oportunidades están contadas, que el mañana no es un seguro.

Podría resultar desalentador que tantas personas a mi alrededor no despertasen hasta que yo tampoco pude hacerlo, pero a mí me gusta pensar que mi muerte valió para algo, que dejó mensajes, que provocó felicidad además de lágrimas.

Kai posa un último beso en la sien de nuestra abuela y se retira al lado de Danielle para enredar sus dedos y observar cómo Gia y Frank se juran caminar al lado del otro durante el resto de su viaje en este mundo y también en el próximo.

El amor se les escurre entre besos lentos y palabras susurradas que son solo suyas.

La fiesta posterior se alarga durante horas, aunque se parece tanto a una noche más alrededor de nuestra mesa, en el patio común, que solo nosotros podríamos distinguir las diferencias: los gestos de cariño que Gia y Frank han dejado de esconder; las copas de ron que no suelen acompañarnos un sábado cualquiera; el roce que Magnus y Dana dedican cada pocos minutos a sus anillos de boda, cargado de nostalgia; el pequeño tatuaje que ahora adorna la muñeca de Eric, con la fecha en la que conoció a nuestra madre grabada para siempre en su piel; los bailes ridículos estirados hasta que el alba despunta; la alegría de Agnes y Piper cuando Dany y Kai acaban confesando que esta no es una visita más, que se quedan, que vuelven; y, sobre todo, la silla vacía que han dejado en una de las cabeceras de la mesa, esa en la que mi ukelele descansa mientras todos lo miran de vez en cuando, con vistazos disimulados que les oprimen el corazón de una manera nueva, buena, una que no duele y que les recuerda que solo se marcha del todo quien nunca es recordado.

Agradecimientos

En 2018 empecé a escribir una novela en la que hablaba de una chica tan frágil como fuerte, una que cargaba con demonios propios y que se coló en mi sistema sin que apenas me diese cuenta. Aprendí a quererla a ella y a todos los que formaban parte de su universo; quizá por eso, un libro que iba a ser autoconclusivo se convirtió en una serie de tres historias que me marcaron como autora.

Después de ellos, llegaron cuatro novelas más, todas con algo especial, claro, pero… No. Simplemente no era igual. Creo que quien escriba entenderá a qué me refiero.

No todos los libros que leemos nos marcan o nos emocionan de la misma manera, por mucho que nos gusten. No todos los libros que escribimos significan lo mismo para quienes los firmamos.

Tardé más de dos años en volver a tener esa sensación.

Akela, Dany y Kai me la regalaron.

Escribirlos fue un regalo, uno que dolió y que lloré, pero que adoré poder disfrutar. No miento si digo que les tomé más cariño que a algunas personas de mi mundo real; así que el primer gracias va para ellos, por recordarme lo mágico que puede ser sentarme sola frente a un ordenador y dejarme llevar.

El segundo gracias, uno enorme, va para el Dr. Alejo Fonseca y la Dra. Gloria Sánchez, a quienes freí a preguntas y dudas durante todo el proceso de escritura de esta novela. Si hay detalles bien contados, es gracias a ellos. Si existen errores cuando hablo de los monstruos de Akela, son todos culpa mía. Espero que os conmuevan los primeros y me perdonéis los segundos.

El tercero va para todas esas personas que leyeron estas páginas antes que nadie y se enamoraron un poquito de sus protagonistas. Andrea, Ana, Abril, Dani, Lucía: gracias. Hacéis el camino más bonito y las cervezas más divertidas.

Otro gracias enorme a Esther y a todo el equipo de Titania. Vivir con vosotros paso a paso cómo mis chicos se convertían en una realidad ha sido algo que jamás olvidaré.

El más grande de todos los agradecimientos va a ir para todas las personas que alguna vez me leyeron y decidieron seguir haciéndolo. Le dais sentido a esto.

Y si llegas ahora, bienvenido y también gracias. Espero de corazón que disfrutes del viaje.

El último gracias, como siempre, es para Miguel, por aquella mañana en Gante, por la caja de música, por los bailes en la cocina y por hacer de la mía una vida en rosa.

¿TE GUSTÓ
ESTE LIBRO?

escríbenos y
cuéntanos tu opinión en

f /Sellotitania   **𝕏** /@Titania_ed

⊙ /titania.ed

#SíSoyRomántica